BASTEI LÜBBE

Über den Autor:

Ian Irvine, geboren 1950, ist Meeresbiologe und zählt inzwischen zu den absoluten Top-Autoren aus Australien. Mit der Arbeit am Zyklus DIE DREI WELTEN begann er schon während seiner Studienzeit. Nach dem Studium arbeitete er als Berater für Umweltfragen, ehe er sich ganz dem Schreiben widmete.

Ian Irvine

DER SPIEGEL DER ERINNERUNG

Aus dem australischen Englisch von
Rainer Schumacher

BASTEI LÜBBE

BASTEI LÜBBE TASCHENBUCH
Band 20 569

1. Auflage: Juni 2007

Vollständige Taschenbuchausgabe

Bastei Lübbe Taschenbücher in der Verlagsgruppe Lübbe

Deutsche Erstausgabe

Titel der australischen Originalausgabe: »A Shadow on the Glass
(The View from the Mirror, Teil 1)«
Originalverlag: Penguin Books, Australia

Titelillustration: Sergey Musin/Agentur Uwe Luserke
Umschlaggestaltung: Bettina Reubelt
Satz: SatzKonzept, Düsseldorf
Druck und Verarbeitung: Ebner & Spiegel, Ulm
Printed in Germany
ISBN: 978-3-404-20569-1

Für die Legion meiner treuen Leser,
Gefährten auf dem langen Marsch,
die niemals ins Wanken gerieten,
auch wenn sie neun Jahre auf das Ende warten mussten.
Aber besonders für

Nancy und Eric

»Ein Korn auf der Waagschale entscheidet darüber, welche Individuen leben und welche sterben – welche Variante einer Spezies sich vermehrt und welche abnimmt oder schlussendlich ausstirbt.«

Darwin: *Der Ursprung der Arten*

Danksagungen

Von den vielen Menschen, die im Laufe der Jahre meine Entwürfe gelesen und dabei geholfen haben, dass diese Geschichte ihre Heimat findet, möchte ich mich besonders für den Rat und die Freundlichkeit von John Rummery bedanken, John Cohen, Van Ikin und Nancy Mortimer.

An all die warmherzigen Menschen bei Penguin Books, besonders meine Verlegerin Erica Irving: Vielen Dank für eure Leidenschaft für dieses Werk und dafür, dass ihr mich mit den Materialien versorgt habt, um diese Serie so gut wie möglich zu machen. Auch würde ich gerne Alex Skovron danken für sein gründliches Korrekturlesen, Barrie Frieden-Collins für das Titelkonzept, Mark Sofilas für die wunderbaren Cover und Selwa Anthony, meiner Agentin.

Und an meinen Lektor Kay Ronai: Es war ein Privileg und eine Freude, mit dir zusammenzuarbeiten.

Aber vor allem gilt mein Dank Anne Irvine.

Teil Eins

Kapitel eins

Die Geschichte der Düsternis

Es war die letzte Nacht des Abschlusserzählens, da die Meister und Schüler des Kollegiums der Historien in Chanthed die Großen Geschichten vortrugen, welche die Essenz des menschlichen Lebens auf Santhenar bildeten. Llian war die Ehre und Gefahr zuteil geworden, die größte aller Geschichten zu erzählen: die *Geschichte der Düsternis.* Es war die Geschichte von Shuthdar, der die goldene Flöte gebaut, es aber nicht hatte ertragen können, sie aufzugeben. Durch seine Taten hatte er die Drei Welten für immer verändert.

Das Erzählen war gefährlich, weil Llian einem Volk von Ausgestoßenen entstammte, den Zain, einem Volk von Gelehrten, das in alter Zeit von Neugier getrieben eine trügerische Allianz eingegangen war. Obwohl die darauffolgende Dezimierung der Zain und ihr anschließendes Exil schon lange her waren, wurde noch immer schlecht über sie geredet. Seit fünfhundert Jahren war keinem Zain die Ehre des Abschlusserzählens zuteil geworden. Und überdies war Llian der erste Zain seit einhundert Jahren, der ins Kollegium aufgenommen worden war, und das an sich war schon seltsam genug.

Daher musste er mit seinem Erzählen alle anderen übertreffen, Schüler wie auch Meister. Gelang ihm das, würde er als Meisterchronist graduieren, eine wahrhaft seltene Ehre. Niemand hatte für seine Geschichte mehr gearbeitet oder sich mehr gequält. Doch selbst mit einem perfekten Erzählen würde Llian sich ebenso viele Feinde schaffen wie Bewunderer. Niemand wusste, was er wusste. Niemand hatte die Geschichte je so erzählt wie er.

Einst gab es drei Welten, Aachan, Tallallame und Santhenar, jede mit ihrem eigenen Schlag von Menschen: den Aachim, den Faellem und uns, den Altmenschen. Dann floh aus der Leere zwischen den Welten ein viertes Volk: die Charon. Es war nur eine Hand voll Verzweifelter, der Ausrottung nah. Sie fanden jedoch eine Schwäche bei den Aachim, nahmen ihnen ihre Welt und veränderten so für alle Zeiten das Gleichgewicht zwischen den Welten.

Die Großen Geschichten begannen alle mit dieser Einführung, denn das war der Schlüssel zu den Historien. Llian atmete tief durch und begann mit seiner Geschichte.

In uralter Zeit wurde Shuthdar, ein Genie unter den Schmieden, von Rulke, einem mächtigen Charonfürsten von Aachan, aus Santhenar gerufen. Und warum hatte Rulke ein solch gefährliches Wagnis unternommen? Er wollte sich frei zwischen den Welten bewegen, und vielleicht vermochte Shuthdars Genie ihm den Weg zu öffnen. Und so arbeitete Shuthdar und erschuf das verbotene Ding, einen Schlüssel in Form einer Flöte. Mit ihrer Schönheit und Perfektion übertraf sie sogar die Träume ihres Erschaffers, und die Flöte war wertvoller für ihn als alles, was er je gemacht hatte. Er stahl sie, öffnete ein Tor und floh zurück nach Santhenar. Aber Shuthdar beging einen tödlichen Fehler: Er brach den Weg zwischen den Welten auf...

Die Geschichte war jedem in der Halle vertraut; dennoch schwiegen die Menschen und hörten aufmerksam zu. Llian entspannte sich nicht einen Augenblick. Die Geschichte war mehrere Stunden lang, und bevor sie zu Ende war, würde er jedes noch so kleine Stück seiner Erzähler*stimme* brauchen –

jener magischen Fähigkeit der großen Geschichtenschmiede, die es ihnen gestattete, jedwedes Gefühl bei ihren Zuhörern hervorzurufen, das sie hervorrufen wollten. Es war eine Kunst, die man nicht lehren konnte, auch wenn die Meister das nach bestem Wissen versuchten.

Llian schaute den Versammelten in die Augen, einem nach dem anderen, während er seine Geschichte erzählte. So hatte jeder im Raum das Gefühl, er spräche nur zu ihm allein.

Dieses Aufbrechen erschütterte Aachan, jene zerbrechliche Welt voll schwefelfarbenen Schnees, öligen Sümpfen und leuchtenden Blumen, in ihren Grundfesten. Die Charon jagten Shuthdar nach Santhenar, und sie brachten mit sich ein Heer aus Aachim, die sie am Anbeginn der Zeit versklavt hatten. Alle kamen sie nackt und mit leeren Händen, denn jedweder Gegenstand, den man von einer Welt auf die andere bringt, vermag sich auf gar heimtückische Art zu verändern. So mussten die Charon auch ihre Konstrukte zurücklassen, mächtige Maschinen der Verwandlung oder Zerstörung, und sich auf ältere Kräfte verlassen.

Und auch Tallallame – mit seinen vom Regen triefenden Wäldern und gewaltigen Bergen die Antithese zu Aachan – wurde von der Öffnung bedroht. Die Faellem, ein kleines, starrsinniges Volk, für die das Universum nur eine Illusion war, geschaffen von ihrem eigenen Geist, wählten ihre Besten aus, um alles wieder in Ordnung zu bringen. Es war Faelamor, die sie so stolz nach Santhenar führte. Und auch sie brachten keine Waffen mit. Ihre Geisteskräfte waren jedoch auch solcherart, dass sie auf ihrer Heimatwelt nichts anderes brauchten.

Shuthdar wurde übers Land und durch die langsam mahlende Zeit gejagt. Er floh durch ein Tor nach dem anderen, und wo auch immer er hinkam, brachte er Zwist mit sich. Doch schließlich wurde er in eine Falle getrieben …

Endlich kam Llian zum Höhepunkt seiner langen, langen Geschichte – dem Teil, in dem die Historien auf den Kopf gestellt wurden. Er atmete tief durch und suchte in den Gesichtern nach Hinweisen darauf, dass ihm noch alle folgten. Die Sehnsucht nach ihrer Anerkennung bereitete ihm fast körperliche Schmerzen. Aber das Publikum war typisch für Chanthed: reserviert und ausgesprochen kritisch. Bevor sie nicht das Ganze gehört hatten, würden sie sich nichts anmerken lassen.

In seinen besten Zeiten vermochte Shuthdar, mit Hilfe der gestohlenen Flöte all seinen Feinden zu entkommen; doch schließlich erreichte er ein enormes Alter. Seine Knochen schrumpften und verdrehten sich, und seine einst so geschickten Hände waren nicht nützlicher als Pfoten. Nun saß er in der Falle, und er wusste, dass sein Ende gekommen war. Krank vor Angst und Selbstverachtung kauerte er unter einem umgestürzten Stamm in einem kleinen Waldstück und grub mit den Fingern nach Käfern und Schaben, mehr Hyäne denn Mann.

Erst jetzt, da er auf sein episches Leben zurückblickte, wurde Shuthdar bewusst, was genau sein Fehler gewesen war. Es war ihm nicht genug gewesen, der größte Handwerker seiner Zeit zu sein, ja aller Zeiten. Nein, er hatte sich auch noch an dem unbezahlbaren Schatz ergötzen müssen, den nur er hatte erschaffen können und der das Gesicht der Drei Welten für alle Zeit verändert hatte. Es hatte Zeiten gegeben, da er sogar laut damit geprahlt hatte, wenn niemand ihn hatte hören können; doch selbst die leblose Erde hatte Ohren für solch ein Geheimnis, und seine Feinde hatten ihn immer wieder gefunden. Ein halbes Jahrtausend lang hatten sie ihn über ganz Santhenar gejagt, und nun hatten sie ihn umzingelt, und er brachte nicht mehr den Willen auf, sich ihnen zu widersetzen.

Während er sprach, ließ Llian den Blick über die gleichmütigen Gestalten schweifen. Er suchte nach Rissen in ihrer

Zurückhaltung, nach irgendetwas, das ihn dazu inspirieren würde, zum Gipfel der Kunst des Geschichtenerzählens vorzustoßen. Er war sicher, dass sie seine Erzählung bis jetzt guthießen; aber würden sie auch das neue Ende akzeptieren? Und dann fand er, wonach er suchte. In den hinteren Reihen der Zuhörer entdeckte er ein bleiches Gesicht. Es gehörte einer jungen Frau, die ihn so intensiv anstarrte, dass es brannte. Wenigstens eine Person hatte er gerührt. Llian wandte alle Magie seiner Stimme auf und sprach direkt zu ihr.

Shuthdar schaute blinzelnd zwischen den Bäumen hervor. Vor ihm, auf einem Gebirgsausläufer, der wie ein Finger in den großen See hineinragte, erleuchtete das Licht der aufgehenden Sonne einen Turm aus gelbem Stein. Das war ein Ort so gut wie jeder andere, um allem ein Ende zu machen.

Er brach durch einen Torweg und erschreckte eine Familie, die sich zum Essen an einem viereckigen Tisch versammelt hatte. Shuthdar fletschte seine gezackten Eisenzähne, verrostete Dinger, Spottbilder seiner einst hervorragenden Handwerkskunst. Sein Mund war voller rostroter Flecke. Es sah aus, als hätte er Blut getrunken.

Die Kinder schrien. Ein hagerer Mann fiel rückwärts von seinem Stuhl. Shuthdar funkelte die Menschen an, und sein Gesicht verwandelte sich in eine schmerzverzerrte Fratze. Wie eine Krabbe auf gekrümmten Beinen huschte er vorbei. Stühle, Geschirr und Kinder – alles flog durch die Luft. Eine fette Frau warf eine Terrine nach seinem Kopf und schnappte sich ein Baby vom Boden. Die Familie floh. Das verkrüppelte Mädchen, das oben versteckt war, ließen sie jedoch im Stich.

Shuthdar leckte sich die Suppenspritzer von der Hand, spie roten Speichel über das Geländer und schleppte sich den Turm hinauf.

Bei seinem Anblick schlug das verkrüppelte Mädchen die Hände vor den Mund. Die gelbe Haut wie ein Trommelfell über die Wangen gespannt und die verschrumpelten Lippen zurückgezogen, sodass die verrosteten Zähne und der fleckige Gaumen zu sehen waren, sah er wie der älteste, hässlichste und zügelloseste Vampir aus, den man sich nur vorstellen konnte. So ihr denn wollt, habt Mitleid mit der von den Göttern verlassenen Kreatur.

Sie standen einander gegenüber, Krüppel und Krüppel. Schwarzes Haar umrahmte ein hübsches Gesicht, doch ihre Beine waren so verkümmert, dass sie kaum laufen konnte. Es gab eine Zeit, da hätte er sie gnadenlos beraubt; aber dieser Teil von ihm war schon vor langer Zeit gestorben. Einst hätte er sie vom Turm gestoßen und sich an seiner Macht und ihrem Schmerz ergötzt, doch nun bereitete ihm noch nicht einmal mehr Grausamkeit Vergnügen.

»Du armer Mann«, seufzte sie. »Du leidest solche Qual. Wer bist du?« Ihre Stimme war sanft und klang besorgt.

»Shuthdar!«, keuchte er, und roter Speichel rann ihm übers Kinn.

Sie wurde bleich und griff nach hinten, um sich am Stuhl festzuhalten. »Shuthdar! Kommst du, mich zu berauben?«

»Nein, aber du wirst trotzdem mit mir sterben.« Er deutete auf den Wald, der nun in einem Halbkreis brannte und den Turm einschloss. »Niemand hat mehr Feinde als ich«, sagte er und wusste, wie armselig diese Art von Stolz war. »Siehst du? Da kommen sie schon und brennen alles vor sich nieder. Hast du Angst zu sterben?«

»Nein, das habe ich nicht; doch ich habe noch viele Träume zu leben.«

Sein Lachen war ein spöttisches Heulen. »Ich kenne die einzigen Träume, die ein Krüppel haben kann – Elend und Verzweiflung! Selbst deine Familie hat dich weggesperrt, damit du sie nicht beschämst und anwiderst.«

Sie ließ den Stuhl los und richtete sich auf, wie eine Königin in ihrer Würde, doch ihre Wangen waren feucht von Tränen. Zu seinem großen Erstaunen fühlte sich Shuthdar das Monster, Shuthdar die Bestie zu Mitleid hingerissen.

»Was ist dein Traum?«, fragte er zärtlich, und das war ein neues

Gefühl für ihn. »Sollte es in meiner Macht liegen, will ich ihn dir gewähren, bevor wir sterben.«

»Ich will tanzen«, antwortete sie. »Ich will für den Geliebten meiner Träume tanzen.«

Ohne ein weiteres Wort riss Shuthdar den Kasten auf, den er bei sich trug, und darin war die goldene Flöte. Kein perfekteres Instrument war je erschaffen worden.

Er setzte sie an die blutigen Lippen und spielte. Seine zerstörten Hände waren voller Schmerz, doch nichts davon zeigte sich in seinem Gesicht. Seine Musik klang so sehnsüchtig, so wunderschön, dass ihre Vorfahren in der Krypta unter dem Turm mit den Knochen klapperten.

Das verkrüppelte Mädchen tat einen Schritt und blickte zu Shuthdar hinauf, doch er starrte in eine andere Welt. In spöttischer Travestie eines Tanzes wankte sie nach vorne und stapfte mit den Füßen auf den Stein. Sie begann zu glauben, dass er sich den grausamsten aller Scherze mit ihr erlaubte, dass er in brutales Lachen ausbrechen würde, wenn sie aufs Gesicht fiel. Dann hob die Musik sie plötzlich hoch und trug sie davon, die Qual in ihren Gliedern war verschwunden, und ihre Füße bewegten sich genau dorthin, wo sie sie haben wollte. Sie bewegte sich so leichtfüßig in ihren Hausschuhen wie eine Ballkönigin, und sie tanzte und tanzte, bis sie nicht mehr konnte und in einer Wolke von Röcken zu Boden sank. Ihr Gesicht war rot, und sie lachte; zum Sprechen war sie viel zu erschöpft. Und Shuthdar spielte weiter, bis sie weit in ihre Träume davongetragen wurde und sie ihr gegenwärtiges Leben vergaß.

Langsam erstarb die Musik, und sie kam wieder zu sich. Shuthdar schien von innen zu leuchten, und seine Hässlichkeit war wie weggebrannt. Er nahm die Flöte herunter und wischte liebevoll die rubinroten Flecken ab.

»Sie kommen«, sagte er schroff. »Geh runter, und schwenke eine blaue Flagge vor der Tür. Es besteht durchaus die Möglichkeit, dass sie dich vorbeilassen werden.«

»Dort draußen gibt es nichts für mich«, erwiderte sie. »Tu, was du tun musst.«

Einen Augenblick lang dachte Shuthdar, dass er doch nicht sterben wolle, doch dafür war es schon viel zu spät.

Die Zuhörer seufzten laut – das war noch ein Zeichen! Historien waren von großer Wichtigkeit in Santhenar, und niemand, egal ob groß oder klein, blieb von ihnen ungerührt. Die größte Ehre, die man sich vorstellen konnte, war, in einer von ihnen erwähnt zu werden. Llian wusste, was Meister und Schüler dachten. Wo hatte er diesen neuen Teil der Erzählung gefunden, der das Bild von Shuthdars Charakter auf den Kopf stellte? Die Großen Geschichten waren der Kern der Historien; wenn man sich an ihnen zu schaffen machte, tat man das auf eigene Gefahr. Llian würde morgen alles beweisen müssen. Und das würde er auch tun.

Llian schaute in die Menge hinunter, und inmitten der ausdruckslosen Hundertschaften erregte erneut das bleiche Gesicht seine Aufmerksamkeit. Sie war unter einem Kapuzenmantel verborgen, doch vorne lugte Haar, so rot wie eine Pflaume, heraus. Vollkommen fasziniert hatte sie sich vorgebeugt. Ihr Name war Karan Elienor Fyrn, und sie gehörte zu den Empfindsamen, doch niemand in der Halle wusste davon. Sie war extra über die Berge gekommen, um die Erzählungen zu hören. Llian blickte ihr in die Augen, und sie erschrak. Bemerkenswerterweise durchbrach sie seine Konzentration, und eine Sekunde lang berührten ihre Geister einander, als wären sie verbunden. Ihre unglaubliche Sehnsucht rührte Llian, doch er riss sich davon los. Er hatte vier Jahre lang auf diese Nacht hingearbeitet, und nun würde er sich von nichts und niemandem ablenken lassen.

Er senkte die Stimme und sah, wie das Publikum auf den

Stühlen vorrückte, um nun ja keines seiner Worte zu versäumen. Er fühlte sich beruhigt.

Shuthdars Feinde krochen immer näher heran. Die Großen der Drei Welten waren hier, vier menschliche Völker. Da waren Charon, Aachim und Faellem und auch die besten unserer Art. Rulke stand an ihrer Spitze. Verzweifelt wollte er sich die Flöte zurückholen und Buße dafür tun, dass er sie überhaupt erst hatte anfertigen lassen.

Shuthdar beobachtete sie mit trüben Augen. Es gab keine Hoffnung mehr – sein Leben war schlussendlich vorbei. Schon bald würde die Flöte an jemand anderen übergehen. Den Tod hieß er willkommen – ja, er sehnte sich schon lange danach –, doch die Vorstellung, dass ein anderer die Flöte in Händen hielt, vermochte er nicht zu ertragen.

Und so stand er auf der Mauerkrone, als sie näher kamen, ein Schatten vor dem unheimlichen Licht des roten Mondes, hinter und unter sich der See. Das verkrüppelte Mädchen rief ihm etwas zu, doch Shuthdar schrie: »Rühr dich nicht!« Er hob die Flöte in seiner klauenhaften Hand, verfluchte seine Feinde und blies einen verzweifelten, triumphierenden Ton.

Die Flöte glühte rot. Die Luft schimmerte von ihrem Leuchten. Vögel fielen tot vom Himmel. Regenbogenfarbene Wellen breiteten sich in alle Richtungen aus und beraubten die Zuschauer ihrer Sinne. Der Turm zerbrach, und Shuthdar fiel nach hinten und schlug auf das harte dunkle Wasser weit, weit unten. Die Erde riss auf, und die Wasser des Sees stürzten herbei und schlugen über den Ruinen zusammen.

Manche sagen, die glühende Flöte sei in das tiefe Wasser gefallen, schneller als Shuthdar, und habe eine große Dampfwolke emporgeschickt und das Wasser zum Kochen gebracht, bis sie schließlich in den eisigen Tiefen erlosch. Vielleicht liegt sie dort noch immer, begraben im langsam immer tiefer werdenden Schlamm; auf ewig bewahrt, auf ewig verloren. Andere sagen, sie hätten sie schmelzen sehen, hät-

ten gesehen, wie sie sich in Rauch verwandelt und aufgelöst habe, verschlungen von den Kräften, die vor so langer Zeit in ihr gebunden worden waren.

Wieder andere behaupten, Shuthdar habe sie abermals getäuscht. Sie glauben, er sei in irgendeine weit entfernte Ecke von Santhenar geflohen, wo niemand ihn kannte, oder vielleicht gar in die Leere zwischen den Welten, aus der die verzweifelten Charon kamen, um in uralter Zeit die Welt von Aachan zu besetzen. Doch dem ist mit Sicherheit nicht so, denn zwei Tage später warfen die Wasser seinen zerschundenen Leib in all seiner Scheußlichkeit nicht weit vom Turm entfernt an Land.

Die Geschichte war gut erzählt, doch die Zuhörer hatten mehr erwartet. Sie rutschten auf ihren Plätzen herum und begannen zu murmeln. Doch Llian war noch nicht fertig.

Shuthdar war verloren, wie auch die goldene Flöte. Der zerstörte Turm war ein Albtraum aus Dämpfen und Strahlung, abgesehen von dem geschützten Raum, in dem das Mädchen unversehrt lag. Geister wanderten die glühenden Wände entlang, die Geister ihrer herzlosen Vorfahren. Das verkrüppelte Mädchen weinte, denn ihre Träume waren für immer verloren. Dann dachte sie darüber nach, die Geschichte zu erzählen, um die wertvolle Erinnerung an diesen Tag zu bewahren und ein winziges Licht in Shuthdars finsteren Ruf zu bringen, des meistverachteten Mannes von ganz Santhenar.

Doch als sie mit der Niederschrift fertig war, kehrte die Welt ihr Innerstes nach außen. Der Himmel zerriss in umhertreibende Flocken. Der Turm erzitterte, und die Trümmer bewegten sich wie aus Gummi; dann brach ein flammendes Tor über den Ruinen auf wie eine purpurrote Sonne, und das Mädchen blickte in das Nichts zwischen den Welten.

Schatten erschienen in der strahlenden Schwärze, und eine Armee von Schreckenskreaturen schwärmte jenseits des Tores umher. In der

Leere wimmelte es nur so von den seltsamsten Lebensformen, die man sich überhaupt nur vorstellen konnte, und dort ist das Leben voller Verzweiflung, brutal und flüchtig. In der Leere überleben selbst die Stärksten nur, indem sie sich ständig neu erschaffen, und jedes Wesen dort wird von einem einzigen Verlangen beherrscht: dem Willen zur Flucht!

Nun sah das verkrüppelte Mädchen, dass Kreaturen aus den Legenden einander jenseits des Tores bekämpften, um hindurchzugelangen. Die ganze Welt war in Gefahr. Nichts vermochte diesem Heer zu widerstehen.

Die Beine des Mädchens schmerzten viel zu sehr, als dass sie hätte laufen können. Voller Angst kroch sie zwischen die Trümmer und versteckte sich dort. Dann, als die Sonne fast ihren Zenit erreicht hatte, löste sich ein vermummter Geist von den anderen, die noch immer über dem Turm umherschwärmten. Zuerst glaubte das Mädchen, es sei ihr Shuthdar, der sich wieder in der Blüte seiner Jugend befand, denn er war groß und dunkel.

Der Geist bewegte die Arme über dem qualmendem Krater im Stein. Sofort wurde er von karminroten Blitzen angegriffen, die aus dem Tor schossen. Sein Mantel zeichnete sich im Geisterfeuer scharf ab. Unter seinen Füßen floss der Stein plötzlich wie Wasser und zog den Geist in den Krater hinunter. Die Luft stank nach Schwefel. Dann beschwor der Geist einen schimmernden Schutzwall aus dem Chaos herauf, ein Kegel aus weißen Strahlen, der sich wie ein eisiges Spinnennetz über das Tor legte, ein Teil der Düsternis! Mit einem Donnern fiel das Tor zu und verschwand.

Die Menschen setzten sich auf ihren Stühlen auf. Das war kontrovers, denn in den Historien hieß es, die Düsternis sei aus eigenem Antrieb gekommen. Wenn sie *erschaffen* worden war, ergaben sich schier unzählige Möglichkeiten daraus. Doch Llian wusste, dass es mehr als nur Visionen bedurfte, um seine Zuhörer zu überzeugen.

Das Publikum wurde nervös. Die Erzählung war praktisch zu Ende, doch Beweise hatten sie noch keine gesehen. Sie fühlten sich enttäuscht. Llian zog den Augenblick in die Länge.

Und das Mädchen? Auch sie wurde später an jenem Nachmittag gefunden, als es sicher war hineinzugehen. Es war eine bemerkenswert hübsche junge Frau die dort auf den Steinen lag, den langen Rock über ihren verkrüppelten Beinen. Sie lächelte, als hätte sie gerade den schönsten Tag ihres Lebens erlebt. Seltsamerweise schien dem Mädchen inmitten all der Zerstörung kein Leid widerfahren zu sein, doch sie war so gut wie tot.

Begierig darauf, ein wenig Licht in Shuthdars böse Geschichte zu bringen, hatte sie alles niedergeschrieben, das Pergament in ihr Mieder gesteckt und dann eine lange Haarnadel durch ihr Herz gerammt.

Das war eine Sensation! Llian hob die Hand, in der er zwei Blatt Papier hielt, eines davon mit einem rostroten Fleck.

Hier habe ich den Beweis, besiegelt mit dem Blut ihres Herzens.

So endet die Geschichte der Düsternis – die erste Geschichte und die größte.

Der gesamte Raum war auf den Beinen, doch niemand machte ein Geräusch. Jeder versuchte, für sich herauszufinden, welche Implikationen sich daraus ergaben. Dann holte die Menge gemeinsam Luft, und die schwarzgewandeten Meister zogen durch die Halle, je zwei nebeneinander, und die Treppe zur Bühne hinauf. Llians unsicheres Lächeln gefror ihm auf den Lippen. Er hatte noch nie etwas so sehr gewollt, wie Chronist und Erzähler zu sein. Hatte er so furchtbar versagt, dass man ihn dafür sogar öffentlich seines Ranges als Schüler berauben wollte?

Wistan, der Direktor des Kollegiums, ein kleiner Mann, fast so hässlich wie Shuthdar selbst, hatte Llian schon immer verabscheut. Nun stand er unmittelbar vor ihm, und seine gelben Augen quollen förmlich aus dem rundlichen Gesicht hervor.

»Eine bemerkenswerte Geschichte. Aber das waren nicht die *Beweise*, die du mir gegeben hast«, krächzte er.

»Die habe ich zurückgehalten«, erwiderte Llian und klammerte sich an die Papiere wie an einen Rettungsring.

Wistan streckte die dürre Hand aus, und Llian wagte zu hoffen. »Das zweite Papier bestätigt die Geschichte des Mädchens«, fügte er leise hinzu.

Wistan überflog die Papiere. Das erste war durchlöchert, die Spuren der tödlichen Haarnadel. Sein Gesicht wurde immer grauer und grauer. »Dann ist es also wahr«, seufzte er. »Auch jetzt noch könnte solches Wissen tödlich sein. Schweig!«

Llian zitterten so sehr die Knie, dass er fast stürzte. Wistan sah völlig unentschlossen aus. Die Erzählung war fantastisch gewesen, aber sie bedrohte alles, wofür er sein ganzes Leben lang gearbeitet hatte. Dann nahmen ihm die versammelten Meister die Entscheidung aus der Hand. Sie schrien wie ein Mann, stürzten vor, hoben Llian hoch in die Luft und trugen ihn triumphierend über die Bühne. Der gesamte Raum lachte, schrie und jubelte. Die Menschen warfen ihre Hüte in die Luft. So etwas war noch nie geschehen. Widerwillig folgte Wistan ihnen.

Als sie sich durch den Raum in Richtung Ausgang bewegten, sah Llian wieder die rothaarige Frau, die ihn anstarrte. Sie versuchte, sich durch die Menge zu drängen, und abermals überkam ihn dieses seltsame Gefühl, dass sie irgendwie miteinander verbunden waren. Wer war sie? Die Öffentlichkeit war vom Abschlusserzählen ausgeschlossen, doch sie gehörte nicht zum Kollegium. Llian hatte sie noch nie gesehen.

Fast hätte sie ihn erreicht. Sie kam so nahe, dass Llian den Limonenduft ihres Parfüms riechen konnte; dann drängte die Menge sie wieder zurück. Ihre Lippen bewegten sich, und er hörte ihre Stimme in seinem Kopf: »Wer hat sie getötet?« Dann verschwand sie in dem Gedränge, und Llian wurde aus der Halle und zu den Feiern getragen.

Doch viel später, als er mit Freunden, die genauso ausgelassen waren wie er, über die gepflasterten Straßen nach Hause wankte, suchten ihre Worte ihn wieder heim. Der offensichtliche Selbstmord hatte ihm schon immer Rätsel aufgegeben; aber wie hätte jemand unbeobachtet in die Ruinen gelangen können? Nichtsdestotrotz war die Frage gestellt, und sie wollte nicht verschwinden. Was, wenn jemand etwas derart Wichtiges gefunden hatte, dass er das Mädchen zum Schweigen hatte bringen müssen? Die Antwort darauf könnte der Schlüssel zu einer noch besseren Geschichte sein – zur ersten neuen Großen Geschichte seit Hunderten von Jahren, und wenn er derjenige war, der sie zu Papier brachte, würde er Seite an Seite mit den größten Chronisten aller Zeiten stehen. Von diesem Gedanken durchdrungen vergaß Llian Wistans Warnung.

»Schau!«, rief seine Freundin Thandiwe, eine große, gutaussehende Schülerin. Sie und Llian waren schon seit Jahren Freunde und gelegentlich auch Geliebte. Sie deutete in Richtung Horizont. »Ein neuer Stern. Wenn das kein Omen ist, dann weiß ich es nicht. Du wirst berühmt werden, Llian.«

Llians Blick folgte ihrem Finger. Es war eigentlich kein Stern, sondern ein Nebel, denn er besaß eine eigentümliche Form. Ein dunkelroter Fleck, den er noch nie gesehen hatte, wie eine winzige Spinne. Plötzlich war Llian kalt, obwohl es eine warme Sommernacht war.

»Ein Omen … Ich frage mich nur, was für eine Art von Omen. Ich werde jetzt ins Bett gehen.«

»Ich komme mit«, sagte Thandiwe, umarmte ihn, und ihr schwarzes Haar umschloss sie wie ein Wasserfall.

Kurz vor Sonnenaufgang wurde Llian von einer schrecklichen Erkenntnis geweckt, so plötzlich, dass er aus dem Bett fiel. Es war so offensichtlich, dass er staunte, nicht schon früher auf diesen Gedanken gekommen zu sein. Wenn das Mädchen *tatsächlich* ermordet worden war, dann könnte die Aufzeichnung falsch sein, die er für seine Geschichte verwendet hatte. Und wenn dem so sein sollte, war seine Karriere unweigerlich ruiniert. Es gab keinen ehrenhafteren Beruf als den des Chronisten; doch es wurde auch niemand mehr verachtet als derjenige, der die größte aller Geschichten verfälschte.

Thandiwe seufzte und kuschelte sich unter die Decken. Llian stand vom Boden auf, schlang eine Decke um die Schultern und starrte zitternd zum Fenster hinaus. Der Nebel stand hoch am Himmel. Er wirkte größer denn zuvor, und nun, da er ihn deutlicher sah, erkannte Llian, dass er ganz und gar nicht einer Spinne glich, sondern mehr ihrem tödlichen Verwandten, dem Skorpion.

Ruhm oder Vergessen? Wie auch immer, er musste die Wahrheit finden. Wer hatte das verkrüppelte Mädchen getötet? Und warum? Und wie sollte er das nach all der Zeit herausfinden?

Kapitel zwei

Abstieg eines Chronisten

Während Llian geschlafen hatte, war Wistan in seiner Schreibstube fleißig gewesen. Der Hauptmann der Kollegiumswache, ein großer, fröhlicher alter Kerl mit wolligem Haar und einem Grinsen so breit wie ein Scheunentor, saß draußen in einem Sessel und pfiff vor sich hin. Er trug einen scharlachroten Kilt, aus dem seine muskulösen Beine auf den Flur ragten. Von seiner Erscheinung, seinem Charakter und seinem Temperament her war er so sehr das genaue Gegenteil von Wistan, wie man sich nur vorstellen konnte.

»Hey, Trusco, komm rein. Und mach die Tür hinter dir zu.«

Trusco folgte Wistan ins Innere. Er war genauso lange Hauptmann der Wache, wie Wistan der Direktor des Kollegiums war, mehr als dreißig Jahre. Das Kollegium war so ein Ort, wo Tradition alles bedeutete. Seit hundert Jahren hatte sich hier kaum etwas verändert – oder seit fünfhundert, wenn man es genau betrachtete.

Wistan setzte sich an seinen Ebenholzschreibtisch, der so groß wie ein Doppelbett war, und kramte in den Schubladen herum. Sein haarloser Kopf ging auf und ab, während er Papiere auf dem Tisch stapelte. »Heute Nacht müssen wir im Geheimen arbeiten. Ich nehme an, du weißt, worum es geht.«

»Llians Erzählung«, sagte Trusco und schaute liebevoll auf den hässlichen kleinen Mann hinab. »Die hat mich zum Staunen gebracht, das kann ich Euch sagen.«

»Sie war sogar noch viel erstaunlicher, als du glaubst. Die Geschichte des Mädchens ist ohne jeden Zweifel wahr.«

Trusco war nicht überzeugt. »Wie kommt es dann, dass damals niemand davon gehört hat?«

»Das habe ich schon überprüft. Es hat damals so viele Tote gegeben, dass sie Tage gebraucht haben, sie alle zu begraben, und der Bericht des Mädchens ist lange Zeit unentdeckt geblieben. Dann ist die Chronistin, die ihn zertifiziert hat, auf dem Nachhauseweg ertrunken, als sie versucht hat, einen Hochwasser führenden Fluss zu überqueren. Zwar hat man ihre Taschen gefunden, doch die Papiere lagen lange vergessen in den Archiven.«

»Dokumente können gefälscht werden«, sagte Trusco skeptisch.

»Das ist sogar meistens so, aber in diesem Fall nicht.«

Wistan holte ein fleckiges Stück Papier aus seinem Schreibtisch. »Schau! Selbst nach all dieser Zeit hat das Papier noch eine Geschichte zu erzählen. Es ist gutes, dickes Papier, und viel Blut ist nicht darauf gekommen. Zudem findet es sich größtenteils nur auf einer Seite – der, die auf der Brust des Mädchens lag. Aber jetzt schau dir mal an, auf welcher Seite die Haarnadel das Papier ausgefranst hat. Die Nadel ist aus ihr herausgekommen, nicht in sie hineingestoßen worden! Sie ist in den Rücken gestochen worden, und du weißt, was das bedeutet.«

»Geister morden nicht«, sagte Trusco.

»Irgendjemand hat sich hereingeschlichen. Vielleicht hat *doch* jemand die Düsternis erschaffen.«

Trusco runzelte die Stirn. Er war solch komplizierte Gedankengänge nicht gewöhnt. »Und vielleicht ist die goldene Flöte doch nicht zerstört worden.«

»Sprich diesen Gedanken niemals laut aus! Ich weiß nicht, was passiert ist, aber was wir seit dreitausend Jahren über

Shuthdar glauben, ist offensichtlich falsch. Daher muss man auch alles andere, was geschehen ist, in Frage stellen. Eine ganze Welt tödlicher Möglichkeiten ist uns enthüllt worden.«

»Und Ihr wollt, dass ich dem Rat eine Botschaft überbringe und Mendark das alles vorlege?«, neckte Trusco und grinste breit. Seine Zähne waren so groß und eckig wie Grabsteine. »Nun, das Wetter ist schön – genau richtig für eine Reise nach Thurkad.«

Thurkad war die größte Stadt in Meldorin; die Reise dorthin dauerte mehrere Wochen. Sie war uralt, mächtig, wohlhabend, aber auch voller Bettler – ein wimmelnder, stinkender Sumpf von einer Stadt. Mendark, der intrigante, verschlagene Magister des Rats von Santhenar, lebte schon seit Ewigkeiten dort.

Wistan wusste, dass Trusco ihn nur necken wollte; dennoch reagierte er darauf. »Mendark! Eher friert das schwärzeste Loch der Leere zu, als dass ich diesem Schuft noch einmal gefällig sein würde! Es wurmt mich noch immer, dass ich gezwungen war, Llian aufzunehmen.« Er nahm eine Prise Schnupftabak aus einem Emaillekrug, schob sie sich in die Nase, wurde knallrot und nieste kräftig. Trusco reichte ihm ein grünes Taschentuch, und Wistan wischte sich damit die Tränen aus den Augen.

»Aber Llian hat dem Kollegium Ehre gemacht«, wandte Trusco ein.

»Ja, das hat er, und wäre er auf dem üblichen Weg zu mir gekommen, hätte ich ihn vermutlich aufgenommen, obwohl er ein unwürdiger Zain ist. Aber nicht so. Warum wollte Mendark überhaupt einen Zain als Chronisten haben? Und was erwartet er als Gegenleistung dafür? In jedem Fall habe ich das Gefühl, dass das dem Kollegium nichts Gutes bringen wird. Komm. Gehen wir in die Bibliothek.«

»Es ist zwei Uhr morgens«, protestierte Trusco schwach. »Selbst Llian dürfte inzwischen im Bett sein.« Truscos Einwände waren nur gespielt; er wusste, dass Wistan ohnehin kaum schlief und sich von seinem Vorhaben nicht abhalten lassen würde.

»Mit einer meiner Schülerinnen, ohne Zweifel«, schnaubte Wistan. »Hier. Nimm das.« Er reichte Trusco einen Stapel Papiere; dann holte er ein Silberarmband aus der Schublade und schob es sich übers Handgelenk.

»Ihr meint das *wirklich* ernst«, sagte Trusco. Er wusste, dass das Armband der Schlüssel zum Tresor des Kollegiumsdirektors war; doch was auch immer sich darin befand, konnte nicht zu Lebzeiten dieses Direktors herausgeholt werden.

»Die Beweise für Llians Geschichte. Vier Jahre Arbeit eines Genies ... die zu meinen Lebzeiten nicht mehr gesehen werden sollen.«

Er schwieg, und Trusco stellte keine weiteren Fragen mehr. Wistan schloss die Tür hinter sich und folgte seinem Hauptmann einen breiten, mit Terrakottafliesen ausgelegten Gang hinunter. An den Wänden hingen Porträts der berühmten Chronisten aus Vergangenheit und Gegenwart. Trusco deutete mit dem Daumen auf den letzten in der Reihe.

»Hat Llian für sein Porträt schon Modell gesessen?«, fragte er fröhlich.

Wistan zuckte unwillkürlich zusammen. »Vielleicht braucht er das nicht.«

Sie gingen zur Seitentür hinaus. Trusco hob eine Laterne empor, um den gewundenen Pfad zu beleuchten, obwohl sie beide ihn auch blind gefunden hätten. Sie gingen zwischen schulterhohen Lavendel- und Rosmarinsträuchern zur Bibliothek der Historien, einer architektonischen Extravaganz mit Türmen und Kuppeln in unterschiedlicher Größe. Jede

Oberfläche war derart verziert, dass man bisweilen unmöglich sagen konnte, was integraler Bestandteil des Gebäudes und was nur Schmuck war.

An der Bibliothek angelangt benutzte Wistan seinen Hauptschlüssel, öffnete die reich verzierte Doppeltür und trug sich aus Gewohnheit ins Hauptbuch ein.

»Was für eine Monstrosität dieses Gebäude doch ist«, bemerkte er und schaute zum Sims hinauf, der mit mindestens einem Dutzend Farben geschmückt war, auch wenn diese allmählich abblätterten.

»Aber die Bibliothek ist Teil der Geschichte des Kollegiums und somit unantastbar«, sagte Trusco frech.

»Eine Herausforderung! Ich würde sie schon morgen abreißen, wenn wir Geld für eine neue hätten. Eine einfache, wie der Tempel der Altertümer.«

»Dann solltet Ihr Llian vielleicht besser behandeln, denn sein Förderer hat eimerweise Gold.«

»Bah! Komm. Wir gehen ins Archiv runter.«

Trusco hob fragend die Augenbrauen.

»Wir werden die Beweise und jedes andere Dokument über die Zeit der Düsternis dorthin schaffen, wo niemand sie finden kann«, erklärte Wistan. »Dieses Geheimnis könnte tödlich sein. Ich muss das Kollegium schützen.«

Trusco grunzte.

»Du stimmst mir nicht zu? Nun, dann ist das eben so. Ich brauche deine Zustimmung nicht, nur deinen starken Rücken. Tatsächlich überlege ich, ob ich nicht all seine Beweise auf einen Haufen werfen und verbrennen soll.«

Das schockierte Trusco so sehr, dass er seine sonst so gute Laune verlor. »Ihr würdet die Historien verbrennen? Ohne die Historien hat das Kollegium keine Bedeutung mehr. Wofür habt Ihr dann gelebt, Herr?«

»Ja, wofür habe ich gelebt?«, erwiderte Wistan schwermütig. »Einst waren es die Historien; nun muss ich jedoch gestehen, dass es nur noch das Kollegium ist. Ich kann das nicht riskieren.«

Es dauerte Stunden, die Regale voller Dokumente in die verschlossenen Archive zu transportieren, den Keller, wo verbotene, gefährliche oder obszöne Papiere aufbewahrt wurden. In einer Ecke des Kellers befand sich ein Tresor, groß genug, um hineinzugehen, und mit Regalen voller alter Dokumente und Schriftrollen. Nachdem die Arbeit erledigt war, berührte Wistan mit dem Silberarmband eine Nische an der hinteren Wand des Tresors, woraufhin darunter ein waagerechter Schlitz erschien. Wistan griff hinein, warf Llians Beweise hindurch und riss die Hand gerade noch rechtzeitig zurück, bevor irgendetwas innen drin zuschlug.

»Eines Tages wird es Euch erwischen«, sagte Trusco und lächelte.

»Ich nehme an, dass würde mir nur recht geschehen, weil ich ständig meine Probleme in die Zukunft verschiebe.« Wistan verzog das Gesicht. »Egal, soll sich mein Nachfolger den Kopf darüber zerbrechen – wer auch immer das sein wird.«

»Ah, aber was ist mit Llian? Ihn könnt Ihr nicht wegsperren, und er kennt jedes Wort seiner Beweise.«

»Wenn er sie rezitiert, ist das aber kein Originaldokument. Es ist kein *Beweis*. Trotzdem werde ich mich auch um ihn kümmern ... nur um sicherzugehen.«

»Aber seid sanft zu ihm. Ich mag Llian«, sagte Trusco. »Er hat dem Kollegium Ehre gemacht. Und nur wenige beherrschen die *Stimme* so wie er.«

»Pah! Dieser elende Zain! Er ärgert mich. Er ist viel zu sehr auf seine Arbeit fixiert und bei weitem zu neugierig. Er würde alles tun, um seine Kunst voranzutreiben und eine Geschichte zu bekommen. Er ist ein Zain durch und durch.«

»Ja, das ist er, im Guten wie im Schlechten. Wistan …«

»Solange er kooperiert, werde ich ihm kein Leid antun«, schnappte Wistan.

»Und wenn nicht?«

»Dann werde ich ihn in Misskredit bringen und ihn vollständig seiner Ehre berauben.«

Es war schon Mittag, als Llian aufstand. Im Tageslicht waren die Ängste der vergangenen Nacht zu einer fernen Sorge geworden, einer Sorge, die er beruhigt beiseiteschieben konnte. Fünfzehn Jahre der Plackerei am Kollegium waren vorbei! Endlich war Llian Erzähler *und* Meisterchronist, der jüngste seit mehr als hundert Jahren, dem diese Ehre zuteil geworden war. Er war gerade einmal achtundzwanzig Jahre alt, und die Welt war wunderbar und lag ihm zu Füßen. Er konnte alles haben, was er wollte, obwohl er eigentlich nur hatte Chronist werden wollen, um die Lücken in den Historien zu füllen – ein Chronist und ein Erzähler, der vergessene Geschichten wiederentdeckte und neue schuf. Sein Traum war es, eine neue Große Geschichte zu kreieren; das würde jedoch ein Traum bleiben. In den viertausend Jahren, da die Historien bewahrt wurden, waren nur zweiundzwanzig Geschichten für wert befunden worden, Große Geschichten genannt zu werden.

Llian kratzte sich und betrachtete die Folgen der vergangenen Nacht im Spiegel. Seine braunen Augen waren blutunterlaufen und trüb, und sein Kopf pochte. Man konnte Llian durchaus als gutaussehend bezeichnen, auch wenn sein Mund ein wenig zu breit und sein Kinn ein wenig schief war; doch wenn er lächelte, leuchtete sein ganzes Gesicht. Er war von mittlerer Größe und schlank gebaut, wenn auch mit kräftigen Schultern. Llian war liebenswert und charmant, gelegentlich aber auch ein wenig von sich selbst eingenommen. Manchmal, aufgrund seines Erbes, bemühte er sich schlicht *zu* viel. Seine Stimme war sanft und voll, wies Licht und Schatten auf und war wahrlich bezaubernd. Egal ob Freund oder Feind, alle liebten seine Stimme. Wie auch er selbst.

Llian kämmte sich das zerzauste braune Haar, das er modisch lang trug, und er hatte das Mittagessen mit seinen Freunden gerade halb beendet, als der erwartete Ruf kam. Es war Turlew, Wistans verabscheuungswürdiger Seneschall, ein bitterlich gescheiteter Chronist, der alle Schüler hasste, vor allem Llian.

»Wistan will Euch sofort in seinem Arbeitszimmer sehen«, verkündete Turlew und leckte sich über die weichen, nassen Lippen, die aussahen, als wäre er von einer Biene gestochen worden.

»Sagt ihm, dass ich augenblicklich zu ihm eilen werde«, erwiderte Llian und rülpste. Alle lachten.

Turlews fette Wangen wurden rot. »*Sofort*, hat Wistan gesagt!«

»Ich bin kein Schüler mehr«, entgegnete Llian. »Ich bin jetzt ein Meister, Ihr aufgeblasener Pfau; aber da Ihr zu dem Erzählen gestern Abend nicht geladen worden seid, will ich Euch verzeihen, dass Ihr nichts davon wisst.« Normalerweise war Llian nicht so grob, aber er verabscheute Turlew ebenso sehr wie der ihn.

»Ein Meister, hm? Und doch benehmt Ihr Euch noch wie ein Schüler. Habt Ihr schon eine Stellung?« Turlew schaute drein, als könne er Gift spucken. »Ohne eine Referenz von Wistan werdet Ihr noch nicht einmal eine Stelle als Schreiber bekommen.«

»Vergesst nicht, wer mein Förderer ist«, sagte Llian arrogant. »Mendark höchstpersönlich! Was kümmern Mendark irgendwelche Referenzen von Wistan?«

»Ihr werdet herausfinden, dass Mendark mehr verlangt, als Ihr zu zahlen bereit seid.«

Darauf wusste Llian keine Antwort. Mendark war ein Wirker, ein Beherrscher der Geheimen Kunst. Er verfügte über große Macht und Gerissenheit und war bestenfalls ein unsicherer Freund, konnte aber ein tödlicher Feind sein. Ein gefährlicher Meister – jedenfalls hieß es so in den Geschichten. Mendark hatte sein eigenes Leben mehrere Male verlängert, so wie es Wirker taten, und nun reichten seine Arme über die gesamte bekannte Welt. Warum er einen Zain am Kollegium gefördert hatte, das wusste niemand. Plötzlich kam Llian die Welt draußen viel zu gefährlich vor.

Wistan schritt im Raum auf und ab, als Llian eintraf. Er lächelte nicht.

»Ich wünsche Euch einen schönen Nachmittag, *Meister* Llian«, sagte er.

»Auch Euch einen schönen Nachmittag, Meister Wistan«, erwiderte Llian höflich.

Er starrte Wistan an. Sorge mischte sich mit Verachtung, und im Geiste zeichnete er mit seinem Erzählerauge eine Karikatur des hässlichen kleinen Mannes. Die Haut an Wistans langem, dürren Hals hing in Lappen herab wie Vorhänge vor einem Fenster und zitterte mit jedem herausgepressten Wort. Und oben auf dieser Säule schwankte ein Kopf, den Llian nicht anschauen konnte, ohne dabei eine Mischung aus Heiterkeit und Schrecken zu empfinden. Der Kopf war fast fleischlos, klein und oben flach, und er besaß eine derart breite Kieferpartie, dass er nur aus Gesicht zu bestehen schien. Die Lippen waren grau und blutlos, die Nase platt, ein unbedeutendes Ding mit riesigen Nüstern von grünlicher Farbe. Hinten wölbte sich der Kopf, und die

Augen ragten aus dem Gesicht wie zwei Erbsen auf einem Teller mit Schweineschmalz. Ein paar Strähnen dungfarbenen Haares, die rasch über den fleckigen Schädel gekämmt worden waren, hingen nun schlaff und fettig über dem Ohr.

»Du wirst diese Version der Geschichte nie wieder erzählen«, verkündete Wistan und schürzte die dicken Lippen.

»Aber ...«, sagte Llian. »Ich verstehe nicht ...« Wusste Wistan, was er vermutete?

»Spiel nicht den Narren, Llian. Das Papier beweist, dass sie von hinten erstochen worden ist. Du hast ein tödliches Geheimnis aufgedeckt. Das war hervorragende Arbeit, aber es darf nicht bekannt werden. Ich werde nicht zulassen, dass das Kollegium solcherart in Gefahr gebracht wird.«

Llian vermochte sein Gesicht kaum zu beherrschen. Dann *hatte* es also einen Mord gegeben! Das hier *war* eine Große Geschichte, und er würde sie aufdecken, egal was Wistan sagte. »Aber Hunderte von Menschen haben mich letzte Nacht gehört – das ganze Kollegium.«

»Und ich werde mit jedem Einzelnen von ihnen sprechen. Alle werden sie unter Androhung des Ausschlusses schwören, nie wieder ein Wort darüber zu verlieren.«

Nicht alle, dachte Llian und erinnerte sich an die kleine rothaarige Frau, die seinen Geist berührt hatte. Zwar vermochte er sich kaum ihr Gesicht ins Gedächtnis zurückzurufen, aber das Gefühl ihres Geistes, der seinen berührt hatte, war noch immer lebendig. Sie kam nicht aus dem Kollegium, und vielleicht hatte sie schon einem Dutzend Leuten von der Geschichte erzählt.

»Das ist, als wolle man die Flut aufhalten«, sagte Llian. »Ihr könnt nicht zweihundert Menschen kontrollieren. Vermutlich hat sich die Geschichte schon in der ganzen Stadt verbreitet.«

»In Chanthed wimmelt es nur so von Gerüchten. Wenn man ihnen keine Substanz verleiht, versickern sie irgendwann.«

»Wie kann ich leugnen, was ich bereits gesagt habe? Außerdem ist es Tradition, dass die beste Abschlusserzählung auf dem Fest von Chanthed im nächsten Herbst vorgetragen wird. Das ist mein Recht.«

»Rechte sind hinfällig, wenn es die Situation erfordert. Wenn du willst, was dir zusteht, such dir eine andere Geschichte aus, oder überleg dir eine andere Art, diese zu erzählen. Du hast doch genug in deiner Waffenkammer.«

»Ich bestehe aber auf meinen Rechten!«, erklärte Llian wütend. »Ich bin kein Schüler mehr.«

Nur mit Mühe gelang es Wistan, sein Temperament im Zaum zu halten. »Werd erwachsen, Llian! Du hast eine Menge zu bieten, aber noch viel mehr zu lernen. Du wirst nun in die Welt hinausgehen und dir eine Stellung suchen, und dafür brauchst du meinen guten Willen. Glaubst du etwa, du könntest einfach schreiben oder erzählen, was du willst? Falls ja, dann kann ich dir versichern, dass du nicht lange in deiner Stellung bleiben wirst. *Guten Tag!*«

Llian ging hinaus und wanderte übers Gelände. Er stieg auf eine kleine Anhöhe – sein Lieblingsplatz zum Nachdenken – und legte sich mit dem Rücken ins Gras. Von hier konnte er über das gesamte Kollegium und Chantheds gewundene Straßen weiter unten blicken. Die Stadt bot einen schönen Anblick: Eine grün-goldene Oase inmitten der von der Sonne gebräunten Hügel, erstreckte sie sich bis zu den klaren Wassern des Gannel. Die gelben Sandsteingebäude glühten förmlich in der Nachmittagssonne, und die gepflasterten Straßen glichen grauen Bächen, die zum Fluss hinunterführten.

Wenn er in die andere Richtung schaute, konnte Llian die

Ausläufer des Gebirges sehen, das sich über die gesamte Ostseite der großen Insel mit Namen Meldorin erstreckte, über eine Distanz von gut neunhundert Meilen. Jenseits der Berge lagen die fruchtbaren Ebenen von Saboth sowie Thurkad, die antike Küstenstadt. Und dahinter wiederum trennte die schmale Meerenge von Thurkad Meldorin vom Kontinent Lauralin. Das öde Land, in dem die Zain lebten, befand sich auf der anderen Seite des Kontinents, mehr als zwölfhundert Meilen entfernt.

Es war an der Zeit, dass er über seine Zukunft nachdachte. Er würde niemals eine Stellung bekommen, solange Wistan sein Meister war. Allerdings wollte er auch keine. Nach fünfzehn Jahren sehnte Llian sich danach, endlich in die Welt hinauszukommen. In drei Monaten lief sein Stipendium aus; bis dahin musste er sich also etwas ausdenken, um seinen Lebensunterhalt zu verdienen. Allerdings hatte er keine Ahnung, wo er mit der Suche beginnen sollte. Um die Wahrheit zu sagen, Llian war ein wenig naiv, was die Welt betraf. Tatsächlich war er in allem sogar äußerst unbeholfen mit Ausnahme seiner Kunst, seines Erzählens, seines Handwerks, den Historien.

Die Historien waren lebenswichtig für die Kultur von Santhenar. Sie durchdrangen jeden Aspekt des Lebens. Selbst die ärmsten Menschen führten Familienregister und überlieferten deren Inhalt mündlich an ihre Kinder, wenn sie nicht schreiben und sich keinen öffentlichen Schreiber leisten konnten. Aber die eigene Lebensgeschichte von einem Meisterchronisten erzählt zu bekommen, tatsächlich Teil der Historien dieser Welt zu werden, das war die größte Ehre, die einem zuteil werden konnte. Diese Sehnsucht ernährte ganze Rudel von Scharlatanen und falschen Chronisten, und es war ein Hunger, gegen den selbst die Größten nicht immun waren. Selbst Mendark, Llians geradezu grotesk reicher Förderer, sehnte sich danach, in seiner eigenen Großen Geschichte geehrt zu werden.

»Llian, ich habe dich überall gesucht.«

Das war Thandiwe. Ihr Gesicht war gerötet vom Lauf den Hügel hinauf. Sie ließ sich neben ihm ins Gras fallen.

»Ist irgendwas?«, fragte Llian.

»Nein, ich wollte dich nur sehen. Ich nehme an, du wirst Chanthed bald verlassen.«

»Vermutlich.«

Lange Zeit saßen sie im Gras nebeneinander, und jeder hing seinen eigenen Gedanken nach.

»So. Was wirst du nun aus dir machen, Llian?«

»Das habe ich mich auch gerade gefragt. Die letzten vier Jahre habe ich getan, was ich wollte, und an meinem Projekt gearbeitet. Jetzt ist das vorbei, und ich habe Angst. Wie soll ich einen Herrn finden? Und was, wenn ich einen groben, dummen Herrn bekomme, der nur Kindergeschichten hören will?«

»Was ist mit deinem Förderer?«

»Mendark? Ich nehme an, er wird mich rufen, wenn er mich will. Ich habe ... Ich habe Angst, zu ihm zu gehen. Ich habe Angst, es könnte anmaßend wirken.«

»Ich hätte mehr Angst vor dem, was er von mir wollen könnte«, sagte Thandiwe leise.

»Das auch!«

»Wie ist es eigentlich dazu gekommen, dass er dich gefördert hat? Das hast du mir nie erzählt.«

»Nein, denn sein Name hat mir nur Neid und Schläge eingebracht. Als Mendark zum ersten Mal in unser Haus gekommen ist, war ich acht. Unsere Familie hat eng zusammengehalten, auch wenn wir sehr arm waren. Wir haben in Jepperand gelebt, einem Wüstenland am Meer der Trockenheit, meine Mutter, mein Vater, meine zwei Schwestern und ich.«

»Zwei Schwestern ...« Thandiwe seufzte. »Ich habe *fünf* ältere Brüder.«

»Llayis, mein Vater, ist Schreiber. Er sieht aus wie ich, nur größer, und er hat nicht mehr viele Haare. Letzteres wird wohl auch mein Schicksal sein.« Thandiwe lachte ein wenig zaghaft und zerzauste ihm die unordentlichen Locken. »Zophy, meine Mutter, ist klein, rundlich und fröhlich. Sie ist Kalligraphin – oder eigentlicher eher Illuminatorin – wie auch meine Schwestern. Meine ältere Schwester Callam ist groß und ernst, mit sehr, sehr dunklem Haar; sie kommt nach meinem Vater. Meine kleine Schwester Alyz ... Oh, wie ich sie vermisse! Sie ist mehr wie meine Mutter und die beste Arbeiterin von uns allen.«

»Wie kommt es, dass sie dich so weit weggeschickt haben?«, fragte Thandiwe.

»Ich war zu klug. Mit acht Jahren habe ich einen Geschichtenkatalog geschrieben. Das erstaunte sogar unser gelehrtes Volk, und ich nehme an, dadurch hat Mendark zum ersten Mal von mir gehört. Wie auch immer ... Als ich zwölf war, stand er auf einmal vor unserem Tor. Er hat sich zu mir niedergebeugt und mich beäugt wie etwas, das er kaufen wollte; dann ging er ins Haus und hat die Tür hinter sich geschlossen. Ich hatte Angst.«

»Mendark!« Thandiwe schauderte theatralisch. »Da hätte ich auch Angst gehabt.«

»Kaum war Mendark wieder gegangen, haben meine Eltern mich hereingerufen. Er hatte ihnen angeboten, mich am Kollegium zu fördern, selbst bis hin zum Meisterchronisten, sollte ich so weit aufsteigen können. Das war eine Ehre, von der wir noch nicht einmal zu träumen gewagt hatten. Ich war schockiert. Das Kollegium der Historien ist selbst in Jepperand berühmt, aber ich wusste, dass es auf der anderen Seite der Welt liegt.«

»Und du hast nie darüber nachgedacht, dich zu weigern?«

»Ich wollte, aber ich wollte auch die Ehre, und ich wollte meine Familie nicht enttäuschen. Es ist nichts Ungewöhnliches, wenn kluge Kinder zum Lernen fortgeschickt werden, aber schon seit langer Zeit war kein Zainkind mehr bis nach Chanthed gekommen. Solch eine Gelegenheit würde niemals wiederkommen. Obwohl meine Eltern beide gebildet waren, so waren sie dennoch arm. In Jepperand sind das fast alle. Ich nehme an, sie hätten sich geweigert, hätten sie geglaubt, ich hätte tatsächlich nicht gehen wollen.

Ich kann mich noch an den Ausdruck auf dem Gesicht meiner kleinen Schwester erinnern, als ich mich einer Karawane von Fremden angeschlossen habe. Sie war sechs damals; sie konnte es unmöglich verstehen. Ich war fast genauso verwirrt. Aber wir Zain ertragen, was wir nicht ändern können, und so biss ich mir auf die Lippe und ballte die Fäuste, um sie vom Zittern abzuhalten; dann küsste ich meine Mutter, meinen Vater und meine ältere Schwester.

Nur die kleine Alyz wusste nicht, wie sie sich verhalten sollte. Sie begann zu weinen. ›Llian wird nie wieder nach Hause kommen‹, heulte sie. ›Nie, nie, nie!‹

Das brach uns allen das Herz. Callam begann zu weinen wie auch meine Mutter, und selbst mein Vater hat eine Träne vergossen. Dann umarmten mich alle gemeinsam, was das Ganze nur noch schlimmer machte. Ich weinte, bis ich keine Tränen mehr hatte; dann war es Zeit zu gehen, und pflichtbewusst zog ich los.

Diese Reise war die schlimmste Zeit in meinem Leben. Ich war das einzige Kind in der Karawane, und niemand hat auch nur versucht, mich zu trösten. Erst nach sechs Monaten voller Hitze, Staub, Fliegen und miserablem Essen erreichten wir die Meerenge von Thurkad. Auf der anderen Seite erwartete mich Mendark. Er nahm mich kurz in Augenschein und schickte mich dann direkt nach Chanthed weiter. Alles, was er sagte, war: ›Wenn die Zeit kommt, erinnere dich an deine Schuld.‹«

»War das alles?«

»Er sprach von der Nachwelt und seinem Platz darin. Er war vor allem um seinen Ruf besorgt.«

»Und? Haben sich deine Träume in Bezug auf das Kollegium erfüllt?«

»Lange Zeit nicht. Alle wussten, dass ich ein Zain bin und dass ich nur hier war, weil ich einen mächtigen Förderer hatte, dem niemand etwas abschlagen konnte. Es hat Jahre gedauert, bis ich mich mit jemandem angefreundet habe, und meine Arbeit wurde zum Wichtigsten in meinem Leben. Du warst mein erster Freund, Thandiwe.«

»Ich habe dich beneidet«, sagte sie. »Ich dachte, du hättest alles. Die Arbeit schien dir so leicht von der Hand zu gehen. Dein illuminiertes Buch der Großen Geschichten ist nicht schlechter als das, was in der Bibliothek steht.«

»Das stimmt so nicht ganz. Aber ich bin mit dieser Art Arbeit aufgewachsen. Ich habe meine Mutter jeden Tag dabei beobachtet.«

»Und du hast deine Gebühren wie auch deinen Unterhalt bezahlt bekommen, während meine Familie sich ein Bein hat ausreißen müssen, damit ich im Kollegium bleiben konnte.«

Llian bemerkte nichts dazu.

»Lebt deine Familie noch?«

»Ja«, antwortete Llian. »Sie schreiben mir, auch wenn ein Brief ein halbes Jahr bis hierher braucht – falls er denn überhaupt ankommt –, und meine Antwort braucht ebenso lange zurück. Ich würde alles dafür geben, wieder nach Hause gehen zu können.«

»Warum hast du es nicht einfach getan?«

»Von meinem Stipendium hätte ich in fünfzig Jahren nicht genug dafür abzweigen können, und sie können sich die lange Reise auch nicht leisten. Ich will ebenso sehr wieder nach Hause, wie ich mir gewünscht habe, Chronist und Erzähler zu werden. Und nun bin ich einer. Wenn Mendark nicht nach mir ruft, werde ich versuchen, mir eine Schiffspassage zu besorgen und mich von Hafen zu Hafen zu arbeiten, indem ich die Historien erzähle. Aber ich habe auch Angst. Meine Eltern sind inzwischen alt, und selbst meine kleine Alyz ist jetzt eine erwachsene Frau. Was, wenn wir einander nichts zu sagen haben?«

In diesem Augenblick läutete weit entfernt eine Glocke. Thandiwe rappelte sich auf. »Ich muss gehen«, sagte sie. »Ich sehe dich dann heute Abend.«

Llian blieb noch eine Weile sitzen, nachdem sie gegangen war, und dachte über seine Möglichkeiten nach. Schließlich ließ ihn sein knurrender Magen aufstehen. Er lenkte seine Schritte in Richtung des nächsten Verkaufsstandes, doch als er in die Tasche griff, musste er feststellen, dass sie leer war. Also ging er zum Zahlmeister, um sich sein monatliches Stipendium abzuholen. Nun, da er Meister war, würde es beachtlich angehoben werden. Als er den Raum betrat, kam ihm Turlew grinsend entgegen.

»Llian von Chanthed, *Meisterchronist*«, sagte Llian unbekümmert zur Alten Sal, der winzigen Schreiberin hinter dem Tresen, die noch länger im Kollegium war als Wistan. Niemand kannte ihren echten Namen. Alles an der Alten Sal erinnerte an einen Vogel. Sie hatte einen kleinen, runden Kopf und Haare wie Federn, einen schlanken Hals und stelzenartige Beine, und ihre krumme Nase erinnerte an einen Schnabel.

Die Alte Sal kannte jeden Schüler und keinen besser als

Llian, den sie schon ins Herz geschlossen hatte, als er als schüchterner, ängstlicher Junge von zwölf Jahren ins Kollegium gekommen war.

»Meister Llian«, sagte sie nun, und zum ersten Mal lächelte sie nicht, als sie ihn sah.

»Ich komme wegen meines Stipendiums. Da ich nun Meister bin, ist es sicher angehoben worden.«

»Tut mir leid«, sagte die Alte Sal und zog ein Register zu Rate, das fast genauso groß war wie sie, obwohl sie jeden einzelnen Eintrag auswendig kannte. Wie ein neugieriger Vogel legte sie den Kopf zur Seite. »Ich habe nichts für dich. Deine Zuwendungen sind eingestellt worden.«

»Aber das Stipendium gilt noch drei Monate nach dem Abschluss, und außerdem sollte der Satz erhöht werden. Wie kann es da beendet sein?«

»Turlew ist gerade eben mit dem entsprechenden Bescheid heruntergekommen. Du wirst dich an Wistan wenden müssen. Es tut mir leid.«

»Aber ich bin gerade ...« Llian hielt inne und wandte sich ab.

Als er die Hand auf die Tür legte, rief die Alte Sal ihm hinterher. Ihr runzeliges altes Gesicht sah ehrlich besorgt aus. »Ich habe ein wenig gespart, wenn du ...«

Llian war gerührt. Er wusste, wie wenig die Schreiberin verdiente. »Danke«, sagte er und verneigte sich. »Aber noch bin ich nicht verzweifelt.«

»Dann wirst du dich also an Wistan wenden?«

Llian lachte freudlos. »Die Befriedigung werde ich ihm nicht geben. Ich werde für mein Abendessen singen.«

In jener Nacht verbreitete Llian, wie schlecht er behandelt worden war. Nur den Grund dafür verschwieg er. Stattdessen gab er die ein oder andere zweideutige Geschichte in einer Schülertaverne unten am Fluss zum Besten. So wie Llian war noch niemand behandelt worden, und das brachte ihm das Mitgefühl aller ein mit Ausnahme der leidenschaftlichsten Zainhasser. Nach seinem Vortrag ließ er den Hut herumgehen, und als der wieder zu ihm zurückkam, war er angenehm ausgebeult. So verbrachte Llian den Rest des Abends damit, all seinen neuen Freunden etwas zu trinken zu kaufen und Wistan im Geiste zu verfluchen. Die Historien waren für ihn mehr als nur ein Beruf – sie waren eine Obsession, und es gab nur wenig, was er nicht tun würde, um diese Leidenschaft zu nähren und auch noch das letzte Bruchstück einer Erzählung zu finden. Wenn das Herbstfestival begann, würde er am letzten Abend seinen rechtmäßigen Platz auf der Bühne einnehmen und die *Geschichte der Düsternis* so erzählen, wie er es auch gestern getan hatte. Danach würde er Chanthed für immer verlassen.

Um Mitternacht kehrte Llian wieder zu seinem Zimmer zurück. Erfreut sah er Thandiwe an seiner Tür. Er stand einen Augenblick einfach nur da und bewunderte ihre schlanke Figur, die goldene Haut, das schwarze Haar und den wogenden Busen.

»Was ist los?«, fragte er schließlich. Er wankte ein wenig.

»Ich ... Ich habe vergangene Nacht etwas hier vergessen«, antwortete sie und mied seinen Blick.

»Es ist etwas passiert! Sag es mir!«

»Oh Llian, man hat mich gewarnt, mich von dir fernzuhalten.«

»*Was?*«

»Ich habe gerade die schlimmste Stunde meines Lebens mit Wistan und seinem widerlichen kleinen Wurm Turlew verbracht. Wenn man mich noch einmal mit dir sieht, verliere ich meinen Platz am Kollegium.«

»Verdammt sollen sie sein!«

»Verdammt seiest *du!* Ich weiß nicht, was du getan hast, aber du kannst jetzt ja auch machen, was du willst. Ich nicht! Ich habe eine Chance auf das Abschlusserzählen nächstes Jahr. Wenn ich jetzt hinausgeworfen werde, ist mein Leben ruiniert, und alle Opfer meiner Familie waren umsonst.«

»Es tut mir leid«, sagte er, obwohl er sich noch immer verletzt fühlte. »Natürlich musst du gehen.«

»Llian, das heißt nicht, dass ich nichts für dich empfinde. Ich kann dich einfach nur eine Weile nicht sehen.«

Ihre dunklen Augen flehten ihn an, sie zu verstehen, und das tat er auch. Aber er fühlte sich auch im Stich gelassen. »Leb wohl«, sagte er ruhiger, als er war.

Die Tränen rannen ihr übers Gesicht. Thandiwe stürmte die Treppe hinunter und zur Haustür hinaus. Llian ließ sich aufs Bett fallen. Seine ganze Welt brach um ihn herum zusammen, und es gab nichts, was er dagegen tun konnte.

Llian holte sein Geschichtenbuch heraus und blätterte in den Seiten herum. Das Buch war seine erste, große Arbeit gewesen. Er hatte es für den ersten Grad vor vier Jahren verfasst, und die mehrere hundert Seiten enthielten Kurzfassungen der Großen Geschichten. Am Ende hatte er genug Seiten für eine neue Geschichte freigelassen – eine jugendliche Torheit, die ihn nun amüsierte. Das Buch war in der Tat wunderschön: fantastisch illuminiert in Lasurblau und Scharlachrot und hier und da mit Blattgold und –silber geschmückt. Das Buch war sehr wertvoll für ihn, denn er kannte jeden noch so kleinen Fehler darin.

Llian legte das Buch wieder beiseite und lag stundenlang einfach nur da und starrte an die Decke, bis der Skorpionnebel rot und schwarz durch das Fenster schien. Was würde die nächste Katastrophe sein?

Ein paar Tage später fand er es heraus, als er sich in der Bibliothek eintrug und ins Archiv hinunterging, um noch einen Blick auf die Dokumente aus der Zeit der Düsternis zu werfen. Sie waren wie alte Freunde für ihn, diese Regale voller zerfledderter Schriftrollen, Pergamente und Kodizes, die allein schon aufgrund ihres Alters auseinanderfielen. Vier Jahre lang hatte er hier wie ein Sklave geschuftet und mühsam die Fäden seiner Geschichte aus dem Labyrinth der Historien gezogen. Nun ließ ihn der Tod des verkrüppelten Mädchens nicht mehr in Ruhe, und er wollte nachsehen, ob er nicht vielleicht etwas übersehen hatte.

Llian ging an den schier unendlichen Regalen entlang in die entlegenste Ecke des Kellers, und dort trug er sich wieder für den Raum ein, in dem die ältesten und wertvollsten Dokumente aufbewahrt wurden. Er bog um die Ecke und genoss den Geruch der Bücher und den warmen, würzigen Duft der Rosenholzregale. Unvermittelt blieb er stehen. Die ganze Regalreihe war leer. Jedes einzelne Dokument aus der Zeit der Düsternis war verschwunden.

Es war, als hätte ihm jemand einen Spieß durchs Herz gejagt. Llian rannte zur diensthabenden Aufsicht zurück.

»Darüber weiß ich nichts«, sagte der Mann und fuhr sich mit den Fingern durch den prachtvollen schwarzen Bart. Krümel regneten auf seine polierten Stiefel. »Da werdet Ihr die Bibliothekarin fragen müssen.«

Rennen machte zwar keinen Sinn, Llian tat es aber dennoch. Er eilte ins Obergeschoss hinauf, wo die Bibliothekarin in ihrem einsamen Horst hockte, einem Raum voller Kataloge, aber ohne auch nur ein einziges Buch. Sie verschränkte die Arme vor der Brust und hörte sich Llians Flehen an. Die Bibliothekarin war eine ausgesprochen hübsche Frau, abgesehen von ihrem winzigen, strengen Mund. Sie kleidete sich wie eine Prinzessin: eine purpurne Seidenbluse mit Goldquasten an den Schultern über einem langen Rock aus grünem, mit Goldfäden durchwirktem Satin.

»Wir dürfen solch wertvolle, alte Dokumente nicht einfach rumliegen lassen, sodass jeder sie missbrauchen oder gar stehlen kann«, erklärte sie und ordnete die Stifte auf ihrem Schreibtisch in militärische Reihen. »Sie sind beschädigt worden; deshalb haben wir sie weggeschlossen.«

»Bibliotheken sind für Menschen da«, erwiderte Llian sarkastisch.

»Nein. Bibliotheken sind für Bücher da, und je weniger Menschen sie anfassen, desto besser ist es für die Bücher.«

»Ich würde sie trotzdem gern sehen«, sagte Llian. »Dürfte ich bitte den Schlüssel haben?«

Die Bibliothekarin konsultierte einen Katalog und schürzte die Lippen. Purpurroter Lippenstift ragte in dem erfolglosen Versuch über die Lippen hinaus, sie voller erscheinen zu lassen. »Für diese Dokumente benötigt Ihr eine Erlaubnis.«

»Und wie bekommt man solch eine Erlaubnis?« Dabei kannte Llian die Antwort darauf bereits.

»Nur Wistan kann solch eine Erlaubnis erteilen.«

Nach einiger Zeit kehrte eine neue Routine in Llians Leben ein. Er stand spät auf, meist recht zerzaust, und nach dem besten Frühstück, das er sich leisten konnte, ging er dann in die Bibliothek, um an seiner Queste zu arbeiten. Das war eine äußerst frustrierende und größtenteils fruchtlose Übung, da ihm die Dokumente, die er wirklich brauchte, nicht zugänglich waren; doch er machte weiter, bis seine Augen vom Lesen schmerzten. Anschließend ging er dann in eine Taverne und spann kurioses Garn, das meist von Wistan handelte und mit dem er seine Zuhörer unterhalten und etwas verdienen konnte. Nachdem er schließlich genug für den nächsten Tag verdient hatte – oder bei ein, zwei Gelegenheiten auch nicht –, wankte er wieder nach Hause ins Bett. Manchmal sah er Thandiwe im Vorübergehen; doch wenn jemand hinsah, wandte sie sich von ihm ab, und nach einiger Zeit fiel es ihm sogar recht leicht, ihr aus dem Weg zu gehen.

Eines Morgens wurde Llian von einem Hämmern an der Tür geweckt. Es war noch immer dunkel, als er öffnete. Draußen stand ein grimmig dreinblickender Büttel.

»Was ist los?«, fragte Llian.

»Wistan. In seine Schreibstube. Sofort!« Der Büttel packte ihn am Arm.

In Wistans Schreibstube war es kalt, und im Licht der einzigen vorhandenen Kerze wirkte er ausgesprochen böse. Er schaute Llian scharf an, und die Hautlappen an seinen Wangen bebten vor Feindseligkeit. »Chanthed existiert nur für das Kollegium«, begann er, und seine Stimme klang wie Borsten, die über eine Zeltbahn gezogen wurden. »*Mein* Kollegium! Es bedarf nur eines Wortes von mir, und du wirst kein Zimmer mehr haben, keinen Bibliothekszugang, und selbst der gemeinste Wasserträger wird dich seinen Karren nicht schieben lassen.«

Llian blinzelte.

»Turlew hat mir von deiner Vorstellung gestern in der Taverne erzählt«, fuhr Wistan fort, »und auch von denen in den Nächten davor. Ich werde nicht zulassen, dass irgendjemand mein Amt verspottet.«

Turlew schnaubte im Hintergrund.

»Vergangene Nacht hat er genauso laut gelacht wie alle anderen auch«, bemerkte Llian lächelnd. »Allerdings wäre ihm das Lachen wohl im Halse stecken geblieben, wäre er für den zweiten Akt geblieben.«

»Schweig! Versuch die *Stimme* nicht an *mir!* Was ist deine

Absicht? Nein, lass deine Lügen – ich weiß es bereits. Du willst mein Amt. Du willst mich der Lächerlichkeit preisgeben, sodass das Kollegium mich fallen lässt und dich per Akklamation zum neuen Direktor erhebt.«

Llian stieß ein bitteres Lachen aus. »Ein Zain als Direktor des Kollegiums der Historien? Nicht zu meinen Lebzeiten.« Llian verfluchte seine Vorfahren für ihre Torheit, wie er es schon oft getan hatte. Obwohl die Zain nicht länger verfolgt wurden, so waren sie doch nach wie vor nicht gut gelitten und wurden misstrauisch beäugt. Und sie selbst hatten während der Zeit ihrer Verfolgung eine tiefe Verachtung für jegliche Autorität entwickelt, auch wenn sie klug genug waren, das nach außen hin zu verbergen.

»In der Tat! Wenn du noch einmal auf diese Art Anstoß erregst, werde ich dich nackt aus Chanthed werfen lassen. *Und jetzt raus hier!*«

Ich werde mich deinen Drohungen nicht beugen, dachte Llian. *Ich bin nicht ohne Freunde.* Aber er hatte kein Geld, keine Referenzen und konnte nirgends hin. Nachdem er das Kollegium wieder verlassen hatte, ging er zu einer Taverne, die bei Sonnenaufgang öffnete, denn so spät war es inzwischen. Auf halbem Weg blieb er jedoch stehen.

So kann ich nicht weitermachen, dachte er. *Ich habe mich diese Woche nun jeden Tag betrunken.*

Llian setzte sich auf den Bordstein, die Füße in der Gosse. Er war pleite. Wenn er Glück hatte, steckten vielleicht noch eine Hand voll Kupferstücke in seiner Tasche, und um diese Tageszeit würde niemand für eine Geschichte bezahlen. Wenn er in die Taverne ging, würde er selbst zahlen müssen, und obwohl Getränke billig waren, würden die paar Kupferstücke dahinschmelzen wie Kampfer auf einem Ofen.

Llian stieg wieder den Hügel zur Bibliothek hinauf, aber natürlich waren die Türen noch geschlossen. Er hätte den

Pförtner wecken können, doch der hätte sich ihm wahrscheinlich verweigert. Llians Einfluss hatte in letzter Zeit stark abgenommen.

Er fluchte. Er konnte nirgendwohin außer ins Bett zurück. Dann sah er weiter die Straße hinunter zwei Schüler. Ohne Zweifel hatten sie die Nacht durchgezecht und befanden sich jetzt auf dem Weg nach Hause. Das Mädchen kannte er, aber ihr Gefährte war ihm fremd. Egal! Wenn sie es sich leisten konnten, die ganze Nacht durchzusaufen, konnten sie ihm auch einen ausgeben.

Llian setzte ein falsches Lächeln auf und machte sich auf den Weg, sein Elend zu ertränken.

Kapitel drei

Verfolgt von der Vergangenheit

Die magische Erzählung war vorbei. Karan, die rothaarige Frau, die Llian so nervös gemacht hatte, wurde von der hinausströmenden Zuhörerschaft mitgespült. Sie liebte die Großen Geschichten leidenschaftlich, und sie im Kollegium der Historien erzählt zu hören war einer der Höhepunkte ihres Lebens. Die Geschichte gärte noch immer in ihrem Geist – da sie zu den Empfindsamen gehörte, hatte sie die Geschichte erlebt, als wäre sie tatsächlich bei Shuthdar und dem verkrüppelten Mädchen im Turm gewesen.

Langsam verblasste die Erinnerung an die Flammen des brennenden Turms, und Karan fand sich allein inmitten eines von Rosmarin- und Lavendelsträuchern umstandenen Rasens wieder. Einen Augenblick lang wusste sie nicht, was sie hier tat.

Sie schaute sich um. Llian und seine Gruppe waren verschwunden, und die letzten Zuhörer verschwanden den Pfad hinunter. Karan sollte auch gehen, bevor die Wachen bemerkten, dass sie kein Recht hatte, hier zu sein. Die Öffentlichkeit hatte keinen Zutritt zum Abschlusserzählen; sollte man sie erwischen, würde sie vermutlich auf der Wache landen. Nun begann ihr Kopf zu schmerzen – das unvermeidliche Ergebnis dessen, was sie getan hatte. Sie war schier unglaublich dumm gewesen, aber sie scheute davor zurück, auch nur daran zu denken. Karan zog die Kapuze über den Kopf und machte sich auf den Weg zu ihrem Gasthof, dem billigsten in ganz Chanthed.

Karan war klein, hatte ein blasses, rundes, aber auch warmes und freundliches Gesicht, eingerahmt von einem Wust von Haaren, voll und rot wie der Sonnenuntergang an einem verrauchten Himmel. Ihre Augen waren grün wie Malachit. Sie war dreiundzwanzig Jahre alt, wirkte aber deutlich jünger. Ging es ihr gut, neigte sie zur Fülligkeit; doch nach dem langen Marsch nach Chanthed, auf dem sie kaum etwas zu essen gehabt hatte, war sie schlank.

Bei Sonnenaufgang stand sie auf, zog eine weite grüne Hose und ein viel zu großes Hemd an, das zwar von guter Qualität, aber arg mitgenommen war, spritzte sich Wasser ins Gesicht und kämpfte sich mit einem Knochenkamm durch ihr Haar – anschließend sah es allerdings noch genauso aus wie vorher. Schließlich spritzte sie sich ein paar Tropfen Limonenparfüm auf ihre Finger, rieb sich damit durchs Haar, und ihre Toilette war beendet.

Ihr Frühstück bestand aus einem Laib harten Brotes und zwei Äpfeln, bezahlt von ihrem wenigen Geld. Tatsächlich hatte sie sogar nur so wenig, dass jedes Kupferstück sie schmerzte, das man ihr im Speisesaal abnahm. Noch immer an ihrem Apfel kauend zog Karan den Rucksack an und machte sich auf den Heimweg. Sie lebte in Gothryme, einem unbedeutenden Gut in der armen Bergprovinz Bannador. Die Reise über die Berge im Osten dauerte eine Woche (wenn das Wetter mitspielte), aber sie hatte sie schon oft gemacht. Jetzt, am Ende des Sommers, war die Reise sogar angenehm im Gegensatz zum Winter, wo es nicht nur ungemütlich, sondern auch gefährlich war. Dass sie allein reiste, kümmerte sie nicht sonderlich; trotz ihrer kleinen Größe war sie durchaus in der Lage, Gefahren aus dem Weg zu gehen.

Die wundervolle Geschichte kehrte wieder zurück, kaum dass Karan durch die Stadttore war, und sie begann, sie sich selbst von Anfang an noch einmal zu erzählen. Die ersten paar Stunden ging es steil bergauf, und die Geschichte erleichterte ihr den Weg. Gegen Vormittag kam sie an jene Stelle, kurz vor Ende der Erzählung, wo Llian innegehalten und sie direkt angeschaut hatte. In diesem Augenblick hatte sie dummerweise eine *Verbindung* zwischen ihrem und seinem Geist aufgebaut und ihn so eine Sekunde lang aus dem Gleichgewicht gebracht. Bis jetzt hatte Karan es vermieden, über diese für sie untypische Dummheit nachzudenken. Normalerweise war sie sehr sensibel.

Sie setzte sich auf einen Sandsteinvorsprung, von wo aus sie das Tal überblicken konnte, den gewundenen Pfad und, weit unten, die in der Sonne schimmernden Schieferdächer von Chanthed. Warum hatte sie riskiert, sich einem Fremden, der sie benutzen könnte, als Empfindsame zu erkennen zu geben? Warum hatte sie ihr Geheimnis so gedankenlos enthüllt? Menschen mit ihrem Talent waren selten, und die, die darüber verfügten, behielten es für sich – aus gutem Grund: Solche Fähigkeiten waren unbezahlbar, wenn man jemanden ausspionieren oder dominieren wollte. In Kriegszeiten kaufte und verkaufte man Empfindsame ob ihrer Fähigkeiten; allerdings gehörte Krieg zum Glück der Vergangenheit an. Solange Karan lebte, herrschte Frieden zwischen den Ländern in diesem Teil von Meldorin.

Glücklicherweise konnte man ihre Talente nicht so einfach erkennen – solange sie vorsichtig war, hieß das. Dazu brauchte man schon einen anderen Empfindsamen oder jemanden, der in der Geheimen Kunst bewandert war.

Wo kamen ihre Talente eigentlich her? Karan war ein Mischling. Ihre Mutter hatte zu den Altmenschen gehört, den Ureinwohnern von Santhenar, und ihr Vater war ein halber Aachim.

Vor gut viertausend Jahren waren drei andere menschliche Spezies auf der Jagd nach der goldenen Flöte nach Santhenar gekommen. Die zumeist großen und dunklen Aachim wie ihr Vater stammten von der Welt Aachan. Von den Charon, ebenfalls groß und dunkel, gab es nur wenige; aber sie waren geradezu unglaublich mächtig, Meister der Geheimen Kunst und auch versiert im Umgang mit Maschinen. Die dritte Spezies waren die Faellem, ein kleines Volk mit rosafarbener Haut und goldenen Augen, die ursprünglich von der anderen der Drei Welten kamen, Tallallame. Körperlich waren sie nicht sonderlich stark, dafür aber geschickt in Täuschung und Illusion. Die drei außerweltlichen Spezies lebten viel länger als die Altmenschen, und bei ihrer Ankunft hatten sie Santhenar auf den Kopf gestellt; doch das war Vergangenheit. Nun gab es nur noch Altmenschen in großer Zahl auf Santhenar. Die Charon waren allesamt verschwunden, auf die ein oder andere Art, während die überlebenden Aachim und Faellem sich vor langer Zeit versteckt und ihre Andersartigkeit verborgen hatten.

Mischten sich die unterschiedlichen Spezies, gingen nur selten Kinder aus diesen Beziehungen hervor, und wenn doch, dann verfielen diese Mischlinge oft dem Wahnsinn. Aber verrückt hin oder her, sie konnten auch ungewöhnliche Talente besitzen.

Bisher hatte Karan *ihre* Talente jedoch nicht als sonderlich nützlich empfunden, denn sie waren äußerst unzuverlässig. Oft fühlte sie Menschen, bevor sie sie sah; manchmal fühlte sie sogar im Voraus, was sie sagen oder tun würden, besonders wenn sie sich in Gefahr befand. Bisweilen konnte sie einem anderen Menschen auch etwas senden, wenn auch nur ein Mischmasch aus Gefühlen und Bildern, und das funktionierte auch nur selten, wenn sie wollte. In ganz wenigen Fällen vermochte Karan auch eine Verbindung zu jemandem aufzubauen und mit demjenigen zu sprechen, von Geist zu Geist. Das hatte sie jedoch nur wenige Male in ihrem ganzen Leben getan. Und das war auch der Grund, warum die Verbindung zu Llian so schockierend gewesen war. Es war einfach geschehen, ohne dass sie auch nur darüber nachgedacht hätte. Sie nahm an, dass das vermutlich ein Ausdruck ihrer innersten Sehnsucht gewesen, war.

Aber ihre Talente hatten auch Nachteile: So fühlte sie vieles stärker als andere Menschen; manchmal sogar so stark, dass die Empfindungen sie überwältigten und lähmten. Und wenn sie ihre Talente einsetzte, war stets eine vage Übelkeit die Folge oder ein vernichtender Kopfschmerz, der den ganzen Tag anhalten konnte. Deshalb war Karan für gewöhnlich vorsichtig.

Doch warum hatte sie Llian dann am Ende seiner Erzählung »Wer hat sie getötet?« in den Geist geschrien. Karan kannte die Antwort darauf: Geschichte und Erzähler, beide hatten sie gleichermaßen in ihren Bann geschlagen.

Sie hatte Llian auch vorher schon erzählen hören. Aus ganz Meldorin strömten die Menschen herbei, um sich die Geschichten beim Festival von Chanthed anzuhören. Vor vier Jahren war Llian bekannt geworden, nach seinem ersten öffentlichen Erzählen, und Karan hatte das nie vergessen. Das war einer der Gründe, warum sie sich in das Abschlusserzählen geschlichen hatte, wofür sie den Ausweis eines entfernten Vetters verwendet hatte, welcher am Kollegium studierte. In Gedanken plante sie bereits ihre Reise zum Herbstfestival. Das würde der Höhepunkt des Jahres werden: vierzehn Tage voller großer und kleiner Geschichten.

Nun, bis dahin fließt noch viel Wasser in Richtung Meer, sagte sie zu sich selbst. *Vergiss deine dummen Träume. Was nützt dir ein Erzähler? In Gothryme gibt es nichts für ihn.* Karan trank einen Schluck aus ihrer Wasserflasche, zog sich den breitkrempigen Filzhut ins Gesicht und sprang auf. Sie wollte jetzt endlich wieder nach Hause, wo sie genug Sorgen erwarteten.

Wenn sie hart genug marschierte, würde sie die Reise vielleicht um einen Tag verkürzen können. Glücklicherweise war Santhenars großer Mond beinahe voll. Sein leuchtendes gelbes Licht erhellte ihr den Weg, sodass sie weit in den Abend hinein gehen konnte.

Doch als ein Tag auf den anderen folgte, drehte sich die dunklere Seite des Mondes wieder herein, und das Gelb wurde mit Seen und Kratern aus Rot, Purpur und Schwarz durchsetzt. Der Mond folgte seinem eigenen, trägen Zyklus, und die Zeit, da die dunklere Seite zu sehen war, galt generell als unheilbringend. Es war eine Zeit, da Entscheidungen und Reisen verschoben wurden. Zum Glück würde Karan zu Hause sein, wenn der Mond vollkommen dunkel geworden war.

Am vierten Morgen kam sie durch das kleine Bergdorf mit Namen Tullin, eine kleine Ansammlung von Häusern mit einem Gasthof – dem einzigen zwischen Chanthed und Karans Heimat. Karan stillte ihren Durst an einem Brunnen und zog dann weiter. Im Freien zu lagern kostete nichts und war um diese Jahreszeit auch angenehm. Hinter dem Gasthof sah Karan einen alten Mann, der schwungvoll Holz hackte. Er hob grüßend die Hand, und sie winkte zurück. Eine Gruppe Kinder folgte ihr den Pfad hinauf bis zur Kuppe des nächsten Hügels. Karan lächelte die Kinder an und verschwand dann auf der anderen Seite.

Fast da!, seufzte Karan, strich sich die roten Locken aus den Augen und stieg den Weg nach Gothryme hinunter, ihrem uralten, schäbigen Gut. Das innere Leuchten der Erzählung hatte sie fast auf dem gesamten Nachhauseweg begleitet. Sie war in solcher Eile, nach Hause zu kommen, dass sie die Stadt Tolryme umging und stattdessen über eine Meile den

Ryme flussaufwärts watete, der um diese Zeit Niedrigwasser führte. Dann ging es über Wiesen weiter. Schließlich erschienen die grünen Schieferdächer von Gothryme hinter einem Hügel, dann die Mauern aus rosafarbenem Granit. Jenseits davon war die Gothrymeklippe zu erkennen, eine steile Wand aus Granit, die den Blick auf die weißen Gipfel der Berge dahinter versperrte.

Gothryme bestand aus einem niedrigen, ovalen Wehrhof, arg mitgenommen von der Zeit und den gelegentlichen Streitereien, die Bannador immer wieder heimgesucht hatten, sowie zwei neueren Flügeln, zweigeschossig und mit breiten Veranden auf der Rückseite. Jenseits davon befand sich eine Ansammlung von Scheunen und anderen Nebengebäuden, alle aus Granit und Schiefer. Sie waren einfach, aber solide.

Es war heiß und trocken, und das graue Gras knirschte unter Karans Stiefeln. Es sah nicht so aus, als hätte es seit ihrem Aufbruch vor drei Wochen geregnet. All die Probleme ihres Landlebens brachen mit einem Mal wieder über sie herein. Der gnadenlose Würgegriff der Dürre brach Gothryme allmählich das Rückgrat und ruinierte das Gut. Dass Karan die kurze Reise hatte unternehmen können, war schierer Luxus gewesen. Wenn es nicht bald regnete, würde sie sich das Herbstfestival nicht leisten können.

Karan blieb einen Augenblick lang stehen und ließ den Blick über ihre Ländereien schweifen. Obwohl sie etwas geerbt hatte, was auf den ersten Blick ein ausgedehntes Gut zu sein schien – Hof, Land und Wald –, so war das Land doch öde, steinig und knochentrocken, und der Wald war durch die Klippe nahezu unzugänglich. Es ernährte sie und die Menschen, die es bearbeiteten, gerade so; für Luxus blieb da nichts mehr übrig. Doch es gehörte ihr, und nach Jahren der Reisen und der Unruhe wünschte sie sich nichts anderes mehr, als sich darum zu kümmern und – wenn sie konnte – den Geschichtenerzählern auf dem Festival von Chanthed zu lauschen.

Als sie den steilen Hügel hinaufstieg, verlor sie das Haus aus dem Blick. An diesem Punkt verließ Karan den Weg und ging um die Rückseite des Hofs herum. Sie war müde und wollte einfach nur durch die Tür, ohne dass die Leute viel Aufhebens ob ihrer Rückkehr machten. Sie kam an einem von Schilf gesäumten Teich vorbei, wo eine Familie Grauenten ihre Runden drehte. Karan wedelte den Enten mit den Fingern zu. Wo war Kar, der alte schwarze Schwan?

Just in diesem Augenblick ertönte ein lautes Zischen und Trompeten vom anderen Ende des Teichs. Der Schwan schlug mit den schwarzen Flügeln, und das Wasser schäumte. Ein dünner brauner Arm ließ das Bein des Schwans los, und ein verängstigter Junge krabbelte das Ufer hinauf, rannte am Rand des Teichs entlang und rutschte durch den Schlamm. Es war der jüngste Sohn des Kochs, ein gutmütiger Schelm.

»Was, glaubst du, tust du da, Benie?«, rief Karan und spielte die Strenge.

Der Junge hielt mitten im Schritt inne. Selbst sein Haar war schlammverschmiert. »Angeln«, log er mit gesenktem Blick.

»Dann mach das in Zukunft im Fluss«, sagte Karan. »Und jetzt ab mit dir … und wasch den Schlamm ab, bevor du ins Haus gehst.«

Der Junge rannte davon und schrie aus Leibeskräften: »Karan ist wieder zurück! Mama, Karan ist wieder zurück!«

Karan schaute ihm lächelnd hinterher. So viel zum Thema heimliche Rückkehr.

»*Karan!*«, rief Rachis, ihr Verwalter, als sie das Haus betrat. »Willkommen daheim.« Er umarmte sie.

Karan kannte Rachis schon ihr ganzes Leben lang. Er war

groß und dünn und hatte schütteres weißes Haar, das die kahle Stelle auf dem Kopf umgab und wie eine Tonsur aussah. Als sie ihn umarmte, fiel Karan auf, dass er fast kein Fleisch mehr auf den Knochen hatte – er war nun wirklich ein alter Mann geworden. Rachis leitete das Gut jetzt schon seit vielen Jahren pflichtgetreu, seit Karans Mutter gestorben war und das Land ihrer Tochter vererbt hatte. Aber er war schwach geworden. Karan hatte schon ein schlechtes Gewissen, weil sie ihn für diesen kurzen Ausflug allein gelassen hatte.

Nach der Begrüßung und nachdem sie Neuigkeiten vom Gut und der Welt draußen ausgetauscht hatten, bekam Karan eine Schüssel Eintopf aus dem großen schwarzen Kessel, der über dem Feuer hing. Damit und mit einem Stück Brot setzte sie sich auf die Veranda, um den Abend zu genießen. Es war schön, wieder daheim zu sein, sich an einfacher Hausmannskost zu erfreuen und all die vertrauten Dinge um sich zu haben. Sie lehnte sich gegen die Granitwand und zog die Stiefel aus. Morgen verlangten hundert Aufgaben nach ihrer Aufmerksamkeit. Heute Abend würde sie sich jedoch erst einmal zurücklehnen und entspannen.

Mit Einbruch der Dunkelheit ging sie zu Bett. Ihr Bett war eine riesige Kiste aus schwarzfleckigem Holz, die den halben Raum einnahm. Karan rollte sich in der vertrauten Kuhle zu einem Ball zusammen; doch später, als der Skorpionnebel aufging und sein Licht durchs Schlafzimmerfenster warf, wurde sie von einer derart starken Vorahnung geweckt, dass sich ihr die Nackenhaare sträubten. Irgendetwas hatte sich gerade in der Welt verändert. Karan hatte keine Ahnung, was das war; aber nachdem sie stundenlang wachgelegen hatte, kam sie zu der Erkenntnis, dass sie nicht mehr einschlafen würde. Also stand sie auf, sah den dunklen, abnehmenden Mond und schauderte. Sie machte sich einen Tee und hatte die dürftigen Zahlen in ihrem Hauptbuch bereits zur Hälfte durchgesehen, als der Morgen dämmerte.

Karan schaute gerade aus dem Fenster und den Weg nach Tolryme hinunter, als sich ihr erneut die Nackenhaare sträubten. Irgendjemand kam durch den Nebel. Er ritt auf einem schwarzen Pferd und führte ein anderes hinterher. Das an sich war nicht ungewöhnlich; doch dieser Fremde brannte in Karans Geist wie Feuer.

Es war Maigraith! Maigraith, die zwei Jahre zuvor Karan vor der Sklaverei gerettet hatte, als sie in Almadin all ihrer Habseligkeiten beraubt worden war. Seitdem hatten sie sich nicht mehr gesehen, doch Karan wusste, warum Maigraith gekommen war. Die Schuld musste bezahlt werden.

Obwohl sie sich nach besten Kräften bemühte, sie zu unterdrücken, kehrten die schrecklichen Erinnerungen an ihre Knechtschaft so lebendig wieder zurück, wie sie nur ein Empfindsamer erleben konnte. Einen Augenblick lang war sie tatsächlich wieder dort, Tag und Nacht an die Gerberbottiche gekettet und jedes Mal geschlagen, wann immer sie in ihrer Arbeit nachließ. Selbst in der Erinnerung ließ der Gestank sie würgen …

»Wo geht es nach Cadory, Kerl?«

Karan wuchtete eine Haut aus dem Bottich. Die Häute mussten so lange getränkt werden, bis alle Fetzen Fleisch verrottet waren und das Haar abgerieben werden konnte. Selbst nach einem Monat Sklaverei war der Gestank noch immer unerträglich. Und sie spürte, wie das Fieber wieder zurückkehrte, schlimmer denn zuvor. Sie wusste, dass sie daran sterben würde. Ein Schatten fiel auf sie und verschaffte ihr eine willkommene Erleichterung von der Sonne. Mit trüben Augen schaute sie hinauf.

»Ja, ich rede mit dir«, sagte eine wunderschöne Frau auf einem großen schwarzen Pferd. »Mein Name ist Maigraith. Wo …?«

Ihre Arroganz und ihre Freiheit machten Karan rasend. »Ich bin Karan, eine freie Frau aus Bannador«, sagte Karan wütend und wuchtete die schwere Haut auf den Tisch, um sie abzuschaben. Sie rieb sich mit dem Handrücken übers Gesicht, schmierte sich dabei grünen Schleim auf die Wange und warf ihren Hut herunter. Leuchtend rotes Haar fiel in alle Richtungen.

»Eine freie Frau!«, wiederholte Maigraith, und auf ihrem Gesicht zeigte sich noch nicht einmal der Hauch eines Lächelns.

»Man hat mir jeden Grint geraubt, den ich hatte, jede einzelne Münze. Das hier war die einzige Arbeit, die ich bekommen konnte; aber Eintopf und Wasser kosten mehr, als ich verdiene. Also vergrößern sich meine Schulden Tag für Tag.«

Sie bückte sich nach ihrem Hut. Ein rostiger Eisenring war um ihre Hüfte gebunden, und eine Kette verband ihn mit dem Bottich. In diesem Augenblick schlurfte ein dürres Weib aus einem Verschlag und drosch mit einem Reisigbündel auf Karan ein. Karan fiel in den Schlamm und schützte ihr Gesicht mit den Armen.

»Arbeite, du faule rothaarige Kuh!«, kreischte das Weib und begleitete jedes Wort mit einem Schlag. Eine Hälfte ihres Gesichts war von nässenden Wunden zerfressen, die einfach nicht heilen wollten.

Nach einiger Zeit ermüdete das Weib und humpelte wieder davon. Karan zog sich am Bottich hoch. Blut troff aus ihrer Nase und auf die Häute.

»Mein Weg führt mich nach Westen übers Meer, fast bis nach Bannador«, sagte Maigraith. »Ich könnte deiner Familie eine Nachricht überbringen.«

»Wenn sie sie bekommen, werde ich bereits tot sein«, sagte Karan und ließ sich wieder in den Matsch sinken. Das Fieber trieb ihr die Schweißperlen auf die Stirn. »Bitte, hilf mir. Ich habe Besitz in Bannador. Ich kann dir alles zahlen, was du verlangst.«

Unglück gab es überall, doch irgendetwas im Gesicht des Mädchens rührte Maigraith, denn auch sie hatte einst Grausamkeit schweigend ertragen müssen. »Wie hoch sind deine Schulden?«

»Zehn Silbertar«, antwortete Karan.

Maigraith schwieg daraufhin so lange, dass Karan sich schon fragte, ob die gutaussehende Frau ihren anfänglichen Großmut bereits bereute oder ob sie überhaupt so viel Geld besaß.

Schließlich sagte Maigraith: »Für eine Hand voll Grütze? Du könntest sie für weniger von Goldtellern essen. Nun gut, ich werde sie begleichen, und als Gegenleistung wirst du mir helfen, wann immer ich deine Hilfe benötigen sollte.«

»Ich werde alles tun, was du verlangst«, sagte Karan.

In jener Nacht wurde Karan vom Fieber überwältigt und rang tagelang mit dem Tod. Maigraith kümmerte sich unermüdlich um sie; doch als sie schlussendlich das Gefühl hatte, Karan könne ihr entgleiten, brachte sie sie zu ihrer Herrin Faichand, einer kleinen Frau mit durchscheinender Haut und alterslosen Augen. Karan konnte sich nur verschwommen an die Tage ihrer Krankheit erinnern, aber sie wusste, dass Maigraith und Faichand sich wegen ihr gestritten hatten. Kaum ging es Karan wieder gut genug, brachte Maigraith sie nach Thurkad – eine Reise von einem Monat – und sorgte dafür, dass sie sicher nach Gothryme geleitet wurde …

Nun, nachdem sie wieder nach Hause zurückgekehrt war, hatte Karan feststellen müssen, dass Gothryme trotz Rachis' Bemühungen kurz vor dem Bankrott stand. Schuld daran waren die anhaltende Dürre und die daraus resultierenden schlechten Ernten, und Karans Reisen über vier Jahre hinweg hatten sämtliche Reserven aufgebraucht. Zwar besaß sie Land und einen Gutshof, aber sie war arm. Schon die Reise nach Chanthed hatte sie sich nur dank strengster Sparmaßnahmen leisten können, und das war ihr einziger Luxus in den vergangenen zwei Jahren gewesen. Wenn kein Wunder geschah, konnte sie das Herbstfestival vergessen. Und nun war Maigraith hier. Was wollte sie? Die zehn Silberstücke hatte Karan schon seit langem zurückgeschickt; dennoch konnte sie sich der Verpflichtung nicht entziehen, die sie eingegangen war – dazu war das Ganze zu ernst.

»Maigraith!«, rief Karan und unterdrückte die Erinnerungen. »Willkommen. Steig ab.« Sie hielt das Halfter, während Maigraith sich aus dem Sattel schwang.

Karan musterte ihre geheimnisvolle Retterin. Maigraith war von mittlerer Größe, schlank und hatte seidiges haselnussbraunes Haar, das ihre Schultern umspielte. Ihr ovales Gesicht war geradezu atemberaubend schön; nur ihr angespannter Kiefer und ihre unglücklich nach unten verzogenen Mundwinkel beeinträchtigten die Perfektion ihrer Züge. Ihre Augen waren blau, doch von einem seltsamen Blau, das etwas zu verbergen schien. Ihre Kleidung war dunkel, verhüllend, ein Ebenholzarmband der einzige Schmuck, ein schlichtes, schönes Ding. Jede ihrer Bewegungen war bewusst und zurückhaltend.

»Es war gar nicht so einfach, dich zu finden«, sagte Maigraith. Akzent hatte sie keinen, doch sie sprach mit einer gewissen Formalität, die darauf schließen ließ, dass Karans Sprache nicht ihre Muttersprache war.

»Meine Familie lebt schon seit tausend Jahren hier«, erwiderte Karan, die das Gefühl hatte, als wolle Maigraith sie dafür tadeln, dass sie an solch einem abgeschiedenen Ort lebte. »Komm rein. Ich werde dir etwas Cidre holen.«

»Wasser reicht«, entgegnete Maigraith. »Ich behalte lieber einen klaren Verstand.«

Karan erinnerte sich daran, dass Maigraith enthaltsam lebte und all ihre Gewohnheiten einer strengen Kontrolle unterwarf. Also holte sie einen Krug Wasser und zwei Trinkschüsseln.

»Willst du länger bleiben?«, erkundigte sich Karan und führte ihren Gast in einen auf drei Seiten von Veranden umgebenen Innenhof. Die Stützbalken waren von alten Weinranken geschmückt; zu dieser Jahreszeit glichen die Trauben jedoch noch Erbsen. Karan bot Maigraith den besten Stuhl an, einen alten Korbstuhl, der unter ihrem leichten Gewicht peinlich ächzte.

Maigraith setzte sich kerzengerade hin, die Knie zusammen und die Hände auf dem Schoß. Ihre steife Haltung veranlasste Karan, sich ebenfalls ordentlich hinzusetzen und es sich nicht wie sonst bequem zu machen. »Nein! Ich bin gekommen, um die Erfüllung deiner Pflicht einzufordern. Stehst du noch dazu?«

»Natürlich. Was auch immer in meiner Macht steht.«

»Du bist eine Empfindsame!«

»Woher weißt du das?«, fragte Karan besorgt. Wenn Maigraith das merken konnte, dann vielleicht auch andere Leute.

»Hab keine Angst. Bei mir ist dein Geheimnis sicher.«

»*Woher?*«, schrie Karan. »Ich muss es wissen!«

»Als du vor zwei Jahren im Fieber lagst, hast du unbewusst eine Verbindung zu mir aufgebaut.«

Das war mein erster großer Fehler, dachte Karan. *Aber das verrät mir auch etwas über dich. Wer* bist *du, dass du solche Dinge verstehst?*

»Kannst du es kontrollieren?«, fuhr Maigraith fort.

»Bitte?«, entgegnete Karan.

»Kannst du gezielt eine Verbindung zu jemandem herstellen, um ihm Botschaften zu schicken oder sie von ihm zu empfangen?«

»Das habe ich schon gemacht«, antwortete Karan mit schwacher Stimme, »allerdings ist mein Talent nur selten zuverlässig.«

»Das ist gut«, sagte Maigraith und ignorierte die Einschränkung. »Ich habe einen Auftrag zu erledigen, und dafür brauche ich deine Unterstützung. Damit wirst du deine Schuld mir gegenüber begleichen.«

Wirst begleichen ..., dachte Karan. *Du könntest mir wenigstens die Höflichkeit erweisen, es als Bitte zu formulieren.* Bereits jetzt fühlte sie sich überrumpelt und beherrscht. »Was soll ich tun?«

»Faichand, meine Herrin, verlangt von mir, etwas zurückzuholen, das sie vor langer Zeit verloren hat. Diese Aufgabe kann ich jedoch nicht ohne Hilfe einer Verbindung erfüllen«, erklärte Maigraith. »Deshalb brauche ich dich.«

»Nun, das hört sich einfach genug an«, sagte Karan. Nachdem sie nun zugestimmt hatte, wollte sie die Sache so rasch wie möglich hinter sich bringen. »Wenn du willst, können wir direkt nach dem Frühstück damit beginnen. Wo würdest du gerne arbeiten?«

Maigraith lachte freudlos. »Nein. Einfach ist das nicht. Und hier können wir das auch nicht tun.«

»Das ist schon in Ordnung. Wo auch immer du hinwillst.« Das Ganze würde sicher nicht länger als ein paar Tage dauern, nicht mehr als die eine Woche bis Thurkad und wieder zurück.

»Wir müssen nach Fiz Gorgo.«

»*Fiz Gorgo!* Aber das ist durch halb Meldorin ... mindestens fünfhundert Meilen!«

»Mindestens«, bestätigte Maigraith.

»Um diese Jahreszeit kann ich Gothryme nicht für Monate verlassen! Ist Fiz Gorgo nicht Yggurs Feste?« Sie sprach den Namen *Ig-ger* aus. »Man bräuchte schon eine ganze Armee, um an Yggurs Wachen vorbeizukommen.«

Maigraith schwieg ein, zwei Minuten lang. Sie war in Gedanken versunken, erinnerte sich daran, was geschehen war, und überlegte, was davon man Karan anvertrauen konnte, wenn überhaupt.

Erst vor einer Woche war eine furchtbar aufgeregte Faichand aufgetaucht und hatte Maigraith befohlen, sich sofort auf den Weg nach Fiz Gorgo zu machen, um ein Relikt zu holen, das sie dringend benötigte. Maigraith war innerlich eiskalt geworden. Sie wusste genug über Fiz Gorgo und Yggur, um zu erkennen, dass diese Aufgabe ohne Hilfe nicht zu bewältigen war. Aber Faichand akzeptierte keine Ausreden – wenn etwas getan werden musste, dann musste es getan werden. Selbst zu ihren besten Zeiten war sie nur schwer zufrieden zu stellen.

Maigraith wusste, dass sie eine Empfindsame brauchte, um in solch einen gut bewachten Ort einzudringen und wieder hinauszukommen. Sie hatte Karans Namen erwähnt, doch ihre Herrin war außer sich vor Wut geraten. *Geh allein! Wer hätte schon je von einem Empfindsamen gehört, auf den man sich verlassen kann?* Das wusste auch Maigraith. Empfindsame zuckten bei jedem Schatten zusammen und sandten ihre Ängste in die Welt hinaus.

Sie war verzweifelt gewesen. Ohne Zeit zu planen und die Verteidigung auszuspionieren, und ohne Unterstützung war die Aufgabe schlicht unmöglich. Einen Empfindsamen einzusetzen war riskant, aber was blieb ihr schon für eine Wahl? Und Karan war als Einzige greifbar.

Karan räusperte sich und riss damit Maigraith aus ihren Gedanken. Maigraith schaute ihr in die Augen. Sie konnte Karan nur wenig erzählen.

»Ich muss ein Relikt zurückholen, das Yggur im Augenblick hat. Es ... Es gehört meiner Herrin, und sie braucht es dringend. Sobald wir in Fiz Gorgo sind, wirst du eine Verbindung zu mir aufbauen, um mich zu unterstützen, damit ich in die Festung und wieder hinaus kann.«

Karan konnte es nicht glauben. »Aber Yggur ist einer der mächtigsten Kriegsherrn in ganz Meldorin und noch dazu ein Wirker!«

»Meine Herrin ist noch stärker«, erwiderte Maigraith, »und auch ich verfüge über gewisse Fähigkeiten in der Geheimen Kunst. Für mich wird es schwierig werden, aber für dich besteht keine Gefahr. Du brauchst noch nicht einmal in der Nähe der Mauern von Fiz Gorgo zu sein.« Sie schaute besorgt drein. »Bitte. Du hast ja keine Ahnung, wie das für mich ist. Was ich auch tue, es ist nie gut genug für Faichand. Versagen ist undenkbar.«

Die flehentliche Bitte rührte Karans weiches Herz auf eine Art, wie es Maigraith' Arroganz nie vermocht hätte, aber sie widerstand dennoch. Die Vorstellung allein war schon ein Albtraum für sie. »Ich habe einfach nicht die Nerven für Spionage und Diebstahl«, sagte Karan, »und auch nicht die Fähigkeiten dazu. Du wirst dir jemand anderen suchen müssen.«

»So!«, sagte Maigraith kalt. »Ehre und Pflicht bedeuten dir also gar nichts. Ich habe dich anders eingeschätzt. Nun, dir bleibt keine andere Wahl. Ich kenne niemand anderen.«

»Was du von mir verlangst, steht in keinem Verhältnis zu dem Dienst, den du mir erwiesen hast«, erwiderte Karan verzweifelt. »Gib mir eine andere Aufgabe, und ich werde sie pflichtgetreu erfüllen, egal was es mich auch kosten mag.«

»Wenn ich mich recht entsinne, hast du das schon einmal gesagt.«

»Aber dich kostete es nur ein paar Silberstücke, und die habe ich dir zurückgezahlt. Was du von mir verlangst, ist, mein Leben zu riskieren.«

»*Dich kostete es nur ein paar Silberstücke!* Ich habe dein Leben gerettet. Ich habe dich gepflegt, als du schon mit einem Bein im Grab gestanden hast, und dabei riskiert, mich mit dem Fieber anzustecken. Ich habe dich den ganzen Weg bis nach Thurkad gebracht, dir Geld in die Tasche gesteckt und dafür gesorgt, dass du sicher nach Hause geleitet worden bist. Du hast nur *den kleinsten Teil* der Schuld beglichen.«

Karan fühlte sich in der Falle! Sie hatte nicht daran gedacht, dass Maigraith ihr Versprechen derart ausnützen würde. »Ende Herbst muss ich nach Chanthed«, sagte sie. Sie versuchte alles, was ihr in den Sinn kam.

»Stellst du das Vergnügen über die Pflicht? Was für ein seltsames Volk ihr hier in Bannador doch seid. Wie auch immer ... bis dahin sind wir wieder zurück.«

»Ich kann nicht! Ich habe hier Verpflichtungen.«

Maigraith war erbarmungslos. »Du hast einen Verwalter. Als ich dich getroffen habe, warst du schon seit Jahren auf Reisen.«

»Er ist inzwischen alt geworden. Außerdem habe ich nicht das Geld dafür. Wir hatten vier Jahre lang Dürre, und jeder Grint ist wertvoll.«

»Aber nach Chanthed zu gehen, kannst du dir leisten! Natürlich werde ich dir alle Auslagen erstatten und dich auch ordentlich entlohnen – das Doppelte des normalen Preises für einen Empfindsamen.«

»Lohn?«, sagte Karan. Nun war ihr auch der letzte Fluchtweg verbaut.

»Vier Silbertar pro Tag, sechzig Tage lang, zu zahlen in Sith auf dem Rückweg. Ich wiederhole: Löst du dein Versprechen ein?«

Karan war so erstaunt, dass sie nur schweigen konnte. Geld hatte sie in ihrem Leben immer zu wenig gehabt. Die Zahl, die Maigraith genannt hatte, war ein Vermögen – genug, um das Gut von seinen Problemen zu befreien –, trotzdem hätte sie lieber darauf verzichtet und wäre zu Hause geblieben.

Nach all den Jahren der Wanderung hatte Karan die Ruhe ihres Heims zu schätzen gelernt, die Einsamkeit, die sie in den Bergen hinter dem Hof finden konnte, und das Wissen, dass sie niemandem Rechenschaft schuldig war. Maigraith war selbstsüchtig und gefühllos. Auch ohne die Gefahren von Fiz Gorgo würden Monate in ihrer Gesellschaft nahezu unerträglich sein. Aber sie wusste, dass Maigraith nicht nachgeben würde, und Lohn hin oder her, zu guter Letzt war es unmöglich, sich ihr zu widersetzen. Die Schuld war eine Pflicht, und Pflicht war etwas Heiliges.

»Ich werde es tun«, erklärte Karan widerwillig und mit düsterer Vorahnung.

»Dann schwöre bei dem, was dir am heiligsten ist, dass du mir treu dienen wirst, bis die Aufgabe getan ist.«

Karans geliebter Vater, Galliad, war in den Bergen getötet worden, als sie acht gewesen war, zu Tode geprügelt für ein paar Münzen. Er war das heiligste Bild, das sie in ihrem Herzen trug. »Ich schwöre bei der Erinnerung an meinen Vater, dass ich das für dich tun werde«, sagte Karan niedergeschlagen.

So war es also abgemacht. Karan hatte ein langes Gespräch mit Rachis, der alles andere als erfreut war. Anschließend regelte sie ihre Angelegenheiten, und im Morgengrauen des nächsten Tages verließen sie Gothryme.

Kapitel vier

Eine ominöse Enthüllung

Das Tal des Ryme war ein gewundenes Nebelband, als sie aufbrachen. Maigraith ritt um die Stadt Tolryme herum und weiter in Richtung Südost nach Sith. Karan folgte ihr missgelaunt. Normalerweise war sie auf Reisen stets guten Mutes, doch Maigraith schüchterte sie ein und hemmte sie. Schweigend ritten sie über die staubigen Wege von Bannador, zwischen Hecken hindurch, hinter denen sie immer wieder die mit Stein eingefassten Felder sahen, wo das Korn in der Dürre dahinwelkte.

Gegen Mittag, als die Sonne auf Karans alten Filzhut brannte, hielten sie kurz an einem steinigen Bachlauf an, um etwas zu essen und zu trinken. Karan ging zum Wasser und schickte sich an, die Stiefel auszuziehen, um ihre heißen Füße kurz ins Wasser zu halten.

»Dafür ist keine Zeit«, sagte Maigraith knapp. »Wir müssen in sechzig Tagen wieder in Sith sein.«

»In sechzig Tagen? Unmöglich!«

Maigraith hatte eine kleine Karte, auf Pergament gezeichnet, herausgeholt. »Die Straßen sind größtenteils gut. Ein königlicher Kurier würde die Entfernung in dreißig Tagen zurücklegen; da werden wir es doch sicherlich in der doppelten Zeit schaffen.«

»Ein Kurier wechselt aber auch jeden Tag die Pferde.«

»Und das werden wir auch tun, wenn es sein muss, aber das hier waren die besten Tiere in ganz Thurkad. Komm. Weiter.«

Karan fragte sich, wie viel Gold Maigraith in der Börse unter ihrem Hemd eigentlich dabeihatte. In jedem Fall mehr, als sie, Karan, je in ihrem Leben gesehen hatte.

Es war schon lange her, seit Karan zum letzten Mal auf einem Pferd geritten war, und am Ende des Tages war ihre Haut so wund und ihre Muskeln so verspannt, dass sie kaum gehen konnte. Sie saß am Feuer und rieb sich Salbe auf die wundgescheuerten Schenkel, während Maigraith das Abendessen zubereitete.

Schließlich reichte Maigraith ihr eine Schüssel von etwas, das wie vielfarbiger Brei aussah. »Was ist das?«, lachte Karan. »Leim, um mich am Sattel festzukleben?«

Maigraith runzelte die Stirn. Sie hatte schlicht keinen Sinn für Humor. »Das ist unser Abendessen.«

Es war schrecklich: gequetschtes Korn, trockene Stückchen Räucherfleisch und lederiges, trockenes Gemüse, alles zusammen zu einer klebrigen Masse verkocht. Karan aß es schweigend; dann humpelte sie zu ihrem Schlafsack und zog ihn sich über den Kopf. Das war schlimmer, als sie es sich je erträumt hatte, und das war erst der erste Tag.

In aller Eile ritten sie über die fruchtbaren Wiesen von Iagador auf den Hochweg, die Hauptstraße von Nord nach Süd; dann ging es im Galopp nach Sith hinunter. Maigraith mied jeden auf der Straße, und niemand belästigte sie, denn sie strahlte eine derart tödliche Aura aus, dass selbst die gröbsten Kerle sich von ihr fernhielten.

Der Stadtstaat von Sith war eine Handelsnation auf einer Insel inmitten des mächtigen Flusses Garr. Es war ein sauberer, ordentlicher Ort, wo die Gesetze durchgesetzt wurden und alles Leben sich um den Handel drehte. Sith war eine wunderschöne Stadt, gebaut aus gelbem Stein, und sie erstreckte sich über alle Hänge der Insel. Hier kaufte Maigraith Vorräte für die lange Reise nach Süden, exakt den gleichen Proviant wie zuvor. Karan verließ mehr und mehr der Mut. Sie waren nun den sechsten Tag auf der Straße, und Maigraith' Essen war schon jetzt geradezu unerträglich langweilig. Jeden Abend gab es das Gleiche und noch dazu ohne ein Gewürz. Und sie kochte als Einzige.

»Können wir nicht wenigstens etwas Wein besorgen?«, bettelte Karan, als sie bei einem Weinhändler vorbeikamen, einem wohlhabend aussehenden Laden.

»Ich brauche keinen Wein«, erwiderte Maigraith.

Diesmal wollte Karan nicht nachgeben. »Ich *brauche* ihn auch nicht, aber ich hätte gerne welchen.« Sie zügelte ihr Pferd und tastete im Saum nach den paar Münzen, die sie mitgenommen hatte. »Ich werde ihn von meinem eigenen Geld kaufen, wenn ich ihn mir leisten kann«, sagte sie mit einem Hauch von Sarkasmus in der Stimme.

Maigraith verzog das Gesicht. »Wenn es dich glücklich macht ...«, sagte sie. »Warte hier!«

Karan liebte es, in Weinhandlungen zu stöbern und Kostproben zu nehmen, doch ihre Reisegefährtin hatte ihr allen Spaß daran verdorben. Kochend vor Ärger setzte sie sich auf die Türschwelle, während Maigraith hineinging und fast sofort mit einem Weinschlauch so groß wie eine Melone wieder zurückkehrte. Den band sie wortlos an Karans Sattel und saß wieder auf.

Bevor sie Sith verließen, führte Maigraith Karan zu einer unscheinbaren Tür in einer ebenso unscheinbaren Straße. »Falls irgendetwas schief laufen sollte, wirst du das Relikt für Faichand hierherbringen.« Dann ritten sie davon. Sie überquerten die südliche Abzweigung des Garr mittels einer Brücke auf zwanzig Bögen mit einem großen, eisernen, ganz in Rot gestrichenen Bogen in der Mitte.

Am anderen Ufer angelangt wandten sie sich nach Südosten und folgten wieder dem Hochweg, der sie zuerst an die Küste des Meers von Thurkad führte, nach Vilikshathûr, einer schäbigen Küstenstadt. Sie ritten um die Stadt herum und weiter Richtung Süden, durch mehr als sechzig Meilen Wald in der Kluft von Zarqa. Dort überquerten sie auch die nicht mehr ganz so hohen Berge. Jenseits davon wandten sie sich gen Westen und zogen über die schier unendlichen Grasebenen in Richtung des Waldes von Orist.

Zu diesem Zeitpunkt hätte Karan am liebsten vor Frust geschrien, denn Maigraith wollte nicht eine ihrer Fragen in Bezug auf die Mission beantworten oder über das Relikt, das sie wiederbeschaffen sollten. Ja, sie wollte ihr noch nicht einmal verraten, wie sie an Yggurs stets aufmerksamen Wachen vorbeizukommen gedachte.

»Aber einige Dinge muss ich einfach wissen«, sagte Karan eines Abends, als sie schon mehr als zwei Wochen auf der Straße waren. Sie trat einen Zweig ins Feuer, woraufhin auf der anderen Seite Glut hinausflog.

Maigraith schnippte ein Stück Glut von ihrem Teller. Sie war sehr ruhig. »Was du wissen musst, werde ich dir zu gegebener Zeit sagen.«

»Bis jetzt hast du mir gar nichts gesagt.«

»Woraus sich schließen lässt, dass du jetzt noch nichts wissen musst.«

Ihre Logik machte Karan wahnsinnig. Karan fühlte sich vollkommen kontrolliert, und es gab nichts, was sie dagegen hätte tun können. Das Geld, das sie mitgenommen hatte, hätte sie noch nicht einmal ein Viertel des Wegs nach Hause gebracht.

Je weiter sie ritten, desto niedergeschlagener wurde Karan. Sie hatte das Gefühl, als würden nicht vergossene Tränen sie von innen her auffressen.

Schließlich erkannte selbst Maigraith, dass Karans Elend ein Problem für sie beide darstellte. »Was ist nur mit dir los?«, fragte sie am folgenden Abend, nachdem sie wieder einmal ein fades Abendessen zu sich genommen hatten.

»Ich habe Angst, ich bin allein, und ich bin unglücklich.«

»Pflicht bedeutet Glück, wenn sie getan ist«, sagte Maigraith, als wäre das eine allgemeingültige Formel.

Karan erwiderte nichts auf diese absurde Bemerkung. Pflicht war einfach nur Pflicht und einer der Rahmen, die das Leben zusammenhielten. Sie brach genauso viele Menschen, wie sie erschuf. Karan wandte Maigraith den Rücken zu, schlang die Arme um die Knie und starrte in den dunklen Wald. Sie brütete über ihr außer Kontrolle geratenes Leben. Was sollte sie wegen Gothryme unternehmen? Und was war mit ihrer eigenen Existenz?

Mit dem Lohn würde sie ihre Schulden bezahlen, aber für die Reparatur des Gutes und die Verbesserung des Zustandes ihrer von der Dürre heimgesuchten Ländereien würde nichts mehr übrig bleiben. Karan war zwar klug, fähig und arbeitete hart, doch das reichte nicht. Wenn die Dürre bis zum Winter anhielt, würde sie die Einrichtung des Hofs verkaufen müssen, nur um zu überleben. Und dann? Was würde dann im folgenden Jahr passieren? Gothryme zu verlieren, wo ihre Familie seit tausend Jahren lebte, wäre das Gleiche, als würde sie ein Bein verlieren. *Es gibt keinen Ausweg!*

Auf der anderen Seite des Feuers sprang Maigraith plötzlich auf. »Was?«, rief sie und starrte Karan an.

»Ich habe nichts gesagt. Lass mich in Ruhe!«

Maigraith sprang über das Feuer hinweg und riss Karan in die Höhe.

»Du hast *gesendet*«, warf sie ihr vor.

»Wovon redest du überhaupt?«, erwiderte Karan und versuchte vergebens, sich von Maigraith zu lösen.

»Du hast deine Gefühle in alle Richtungen gesendet. So etwas ist sehr gefährlich. Ich weiß nicht, wie du das überlebt hast.«

»Oh!«, sagte Karan und versuchte herauszufinden, was sie getan hatte.

»Du solltest es besser wissen.«

»Das tue ich auch! Noch bevor ich laufen konnte, habe ich gelernt, meine Natur zu verbergen. Ich weiß nicht, warum ich es hier außer Kontrolle habe geraten lassen. Vielleicht weil du mich so unglücklich machst.«

Nun, da sie es ausgesprochen hatte, fühlte Karan sich sogar noch schlechter. Sie ging zu ihren Satteltaschen und kehrte mit dem in Sith gekauften Weinschlauch wieder zurück, den sie bis jetzt nicht angerührt hatte. Sie hoffte, dass Maigraith keinen schlechten Wein gekauft hatte.

Es bedurfte nur eines winzigen Schluckes, um festzustellen, dass dem nicht so war. Es war ein fantastischer Wein von purpurner, nahezu schwarzer Farbe. Karan goss sich einen Becher ein, da der Schlauch zu schwer war, um ihn sich an die Lippen zu halten. Dann lehnte sie sich an einen Baum und trank langsam.

»Ich mache dich unglücklich?« Maigraith war erstaunt.

»Diese Reise gehört zu dem Schlimmsten, was ich je in meinem Leben erlebt habe. Ständig kritisierst du mich und kommandierst mich herum. Du behandelst mich wie den letzten Idioten.«

»Tut mir leid«, sagte Maigraith. »Das bin ich einfach so gewöhnt.«

Maigraith füllte sich ebenfalls einen Becher bis zum Rand, hängte den Weinschlauch in eine Astgabel und setzte sich neben Karan. Sie hatte erkannt, dass sie Karan aus dieser gefährlichen Niedergeschlagenheit heraushelfen musste.

Gemeinsam saßen sie da. Sie redeten nicht, sondern tranken nur. Schließlich fühlte Karan sich leicht beschwipst und stellte den Becher beiseite. Auf Maigraith' eiserne Selbstbeherrschung schien der Wein jedoch keinen Einfluss zu haben.

Plötzlich kehrte Karans gute Laune wieder zurück. »Erzähl mir von dir. Von deinem Leben«, sagte sie. Sie wusste so gut wie gar nichts über ihre Gefährtin, auch nicht nach so langer Zeit.

»Was soll ich da erzählen? Ich habe weder Vater noch Mutter. Ich weiß nicht, wer ich bin oder woher ich gekommen bin.«

»Ich bin auch eine Waise«, sagte Karan. »Mein Vater ist erschlagen worden, als ich acht Jahre alt war. Bis heute frage ich mich ständig warum. Kurz danach ist meine Mutter dem Wahnsinn verfallen und hat sich selbst das Leben genommen.«

»Wenigstens hattest du acht Jahre«, erwiderte Maigraith verbittert. »Wenigstens erinnerst du dich an sie! Soviel ich weiß, hätte ich genauso gut aus einem Teich kriechen können.« Sie füllte ihren Becher wieder, leerte ihn in einem Schluck und goss sich den nächsten ein.

Karan schwieg, und Maigraith erkannte, dass sie die Tragödie im Leben ihrer Gefährtin auf rüde Art einfach so abgetan hatte. »Wer waren sie, Karan?«, fragte sie so freundlich, wie es ihr möglich war.

»Meine Mutter war eine Fyrn, die seit tausend Jahren in Gothryme gelebt haben. Von ihr habe ich meinen Namen und mein Erbe. Mein Vater war ein Aachim!«

Maigraith erschrak. »Ein Aachim!« Sie sagte das, als bedeute allein der Name schon Ärger.

»Nun, eigentlich Halb-Aachim. Seine Mutter war eine Aachim, aber sein Vater ein Altmensch.«

»*Du bist ein Mischling?*«

»Schreck nicht so vor mir zurück. Ich bin kein Monster.«

»Ich bin nur überrascht, das ist alles«, sagte Maigraith.

»Woher hast du denn geglaubt, hätte ich mein Talent?«

»Talente können allen möglichen Ursprung haben.«

Maigraith griff nach dem Weinschlauch, um sich noch einmal nachzuschenken. *Davor hat Faichand also Angst*, sagte sie zu sich selbst. *Die unberechenbaren Talente der Mischlinge ... Ob Karan überhaupt weiß, wozu sie in der Lage ist?*

»Aachan hat mich fasziniert, seitdem ich zum ersten Mal die Geschichten meines Vaters gehört habe«, sagte Karan verträumt. Sie imitierte seinen traurigen Erzählstil.

»Unsere Welt war Aachan, ein dunkler, kalter, öder Ort; aber er war alles, was wir hatten, und wir liebten ihn. Kein Volk arbeitete je härter und klüger, und schlussendlich ließen wir unsere Welt erblühen. Jede Stadt, jedes Gebäude, jeder Garten und jedes Ding, das wir erschufen, war ein Werk voll Schönheit. Unsere Kunst und unser Handwerk waren unser Leben. Dann nahmen uns die Charon unsere Welt. Wir arbeiteten weiter, doch nicht mehr für uns selbst.

Nie befreiten wir uns vom Joch der Sklaverei. Nur jene von uns, die nach Santhenar kamen, erlangten ihre Freiheit zurück. Hier wurden wir dann wiedergeboren. Überall auf der Welt errichteten wir unsere wunderschönen Städte, und unsere Kunst war nie perfekter.

Aber es war unser Schicksal zu leiden. Wieder wurden wir von den Charon verraten, und unsere Städte und Arbeiten wurden zerstört. Jetzt leben wir in der und für die Vergangenheit, und nicht länger kümmern wir uns um die Angelegenheiten von Santhenar.

Solch ein trauriges Leben hatten sie, auf ihrer eigenen

Welt und hier«, fügte Karan hinzu. »Sie betrachten ihr Schicksal als außerhalb ihrer Kontrolle.«

»Das tue ich auch«, sagte Maigraith und füllte ihren Becher wieder. Sie wechselte das Thema. »Was deine Sendung betrifft …«, sagte sie in sanftem Ton. »Ich möchte, dass du darüber nachdenkst, was du getan hast. Lerne, es zu beherrschen. Es ist eine große Gabe, wenn du sie zu nutzen verstehst.«

»Ich habe Angst«, erwiderte Karan. »Wer weiß sonst noch, dass ich eine Empfindsame bin?« Eine Person mindestens: Llian, der Chronist. Aber wie vielen Leuten hatte er von ihr erzählt?

»Vielleicht niemand. Aus irgendeinem Grund bin ich schlicht in der Lage, Menschen mit deinem Talent zu erkennen.«

Karan setzte sich unvermittelt auf und ergriff Maigraith' Hand. »Wie das? Bist du auch eine Empfindsame?« Karan kannte niemanden, der wie sie war. Die Aussicht, eine Seelenverwandte getroffen zu haben, stimmte sie fröhlich – auch wenn es Maigraith war.

Maigraith lachte. »Korrekterweise sollte man wohl eher sagen, dass ich *unempfindsam* bin«, sagte sie und schaute überrascht drein. Hatte sie gerade wirklich einen Scherz gemacht? Sie leerte ihren Becher und stand abermals auf, um sich nachzugießen. Ein paar Tropfen dunkelroten Weins liefen ihr unbemerkt das Kinn herunter.

»Du hast mir gerade von deinem eigenen Leben erzählt«, erinnerte Karan sie.

»Meine Eltern sind gestorben, als ich geboren wurde. Ich kenne noch nicht einmal ihre Namen. Ich weiß nur, dass ich eine schreckliche Schande war.«

Ihr brach die Stimme. Maigraith schwankte und ließ den Weinschlauch fallen. Roter Wein spritzte hinaus und flog glitzernd im Feuerschein durch die Luft, bevor er zischend auf einem heißen Stein verdampfte. Maigraith kicherte und fiel um. Karan half ihr wieder auf. Der Wein zeigte nun Wirkung; Maigraith war sturzbetrunken. Sie schlang die Arme um Karan, und die Tränen strömten ihr über die Wangen.

»Oh, Karan, du kannst dir gar nicht vorstellen, wie sehr ich mich danach sehne zu wissen, wer ich bin und woher ich komme. Ich weiß nur, dass Faelamor mich nach dem Tod meiner Eltern aufgenommen hat, als niemand mich hat haben wollen.«

Karan sträubten sich die Nackenhaare.

Maigraith fuhr fort, ohne sich wirklich bewusst zu sein, was sie gerade gesagt hatte. »Und ich gehöre noch nicht einmal zu ihrer *Spezies.* Niemand auf der Welt hat sich um mich gekümmert, nur sie. Trotz meiner Schande hat sie mich großgezogen und mir die beste Erziehung angedeihen lassen, die man nur haben kann. Lieben kann ich sie jedoch nicht, denn dazu ist sie zu hart, zu unnachgiebig, zu distanziert. Faelamor ist eine schier unmöglich harte Herrin. Nichts stellt sie je zufrieden. Aber wie könnte ich es nicht versuchen? Ich schulde ihr mehr, als ich je zurückzahlen kann.«

Karan war so erschüttert von Maigraith' trunkener Enthüllung, dass sie den Rest der Geschichte noch nicht einmal hörte. Also war Faichand *Faelamor,* die mythische Führerin der Faellem! Sie fand in allen Geschichten Erwähnung, doch seit Hunderten von Jahren hatte man nichts mehr von ihr gehört.

Kurz danach hatte sich Maigraith elegant auf den Boden gelegt, die Augen geschlossen und war eingeschlafen. Karan legte eine Decke über sie und ging zu ihrem Schlafsack. Der Schlaf ließ jedoch noch lange auf sich warten. Karan war in die Affären der Mächtigen verstrickt, von Faelamor und Yggur, für die gewöhnliche Menschen nicht mehr waren als

Figuren in einem Spiel. Wie sollte sie sich dabei schützen? Und je mehr sie darüber nachdachte, desto schlimmer wurde es.

Maigraith erwachte vom Licht der hell strahlenden Sonne, die ihr ins Gesicht schien. Ruckartig setzte sie sich auf, und ein derart stechender Schmerz breitete sich in ihren Schläfen aus, dass sie schrie.

»Was ist los?«, fragte Karan verschlafen.

»Ich bin krank«, krächzte Maigraith. »Oh, mein Kopf.«

»Du hast dich gestern Nacht besoffen«, erwiderte Karan amüsiert.

»Bist du in Ordnung?«

»Ich hatte nur wenig Wein und habe danach viel Wasser getrunken.«

»Oooh!«, stöhnte Maigraith und rappelte sich auf alle viere auf. »Ich habe das Gefühl, als sollte ich mich an etwas erinnern.«

Karan setzte sich auf, schwieg aber.

»Ich ... Ich erinnere mich. Du bist teilweise eine Aachim!« Maigraith schüttelte den Kopf und zuckte zusammen. Die Aachim waren unzertrennlich mit dem Relikt verbunden, dass sie aus Fiz Gorgo zu stehlen gedachte. Bis jetzt hatte sie Karan nicht erzählt, um was es sich dabei handelte, doch nun wusste sie, dass es Ärger geben würde, sollte sie es tun. Aber es war zu spät, um jetzt noch etwas daran zu ändern.

Die Mission war schon zum Scheitern verurteilt gewesen, noch bevor sie begonnen hatte. Trotz Karans Talent, ihrer Klugheit und ihres Könnens war sie schlicht die falsche Wahl für diese Aufgabe. Dafür war sie viel zu sehr eine Empfindsame. Es war besser, sie zurückzulassen und allein weiterzugehen. *Wenn ich das nur könnte*, dachte Maigraith, *aber die Pflicht bindet beide Seiten.*

»Was ist los?«, fragte Karan erneut und riss Maigraith damit aus ihren Gedanken. »Du siehst besorgt aus.«

»Besorgt!«, bellte Maigraith. »Mein Leben, meine Arbeit, meine unmögliche Mission, wer ich bin, weshalb ich hier bin ... Alles ist eine einzige Katastrophe!«

»Wenn ich kann, will ich dir helfen«, sagte Karan zaghaft aus Angst vor einem Tadel. »Wir könnten ... Wir könnten sogar Freundinnen sein, wenn du mich nicht ständig wegstoßen würdest.«

»Ich habe noch nie eine Freundin gehabt«, sagte Maigraith. »Faichand hat das nie zugelassen. Sie fürchtet, das könne mich davon abhalten, ihr mit ganzem Herzen zu dienen.«

»Wie kann sie dich denn davon abhalten?«

»Die Pflicht hält mich davon ab. Ich verdanke ihr alles. Meine Schuld ist so groß, dass sie niemals beglichen werden kann. Das sagt sie mir ständig.«

Das verlieh Karan neue Einblicke in die besessene Natur ihrer Gefährtin. Sie fühlte sich nicht länger von Maigraith beherrscht. Sie hatte Mitleid mit ihr und sehnte sich danach, ihr irgendwie helfen zu können.

»Du musst sehr einsam sein. Ich würde mich freuen, deine Freundin sein zu dürfen.«

Maigraith schwieg. Sie blickte zu Boden, dann zu Karan. Das Angebot machte ihr Angst. »Danke«, sagte sie schließlich. »Du bist sehr freundlich, großzügig und warmherzig – mehr könnte ich mir nicht von einer Freundin wünschen. Du bist alles, was ich nicht bin. Aber es ist sinnlos, sich nach dem zu sehnen, was ich nicht haben kann, und gefährlich für uns beide.« Sie stand auf und machte sich auf den Weg in den Wald.

»Maigraith!«, rief Karan.

Maigraith drehte sich wieder um. »Ja?«

»Ich muss dir etwas sagen.«

»Und was?«

Karans Kiefer verspannte sich. »Maigraith, vergangene Nacht, als du betrunken gewesen bist ... da hast du deine Herrin bei einem anderen Namen genannt.«

Maigraith' honigfarbene Haut wurde weiß wie Gips. »Bei welchem Namen?«, flüsterte sie.

»Du hast sie Faelamor genannt! Ist sie dieselbe ...?«

Maigraith geriet ins Schwanken und sah aus, als würde sie gleich in Ohnmacht fallen. Sie verzog das Gesicht, presste die Handballen auf die Schläfen und zwang sich, sich wieder zu beherrschen.

»Sprich diesen Namen niemals wieder aus«, sagte sie mit einer Stimme, die geschmolzenes Blei hätte einfrieren können. »Meine Herrin ist Faichand. Faelamor ist vor langer Zeit gestorben.«

Karan starrte sie stumm an.

»Faichand!«, schrie Maigraith, packte Karans Kopf mit beiden Händen und brüllte es ihr ins Gesicht. »Faichand! Hast du verstanden? *Es gibt keine Faelamor!*«

Karan nickte, und Maigraith ließ sie wieder los und stapfte in den Wald. Eine Stunde lang wanderte sie zwischen den Bäumen umher, und mit jedem Schritt nahm ihre Übelkeit zu. Die Selbstverachtung, weil sie Faelamors Geheimnis verraten hatte, war weit schlimmer als der Kater. Maigraith kam an einen gegabelten Baum und lehnte sich in die Gabel. Ihr war speiübel. Sie klammerte sich an den Baum, als wäre er die Mutter, die sie nie gekannt hatte. Die harte Rinde drückte auf ihre Brüste, die sich hoben und hoben und hoben ... Aber egal wie sehr Maigraith sich auch bemühte, sie vermochte den Schrecken in ihrem Leib nicht herauszuwürgen. Sie hatte Faelamor verraten, und das auch noch an eine Empfindsame. Großes Leid würde darauf folgen.

Fortan war Maigraith ungewöhnlich distanziert, selbst für ihre Verhältnisse. Die Angelegenheit mit Faelamor wurde nicht wieder erwähnt, und Karans zaghafte Annäherungsversuche wurden derart grob abgeschmettert, dass auch sie sich zurückzog. Während sie also weiter über die endlosen Grasebenen ritten, hatte Karan jede Menge Zeit, sich über Maigraith' Ausrutscher den Kopf zu zerbrechen und was es bedeutete. Wenn Faelamors Existenz ein derartiges Geheimnis war, dann brachte allein das Wissen Karan schon in große Gefahr. Ihr fielen nur zwei Möglichkeiten zur Lösung dieses Problems ein: Maigraith anzuflehen, es nicht Faelamor zu erzählen, oder dafür zu sorgen, dass die ganze Welt davon erfuhr. Keine der beiden Möglichkeiten war jedoch sonderlich verlockend.

Zu anderen Zeiten während dieser schier endlosen Reise zerbrach Karan sich den Kopf über Gothryme, träumte vom Festival in Chanthed oder fragte sich – beinahe täglich –, was das wohl für ein Relikt war, weshalb Maigraith so weit gereist war, um es wiederzubeschaffen. Was konnte das nur sein? Maigraith hatte ihr nicht den kleinsten Hinweis darauf gegeben. Und nun, da der Mond seine dunkle Seite zeigte und drohend auf sie hinabsah, hatte sie das Gefühl, dass sie es eigentlich gar nicht wissen wollte.

Sie erreichten einen riesigen Fluss, den Hindirin, der zu breit und stark war, als dass man ihn hätte durchschwimmen können; aber ein Stück flussabwärts wurde er von einer Steinbrücke überspannt, fast so lang wie die Brücke über den Garr in Sith. Jenseits davon befanden sich zwei weitere Flüsse. Auch dort waren die Brücken solide, und sie kamen gut voran. Über eine alte Straße, die teilweise kaum noch auszumachen war, ging es weiter über Grasland und durch Wälder.

Am Ende der dritten Woche, als der Skorpionnebel jede Nacht am ansonsten leeren Himmel schien und Karans Vorahnung Tag für Tag stärker wurde, hatten sie die Pferde bereits drei Mal gewechselt und waren über vierhundert Meilen geritten. Nun ritten sie zwischen hohen Bäumen hindurch, hinter denen die weglosen Sümpfe und Sumpfwälder von Orist lagen, die bis zu den Mauern von Fiz Gorgo und noch weit darüber hinaus reichten.

In einer kleinen, namenlosen Stadt ließen sie ihre Pferde zurück, und Maigraith heuerte einen Führer an, der sie durch den Sumpfwald bringen sollte. Er war ein zerlumpter, zahnloser, geifernder Kerl, ein Schmuggler und Schurke, dessen Blicke Karan auf Schritt und Tritt verfolgten. Aber er kannte jeden Tümpel im Sumpf, und sie aßen jeden Abend frischen Fisch, eine willkommene Abwechslung zu Maigraith' geschmackloser und eintöniger Verpflegung. Und er bot auch ein wenig Erleichterung von Maigraith' säuerlicher Gesellschaft.

Soweit es Karan betraf, gab es nur einen Höhepunkt auf dieser Reise. Es geschah an dem Tag, da sie den Neydsee erreichten, einen kalten, klaren See von fast zwei Meilen Länge. Sie lagerten am Nordufer inmitten der halbversunkenen Ruinen einer alten Stadt. Nach nahezu einer Woche im Sumpf genoss Karan das saubere Wasser, als sie plötzlich einen stechenden Schmerz im Fußballen spürte.

Sie sprang zurück, und etwas Schwarzes ließ sich ins Wasser fallen. Karan humpelte zum Ufer und setzte sich auf einen Marmorbrocken, um die Wunde zu untersuchen.

Ihr Führer, der sich Walf nannte, schlenderte herbei. »Hat dich was gebissen?«, fragte er und entblößte den zahnlosen

Mund. Er nahm Karans schmalen Fuß in eine Hand, die genauso knorrig war wie eine Mangrovenwurzel.

Am Fußballen befanden sich drei kleine Löcher, im Dreieck angeordnet. Es sickerte kaum Blut hervor, und sie waren blau an den Rändern. »Tut das weh?« Er drückte mit dem Finger auf die Wunde.

»Nein. Ich fühle gar nichts.«

»Das wirst du aber«, sagte Walf und hielt ihren Fuß länger fest als nötig. Karan riss ihn aus seinem Griff.

Maigraith kam herbei, um zu sehen, was los war. »Eine Turmmuschel«, erklärte der Führer. »Heute wird sie nicht mehr darauf laufen können.«

»Wie unvorsichtig«, sagte Maigraith und schaute verärgert drein. »Was ist mit morgen?«

»Bis dahin sollte es besser sein, solange es sich nicht entzündet.« Walf drehte sich wieder zum Feuer um.

»Nun, wir dürfen keinen Tag verschwenden. Du kannst mir den Weg nach Fiz Gorgo zeigen. Es sind nur noch ein paar Tage bis dorthin, stimmt's?«

»Weniger.«

»Gut! Wir werden heute so weit gehen, wie wir können, und nachts wieder zurückkommen. Karan, bleib hier, und kümmere dich um deinen Fuß. Erwarte uns so gegen Mitternacht.«

So hatte Karan also den ganzen Tag für sich selbst, ein unerwarteter Luxus. Schon bald schmerzte ihr Fuß viel zu sehr, als dass sie ihn hätte belasten können, doch wenn sie sich ausruhte, war alles in Ordnung. Sie saß in der Sonne inmitten der Ruinen und beobachtete die Vögel, die übers Wasser huschten, und die kleinen Fische, die in klaren Tümpeln um Marmorbrocken und umgestürzte Säulen kreisten. Hier am Neydsee musste es einst sehr schön gewesen sein.

Zu Mittag aß sie die Hälfte eines Fischs mit wunderbar gelbem Fleisch, dazu wilde Zwiebeln und saure Limonen und trank so viel stark gesüßten Tee, wie sie konnte. Sie hatte eine große Schwäche für Süßes.

Den Nachmittag verträumte Karan. Sie dachte an Geschichten und ihre Erzähler. Das Abendessen war schmackhaft und die Nacht friedvoll. Weder der Mond noch der Skorpionnebel wurden von dünnen Wolkenschwaden verdeckt, von Bedrohung keine Spur mehr. Karan hätte gerne ein Feuer gemacht, doch so nahe an Fiz Gorgo wollte sie das nicht riskieren. Tatsächlich dachte sie nicht einmal daran. Alle Gedanken an das, was vor ihr lag, schob sie vorerst beiseite – wenigstens für diesen einen Tag.

Sie ließen Walf am Neydsee zurück, wo er auf sie warten und sie anschließend wieder aus dem Sumpf führen sollte. Als sie dann außerhalb seiner Sichtweite waren, legten sie auch ihre schweren Rucksäcke für das letzte Stück nach Fiz Gorgo ab. Erst jetzt brach Maigraith ihr Schweigen.

»Bisher wollte ich nicht darüber sprechen, aber jetzt muss ich. Es besteht die Möglichkeit, dass man mich fassen wird. Sollte das geschehen, und solltest du entkommen können, dann lauf zum See zurück. Walf wird dich aus dem Sumpf führen. Anschließend musst du dann nach Sith zurück und Faichand das Relikt geben; den Übergabeort habe ich dir ja gezeigt.«

Allein schon der Gedanke daran war unerträglich. »Ich habe nicht genug Geld«, sagte Karan tonlos.

Maigraith reichte ihr eine kleine Börse, schwer von Silber. »Das ist für deine Unkosten. Solltest du mehr ausgeben, wird man es dir in Sith zurückerstatten – und natürlich bekommst du dort auch deinen Lohn.«

Das Gewicht der Börse war beruhigend. Karan steckte sie sicher weg. Schließlich erreichten sie einen Flussarm, der nach Meer roch. Maigraith probierte das Wasser. Sie verzog das Gesicht und spie es wieder aus.

»Salz! Fiz Gorgo liegt in einem Mündungsdelta. Ab jetzt müssen wir vorsichtig sein. Vielleicht dringen Yggurs Wachen auf ihren Patrouillen bis weit in den Sumpf vor.«

Sie schlichen am Rand des Sumpfes entlang, und schließlich sahen sie vor sich eine weite Fläche gerodeten Landes. Jenseits davon befand sich eine Straße, und dahinter wiederum erhob sich eine Festung oder vielleicht auch eine befestigte Stadt. Fiz Gorgo! Und sie waren nur einen Tag hinter ihrem Zeitplan. Selbst von ihrem Versteck aus konnten sie Wachen auf der Straße und den Mauern sehen.

Fiz Gorgo war eine riesige, befestigte Stadt, teilweise von Yggur aus Ruinen im Sumpf wiederaufgebaut, dem Kriegsherrn und Magus, der aus dem Nichts gekommen war, um den gesamten Süden der großen Insel von Meldorin zu erobern. Die Stadt war uralt, erbaut vor dreitausend Jahren, vermutlich von den Aachim. In späteren Zeiten war der Süden von Meldorin in die Barbarei zurückgefallen, und Fiz Gorgo war zu einer Ruine verfallen. Der Fluss Neyd hatte seinen Lauf verändert und einen Sumpf erschaffen, wo einst fruchtbare Felder gewesen waren. Sumpfwald wucherte um Fiz Gorgo herum, und die Stadt war der Vergessenheit anheimgefallen.

Dann war Yggur gekommen, vor fünfzig oder vielleicht auch hundert Jahren. Er hatte die Mauern wieder errichtet, das überflutete Land trockengelegt und einen Teil der Türme neu erbaut. Aber selbst Yggur hatte die gewaltige Festung nicht in ihrer Gesamtheit erneuert; die Tunnel und

Labyrinthe unter ihr hatte er gar gänzlich unberührt gelassen.

Die Nacht verging und auch der darauffolgende Tag. Überall waren Wachen, und sie ließen nicht einen Augenblick lang in ihrer Aufmerksamkeit nach. Der Tag verlief ereignislos; dennoch wurde Karan nervös, und diese Nervosität wuchs, bis sie förmlich einen Knoten davon im Magen hatte. Das war das Problem mit dem Leben als Empfindsame: Sie empfand alles weitaus stärker als andere Menschen. Sie *wusste*, dass irgendetwas schieflief.

»Stimmt etwas nicht?«, fragte Maigraith mehr als einmal. An Maigraith' Verhalten war nichts abzulesen; nur ihre Haltung war noch steifer als für gewöhnlich.

»Nein, still! Ah, da kommt er.«

In der Mauer öffnete sich ein Tor, und ein ungewöhnlich großer Mann ritt hinaus, begleitet von sechs Wachen. Sie ritten die Straße hinunter in Richtung Delta.

»Das ist Yggur! Man hat mir erzählt, dass er oft nach Carstein reiten würde. Das liegt ein gutes Stück von hier entfernt. Vor morgen wird er sicher nicht wieder zurück sein.«

Sie schauten den Reitern hinterher, bis sie hinter einer Straßenbiegung verschwunden waren; dann hockten sie schweigend da, während es um sie herum immer dunkler wurde. Laternen wurden auf den Mauern entzündet. Karan zitterte. Es war erst Anfang Herbst, aber so weit im Süden waren die Nächte bereits kalt.

»Die *Verbindung!*«, sagte Maigraith. »Rasch!«

Karan hatte nie wirklich gewusst, wie sie eine Verbindung herstellte – sie konnte es einfach. Bei vielen Menschen funktionierte es zwar nicht, aber sie wusste, dass es bei Maigraith anders war. Sie dachte an Maigraith, stellte sich vor, mittels ihrer Gedanken mit ihr zu reden, und plötzlich war sie da, wie eine Leitung von einer zur anderen. Natürlich konnte

Karan nicht Maigraith' Gedanken lesen. Sie wusste nur das, was Maigraith preisgab und was sie durch die Verbindung fühlte.

Maigraith war so stark, so fähig ... und doch auch so verwundbar, fühlte Karan, denn als Kind hatte man ihr schrecklich wehgetan. Und sie wurde von Selbstzweifeln gequält, von dem Wissen, dass ihrer Herrin nichts, was sie tat, gut genug war. Maigraith hatte alles gemeistert, was sie sich auferlegt hatte, hatte alles gelernt und alles erduldet; aber gegen den Schmerz in ihrem Inneren konnte sie sich nicht wehren, und so hatte sie alles verdrängt, was sie menschlich machte. Sie weigerte sich, etwas zu empfinden. Umso überraschender war es, dass sie vor zwei Jahren Mitleid mit Karan gehabt hatte, dass sie tatsächlich vom Pferd gestiegen war und sie gerettet hatte. Oder, dachte Karan mit für sie ungewohntem Zynismus, hatte das auch daran gelegen, dass sie sie als Empfindsame erkannt hatte.

Nein, das war unwürdig. Maigraith versuchte so verzweifelt, ihre eigene Identität zu finden, dass diese Suche ihr ganzes Leben beeinflusst hatte. Die Rohheit dieser Gefühle brachte Karan ihrer Gefährtin so nah, wie sie es seit jener Nacht nicht mehr gewesen war, da sie miteinander getrunken hatten. Karans sanftes Herz war gerührt. Sie wollte Maigraith helfen und sie beschützen. Ihre eigenen Sorgen waren nahezu unwichtig geworden.

Nun sprach Maigraith über die Verbindung zu ihr. *Ah! Das ist gut. Ich habe noch nie solch eine starke Verbindung gefühlt.*

»Was soll ich für dich tun?«, fragte Karan laut. Sie mochte das Gefühl nicht, dass Maigraith in ihren Geist sprach; das war ein privater Ort.

»Halte einfach die Verbindung aufrecht. Was auch immer du tust, unterbrich sie nicht, während ich drinnen bin, sonst werde ich vielleicht nie wieder herauskommen. Doch sollte etwas schieflaufen, werde ich womöglich auf einen Teil deiner Kraft zurückgreifen müssen. Es wird nicht wehtun, aber du könntest dich ein wenig ... schwach fühlen! Bereit?«

»Ja«, antwortete Karan. Sie war nicht bereit, aber je schneller das vorbei war, desto besser.

Halte die Verbindung aufrecht, wiederholte Maigraith und verschwand dann einfach. Das Laub knirschte unter ihren Füßen, doch nach wenigen Sekunden herrschte wieder vollkommene Stille. Karan schaute zu dem Skorpionnebel hinauf und schauderte.

Just in diesem Augenblick spürte Karan ein entsetzliches Zerren in ihrem Geist, als hätte jemand die Verbindung gepackt und an den Wurzeln herausgerissen. Eine Minute lang war sie blind und taub, all ihre Sinne tot. Ein intensives Gefühl von Platzangst überkam sie. Fast wäre sie in Panik geraten; dann kehrte ihr Gehör wieder zurück, Laub knirschte, und Maigraith stand wieder neben ihr.

»Was ist passiert?«, fragte sie kalt und starrte auf Karan hinunter, die am Boden lag.

»Ich habe keine Ahnung«, antwortete Karan und hielt sich den Kopf. »Die Verbindung ist einfach zerrissen worden. Eine Minute lang konnte ich noch nicht einmal etwas sehen.«

»Und was ist dann *jetzt* los?«

»Das sind die Nachwirkungen. Das ist immer so, wenn ich mein Talent benutze. Gleich wird es mir schon wieder besser gehen. Diesmal ist es nicht so schlimm.«

»Mir geht es ähnlich, wenn ich die Geheime Kunst anwende«, sagte Maigraith knapp. »Allerdings nicht nach so einer kleinen Übung!«

Als Karan sich wieder besser fühlte, versuchte sie es erneut. Diesmal war die Verbindung ein flatterhaftes, instabiles Ding, das das Pochen in Karans Kopf verstärkte.

»Tut mir leid«, sagte sie. »Ich tue mein Bestes. Ich habe dir ja gesagt, dass mein Talent unzuverlässig ist. Es mag es nicht, gezwungen zu werden.«

»Es wird sich damit abfinden müssen«, entgegnete Maigraith. »Und jetzt *halte* die Verbindung.«

Sie verschwand wie eine plötzlich gelöschte Kerze, doch diesmal erkannte Karan, dass es sich nur um eine Illusion handelte. Innerhalb einer Minute wurde die Verbindung im wörtlichen Sinne zerrissen; aber diesmal ging es von Maigraith' Seite aus. Maigraith kehrte wieder zurück.

Sie sah besorgt aus. »Yggur muss eine Verteidigung errichtet haben, die sich bemerkbar macht, sobald wir weit genug voneinander entfernt sind. Du wirst mit mir kommen müssen. Vielleicht komme ich ja auch ohne die Verbindung hinein.«

»Nein!«, widersprach Karan vehement. »*Nein, nein, nein!*« Ein brennender Schmerz versuchte, ihre beiden Gehirnhälften voneinander zu trennen. Das war es, wovor sie sich von dem Augenblick an gefürchtet hatte, da Maigraith vor einem Monat den Weg nach Gothryme hinaufgeritten war. Abermals trafen sie die Nachwirkungen des Verbindungsabrisses und zwangen sie auf die Knie.

»Glaubst du etwa, ich *will* dich mitnehmen? In diesem Zustand?«, entgegnete Maigraith. »Mir bleibt schlicht keine andere Wahl.« Sie reichte Karan ein in Reispapier verpacktes Pulver. »Schluck das. Es wird dir gegen die Übelkeit helfen. Schluck es aber mit Papier. Mach das Papier nicht kaputt.«

Karan nahm das Pulver. Das Reispapier klebte sofort an ihrem Gaumen fest, und als sie versuchte, es wieder loszubekommen, platzte das Päckchen auf, und schlagartig breitete sich ein bitterer, Übelkeit erregender Geschmack in ihrem Mund aus. Sie schauderte und würgte. Maigraith hielt ihr eine Wasserflasche an die Lippen, aber nichts vermochte die Bitterkeit wegzuspülen.

»Wir werden nie wieder rauskommen«, sagte Karan, obwohl sie wusste, wie sinnlos das war. Sie fühlte, dass etwas Schreckliches geschehen würde – eine Katastrophe, und sie konnte nichts dagegen tun.

Kapitel fünf

Das Gesicht im Spiegel

Karan kauerte sich an die Außenmauer von Fiz Gorgo. Sie fühlte sich allein, obwohl Maigraith nur wenige Schritte von ihr entfernt war. Und sie hatte Angst. Der Gleichschritt der Posten oben fand seinen Widerhall im Pochen ihres Herzens. Überall waren Wachen. Die düsteren Geräusche der Nacht verstärkten Karans Verzweiflung noch.

Warum habe ich mich nur zu dieser Torheit drängen lassen? Warum bin ich mitgegangen?

Ein Ellbogen traf sie in die Rippen. Karan erschrak. Maigraith' seltsame Augen schimmerten im schwachen Licht. Sie drückte Karans Arm, bis es schmerzte. Maigraith' Stimme war kälter als die Nacht.

»Verdammt, Karan ... du sendest deine Gefühle an die ganze Festung.« Hörbar fuhr sie fort: »Auf einen Empfindsamen kann man sich *nie* verlassen. Warum habe ich sie nur mitgenommen?«

Wut kochte in Karan hoch. Die Beleidigung ließ sie erstarren, obwohl ihr durchaus klar war, dass Maigraith Recht hatte – sie tat es schon wieder: Sie sandte ihre eigenen Ängste in alle Richtungen aus und brachte sie beide dadurch in Gefahr. Sie atmete tief durch, schauderte, berührte die uralte, feuchte, doch irgendwie auch beruhigende Mauer und schaute nach oben.

Eine Wolke trieb über den Himmel und verdeckte zuerst den wie einen Skorpion geformten Nebel, hob dann seine

Umrisse hervor, strahlendes Weiß und Scharlachrot, verhängnisvoll und drohend. Wie sehr er gewachsen war, seit sie vor einem Monat aufgebrochen waren. Sie beobachteten ihn schweigend, während sie auf den Wachwechsel warteten. Schließlich ertönte eine Glocke im Inneren der Festung; Schotter knirschte oben auf der Mauer, und Stille kehrte wieder ein.

Plötzlich spürte Karan ein Kribbeln zwischen ihren Schulterblättern. *Jemand hat uns beobachtet!* Erneut schaute sie nach oben und erwartete, einen Wachposten zu sehen, der auf sie hinunterstarrte; doch kein Schatten durchbrach die Mauerlinie, die sich glatt vor dem Himmel abzeichnete. Wie konnte sie jemand hier auch sehen? Hier im Dunkeln, verschleiert von Maigraith' Illusionen? Karan verfluchte ihre Fantasie und schob den Gedanken aus ihrem Kopf.

»Jetzt!«, sagte Maigraith.

Klettern war eine von Karans vielen Fähigkeiten. Selbst im Dunkeln bereitete diese ehrwürdige Mauer mit ihrem durchbrochenen Mauerwerk und dem zerbröckelnden Mörtel ihr nicht mehr Probleme als eine Leiter. Den ersten Teil stieg sie schnell hinauf. Auf halbem Weg verkeilte sich ihr Stiefel in einem Spalt. Sie zerrte daran, aber er steckte fest. Karan griff mit einer Hand nach unten, um ihn zu befreien.

Dann hörte sie ein rhythmisches Trampeln. Sie erstarrte. Die Patrouille war doch sicher noch nicht fällig, oder? Licht erschien um eine Mauerecke. Der Pfad führte unmittelbar an der Mauer vorbei. Maigraith' Illusionen würden sie unmöglich auf so kurze Distanz verbergen können. Nun konnte Karan die Wachen sehen: zwei große Männer mit je einer Sturmlaterne, die abwechselnd rechts und links vom Weg leuchteten. Ein Strahl wanderte von oben nach unten über die Mauer; der andere ging über das gerodete Land zwischen Festung und Sumpfwald. Wie gründlich sie waren!

Karan versuchte, mit der Wand zu verschmelzen und ihre blasse Haut vor dem Licht zu verbergen.

Die Schritte wurden lauter, nun begleitet von einem Trappeln. Was bewachte die Wachen? Eine dritte Gestalt, ein paar Schritt zurück. Sie war eckig, fast wie ein Stock, und hatte einen ruckartigen, unbeholfenen Gang. Karan bekam eine Gänsehaut. Das Licht wanderte über die Mauer und hielt kurz vor ihnen an. Karan verspürte das überwältigende Verlangen, zu schreien und ins Licht zu springen. Über die Verbindung fühlte sie Maigraith' Angst. Sie fürchtete sich davor, sich auf jemanden verlassen zu müssen, der seine Gefühle in alle vier Himmelsrichtungen aussandte; sie hatte Angst, dass ihre Illusion nicht standhalten würde.

»*Haaaiii!*«

Der Stockmann wirbelte herum, sprang in die Luft und warf einen elend langen Arm in die Höhe. Karan erschrak. Ihr Fuß rutschte aus dem Spalt, und fast wäre sie gestürzt. Die Wachen drehten sich wie ein Mann um und richteten ihre Lichtstrahlen auf einen Fleck am Waldrand. Einen Augenblick lang empfand Karan Angst. Sie hörte Platschen; Frösche quakten, und dann war das Gefühl verschwunden, beobachtet zu werden. Wachen brachen durch das Unterholz und schwangen ihre Stäbe. Der Stockmann lenkte sie mit Rufen, die denen eines Frosches nicht unähnlich waren.

So schnell sie es wagte, kletterte Karan weiter nach oben und spähte über die Brüstung. Die Mauerkrone war so breit wie eine Straße, mit Kies ausgelegt und die Brüstungen zu beiden Seiten hüfthoch. Zu Karans Linker, vielleicht dreißig Schritt entfernt, glühte ein Kohlenbecken in einem offen stehenden Wachhaus. Die dazugehörigen Wachen standen daneben, lehnten sich über die Zinnen und riefen zu ihren Kameraden im Wald. Zu Karans Rechter war die Mauer leer. Sie stieg über die Brüstung. Der Wald zeichnete sich schwarz vor dem Nachthimmel ab, abgesehen von zwei Lichtpunkten zwischen den Bäumen, die nun ein gutes Stück entfernt links von Karan waren. Wer war dieser Spion, dass er Maigraith' Netz aus Illusionen so leicht hatte durchdringen können?

Nun fühlte Karan Maigraith' Ungeduld. Das Seil fiel nach unten, und vorsichtig und nervös kletterte ihre Gefährtin hinauf. Dann schlichen die beiden davon, um eine Ecke herum und außer Sicht der Wachen.

»Was war dieses ... dieses *Ding* bei den Wachen?«, fragte Karan.

»Jetzt nicht!«

Maigraith suchte inmitten des Chaos aus Mauern, Gebäuden und Höfen, das Fiz Gorgo bildete, ein Ziel. Die innere Festung – eckig, mächtig und hässlich – wurde von einer weiteren Mauer umgeben. Diese konnte jedoch nicht erklettert werden – auch nicht von Karan –, und außerdem wimmelte es dort nur so von Wachen. Aber es gab noch einen zweiten Weg. Karan deutete in eine Richtung, und die beiden Frauen stiegen eine Steintreppe in die Schatten hinunter.

»Yggur hat eine persönliche Leibwache«, erklärte Maigraith. »Sie nennen sich die ›Whelm‹. Es sind seltsame, brutale und gemeine Kerle. Das vorhin war einer von ihnen. Da du eine Empfindsame bist, musst du den Whelm gegenüber besonders vorsichtig sein. Ich frage mich, warum er die Wachen begleitet hat. Er muss dich gefühlt haben.«

»Man hat uns gesehen. Ich habe gespürt, wie uns jemand vom Wald aus beobachtet hat«, erwiderte Karan. »Also könnte er auch durchaus diesen Beobachter gefühlt haben.«

Maigraith spähte in die Dunkelheit und schüttelte den Kopf; dann funkelte sie Karans Gesicht an, das sie nur als verschwommenen Fleck wahrnahm. »Unsinn«, sagte sie. »Meine

Illusion ist ungebrochen. Das war nur irgendein Tier. Komm, weiter!«

Karan rollte wütend das Seil zusammen. Maigraith wollte einfach nicht auf sie hören ... aber andererseits tat sie das nie.

Innerhalb der Mauern waren Spuren eiliger Arbeiten zu sehen: Holzgerüste und Haufen von Steinen und anderen Materialien bildeten ein Labyrinth; hinter jeder Biegung wartete ein neues Hindernis, eine neue Verzögerung. Und selbst hier gab es hier und da Wachen, die fast genauso aufmerksam waren wie jene draußen.

Schließlich – allerdings weit später als geplant – fand Maigraith in der Ecke eines vernachlässigten Hofs drei große, runde Steinzisternen, in denen Wasser von den Dächern und aus dem Hof gesammelt wurde. Sie waren mit verrottenden Brettern bedeckt. Vorsichtig schob Maigraith die Bretter auf der ersten Zisterne auseinander.

»Woher weißt du, dass das die richtige ist?«, flüsterte Karan.

Maigraith schaute zu den Sternen hinauf. »Laut meiner Karte ist die nördlichste unterirdisch mit den Zisternen in der inneren Festung verbunden. Auf diese Weise werden wir hineingelangen. Wie lange kannst du die Luft anhalten?«

Karan antwortete nicht darauf. Sie wussten beide, dass sie die bessere Schwimmerin war. Die innere Mauer ragte über ihnen auf, und die spitzen Türme verfinsterten die Sterne dahinter. *Ich will das nicht*, dachte Karan.

»Wo ist das Seil?«

Karan reichte es ihrer Gefährtin. Maigraith überprüfte Karans Knoten, befestigte den Haken an der Brüstung und kletterte hinunter. Bis zum Wasser war es ein gutes Stück.

Maigraith' Kopf tauchte still unter. Karan wartete und zählte stumm.

Bei zwanzig wurde das Wasser aufgewirbelt, und Maigraith schnappte nach Luft. »Das ist die falsche. Zieh mich hoch.«

Karan zog, bis ihre Hände Blasen bekamen und ihre Schultern brannten. Maigraith war ein ganzes Stück größer als sie. Karan ließ sich auf den Rand fallen und drückte die Hände auf den Stein. Die Kälte half gegen den Schmerz.

»Ich habe ein Rohr gefunden, aber das führte nur zur nächsten Zisterne. Aaah! Das ist so verdammt kalt.« Maigraith zitterte krampfhaft.

»Warum lässt du mich nicht gehen?«

»Ich gehe. Rasch!«

Maigraith rannte zur zweiten Zisterne, während Karan die Bretter wieder zurechtschob. Als sie schließlich an der zweiten Zisterne ankam, war Maigraith bereits hinuntergeklettert und im Wasser.

Diesmal schien sie eine Ewigkeit zu tauchen. Karan konnte nichts sehen, noch nicht einmal das Spiegelbild der Sterne auf dem Wasser; dann tauchte Maigraith plötzlich wieder auf, schlug mit der Faust ins Wasser und fluchte fürchterlich – einen Fluch, den Karan noch nicht gehört hatte.

»Rauf! Rauf, verdammt! Beeil dich!«

Karan zog. Das grobe Seil ließ die Blasen platzen; fast hätte sie vor Schmerz geweint. Einen Moment lang blieb Maigraith auf dem Brunnenrand hocken. »Schon wieder falsch. Falsch, falsch, falsch! Was für ein Narr hat diese Karte überhaupt gemacht?«

Just in diesem Augenblick bellte nicht weit entfernt ein Hund, und ein anderer antwortete ihm mit einem Knurren. Maigraith wäre vor Schreck fast in die Zisterne gefallen.

Karan hielt sie gerade noch rechtzeitig fest, und sie starrten einander an. »Einen *Hund* kann ich nicht täuschen«, sagte Maigraith.

Sie rannten zur dritten Zisterne. Maigraith wuchtete die Bretter mit kräftigem Ruck beiseite und befestigte den Haken am Rand. Ein Brett brach und fiel mit lautem Platschen ins Wasser hinunter. Weitere Hunde stimmten in das Bellen ein. Maigraith stöhnte, ließ das Seil los und sprang. Karan kletterte ebenfalls in die Zisterne, hielt sich aber am Seil fest und lugte über den Rand. Das Bellen wurde lauter. Von unten war nicht ein Geräusch zu hören. Was tat Maigraith da?

Ein Rudel Hunde rannte um die Mauerecke und hielt mit wildem Heulen auf die erste Zisterne zu. Dann teilte sich das Rudel plötzlich. Karan sträubten sich die Nackenhaare. Zwischen den Tieren schritt ein größerer, schlankerer Hund hindurch, ein hageres Ding, groß wie ein Kalb und mit dem gleichen steifen Gang wie der Whelm-Wächter. Das Tier blieb stehen, um zu schnüffeln. Es schwenkte die abgemergelte Schnauze hin und her und richtete sie dann direkt auf Karan. *Beeil dich, Maigraith!*

Der Hund spannte die Muskeln an, machte einen Sprung und kauerte sich dann nieder. Karan starrte ihm in die Augen. Im Wasser platschte es. »Gefunden«, rief Maigraith zwischen zusammengebissenen Zähnen hindurch. »Es ist ein langer Weg nach unten. Zähl elf Steinblöcke ab. Die Leitung windet sich und geht dann nach oben. Vergiss das Seil nicht.« Sie atmete drei Mal tief ein und tauchte ab.

Karan schaute nach unten, und der Hund sprang vor. Das Sternenlicht reduzierte seine Gestalt auf Augen und Zähne. Halb rutschte, halb fiel Karan das Seil hinunter. Schwarzes Wasser schloss sich über ihrem Kopf. Es war eiskalt, und es stank.

Sie tauchte wieder auf und riss am Siel. Es zischte neben

ihr ins Wasser, und der Haken traf sie schmerzhaft an den Knöcheln. Als sie nach oben schaute, wurden die Sterne von einer herabstürzenden, schlanken Hundegestalt verdeckt, die einen Augenblick später vor ihr ins Wasser schlug. Sehen konnte Karan das Tier hier unten nicht mehr; aber das stete Knurren verriet ihr, wo es war. Der Hund schnappte nach ihr, doch das Wasser behinderte ihn. Karan schlug mit den Armen, um von dem Tier wegzukommen. Das war schlimmer als jeder Albtraum, den sie sich hätte vorstellen können.

Irgendetwas schlang sich um ihre Beine. Fast hätte Karan laut geschrien; dann erkannte sie, dass es sich um das im Wasser treibende Seil handelte. Der Hund schnappte erneut nach ihr, und sein fauliger Atem schlug ihr ins Gesicht. Karan packte den Haken und schlug ihn dem Tier auf die Schnauze. Es heulte. Karan holte Luft und tauchte. Selbst unter Wasser konnte sie den Hund noch hören.

Das Wasser war so kalt, dass es sie in den Ohren schmerzte, und so dunkel, dass sie unwillkürlich Angst vor jener Art von namenlosen Dingen empfand, die noch weit schlimmer waren als das, was sie oben erwartete. Die Steine waren glitschig und die Fugen so schmal, dass sie sie mit ihren tauben Fingern kaum ertasten konnte. Vier, fünf, sechs ... ihre Zehen schmerzten ... zehn, elf, zwölf ... schon gierte sie nach Luft. Plötzlich spürte sie einen stechenden Schmerz im Ohr. Karan schluckte, und der Schmerz ließ nach. Wo war die Öffnung? Sie sollte genau hier sein.

Karan schwamm weiter. Sie folgte den Fugen und fand die Öffnung schließlich. Das Seil verfing sich wieder an ihrem Stiefel. Sie trat es los. Um es aufzurollen, blieb ihr keine Zeit. Sie zwängte sich in den Durchfluss. Er war so schmal, dass Karan mit ihren schmalen Schultern die Seiten berührte: beengend, klaustrophobisch. Sie bekam einen Krampf im Unterschenkel, doch sie konnte ihn nicht erreichen, und die Lunge zog sich zusammen. Ein schleimiger Vorhang strich über ihr Gesicht, und panisch schlug sie ihn beiseite. Karan trat und schlug um sich, schürfte sich die Knöchel an den Steinen auf und krallte sich um eine enge Biegung in offenes Wasser. Mit dem schmerzfreien Bein trat sie Wasser, und endlich brach sie durch die Wasseroberfläche und an die Luft.

Luft! Gierig pumpte Karan sie in die Lunge, als würde man sie ihr jeden Augenblick wieder nehmen. Ein paar Schwimmzüge, und ihre Hand schloss sich um den Rand einer niedrigen Steinmauer. Offenbar befand sie sich in einer weiteren unterirdischen Zisterne, nur weit größer als die erste. Sie zog sich aus dem Wasser und sackte gut eine Armeslänge davon entfernt zu Boden. Zitternd und nach Luft ringend saugte sie an ihrer blutigen Hand. Ihr eines Bein war nur noch ein steifes, qualvoll schmerzendes Anhängsel.

Die Dunkelheit war vollkommen, und außer Karans Keuchen war kein Geräusch zu hören. »Maigraith!«, flüsterte sie heiser, während sie versuchte, sich den Krampf aus dem Bein zu massieren. Keine Antwort. Karan tastete ihre Umgebung ab. Der Boden bestand aus Steinplatten von gleichmäßiger Größe, die exakt aneinandergefügt waren. Auch die Wände bestanden aus sorgfältig geschnittenem Stein. Die Luft war kalt und still. Karan rief erneut, diesmal lauter: »Maigraith!« Das Echo verhöhnte sie.

Hinter ihr schabte Leder über den Stein. Karan drehte sich um und versuchte angestrengt, etwas im Dunkeln zu erkennen. »Maigraith?«

Ein Lichtschimmer erschien und enthüllte eine geschwungene Wand und Rohre auf dem Boden. Karans Blick folgte den Rohren, die mehr aus Löchern denn aus Metall bestanden, zu einem dunklen Gerät auf der anderen Seite der Zisterne: offenbar eine Pumpe. Jenseits davon erschien eine schattenhafte Gestalt, die sich langsam bewegte. Karan drückte sich an die Wand.

»Hab keine Angst, Karan. Ich wollte nur sichergehen, wo wir sind. Es gibt viele Tunnel hier. Ruh dich eine Weile aus. Du musst vollkommen erschöpft sein.« Das Licht stammte von einer kleinen Kugel in Maigraith' ausgestreckter Hand und spiegelte sich in ihren blassblauen Augen. Noch immer tropfte Wasser aus ihrem Haar.

Maigraith legte den Arm um Karan und drückte sie kurz an sich. Diese so untypische Freundlichkeit verlieh Karan neuen Mut. Sie hatte das Gefühl, als würden sie nun endlich zusammenarbeiten.

Maigraith setzte sich neben sie und legte die Kugel vorsichtig auf den Boden. Alles, was sie tat, wirkte formell und zurückhaltend. Mit gezielten Bewegungen strich sie ihr Haar glatt. Selbst das Zisternenwasser hatte es nicht seines Glanzes berauben können.

Das Licht schälte Karans bleiches Gesicht und ihre roten Haare aus der Dunkelheit. Und es war wunderbares Haar; nur bedurfte es einer Menge Pflege, und sie hatte ihre Bürste schon vor Wochen verloren. Der Rest von ihr sah genauso verwahrlost aus. Einst hatten Hemd und Hose zu ihren grünen Augen gepasst, doch nun war die feine Wolle verdreckt und verschlissen, und ihre Beine, Arme und Schultern waren mit Schlamm von den Tunnelwänden verschmiert. Gleichzeitig waren ihre kleinen Hände und Füße blau von Kälte.

»Was ist das?«, fragte Karan und deutete auf die glühende Kugel.

»Ein Lichtglas. Hier. Du wirst es vielleicht brauchen. Ich habe noch eins.«

Karan inspizierte die Kugel. Sie bestand aus milchigem Quarz, und fünf Silberblätter bildeten einen Fuß. Sie fühlte sich kühl an, doch Karans Berührung hinterließ dunkle Flecken, die erst nach ein, zwei Minuten wieder verblassten. »Die Aachim haben solche Dinge. Wo hast du die her?«

»Ich habe sie gemacht.«

»Sie *gemacht?*« Das lag jenseits von Karans Vorstellungskraft. »Wie?«

»Für Erklärungen ist jetzt keine Zeit«, sagte Maigraith und wischte sich übers Gesicht.

Karan rollte das Seil zusammen und verstaute es in ihrem Rucksack. »Ich hoffe nur, *er* kommt nicht zurück, bevor wir hier wieder raus sind«, sagte sie und rieb kräftig mit einer nassen Socke an einem Fleck an ihrem Knöchel.

»Ich auch, und ...«, begann Maigraith, und tatsächlich lag ein Hauch von Gefühl in ihrer Stimme. Dann fragte sie misstrauisch: »Warum?« Da sie selbst überhaupt keinen Humor hatte, waren Karans freche Scherze ein Rätsel für sie.

»Wir sind nicht angemessen gekleidet, um bei jemand so Erhabenem wie dem Kriegsherrn von Fiz Gorgo vorstellig zu werden«, erwiderte Karan mit fast ernstem Gesicht und warf Maigraith einen schelmischen Blick zu. »Wie könnten wir ihm so gegenübertreten? Ich würde mich zu Tode schämen.«

»Trockne dich ab, und mach dich bereit!«, befahl Maigraith gereizt. Sie stand auf und wandte sich ab. »Wie kannst du in solch einer Situation nur scherzen?« Sie lehnte sich gegen die Wand, zog die Stiefel aus, leerte sie mit lautem Platschen auf den Boden und versuchte, sich darauf vorzubereiten, was nun kommen würde.

Karans heimliche Freude war ihr an den Augen anzusehen, doch sie verschwand rasch wieder. »Ich scherze, weil ich solche Angst habe«, erklärte sie leise. »Ich weiß, dass Yggur kommen wird.« Sie überlegte sich einen zweiten Scherz, dümmlicher noch als der erste, doch sie hielt sich zurück.

Maigraith teilte ihr Haar in dicke Strähnen und zog die Finger hindurch, bis das Wasser heraus war. Das schien sie zu beruhigen, und sie schaute zu ihrer Gefährtin hinunter. Karans Gesicht hatte wieder seinen üblichen, sonnigen Ausdruck angenommen. Ein Lächeln umspielte ihre Mundwinkel, während sie das Wasser aus ihren Socken wrang. Maigraith' ernstes, trauriges Gesicht entspannte sich kurz. Fast hätte sie auch gelächelt. Dann spürte sie wieder die Last auf ihren Schultern.

»Bereit? Wir haben nur wenig Zeit.«

Für Karan wurde jede verstreichende Minute wie mit einem Gong eingeleitet, aber sie schwieg. *Wenn es schon so schwer war hineinzugelangen,* dachte sie, *wie schwer wird es dann erst werden, wieder herauszukommen?*

Sie gingen durch ein Steinlabyrinth. Mehrere Male überprüfte Maigraith die Richtung auf ihrer Karte; dann gingen sie schließlich durch eine verborgene Tür in einen Gang, der so hoch, staubig und schmal war, dass er nur innerhalb der Mauer liegen konnte.

Während sie gingen, schwoll Karans Besorgnis abermals zu echter Angst an. Sie konnte an nichts anderes mehr denken als daran, dass man sie entdecken würde, und sie malte sich fortwährend aus, was dann mit ihnen geschehen würde.

Maigraith blieb plötzlich stehen und wirbelte herum. Sie konnte ihre Wut nicht mehr verbergen. Karan sendete diesmal nicht in alle Richtungen, aber ihre Panik floss über die Verbindung zu Maigraith und verstärkte deren eigene Zweifel, schwächte sie. »Warum habe ich dich nur mitgenommen?«, zischte Maigraith. »Du wirst noch die Wachen auf uns aufmerksam machen. Beherrsch dich gefälligst!«

Das traf Karan. Zitternd atmete sie tief durch. »Du hast mich gezwungen«, erwiderte sie mit schwacher Stimme. »Ich habe nicht ...«

»Mir war nicht klar, dass du so verweichlicht bist«, sagte Maigraith grausam. Die Verbindung drohte, ihren Kopf zum Platzen zu bringen, und allmählich hatte sie das Gefühl, dass sie in eine Falle liefen.

»Verstehst du nicht, was es bedeutet, eine Empfindsame zu sein?«, fragte Karan verärgert. »Was auch immer du fühlst, ich empfinde es stärker!«

»Hör auf zu jammern, und mach dich nützlich. Wo ist Yggur jetzt? Weißt du, was er denkt?«

»Ich bin kein Gedankenleser, Maigraith.«

»Was *nutzt* du dann? Ich wünschte, ich hätte dich nie mitgenommen.«

Karan war außer sich vor Wut. Sie packte Maigraith am Hemd und schüttelte sie. »Hör zu. Ich *kenne* meine Fehler. Gib mir nicht die Schuld für deine. Ohne mich wärst du noch nicht einmal über die Mauer gekommen.«

Maigraith hatte nie gelernt, mit Wut zurechtzukommen. Sie schloss die Augen und legte den Kopf an die Wand.

»Tut mir leid. Ich habe nur solche Angst zu versagen. Meine Herrin ist unerbittlich«, sagte sie und drückte die Hände an die Schläfen. »Mein Kopf!«

Angesichts von Maigraith' Verzweiflung wich Karans Wut. »Warum hat sie dann ausgerechnet *dich* geschickt?«

»Seit meiner Kindheit hat sie mich für eine große Aufgabe geschult – woran sie mich ständig erinnert. Das hier ist einer ihrer Tests.« Maigraith schaute wieder gereizt drein. »Nun … sollten wir gefasst werden, überlass mir das Handeln. Versuch nicht, mich zu verteidigen. Du *musst* entkommen.«

»Wie soll ich denn allein hier rauskommen?«

»Du wirst dir einen Weg suchen müssen. Sollte es zum Schlimmsten kommen, warte drei Nächte bei den Ruinen am See – aber nicht länger! Wenn ich dann nicht gekommen bin, musst du selbst den Weg nach Sith finden.«

Karan nickte unglücklich. Sie kannte Maigraith' Anweisungen auswendig; sie hatte sie schließlich schon oft genug gehört. Und da war noch ihre andere Sorge.

»Maigraith ...«

»Ja?«

»Musst du Faichand erzählen, was du mir erzählt hast, als du betrunken gewesen bist?«

Maigraith umklammerte die Leuchtkugel, bis ihre Knöchel weiß hervortraten. »Ich muss«, flüsterte sie. »Sprich nicht mehr davon.«

Und so gingen sie weiter, über schmale, steile Stufen in einen weiteren Gang und dann eine steinerne Wendeltreppe ohne Geländer bis zu einem Absatz vor einer kahlen Wand hinauf. Maigraith drehte sich zu der Wand um und hielt die Kugel in die Höhe. Sie legte eine Hand auf den grauen Sandstein, und mit geschlossenen Augen schien sie zu fühlen, was der Stein verbarg. Kurz darauf seufzte sie und drückte sanft. Eine Tür erschien. Sie war schwarz und mit Messingnägeln beschlagen.

Maigraith lachte erleichtert auf. »Endlich, Karan! Das ist die Stelle! Das weiß ich jetzt.« Sie nahm die Hand von der Tür. »Jetzt müssen wir den Spiegel von Aachan finden, ein uraltes Gerät in Yggurs Besitz.«

»*Der Spiegel von Aachan!*«, flüsterte Karan. Ihr Gesicht war kreidebleich. »Aber ... du weißt, dass mein Vater Halb-Aachim war.«

»Als wir aufbrachen, wusste ich das nicht. Aber du hast *mir* einen bindenden Eid geschworen.«

»Hätte ich das gewusst, hätte ich es nicht getan! Die Aachim haben mich nach dem Tod meiner Eltern großgezogen. Sie geben solche Dinge *niemals* auf. Hast du mir deshalb bis jetzt nichts davon gesagt?«

Maigraith hatte das Gefühl, sich verteidigen zu müssen.

»Der Spiegel ist vor Jahrhunderten verloren gegangen. Wenn ihn jemand findet, gehört er ihm.«

»Die Aachim werden dem niemals zustimmen«, sagte Karan. »Der Spiegel ist Teil ihres Erbes, im Geheimen aus Aachan hierhergebracht. Er war eine Erinnerung an ihre Welt, als sie nichts anderes mehr hatten. Hat Faichand dir nicht erzählt, wie sie ihn verloren haben?«

»Er wurde von Yalkara gestohlen, der Herrin der Täuschung!«

»Eine weitere Charon, ihre Nemesis. Die Aachim verzeihen nicht. Sobald sie erfahren, dass der Spiegel gefunden worden ist, werden sie alles unternehmen, um ihn wiederzubekommen. Und da ich zum Teil Aachim bin, ist das auch meine Pflicht. Bitte, bitte, entbinde mich von meinem Eid.«

Maigraith presste erneut die Hände an die Schläfen. Sie sah furchtbar aus. »Du hast es geschworen!«

»Du stellst meine Verpflichtung dir gegenüber auf eine arge Zerreißprobe«, schnappte Karan. »Für die Aachim sind ihre alten Werke genauso wertvoll wie ihre Kunst, ihre Literatur und ihre Historien.«

»Willst du jetzt deinen heiligen Eid *mir* gegenüber brechen? Und das ausgerechnet hier, wo ich keine Ausweichmöglichkeit mehr habe? Das hier ist ein tödlicher Ort für eine Debatte«, sagte Maigraith.

Karan schlug den Kopf gegen die Wand. Wie auch immer sie sich entschied, sie war verdammt. Wie hätte sie ihren Eid brechen können? Das wäre ein Verrat an allem gewesen, wofür ihr Vater gestanden hatte. Doch wenn sie den Spiegel nahm, ihn aber nicht den Aachim übergab, würde sie das Volk ihres Vaters verraten. Trotzdem, nun da sie davon wusste, konnte sie ihn auch nicht hier lassen.

»Ich werde mein Wort halten, aber bitte mich nie wieder um etwas. Die Schuld ist bezahlt! Geh kein Risiko ein; dann kann ich wenigstens sagen, dass ich ihn nie berührt habe. Und ich bete, dass ich das nie werde tun müssen.«

Noch während sie sprach, konnte sie Maigraith' Herrin vor ihrem geistigen Auge sehen. Faichand war eine kleine Frau mit tief liegenden, katzenhaften Augen und glatter, durchscheinender Haut. Sie glich mehr einer lebenden Skulptur als einem Menschen. Wenn sie jemanden mit ihren alterslosen Augen fixierte, gefror demjenigen das Blut in den Adern.

»Komm!«, sagte Maigraith.

Sie legte beide Hände auf die Tür und drückte. Die Tür schwang auf. Sie betraten den Raum dahinter – eine Bibliothek, schwach beleuchtet von einem glühenden Glas rechts neben der Tür. Zwei Wände waren von unten bis oben mit Büchern zugestellt, mehr als Karan je in einem Raum gesehen hatte. An einer dritten Wand stand ein schwerer Schreibtisch voller Papiere, und darüber hing ein in Fächer unterteilter Kasten mit zusammengerollten Papieren, Karten und Schriftrollen. In der Mitte des Raums stand ein langer Arbeitstisch. Neben der Tür, durch die die beiden Frauen gekommen waren, befand sich eine weitere, die genauso aussah; nur war sie geschlossen. Wandteppiche gab es nicht und auch keine Bilder oder anderen Schmuck, und der Boden bestand aus nacktem Stein. Die vierte Wand wurde von zwei Karten beherrscht. Die eine zeigte die Umgebung von Fiz Gorgo, die andere den zentralen und südlichen Teil von Meldorin – Länder, die vor Kurzem von Yggurs Armeen überrannt worden waren.

Maigraith warf kaum einen Blick auf die Karten. Deswegen war sie nicht gekommen. Sie schaute zu dem hohen Fenster hinauf, durch das schwach das Licht der Sterne fiel. »Jetzt schnell. Es ist schon spät.«

Karan musste nicht extra gedrängt werden. Sie machten

sich an die Arbeit. Die Regalfächer enthielten viele Schriftrollen, einige davon in Metallbehältern. Sorgfältig untersuchte Maigraith jede einzelne von ihnen. Die meisten waren aus Papier oder Pergament, einige jedoch auch aus einem seidigen braunen Material, das wie Baumrinde aussah.

Karan nahm ein Buch nach dem anderen heraus. Sie waren in vielen Sprachen und Schriften geschrieben, und sie konnte sie nicht lesen. Die Bücher waren schwer, die Arbeit ermüdend. Die Seiten eines Buches waren aus Kupfer, in das man den Text gestanzt hatte. Karan strich mit dem Finger über eine der Seiten, fühlte die Form der Zeichen und fragte sich, wer dieses Buch vor langer Zeit wohl erschaffen hatte. Ihr fiel nichts ein, und Maigraith funkelte sie inzwischen an. Also legte Karan das Buch an seinen Platz zurück und nahm sich das nächste; dabei schaute sie in den Raum dahinter.

Schließlich war sie mit den Bücherregalen fertig. Karan stellte den letzten Band wieder zurück und wischte sich die verstaubten Finger an der Hose ab. Maigraith ging gerade die Schreibtischschubladen durch. Ihr Gesicht war ausgezehrt.

»Vielleicht hat er ihn bei sich«, murmelte Karan erleichtert, dass sie ihn nicht gefunden hatten.

»Das glaube ich nicht«, erwiderte Maigraith und schaute wieder zu den Sternen hinauf. »Er würde ihn wohl kaum aus seiner Zitadelle lassen. Schau mal am Arbeitstisch nach. Wenn er da nicht ist, haben wir versagt. Wir haben nämlich keine Zeit mehr.«

Karan ging die Papiere auf dem Arbeitstisch durch. Nichts. Dort lag auch eine schwere, in Stoff gewickelte Schriftrolle und drei Schriftrollenbehälter. Als sie die Schriftrolle auspackte, stellte sie fest, dass sie aus mit Grünspan überzogenem Kupfer bestand. Das Metall war korrodiert und haftete zusammen, sodass eine Ecke abbrach, als Karan sie zu öffnen versuchte: eine grüne Flocke mit nur noch einem winzigen Stück Kupfer im Kern. Rasch legte Karan das Bruchstück wieder zurück, packte die Schriftrolle wieder ein und wandte sich den Behältern zu. Sie bestanden aus Blei. Zwei waren leer, und der dritte enthielt eine Pergamentrolle. Karan drehte sich zu Maigraith um.

»Warte! Hier stimmt etwas nicht.«

»Was meinst du damit?«

»Nun«, sagte Karan und schaute sich einen der Behälter genauer an, »der hier sieht aus, als bestünde er aus Blei; nur ist er keineswegs schwer. Und obwohl die Außenseite glatt zu sein scheint, kann ich ein Muster fühlen. Schau!«

Maigraith riss ihn ihr aus der Hand und wandte sich von ihr ab. Karan schluckte ihren Ärger herunter. Sie stellte sich auf die Zehenspitzen und spähte Maigraith über die Schulter. Maigraith wog den Behälter in der Hand und strich mit den Fingerspitzen darüber.

»Jetzt sehe ich, was er getan hat ... Das ist ein schlichtes Versteck, seiner unwürdig.«

Unter der Kraft ihres Blickes veränderte sich der Behälter langsam. Aus mattem Blei wurde ein glänzendes schwarzes Metall, mit einem komplizierten Muster überzogen. Maigraith schüttete den Inhalt heraus und entrollte ihn langsam. Er formte sich zu einem einzelnen, schimmernden Blatt aus schwarzem Metall.

Als sie es umdrehte, sah sie, dass auf einer Seite der Rand leicht erhöht war, wie ein Rahmen. Und in diesem Rahmen befand sich etwas, das so klar wie Glas war, allerdings nicht brüchig, und es umschloss ein glänzendes, spiegelndes Material wie flüssiges Quecksilber. Es schimmerte, zitterte und phosphoreszierte, als strichen kleinste Wellen und Lichtwirbel über es hinweg. Der Rand des Rahmens war mit einer feinen Silberschrift überzogen, Buchstaben einer unbekannten Sprache. Ansonsten fanden sich keinerlei Besonderheiten an dem Spiegel mit Ausnahme eines silber-scharlachroten Symbols in der oberen rechten Ecke. Es sah aus wie drei goldene Blasen, die zusammengewachsen waren, eingeschlossen von zwei einander berührenden Halbmonden in Scharlachrot, die wiederum in einem platinfarbenen Kreis lagen, der mit allerfeinsten, ineinander verwobenen Silberfäden gefüllt war.

Vorsichtig berührte Maigraith das Symbol mit der Fingerspitze. Sofort wurde ihr Arm von einer Gänsehaut überzogen. Dann senkte sie den Kopf, bis ihre Stirn das Metall berührte. Ihre Hand zitterte. Sie legte den Spiegel wieder auf die Arbeitsplatte und formte Worte mit den Lippen, sprach sie aber nicht laut aus. Der Spiegel wurde schwarz; dann erschien eine Zeile aus silbernen Buchstaben, fein wie Draht, und sie glühte förmlich vor dem schwarzen Hintergrund. Karan versuchte, etwas zu sehen, doch Maigraith stellte sich erneut zwischen sie und den Spiegel. Ihre Lippen bewegten sich nach wie vor. Die Schrift floss.

Karan hatte das Gefühl, als breite sich Eis in ihrem Bauch aus. »Er kommt!«, sagte sie.

Maigraith hörte ihr nicht zu. Ihre Aufmerksamkeit war einzig und allein auf den Spiegel gerichtet. Eine Minute verging. »Maigraith!«, versuchte Karan es erneut und schüttelte sie am Arm. Ohne nachzudenken, schlug Maigraith ihre Hand weg. Eine weitere Minute verstrich, dann noch eine und noch eine.

»Maigraith!«, rief Karan verzweifelt. »Bist du verzaubert? Ist das eine Falle?«

Maigraith ließ sich eine Ewigkeit Zeit, um ihren Blick auf Karans verzweifeltes Gesicht zu richten. Träge sagte sie: »Nein. Für mich jedenfalls nicht. Es ist nur ... Er ruft nach mir, als würde er mir gehören. Es ist ... Es ist, als wäre eine verlorene Welt in ihm verborgen.« Sie vergaß Karan wieder, und ihr Blick flog erneut zum Spiegel zurück.

Karan fühlte sich kurz benommen, als Maigraith ihr über die Verbindung Kraft entzog. Was zum Himmel machte sie da? Das war so untypisch für sie. Das Blut wich aus Karans Gesicht. »Maigraith. Wir müssen fliehen. Ich *fühle*, dass er kommt.«

Maigraith riss sich los. »Dann lass uns gehen«, sagte sie mit angespannter Stimme, doch es war zu spät. Vor der Tür waren Schritte zu hören, für Karans geschärfte Sinne laut wie Donnerhall.

Maigraith drückte Karan den Spiegel in die Hände und schob sie unter den Tisch. Karan hätte den Spiegel am liebsten aus dem Fenster geworfen. Das Metall fühlte sich warm an. Ihr Blick wurde nach unten gezogen, und ihr Leben veränderte sich für immer.

Die Schrift lief über den Spiegel und hielt dann an … *Wenn du das liest, habe ich eine Nachricht für dich, eine Warnung und eine Aufgabe*, las Karan. Dann verblassten die Buchstaben, und das Gesicht einer Frau erschien, die nach unten schaute, als sei sie gerade mit einem Gerät beschäftigt. Karan starrte sie an. Die Ähnlichkeit der Frau mit Maigraith war erstaunlich, obwohl das Gesicht älter war, die dunklen Haare mit silbernen Fäden durchzogen und die Augen aus einem tiefen Blau. Die Frau hob den Blick, und ihre Lippen bewegten sich.

»Nimm ihn«, schien sie zu sagen.

Die Tür schwang auf. Karan berührte das Bild mit der Fingerspitze. Der Spiegel wurde leer. Karan spähte über die Tischkante hinweg. Ein Mann stand in der Tür. Es konnte kein Zweifel daran bestehen, wer das war, denn er sah genau wie der Magus aus all den Geschichten aus. Karan fragte sich, ob das nur eine Illusion seinerseits war, um eine weit dürftigere Gestalt zu verbergen. Er war bemerkenswert groß, hatte düstere Augen, und das Haar über der Stirn war so schwarz wie das Gefieder einer Krähe. Alt sah er nicht aus, aber wie alle Wirker hatte er seine Lebensspanne schon mehrfach verlängert.

Es war Yggur – der Kriegsherr, der den gesamten Südwesten der Insel Meldorin überrannt hatte. Yggur, dessen Stärke und Gerissenheit Legende waren.

Er warf sich das Haar aus den Augen, und das Licht fing sich auf der spröden Haut, den vorstehenden schwarzen Augenbrauen und den dunklen Ovalen um die ausgebleichten Augen – Frost auf Schiefer. Er trat in den Raum, allmächtig, allwissend, selbstbewusst ob seiner schrecklichen Stärke. Seine Brust war breiter als Maigraith' Schultern. Sie wusste sofort, dass Flucht unmöglich war.

»Diebe!«, sagte er mit einer Stimme weich wie Butter. »In meiner Bibliothek!«

Maigraith sammelte all ihre Kraft, um ihm entgegenzutreten. Die Illusion – falls es denn eine war – verblasste. Yggur sah noch genauso aus, doch nun bemerkte Maigraith, dass sein rechtes Bein steif war, und ein Zucken in seiner Wange deutete darauf hin, dass es ihm Schmerzen bereitete. Das war schon wieder eine Überraschung. Yggur mochte ja ein Wirker sein, wie sie, aber er war trotzdem nur ein Mann – sehr stark zwar, aber nicht kräftiger als ein Mensch. Maigraith schob sich zwischen ihn und Karans Versteck.

»Wer bist du?« Er sprach nun abgehackt, in kleinen Wortgruppen, fast als bereite ihm das Sprechen Mühe. »Welcher meiner uralten Feinde hat dich geschickt?« Er legte die Stirn in Falten, und seine Lippen zuckten. »Bist du aus Thurkad? Hat Mendark dich geschickt?« Da war Wut, aber auch Unruhe.

»Mein Name ist Maigraith«, sagte sie kühn, obwohl sie zu Tode verängstigt war, »und meine Angelegenheiten sind meine Sache. Ich werde dir gar nichts sagen.«

Yggur trat einen weiteren Schritt auf sie zu, und Maigraith verließ der Mut. Seine Gegenwart war überwältigend. Die schmerzhaften Bewegungen, die abgehackte Sprache, das Gefühl, große Hindernisse zu überwinden, all das verstärkte seine machtvolle Aura nur noch. Maigraith war verwirrt, zögerte, denn es hatte den Anschein, als kenne er ihre Schwächen genauso gut wie sie. Faelamor hatte – vielleicht absichtlich – jenen Teil ihrer Ausbildung vernachlässigt, in dem es um den Kampf Willen gegen Willen ging, und nun erschreckte sie allein die schiere Kraft, die von ihm ausging. Maigraith war darauf trainiert, sich zu unterwerfen; vor Konfrontationen schrak sie zurück. Karan hatte Recht: Sie war diesem Auftrag nicht gewachsen.

Yggur zitterte. Nur mit Mühe beherrschte er sich. Dann, als hätte sich ein Fenster geöffnet, schaute Maigraith direkt in seinen Geist und sah, dass auch er litt. Das war außergewöhnlich, denn sie empfand nur selten mit jemandem mit, doch sie wollte ihn nicht länger besiegen. Ihr Herz hämmerte gegen die Rippen. Sie griff sich an die Brust.

Yggur hob die Hand. Seine Augen hätten genauso gut Eisnadeln sein können, so bohrend, stechend war sein Blick. Maigraith' Mund war wie ausgetrocknet. Sie wich einen Schritt zurück und duckte sich, als erwarte sie, dass er sie schlug. Doch Yggur schaute sie nur verächtlich an, was sie härter traf als jeder Schlag. Sie wich noch einen Schritt zurück. Yggur hatte nichts getan, und doch war sie bereits geschlagen.

»Sprich«, flüsterte er, und ihre Lippen begannen, die Worte zu formen.

Karan, die noch immer hinter dem Tisch hockte, war

außer sich vor Wut. Sie trat Maigraith in die Ferse, um sie wachzurütteln.

Maigraith schnappte nach Luft. *Aber ich bin stark*, dachte sie inmitten all ihrer Verwirrung. *Ich habe hier eine Pflicht zu erfüllen.* Sie wischte den Nebel von den Augen. »Nein!«, schrie sie und richtete sich wieder zu voller Größe auf.

Ihre Blicke trafen sich, und Yggur war so entsetzt, dass er erstarrte. Plötzlich zeigte Maigraith ihre Stärke – vielleicht sogar die Stärke einer Gleichgestellten, wenn sie den Willen dazu aufbrachte. Und irgendetwas in ihren Augen verwirrte ihn kurzzeitig. Er beugte sich vor und starrte sie an, überrascht und fasziniert zugleich. Lange Zeit musterte er sie eindringlich; dann wandte er sich nachdenklich ab.

»Vielleicht ist die Schwächere ja dienlicher«, sagte er und schaute zu Karans Versteck. »Komm raus. Sieh mich an.«

Der Druck seines Willens war entsetzlich. Karan sah aus, als wäre ihr ein Baum mit all seinem Gewicht auf die Schultern gefallen, und sie verfügte über keinerlei Verteidigung außer ihrer angeborenen Sturheit. Sie taumelte vom Tisch weg. Ihr Gesicht zeichnete sich scharf vor dem roten Chaos ihres Haars ab, und ihre Hand zitterte so sehr, dass der Spiegel zu Boden fiel. Yggur blickte von dem Spiegel zu ihr, dann zu Maigraith.

»Aha«, sagte er. »Allmählich beginne ich zu verstehen. Bring ihn mir.«

Karan hob ihn auf und wich zurück. »Nein, das werde ich nicht«, sagte sie, obwohl ihr die Stimme zu versagen drohte.

»Geh«, sagte Maigraith. »Lass mich zurück, Karan. Tu, worum ich dich gebeten habe.«

Yggur hob die Hand. »Bleib!«, befahl er, und Karan erstarrte vor Angst. Dann drehte er sich zu Maigraith um. »Du *wagst* es, mir zu trotzen?«

Maigraith trat vor. »Ich werde meinen Willen durchsetzen, selbst gegen dich, Yggur. *Keinen Schritt weiter!*« Ihre sanft gesprochenen Worte verbargen eine Kraft, die Yggur von Kopf bis Fuß erzittern ließ. Er kämpfte dagegen an, konnte sich aber nicht bewegen. Dann, ohne sie anzusehen, flüsterte Maigraith Karan zu: »Flieh! Ich kann es nicht.«

Karan war wie gelähmt. Maigraith raubte ihr noch immer Kraft über die Verbindung. *Du raubst mir all meine Kraft*, versuchte sie zu sagen, doch die Worte wollten nicht herauskommen. Yggur kämpfte mit seinem ganzen Willen. Maigraith schrie, kreischte, und er konnte sich wieder bewegen. Er trat einen schmerzhaften Schritt auf Karan zu, dann noch einen. Er beugte sich über sie.

Karan blickte flehentlich zu Maigraith, doch die konnte ihr nicht helfen. Yggurs riesige Hände packten Karan an den Schultern, doch noch immer weigerte sie sich, ihn anzuschauen. Ihr Rücken begann sich unter seinem Gewicht durchzubiegen. Sein Griff um ihre schmalen Schultern war grausam. Mit einer Hand drehte er ihr Gesicht zu sich herum. Seine rauchigen Augen bohrten sich in sie hinein. Sie funkelte ihn an. Das Entsetzen hatte sie weder ihrer Würde noch ihrer Entschlossenheit beraubt.

»Hilf mir«, rief sie mit belegter Stimme, doch Maigraith konnte nichts tun.

»Ich *befehle* dir!«, sagte Yggur. »*Wem dienst du?*«

Karan leistete Widerstand, aber allein die Gewalt seines Blickes verbrannte sie schon. Sie fühlte sich kraftlos. Ihr war heiß und kalt zugleich, und sie war benommen, drohte fast in Ohnmacht zu fallen. Maigraith saugte ihr über die Verbindung das Leben aus. Ein schreckliches Läuten ertönte in ihrem Kopf, und mit jedem Ton erklang der Name, den sie nicht wagte, auszusprechen. War sie in größerer Gefahr, wenn sie Faelamors Geheimnis bewahrte, oder wenn sie es enthüllte?

Schließlich konnte Karan nicht länger widerstehen. Ein Zittern durchfuhr sie von Kopf bis Fuß.

»Schweig!«, schrie Maigraith.

Yggur schüttelte Karan so hart, dass ihre Zähne aufeinanderschlugen. »War es *Mendark*, der dich geschickt hat?« Er spie den Namen förmlich, und Zorn mischte sich mit Bitterkeit.

»Ja!«, schrie Maigraith. »Mendark! Mendark hat uns geschickt.«

Aber es war zu spät. Karans Gesicht brach unter dem Druck zusammen. Blut schimmerte auf ihrer Lippe. Sie versuchte, ihren Mund mit der Faust aufzuhalten, doch er verriet sie. Sie flüsterte nur ein Wort: »Faelamor!«

Yggur ließ sie los, und sie fiel auf alle viere. Noch immer hielt sie den Spiegel in der Hand. »Faelamor!«, keuchte er.

Maigraith schrie von hinten: »Oh, Karan, du hast mich ins Verderben gestürzt!«

Karan war wie erstarrt. Dann riss sie die Augen los und brach die Verbindung ab. Maigraith geriet ins Taumeln. Langsam stand Karan auf und wich zur Tür zurück, den Spiegel nach wie vor fest im Griff. Yggur riss den langen Arm in die Höhe, doch Karan wich ihm aus und überraschte ihn dabei mit ihrem Geschick. Ein Hauch von Hoffnung keimte in Maigraith auf – Karan hatte also doch noch einen eigenen Willen. Sie löste sich von ihrer Verzweiflung und griff auf eine tief verborgene Kraft zu.

»Lass sie in Ruhe!«, befahl sie und benutzte die Geheime Kunst, wie sie sie noch nie benutzt hatte.

Der Befehl traf Yggur wie ein Schlag, und wie ein Vogel, der sich mit dem Flügel schützen will, warf er den Arm in die

Höhe. Ein Ausdruck des Unglaubens huschte über sein Gesicht. »Ich kann mich nicht bewegen«, sagte er verwundert. Seine Kiefermuskeln waren plötzlich steif wie Granit.

»Geh!«, schrie Maigraith. »Tu, was du versprochen hast. Ich kann ihn nicht lange festhalten.«

Karan wirkte irgendwie noch kleiner als für gewöhnlich, ihr Gesicht runder und blasser; doch da war eine wilde Entschlossenheit, ihren Fehler wiedergutzumachen. »Ich werde ihn nehmen«, sagte sie. Dann drehte sie sich mit schlichter Würde zu Yggur um. »Und nichts wird mich aufhalten!«

Gequält verzog Yggur den Mund zu einem höhnischen Grinsen. »Nichts? Lass mich dir von meinen Whelm erzählen, meiner Schreckensgarde. Ein halbes Jahrtausend lang waren sie in der südlichen Wildnis verloren. Ich habe mich zu ihrem Herrn erhoben, sie aus Eis und Feuer geholt, und sie werden alles tun, was ich ihnen befehle. Oh, wie sie mich anflehen, ich möge sie auf meine Feinde hetzen. Die Whelm werden sich um dich kümmern.« Er machte eine seltsame Geste.

Bei der Erwähnung des Namens, oder vielleicht durch die Geste, kroch ein Schauder von den Zehen an durch Karans ganzen Körper, bis ihr ganzer Leib kribbelte und sich ihr sämtliche Haare sträubten. Vor ihrem geistigen Auge erschien der schattenhafte Umriss des Stockmannes draußen vor der Mauer. Fast hätten Ekel und Übelkeit sie übermannt. Sie hatte das Gefühl, als hätte ein toter Hund ihr mit seiner verrotteten Zunge über den Nacken geleckt und eine kalte Schleimspur um ihr Ohr hinterlassen.

Yggur lachte kalt. »So!«, sagte er. »Faelamor lebt also noch, und sie will meinen Spiegel. Ich werde ihr zuvorkommen. Noch diese Woche können meine Armeen gen Osten marschieren, wenn sie müssen.«

Karan drohte, in Ohnmacht zu fallen. Bereits jetzt begann

ihr Verrat, die Welt zu verändern. Maigraith streckte die Hand aus und ballte sie zur Faust. Yggur verstummte. Karan floh. Die Tür fiel krachend ins Schloss und verschwand wieder.

Langsam und unter großen Schmerzen drehte Yggur sich zu Maigraith um. Seine rechte Gesichtshälfte war starr. »Du kannst mich in der Tat nicht halten«, flüsterte er. »Du wirst schwächer werden, und dann werde ich dich brechen.«

Maigraith stand aufrecht da, die Fäuste an den Seiten geballt und schaute zu ihm hinauf. »Ich trotze dir. Und ich *werde* dich festhalten, bis sie entkommen ist. Was du dann mit mir tust, ist ohne Bedeutung.«

Kapitel sechs

Fall eines Chronisten

In Chanthed träumte Llian den köstlichsten Traum, den ein Chronist haben konnte. Nach Jahren der Suche hatte er Beweise für ein schreckliches, atemberaubendes Verbrechen entdeckt, für eine Tat so kühn und weitreichend, dass man den Täter fast hätte bewundern können. Nun setzte er die Bruchstücke zu einer neuen Großen Geschichte zusammen, der ersten seit zweihundertfünfzig Jahren. Sein Name würde für immer mit ihr verbunden sein – mit *Llians Geschichte.* Sie würde ihn in eine Reihe mit den größten aller Chronisten stellen.

Irgendjemand schrie im Nachbarraum. Eine weitere Stimme fiel ein, dann eine dritte. Nebenan wurde ein heftiger Streit ausgetragen. Llian stöhnte und schlug das Bettzeug beiseite. Sein Kopf schmerzte furchtbar. Er erinnerte ihn an die vergangene Nacht und löschte all die glorreichen Träume wieder aus.

Die Wirklichkeit war es nicht wert, dafür aufzuwachen. Während des vergangenen Monats, seit seinem berühmten Erzählen, war die Suche nach dem Mörder des verkrüppelten Mädchens für Llian zu einer Besessenheit geworden, die sein ganzes Leben beherrschte. Er hatte die Bibliothek durchkämmt, gelesen, bis alles vor seinen Augen verschwamm, ja bis selbst der Blick auf eine Seite ihm Kopfschmerzen bereitete, aber gefunden hatte er nichts.

All seine andere Arbeit hatte er aufgegeben. Er erzählte

immer noch, doch trotz ständiger Nachfragen hatte Llian die *Geschichte der Düsternis* nicht wieder vorgetragen. Er wagte es nicht aus Furcht, Wistan könne davon erfahren. Und gleichzeitig lebte Llian in der Angst, dass seine Version der Großen Geschichte sich als falsch erweisen könnte, und dann wäre seine Karriere zerstört. Seine Rivalen sagten, er sei ausgebrannt, ein Ein-Geschichten-Wunder. Für jemanden, der nie etwas anderes hatte sein wollen als ein Chronist, war das die größte Demütigung von allen.

Llian hatte kein Geld, denn sein Stipendium war nicht verlängert worden. Niemand kannte die Historien besser als er, doch seinen Lebensunterhalt konnte er damit nicht bestreiten. Geld verdiente er stattdessen, indem er skandalöses Garn in den zwielichtigsten Tavernen von Chanthed spann oder Texte für Studenten schrieb, die zu faul oder zu dumm waren, um ihre eigene Arbeit zu erledigen.

Seine unmögliche Leidenschaft – zu erfahren, was wirklich zurzeit der Düsternis geschehen war und eine Geschichte daraus zu weben – überlebte nur in seinen Träumen.

Ein paar Tage später kam Llian weit nach Mitternacht nach Hause – nach einer Nacht, da er noch nicht einmal genug verdient hatte, um seine Getränke zu bezahlen – und stellte fest, dass seine Tür weit offen stand. Er warf seine Tasche in Richtung Tisch, und sie fiel krachend zu Boden. Llian hob die Kerze und sah, dass es keinen Tisch mehr gab, keinen Stuhl und Kleider an den Haken oder Bücher im Regal. Sein Zimmer war vollkommen leer, abgesehen von der klumpigen Strohmatratze. Alles, was er besaß, selbst seine zerschlissenen Kleider und durchgelaufenen Stiefel, war weg. Anti-Zain-Obszönitäten waren an die Wände geschmiert.

Der Verlust seiner Kleider und anderer Habseligkeiten

war kein allzu schwerer Schlag; sie konnten leicht ersetzt werden … wenn er denn wieder etwas Geld hatte. Aber auch all seine Bücher mit den Geschichten waren verschwunden, die er über fünfzehn Jahre hinweg mühsam per Hand kopiert hatte, seine persönlichen Tagebücher, wertvolle Familienhistorien und all seine Notizen zur *Geschichte der Düsternis.* Er hatte alles verloren mit Ausnahme seines illuminierten Bandes mit den Großen Geschichten und des neuen Tagebuchs, die er in seiner Tasche hatte. Llian war am Boden zerstört.

Dann begannen die Gerüchte. Zuerst waren es nur trunkenes Flüstern in den Tavernen oder anonyme Kritzeleien auf den Aborten – dass die Art irgendwie seltsam sei, wie er zum Meister geworden war, hieß es, dass seine Geschichte eine Lüge oder Fälschung sei. Die Ehre konnten diese Gerüchte Llian nicht nehmen, denn er war durch einstimmige Akklamation der anderen Meister ernannt worden, aber sie konnten seinem Namen tödlichen Schaden zufügen.

Die weniger treuen seiner Freunde sagten sich einer nach dem anderen von ihm los. Auf Thandiwe hatte diese Ächtung jedoch genau die gegenteilige Wirkung. Obwohl sie es nicht wagte, in der Öffentlichkeit mit ihm zu sprechen, lächelte sie ihn an und traf sich mehrmals im Geheimen mit ihm. Es wärmte Llian das Herz zu wissen, dass er wenigstens noch eine Freundin hatte; aber er wusste auch, dass er sie in Gefahr brachte, und so hörte er nach einer Weile auf, sich mit ihr zu treffen. Aber schlimmer noch als der Respektverlust bei seinesgleichen war die Tatsache, dass er nun von den Historien abgeschnitten war, denn die waren sein Leben.

Schließlich musste Llian sich eingestehen, dass er geschlagen war. Er bat um eine Audienz bei Wistan.

»Ich bin geschlagen«, sagte er. »Was wollt Ihr von mir?«

»Nur dein Wort als Meisterchronist, dass du diese Geschichte nie wieder erzählen oder auch nur davon sprechen wirst«, antwortete Wistan.

»Nun gut, dann will ich Euch mein Wort geben. Das Einzige, was ich dafür als Gegenleistung verlange, ist, dass Ihr mir wieder Zugang zu den Archiven gewährt.« Llian versuchte, demütig zu klingen, doch das gelang ihm nicht ganz.

»Sicher.« Wistan nahm sich eine Schreibfeder, ein wunderbares Ding, eine lange Pfauenfeder, die ihm bis über die Schulter reichte und bei jeder Handbewegung tanzte. Er tauchte sie in ein Tintenfass und zog sich ein Blatt Papier heran.

»Und meine Notizen, meine Kopien. Die brauche ich ebenfalls zurück.«

Wistan hielt kurz inne. »Die waren Teil deiner Meisterprüfung. Ich kann sie dir nicht wieder zurückgeben. Außerdem, ein wahrer Chronist muss etwas nur einmal lesen und hat es dann perfekt im Gedächtnis – für immer.«

»Das kann ich auch, aber diese Papiere sind mehr als nur Worte. Ich brauche die Dokumente.«

»Warum?«, fragte Wistan.

»Wie soll ich aufhören, nach der Wahrheit zu suchen? Das ist das Wesen meiner Ausbildung. Seht Ihr denn nicht, dass sich hier eine neue Große Geschichte verbergen könnte? In *diesem* Kollegium hat seit tausend Jahren niemand mehr eine Große Geschichte entdeckt. Denkt doch nur einmal an die Ehre, die solch eine Geschichte nicht nur mir, sondern dem ganzen Kollegium bringen würde.«

Damit hatte er einen Nerv bei Wistan getroffen, und das wussten sie beide. Wistan rutschte auf seinem Stuhl vor und zurück. Llian atmete tief durch und fuhr fort: »Ich bin sicher, das Mädchen im Turm ist ermordet worden, um etwas zu verschleiern.«

Wistan erschrak und ließ die Feder fallen. Blaue Tinte

spritzte aufs Papier. »Das wird ja immer schlimmer«, sagte er. »Aber egal … du kannst deine Papiere nicht zurückhaben. Sie sind weggeschlossen worden, und ich kann sie nicht mehr zurückholen.« Er fingerte an dem Silberarmband an seinem dürren Handgelenk herum. »Das kann niemand – außer dem neuen Direktor des Kollegiums nach meinem Tod.«

»Das könnte schneller der Fall sein, als Ihr glaubt!«, schrie Llian wütend. Er glaubte, Wistan würde nur nach Ausflüchten suchen. »Diese Papiere gehören mir. Da stecken vier Jahre meines Lebens drin. Wie könnt Ihr es wagen, sie mir zu nehmen?«

Mit eisiger Ruhe wischte Wistan die Tinte vom Tisch. »Der einzige Teil davon, der dir gehört, ist der, den du in deinem Kopf hast. Du wirst sie nie wiedersehen.«

»Verdammt sollt Ihr sein! Dann gebt mir mein Zeugnis und das, was von meinem Stipendium übrig ist, und ich werde Chanthed für immer verlassen.«

Wistan lächelte – ein grausiger Anblick. »Aber sicher doch. Sobald du mir dein Wort gegeben hast, nie wieder von dieser Angelegenheit zu sprechen.«

»Das kann ich nicht! Wenn Ihr Euch weigert, werde ich zu Mendark gehen!« Das war eine leere Drohung, und Llian wusste das.

Wistan wurde so kalt, dass Llian ein Schauder über den Rücken lief. »Mendark und ich sitzen gemeinsam im Rat. Wenn du das tust, werde ich ihm erklären müssen, wie du mit deiner Tollkühnheit nicht nur das Kollegium, sondern auch den Rat gefährdest.«

»Das Kollegium hat immer dafür gestanden, die Wahrheit hinter den Historien herauszufinden – egal was das auch kosten mag. Ihr seid ein Feigling und Heuchler!«

Jetzt hatte Wistan genug. »Hiermit bist du aus der Bibliothek verbannt bis nach dem Festival. Mach mir noch mehr Ärger, und du verlierst auch dein Recht zu erzählen. Und jetzt geh!«

Llian ging.

Eine weitere Woche verging. Es war die Zeit des Festivals. Aus ganz Meldorin strömten Menschen nach Chanthed und selbst aus den Ländern jenseits des Meers von Thurkad. Jedes Bett in jedem Gasthof war gleich doppelt belegt, und Zeltstädte entstanden in den Parks und auf öffentlichem Land.

Das Festival begann traditionell mit kleineren Geschichten, vorgetragen von den Studenten des Kollegiums. Sie bauten aufeinander auf, bis sie schließlich in die Großen Geschichten mündeten, welche wiederum die Meister in den letzten drei Nächten der zweiten Woche zum Besten gaben. Von den zweiundzwanzig Großen Geschichten wurden nur drei beim Festival erzählt. Aber das Festival war inzwischen so populär geworden, dass nun in der ganzen Stadt kleinere und kleinste Geschichten erzählt wurden, einschließlich wenig ehrbarer Geschichten mit romantischem oder unzüchtigem Hintergrund wie auch Apokryphen – unbewiesene Geschichten aus uralter Zeit, von unbekannten Ländern oder aus einer der anderen der Drei Welten. Einige erzählten sogar die Furcht erregenden *Geschichten der Leere.* Am letzten Abend gab es jedoch nur einen Vortragungsort, und jeder kam dorthin. Der letzte Abend gehörte jenem Meister, der beim letzten Abschlusserzählen die beste Große Geschichte vorgetragen hatte. Und jetzt hatte Llian dieses Recht.

Doch diesmal konnte noch nicht einmal das Festival Llian aufheitern. Er hatte alles verloren mit Ausnahme seines guten Namens, doch auch der hing nun an einem seidenen

Faden. Er konnte hier unmöglich weitermachen, aber auch nirgendwo sonst hin. Kein Geld, keine Referenzen, keine Freunde. Nun, wenn er schon untergehen musste, dann wenigstens aufgrund eines schweren Verbrechens und nicht für überhaupt nichts.

Das Festival war in der zweiten Woche. Llian beschloss, in die Bibliotheksarchive zu gehen und seine Dokumente zurückzuholen, wenn er sie denn finden konnte. Dann würde er seine Geschichte erzählen und anschließend für immer aus Chanthed verschwinden. Ohne Referenzen war zwar sein Leben als Chronist vorbei, doch niemand konnte ihn davon abhalten, Geschichten zu erzählen. Er wusste, dass er gut darin war. Selbst wenn er sich seinen Lebensunterhalt als elender Barde würde verdienen müssen – was für ein Abstieg! –, es würde reichen.

Wistan würde sich jeden Augenblick auf den Weg zum Vortragungsort machen. Llian lungerte im Gang hinter der Schreibstube des Direktors herum, und als der Zeitpunkt fast gekommen war, schlenderte er an der Tür vorbei und steckte das abgerissene Stück einer Spielkarte über das Loch für den Riegel. Die Tür verriegelte sich automatisch, wenn sie geschlossen wurde.

Wistan war ein Sklave der Routine. Um exakt zehn vor sieben verließ er sein Arbeitszimmer und zog sich einen Mantel über die Schultern. Um ihn abzulenken, ließ Llian einen Stapel Bücher fallen. Wistan hob den Blick, runzelte die Stirn und warf die Tür dann mit einem Knall zu, bevor er mit wehendem Mantel davonstapfte. Höflich nickte er, als er an Llian vorüberkam.

»Gehst du heute Abend nicht zum Erzählen? Du solltest dich besser beeilen, wenn du noch hinwillst.«

»Ich werde dort sein«, log Llian.

Eifrig hob er die Bücher auf, und als der Gang wieder leer war, drückte er gegen Wistans Tür. Sie schwang auf, und das Kartenstück flatterte zu Boden. Llian schnappte es sich rasch und schloss mit zitternder Hand die Tür hinter sich.

Aber vor was fürchtete er sich eigentlich? Was konnte Wistan ihm schon antun, was er ihm nicht schon angetan hatte? Fast nichts. Nichtsdestotrotz ging er mit klopfendem Herzen über den polierten Fußboden zu dem alten Schrank an der Wand, wo die Schlüssel des Kollegiums aufbewahrt wurden. Er war verschlossen.

Damit hatte Llian gerechnet. Er holte einen Meißel aus seiner Tasche und machte sich damit an der Tür zu schaffen. Mit lautem Knirschen öffnete sie sich, und an der Seite brach ein Splitter ab. Llian fluchte; der Schaden würde sofort bemerkt werden. Er fand einen Topf Leim im Schrank und klebte den Splitter wieder an; der Schaden blieb jedoch sichtbar. Nun, er musste hoffen, dass Wistan nach dem Erzählen nicht noch einmal zurückkommen würde.

Llian ging die Schlüssel durch – Bibliothek, Archive, Arbeitszimmer – und stopfte sie in seine Tasche. *Jetzt bin ich wirklich ein Verbrecher*, dachte er. Er öffnete die Tür zu Wistans privatem Arbeitszimmer und schlüpfte hinein.

Llian durchsuchte den Raum nach seinen Papieren, fand sie jedoch nicht. Es gab nur einen anderen Ort, wo sie sein konnten: in den Archiven.

In den Archiven stand förmlich die Luft; also öffnete Llian die Türen zu beiden Seiten, um ein wenig Zugluft zu bekommen. Da die Bibliothek jedoch verschlossen war, half das nicht viel. Llian verbrachte die halbe Nacht dort, aber er fand nichts, was ihm hätte weiterhelfen können.

Um seinen schmerzenden Augen ein wenig Entspannung zu gönnen, holte er schließlich die Bücher mit den Kupferstichen aus der Zeit der Düsternis heraus sowie Ablagen mit Bildern der Ereignisse. Und es gab Hunderte von Bildern dazu, denn die Jagd auf Shuthdar war *das* Ereignis jenes Zeitalters gewesen. Jedes wichtige Volk und jede wichtige Nation war daran beteiligt gewesen, und ein Dutzend Generäle und Monarchen hatten ihren Hof und ihre Künstler verpflichtet, dafür zu sorgen, dass jede noch so kleine Einzelheit aufgezeichnet wurde – vor allem natürlich die Rolle, die der jeweilige Auftraggeber beim Sieg gespielt hatte. Die Bilder waren mit Wasserfarben, Öl oder Kreide gemalt und die meisten im Laufe der Jahrhunderte so verblasst oder beschädigt, dass sie kaum noch zu erkennen waren. Aber es gab auch Stiche, die sich in weit besserem Zustand befanden.

Llian hatte diese Bilder schon viele Male gesehen, doch er wurde es nie leid, sie anzuschauen. Hier war ein Gemälde, das exakt jenen Augenblick zeigte, da die Flöte zerstört worden war, den wahnsinnigen Shuthdar, der über die Turmspitze tobte, während im Hintergrund ein Sturm wie eine Flutwelle auf ihn zurollte. Shuthdars groteske Gesichtszüge waren bis ins kleinste Detail zu erkennen – natürlich nur so, wie der Künstler sie sich vorgestellt hatte, denn niemand hatte es gewagt, sich auch nur auf eine Meile dem Turm zu nähern, als Shuthdar noch gelebt hatte.

Und hier war eine Serie von Ölbildern, die die Folgen der Zerstörung der Flöte zeigten sowie die vielen törichten Seelen, die sich in die glühenden Ruinen vorwagten, alle von der Hoffnung beseelt, die Flöte für sich selbst zu gewinnen. Sie hatten nichts bekommen. Die meisten waren an den Folgen der Krankheit zugrunde gegangen, die sie sich in den strahlenden Trümmern zugezogen hatten.

Hier waren die Hauptdarsteller jener Zeit. Rulke der Charon, der Konstrukteur der Flöte und des Unglücks, welches die Drei Welten als Folge davon befallen hatte. Er ragte aus den Dutzenden anderen hervor, die sich darum drängten, in den Turm zu kommen. Im Gegensatz dazu stand die rätselhafte Yalkara, Herrin der Täuschung, allein, die zweite der drei Charon, die nach Santhenar gekommen waren, und die Einzige, die der Düsternis entkommen war. Das war eines der größten Rätsel in den Historien, zeitlich aber viel später anzusiedeln als das, welches Llian hier zu lösen versuchte. Dieses Gemälde war in besserem Zustand als die anderen. Viele Einzelheiten hatten überdauert; selbst das Gold an Yalkaras Handgelenk, Hals und Stirn war zu erkennen.

Ein weiteres Gemälde zeigte, wie sie wieder aus den Trümmern kam, mit leeren, verbrannten Händen und qualmenden Kleidern. Auf einem dritten Bild, das schon stark abgeblättert war, war Yalkara splitternackt ausgezogen worden, um sie vor allen anderen zu durchsuchen; so war es allen ergangen, die an jenem Tag die Ruinen betreten hatten. Aber die Flöte war nie gefunden worden. Sie war zerstört, für alle Zeiten verloren.

Obwohl Llian diese Szenen schon viele Male zuvor gesehen hatte, überkam ihn heute das Gefühl, dass sie ihm noch mehr zu sagen hatten ... dass es da noch etwas gab, was enthüllt werden musste, wenn er es denn nur finden konnte. Aber die Zeit lief ihm davon, und er hatte noch viel zu tun. Vorsichtig legte Llian die Gemälde und Stiche wieder zurück und öffnete das nächste Paket.

Dieses hatte er sich auch schon angesehen, wenn auch nur einmal. Es enthielt die ursprünglichen Skizzen, die an Ort und Stelle angefertigt worden waren, Hunderte von Zeichnungen unterschiedlicher Künstler, jede nummeriert. Obwohl die Tinte zu Braun verblasst und das Papier gelb und brüchig war, konnte man noch fast jedes Detail erkennen.

Alle Gemälde und Stiche beruhten auf diesen Zeichnungen, abgesehen von ein paar mit Aquarellbildern, die auch vor Ort gemacht worden waren, doch die kümmerten Llian nicht.

Llian legte die Zeichnungen der Reihenfolge nach aus und ging sie einer nach der anderen durch. Hier war eine Reihe von Zeichnungen, die eindeutig die Vorlage für die späteren Bilder waren. Sie zeigten die Menschen, wie sie in den zerstörten Turm gingen. Und hier eine weitere, sogar noch längere Serie, wie sie wieder herauskamen.

Während Llian sich die beiden Serien vorwärts und rückwärts ansah, überkam ihn plötzlich die Erkenntnis, dass hier etwas nicht stimmte. Irgendetwas erschien ihm widersprüchlich, nur konnte er den Finger nicht darauf legen. Er war erschöpft; es war bestimmt schon drei Uhr morgens. Oder war der Widerspruch vielleicht zwischen Skizzen und Gemälden zu finden? Llian hielt eine der Zeichnungen ins Licht und versuchte, der verblassten Tinte die Wahrheit zu entlocken. Waren da Spuren einer weiteren Zahl unter der Nummer? Sorgfältig untersuchte er die Stelle. Ja, die Nummer *war* geändert worden, fast perfekt. Aber was hatte vorher dort gestanden?

Just in diesem Augenblick hörte Llian eine Tür in der Bibliothek. Wistan! Er durfte hier nicht erwischt werden. Llian steckte die Zeichnungen rasch in ihren Behälter zurück und schob diesen dann wieder ins Regal. Anschließend löschte er seine Laterne und duckte sich zwischen mehreren Regalreihen hindurch für den Fall, dass jemand das Licht gesehen hatte. Ohne es war es stockdunkel hier, aber Llian fand sich auch so zurecht.

Krach! Irgendjemand fluchte leise, und eine Laterne erschien dort, wo Llian gerade noch gearbeitet hatte. Sie waren zwischen ihm und der Tür!

»Er ist weg!« Das war Truscos tiefe Stimme. »Verteilt euch! Bewacht die Tür!«

Wie viele waren das? Während er mit geducktem Kopf an den Regalen vorbeihuschte, sah Llian zwei Laternen, dann eine dritte. Leise schlängelte sich Llian zur Eingangstür, doch als er dort ankam, sah er, dass eine vierte Person sie bewachte. Er versuchte vorbeizuschlüpfen, aber der Wachmann war zu schnell und packte ihn am Ärmel. Mühelos zog er Llian zu sich heran.

»Ich hab ihn!«, brüllte der Mann.

Verzweifelt warf Llian sich nach vorne und traf den Wachmann genau unterm Kinn. Der Mann stieß einen dumpfen Schrei aus und ließ seinen Gefangenen eine Sekunde lang los. Blut tropfte der Wache aus dem Mund; er hatte sich auf die Lippe gebissen.

Die eine Sekunde reichte vollkommen aus. Wie ein Aal wand sich Llian aus dem Griff des Mannes und rannte die Regale entlang in Richtung der Hintertür, die er klugerweise offen gelassen hatte.

»Er rennt in Eure Richtung, Wistan!«, gurgelte der Wachmann.

Wieder duckte sich Llian zwischen die Regale und prallte mit voller Wucht in einen kleinen Mann mit einer Laterne. Es war Wistan. Der alte Direktor flog in hohem Bogen nach hinten, und die Laterne zerschellte am Fuß eines Regals. Brennendes Öl spritzte über den Boden.

Wistan schrie »Feuer!« und trat auf die kleine Flamme ein.

Dadurch bekam Llian eine zweite Chance. Auf allen vieren krabbelte er die Regalreihe entlang, sprang auf, war um Haaresbreite schneller an der Tür als Trusco und trat im Vorbeilaufen den Keil weg. Die Tür flog zu und klemmte seinen Mantel ein. Llian riss ihn raus, schob den Riegel vor und rannte um die Archive herum zum Vorderteil der Bibliothek.

Dann hatte er einen schrecklichen Gedanken. Was, wenn sie das Feuer nicht gelöscht hatten? Was auch immer es ihn kosten würde, er würde nicht riskieren, dass die Bibliothek niederbrannte. Er schaute zur anderen Tür hinein und sah, dass Trusco gerade die letzten Flammen ausschlug. Nichts war beschädigt worden. Llian lief weiter zur Eingangstür, warf die nun nutzlosen Schlüssel weg und machte sich auf den Weg zu seinem Zimmer. Nach nur zehn Minuten war er in seine Decken gehüllt, aber er konnte nicht einschlafen. Die Eskapade war ein totaler Misserfolg gewesen, und er wusste, dass sie ihn noch vor Ende der Nacht holen kommen würden.

Kapitel sieben

Die Kanäle von Fiz Gorgo

Die Kleine war gerissen. Die Whelm erwiesen Karan widerwillig Respekt, dass sie ihnen eine solche Jagd geliefert hatte. Aber jetzt würde es nicht mehr lange dauern, und es würde einen Preis geben, wenn sie sie geschnappt hatten.

»Findet sie! Fangt sie – lebend oder tot! Kehrt nicht ohne den Spiegel zurück!« So hatte Yggur getobt, nachdem er sich aus Maigraith' Griff befreit hatte.

Stunden waren seitdem vergangen, und Karan hatte sich irgendwo im Labyrinth unter Fiz Gorgo verirrt. »Flutet die Tunnel!«, und Yggurs Diener öffneten die Schleusen, obwohl in Teilen der unteren Gänge schon seit Jahrhunderten das Wasser stand. Dann hatten sie alle Nischen und verrosteten Gitter nach einer kleinen, blassen Kreatur durchsucht, die gegen das Eisen geworfen worden war, das Fleisch zerquetscht, die flammenden Haare erloschen und über und über mit Rost und braunem Schlamm bedeckt. Aber sie fanden sie nicht.

Karan brach auf dem Absatz vor Yggurs Bibliothek zusammen. Ihre Schultern pochten. Sie konnte noch immer den Abdruck seiner Finger auf der Haut spüren. Solch einem eisernen Willen war sie noch nie begegnet. Ihr Geist war so von ihm erfüllt, dass für andere Gedanken kein Platz war – abgesehen von der Angst vor den Whelm. Wer waren diese

Whelm eigentlich, dass allein schon ihr Name sie in Panik versetzte?

Karan lag im Dunkeln, ohne sich ihrer Umgebung bewusst zu sein. Empfindsam zu sein konnte ein Segen, aber auch ein Fluch sein. Schließlich verebbte das Kreischen in ihrem Kopf, und Karan erinnerte sich an die Gefahr, die hinter der Wand lauerte. Blind tastete sie nach dem wertvollen Licht, das Maigraith ihr gegeben hatte: einer Kugel aus poliertem Felskristall, so groß wie ihr Auge, teilweise in Silberblätter eingefasst. Mit einer Berührung erstrahlte das milchige Licht.

Das Licht enthüllte, an was für einem gefährlichen Ort sie Zuflucht gesucht hatte. Sie hatte vergessen, dass der schmale Absatz kein Geländer hatte; sie hatte nicht mehr daran gedacht, wie tief es neben der Wendeltreppe nach unten ging. Doch Karan war in den Bergen aufgewachsen, und die Höhe bereitete ihr keine Probleme, nur die Erkenntnis, dass sie im Dunkeln vielleicht einfach über die Kante gerannt wäre.

Sie stand auf. Den Spiegel, inzwischen wieder zusammengerollt, hielt sie in der Hand. Sie war kurz versucht, ihn über die Kante zu werfen, doch das war auch keine Lösung; wenn sie unten ankam, würde er da liegen. Er passte leicht in die spezielle Tasche in ihrem Hemd, direkt unter ihrem Arm. Karan verschloss die Tasche und versuchte, den Spiegel aus ihren Gedanken zu verdrängen.

Dann ging sie die Treppe hinunter und durch die Gänge. Im Gehen fühlte sie sich schon besser. Schließlich trat sie aus dem verstaubten Geheimgang und auf den Hauptkorridor. Dort blieb sie stehen. Ihr Kopf hatte zu pochen begonnen, und Übelkeit breitete sich in ihrem Magen aus. Das waren wieder die üblichen Nachwirkungen, die Strafe dafür, dass sie ihr Talent eingesetzt hatte. Diesmal würde es besonders schlimm werden. Auch wenn sie sich wohl gefühlt hätte, war sie nicht sicher, dass sie die Zisterne in diesem Labyrinth finden konnte. Und selbst falls sie sie fand und irgendwie wieder hinausgelangte, warteten da die Hunde und Wachen. Sie saß in der Falle.

Langsam verlor Karan auch noch den letzten Rest ihres Selbstvertrauens. Sie schlurfte weiter. Wie erbärmlich ihre Prahlerei nun doch aussah. *Nein, denk nicht darüber nach.* Jetzt zählte nur noch eins: Sie musste irgendwie hier raus. Und während die Nachwirkungen immer schlimmer wurden, bis sie unter den schlimmsten Kopfschmerzen litt, die man sich vorstellen konnte, und ihr Magen sich anfühlte, als wäre er mit brennendem Schaum gefüllt, verlor auch dieses Ziel an Bedeutung.

Karan hatte Angst, das Licht zu benutzen; also tastete sie sich an der Wand entlang. An einer Kreuzung hockte sie sich leise in die Dunkelheit und hielt sich den Bauch. Kein Weg bot ihr mehr Hoffnung als der andere. Dann flammte eine Laterne in der Ferne auf, ein erschreckender Anblick, aufgrund der plötzlichen Helligkeit. Karan fiel auf alle viere und hätte fast laut aufgeschrien.

Sie konnte sich nirgends verstecken; es gab hier noch nicht einmal einen Spalt, der groß genug für eine Ratte gewesen wäre. Ein Stück weiter führte ein weiterer Gang nach links. Ohne nachzudenken, huschte Karan in ihn hinein und floh vor dem Licht. Die schnelle Bewegung verstärkte ihre Schmerzen noch; ihr Kopf pochte im Takt mit ihrem Herzen. Als sie durch die Dunkelheit kroch, stieß sie sich den Kopf an einem heruntergefallenen Steinblock, und sie musste sich aufs Handgelenk beißen, um nicht zu schreien. Sie lag auf dem Boden, blind, kraftlos und ohne ihre Umgebung wahrzunehmen.

Schließlich waren die schlimmsten Nachwirkungen vorbei, obwohl ihr Kopf und ihr Magen noch für Stunden empfindlich sein würden. Karan setzte sich auf. Sie war erstaunt, dass sie sie noch nicht gefunden hatten. Aus der Ferne hallte ein Klirren durch den Tunnel, wie von großen Ketten. Karan kümmerte das nicht. Mit ausgestreckten Armen wanderte sie weiter durch die Dunkelheit.

In ihrer Angst vor dem Licht entfernte sie sich immer weiter von dem Gang, den sie kannte, und wählte willkürlich ihren weiteren Weg: Treppen hinauf, durch Tunnel, schmale Stollen, runter und wieder rauf. Sie hatte sich hoffnungslos verirrt.

Und viele der unteren Galerien waren überflutet. Nachdem sie die Laterne gesehen hatte, hatte sie die Leuchtkugel in der Tasche gelassen und sich nur noch auf ihren Tastsinn verlassen, doch das war genauso gefährlich, als hätte sie das Licht angemacht, denn es gab Öffnungen im Boden. Einmal war sie in eisiges Wasser gefallen. Kurz darauf kam sie an der schwarzen Öffnung eines weiteren Schachts vorüber. Plötzlich quoll abgestandene Luft wie in einer großen Flatulenz aus ihm heraus, und das Wasser stieg rasch, schwappte in die Öffnung hinein und kroch wie ein dunkler Fleck über den Boden.

Da wurde Karan wieder von ihrem Leid übermannt, und sie setzte sich auf den Stein, die Füße im Wasser, und weinte. Sie weinte ob der Dunkelheit und der Hoffnungslosigkeit ihrer Situation. Sie weinte ob ihrer Torheit, dass sie überhaupt zugestimmt hatte, Maigraith zu helfen. Das wiederum führte sie in ihre Kindheit, da sie allein in der Dunkelheit geweint hatte, und sie weinte auch um ihren geliebten Vater, Galliad, der sie des Nachts immer an der Hand genommen und die bösen Träume weggestreichelt hatte. Dann war sie wieder zwölf, ihr Vater seit vier Jahren tot (und auch ihre

Mutter, Vuula, die sich aus Trauer im Wahnsinn das Leben genommen hatte). Sie lebte im Elend bei der Familie ihrer Mutter. Die Tage waren erfüllt von Plackerei und Misshandlungen, die Nächte einsam und voller Tränen. Doch eines Nachts, als sie wach in ihrem Zimmer lag und den Mond und die Sterne beobachtete, erinnerte sich Karan an das Volk ihres Vaters, die Aachim, und sie beschloss, zu ihnen zu gehen.

Vielleicht hatte Galliad vorausgesehen, welche Prüfungen sie erwarteten, denn als sie auf seinen Knien gesessen hatte, hatte er ihr das Geheimnis seines Volkes anvertraut und ihr verraten, wo sie zu finden waren, sollte sie in Not geraten. Karan hatte kein Geld und nur wenige Besitztümer, denn ihr Erbe lag in den Händen eines Verwalters; aber sie verkaufte das Armband, das ihre Mutter ihr hinterlassen hatte, und von dem Geld rüstete sie sich für die lange Reise aus. Eines Nachts, nachdem der Mond untergegangen war, packte sie ihre Kleider und Schätze zusammen, kletterte die Hauswand hinunter und machte sich auf den Weg, um die Aachim in ihrer abgelegenen Bergfestung mit Namen Shazmak zu finden. Sie marschierte die ganze Nacht hindurch, mied ängstlich die Straße und versteckte sich vor Sonnenaufgang, bis die Jagd an ihr vorüber war. Nach ein, zwei Tagen überlegte sie, doch nicht in die Berge zu ziehen. Was gab es dort schon für ein Mädchen von zwölf Jahren? Aber sie blieb auf ihrem Weg.

Es dauerte drei Wochen, bis sie Shazmak fand, das so lange vor der Welt verborgen gewesen war. Es lag oberhalb der Pässe, wo es sogar im Sommer schneite. Der Weg dorthin war lang und voller Schrecken gewesen. Und irgendwie, unglaublicherweise, schlugen die Wächter nicht Alarm, als Karan den Pass überquerte, schlugen nicht Alarm, als sie über die schier unendlichen Bergpfade wanderte, während der Garr unten im Tal die Felsen zermalmte und über ihr die Berghänge aufragten. Karan trat aus einem Tunnel, und die Sonne ließ die schlanken Türme und spinnenhaften Laufgänge von Shazmak silbern und golden schimmern. Erst als sie die letzte Brücke überquert hatte und auf dem ummauerten Hof vor dem Tor stand, gaben die Wachen Signal, und ein einzelnes, helles Läuten ertönte.

Vor ihrem geistigen Auge sah sich Karan, wie die Aachim sie vor den Toren ihrer Stadt gesehen haben mussten: eine winzige, verdreckte Gestalt, die in der übergroßen Bergkleidung geradezu zu versinken drohte; halb verhungert, zu Tode erschöpft und das Haar ein flammendes Chaos um ihr rundes Gesicht. Sie war schier unglaublich schüchtern, strahlte jedoch auch eine ruhige Würde aus, die ihr Alter Lügen strafte. Plötzlich überkam sie Angst vor diesem harten Volk. Sie hatte Angst, von ihnen einverleibt zu werden, Angst, von ihnen abgelehnt zu werden ... Sie wollte wieder weglaufen. Dann sah sie ein, zwei kleinere unter diesem großen, dunkelhaarigen Volk, das sie anstarrte, mit blasser Haut und rotem Haar wie ihres.

»Ich bin Karan Elienor Melluselde Fyrn aus Bannador«, verkündete sie ihren Namen mit Sorgfalt und Stolz. Fyrn war der Familienname ihrer Mutter; Elienor eine schon lange tote Heldin der Aachim aus der Linie ihres Vaters, die Karan schon immer besonders gemocht hatte; Melluselde – wieder ein Familienname. »Mein Vater Galliad ist tot. Ich bin nach Hause gekommen.«

Und sie war ihrer Großmutter so ähnlich, der geliebten Mantille, die auch auf tragische Weise gestorben war, dass die Aachim bei ihrem Anblick weinten. Aber sie war auch ganz anders. Die Aachim liebten Karan ob der Echos ihrer Vorfahren, doch mehr noch ob ihrer selbst, und sie nahmen sie in Shazmak und in ihre Herzen auf. Und obwohl die

Aachim ein melancholisches Volk waren, eingebunden in ihre Kultur und eine Geschichte, die Karan niemals würde verstehen können, war sie die ersten fünf Jahre dort glücklich. Tatsächlich war sie seit dem Tod ihres Vaters nicht mehr so glücklich gewesen. Aber im sechsten Jahr hatte sich all das verändert. Sie wurde von dem Halb-Aachim Emmant schier unerträglich schikaniert und fühlte sich von den anderen Aachim im Stich gelassen. So floh sie in ihrem achtzehnten Lebensjahr und kehrte nie wieder zurück.

Die Erinnerungen verliehen Karan wieder Mut, sodass sie sich einen Fluchtweg überlegen konnte. Solch ein Labyrinth aus Tunneln, die über Jahrhunderte hinweg errichtet und immer wieder umgebaut worden waren, hatte vermutlich viele Ausgänge. Karan versuchte, sich ins Gedächtnis zurückzurufen, was sie über Fiz Gorgo wusste, was Maigraith ihr auf der Reise erzählt hatte. Aber Maigraith war sehr zurückhaltend gewesen, selbst was Dinge betraf, die Karan wissen musste.

Denk nach! Die Aachim waren unvergleichliche Ingenieure, und sie bauten für die Ewigkeit. Shazmak war ein ähnlicher Ort wie dieser hier, und dort kannte Karan jeden Winkel. Weiter unten würden sich riesige Wasserpumpen befinden und Öfen, um das Wasser aufzuheizen, sowie ein Kanal, um es wieder abzuleiten. Ohne Zweifel hatten die Pumpen jedoch versagt, und niemand besaß die Fähigkeit, sie zu reparieren; auch die Öfen waren sicherlich schon lange kalt. Aber der Kanal, der Abfluss, die große Kloake von Fiz Gorgo, musste noch dort sein, wenn sie ihn nur finden konnte. Und dieser Kanal würde zum Flussdelta führen.

Karan folgte dem Tunnel noch ein kleines Stück, doch er endete an einer Steinwand. Gleiches galt für die anderen Abzweigungen, die sie nahm; offenbar war dieser Teil des Labyrinths schon vor langer Zeit versiegelt worden. Schließlich erreichte sie eine Kreuzung, und dort bog ein Gang ab, von dem sie das Gefühl hatte, dass sie ihn nehmen sollte. Sie war zwanzig oder dreißig Schritte im Gang, als sie plötzlich erstarrte. Ein Flüstern hallte den Gang hinunter, und zwei Gestalten, eine groß und hager, die andere kantig, bewegten sich langsam den Haupttunnel entlang. Es schien, als drehe der Große den Kopf in Karans Richtung, als sie vorbeikamen; doch das Licht ihrer Laternen drang in der Schwärze nicht bis zu ihr vor.

Dann waren sie verschwunden. Diesmal hatte ihr Anblick Karan nicht so sehr erschreckt. Vielleicht waren das keine Whelm gewesen. Karan huschte in die entgegengesetzte Richtung. Runter. Sie musste tiefer runter.

Erneut hörte sie dieses ferne Klirren. Nun sorgten Kälte, Müdigkeit, Hunger und Angst dafür, dass ihr Kopf so gut wie leer war. Karan stolperte durch die Dunkelheit. Es war ihr egal, wohin sie ging, solange sie nur vorwärts kam. Als sie an eine Abzweigung kam, nahm sie einfach einen Weg, ohne darüber nachzudenken. Sie überließ es ihrer Intuition, sie zu führen, und Stunden später, lange nach Sonnenaufgang (obwohl es hier unten keinen Sonnenaufgang gab), fand sie in einer fernen Ecke des Labyrinths tatsächlich einen Weg nach unten, ein simples Loch im Boden.

Karan nutzte kurz Maigraith' Leuchtkugel und sah Sprossen, die nach unten führten, darunter … nichts. Die Sprossen waren arg verrostet. Karan zögerte, aber ein Licht in der Ferne nahm ihr die Entscheidung ab. Sie stellte den Fuß auf die erste Sprosse. Rost fiel in dicken Flocken herunter. Karan stieg rasch nach unten und erreichte schließlich den schlüpfrigen Boden. Sie holte die Kugel wieder heraus und sah einen weiteren Schacht ein Stück weit entfernt. Vorsichtig ging sie weiter, bis sie auf Augenhöhe mit der Öffnung war. Sie führte wieder nach oben, wo Karan einen Lichtfleck sah. Aber sie konnten sie nicht gesehen haben. Karan wich zur Seite hin aus. Wenn sie sich ruhig verhielt …

Einen Augenblick lang schien alles möglich zu sein. Dann war ein Murmeln von oben zu hören. Das Licht an der Öffnung wurde stärker; Füße waren auf den Sprossen zu hören, und ein Arm schoss vor, um mit einer hellen Laterne in die Tiefe zu leuchten. Es folgte ein rauer Schrei, und eine Hand deutete nach unten. Karans Fußabdrücke waren deutlich im Schlamm auf dem Boden zu sehen, doch niemand kletterte herunter. Dann hörte Karan ein hohles Rasseln, und das Licht verlosch. Sie kroch wieder zurück und hielt erneut ihre Leuchtkugel in die Höhe. Die Öffnung war mit einem Steinblock verschlossen worden. Gleiches galt für die erste Öffnung. Sie war hier unten gefangen.

Yggurs Beine pochten unerträglich wie auch sein Rücken. Die alten Verletzungen fühlten sich an, als wären sie wieder aufgebrochen, so sehr hatte Maigraith ihm wehgetan. Er wollte sich einfach nur noch hinlegen und das Gewicht von seinen Knochen nehmen; aber er hielt sich aufrecht und trieb die Whelm an, obwohl die keiner Aufsicht bedurften. Ihnen gegenüber würde er niemals eine Schwäche zeigen.

Der Schmerz ließ ihn noch abgehackter sprechen als für gewöhnlich. »Verloren? Ihr habt sie verloren? Wie, du Narr?«

Der Einbruch, die Beleidigung … all das hätte zu keinem schlechteren Zeitpunkt für ihn kommen können. Er steckte mitten in den Vorbereitungen für einen neuen Feldzug, um gegen die reichen Güter im Osten zu ziehen. Wie hatten sie das nur geschafft? Und wie hatte er zulassen können, dass die Kleine mit dem Spiegel entkam, der für ihn so wichtig war, um die Stärken und Schwächen seiner Gegner auszuspionieren?

»Ihr seid zwanzig«, tobte er. »Sie ist nichts – nur ein Mädchen!« Nein, es war fatal, selbst den geringsten seiner Feinde zu unterschätzen!

Der Whelm neben ihm, der auf den Namen Idlis hörte, versuchte nicht, sich herauszureden. Das lag schlicht nicht in seiner Natur. Auch wies er nicht darauf hin, dass sie zuerst Yggur entkommen war. Aber die Steifheit seiner Haltung verriet, dass er die Beleidigung durchaus als solche empfand.

»Wir wissen nicht, wo sie ist.« Seine Stimme klang klebrig; die Worte kamen heraus, als müssten sie sich durch Sirup kämpfen. »Aber wir können sagen, wo sie sich nicht befindet, und das umfasst inzwischen den größten Teil des Labyrinths. Sie ist im skurrianischen Abschnitt isoliert. Alle Wege hinaus sind versiegelt worden mit Ausnahme des Haupttunnels. Aber es ist eine langsame Prozedur. Das Wasser behindert uns mehr als sie. Es fließt, wohin es will; wir können es nicht leiten. Die Funktionsweise des alten Systems ist unergründlich.«

Yggur lächelte. Was der Whelm sagte, entbehrte nicht eines gewissen Humors – auch wenn die Whelm natürlich vollkommen humorlos waren. »Was befindet sich sonst noch in diesem Abschnitt?«

»Leere Lagerräume, leere Zellen. Darunter gibt es noch einen alten Abflusskanal.«

Yggur gestattete sich ein weiteres knappes Lächeln. »Und der ist versiegelt.«

»Ja. Die Auslasstore werden jeden Monat überprüft. Sie sind in Ordnung.«

In diesem Augenblick platzte ein Kurierläufer herein, eine junge Frau in schlichter Kleidung, eine Dienerin. Yggur sah ein verkniffenes Gesicht unter der dunklen Kapuze, und die Sandalen waren zu groß, sodass sie beim Laufen flatterten. Die Frau schaute die beiden an und ging dann in weitem Bogen um den Whelm herum zu ihrem Herrn.

»Was gibt es Neues, Dolodha?«

Dolodha salutierte vor Yggur und antwortete: »Sie ist in den Kanal hinuntergestiegen, über den Schacht am Ende der Horthypassage.«

»Ha! Dann schließt den Schacht.«

»Das haben wir sofort gemacht.«

»Und das Wasser ausgesperrt?«

Dolodha zögerte. Yggur bemerkte, dass sie Idlis aus den Augenwinkeln heraus beobachtete. »Der Mechanismus ist gebrochen. Das Tor steht weit offen, und wir können es nicht wieder schließen. Es ist verklemmt.«

»Wann war das?«

Wieder kam die Antwort nur langsam. »Es hat eine Stunde gedauert, Euch zu finden.«

Yggur fluchte. Er wirbelte zu Idlis herum. »Bring alle Whelm da runter, und finde sie. Ich mache dich persönlich verantwortlich dafür!«

»Ich bin der geringste unter den Whelm«, sagte Idlis, und auf seinem Gesicht zeigte sich zum ersten Mal so etwas wie eine Gefühlsregung – und Unsicherheit. »Vartila wäre die bessere Wahl dafür. Oder Jark-un.«

»Ich habe aber dich ausgewählt«, sagte Yggur. »Komm nicht wieder zurück, es sei denn, du hast sie. Selbst der geringste unter den Whelm sollte leicht mit ihr fertig werden. *Aber* ich will sie lebend haben.«

»Vorhin habt Ihr doch gesagt ...«

»Maigraith war mit ihr *verbunden.* Sie muss eine Empfindsame sein. Ich habe Verwendung für sie. Beeil dich. Ich werde euch folgen.«

Karan ging zum nächsten Schacht, der weiter nach unten führte, setzte sich und ließ ihre Beine in die Dunkelheit baumeln. Die Luft, die zu ihr hinaufwehte, roch säuerlich. Sie kramte in ihrem Rucksack und fand eine alte, verschrumpelte Quitte. Langsam aß sie die Frucht, biss winzige Stücke ab und genoss jedes einzelne davon. Als sie fertig war, war sie zwar noch genauso hungrig wie zuvor, doch allein der Akt des Essens verlieh ihr neuen Mut.

Es gab keinen Weg mehr hinaus außer nach unten. Karan drehte sich um und stieg abwärts. Ein, zwei, drei Sprossen, dann brach die vierte unter ihrem Gewicht, und sie fiel ins Dunkle und in tiefes, kaltes, stilles Wasser. Es war so eisig, dass sie vor Schreck die kleine Leuchtkugel fallen ließ. Das Wasser schloss sich über ihrem Kopf, und sie schlug in vollkommener Dunkelheit panisch um sich. Ihre Stiefel zogen sie nach unten, als bestünden sie aus Stein; doch schließlich kam sie wieder an die Oberfläche, spie Wasser und wischte sich den Schleim aus den Augen. Als die Wasseroberfläche wieder still war, sah sie das Licht ihrer Leuchtkugel unter sich.

Wie sich herausstellte, war es hier gar nicht so tief, aber das kalte Wasser trübte Karans Blick, und die Lichtkugel war in den Schlamm gesunken. Sie musste fünf Mal tauchen, bevor sie die Kugel wieder in Händen hielt, und danach war sie vollkommen erschöpft. Karan war eine gute Schwimmerin, doch jetzt, voll bekleidet und mit ihrem kleinen Rucksack auf dem Rücken, bereitete es ihr erhebliche Mühe, den Kopf über Wasser zu halten.

Unbeholfen trat sie Wasser und hielt die Kugel in die Höhe. Grauer Schlamm lief ihr den Ärmel entlang in die Achselhöhle. Das Licht zeigte ihr einen ovalen Tunnel aus sorgfältig behauenem Stein, fast halbvoll mit Wasser. Der Schacht darüber war ein schwarzer Kreis, weit außerhalb ihrer Reichweite. Weiter den Tunnel entlang konnte Karan eine Plattform ausmachen. Sie schwamm dorthin und wuchtete sich hinauf. Ihre Finger stanken nach uraltem Dreck.

Karan lehnte sich gegen den Stein und schloss die Augen. Was auch immer die Folgen sein mochten, sie musste sich ausruhen. Sie suchte nach etwas, um sich abzulenken, und tatsächlich fiel ihr auch sofort etwas ein: die Geschichte, die sie beim Abschlusserzählen gehört und über die sie seitdem viel nachgedacht hatte. Die Fäden der Geschichte verwoben sich in Karans Geist, als würde sie noch immer dort stehen und der Erzähler nur zu ihr sprechen. Er war großartig. Karan konnte sich an jede Einzelheit seiner Geschichte erinnern und an jede Regung seiner gewinnenden, wenn auch unordentlichen Erscheinung während des Vortrags. Sie lächelte verträumt.

Just in diesem Augenblick erzitterte der Stein in ihrem Rücken, und Karan erkannte, dass sie sich zu lange ausgeruht hatte. Sie zog sich bis auf die Hose aus, sprang kopfüber ins Wasser und schwamm in die Richtung, von der ihr ihre Intuition sagte, dass es flussabwärts war. In bestimmten Abständen waren Messingringe in den Stein eingelassen; dann, ein Stück stromabwärts, sah sie eine weitere Plattform – offenbar hatte sie einst den Kanalarbeitern gedient. Da sie nicht mehr weiter schwimmen konnte, zog Karan sich erneut aus dem Wasser, ruhte sich aus, solange sie die Kälte ertragen konnte, und schwamm dann weiter. Doch am dritten dieser Rastpunkte hörte sie erneut das Geräusch, das sie inzwischen kannte: das ferne Rasseln von riesigen Ketten, gefolgt von einem schweren Knall wie von einer großen Tür. Plötzlich spürte Karan Druck auf den Ohren, und ein Zittern ging über die Wasseroberfläche.

Sie fluteten die Tunnel, einen nach dem anderen! Karan sprang auf, hielt die Leuchtkugel in die Höhe und kniff die

Augen zusammen, um im Dunkeln besser sehen zu können. Nun erkannte sie, dass der Abfluss versperrt sein musste, denn das Wasser rührte sich nicht. Aber sie konnte nirgendwo anders hin, und so sprang sie wieder ins Wasser, das bereits beachtlich gestiegen war, und schwamm weiter.

Karan sollte mit ihrer Vermutung Recht behalten, denn ein paar Minuten später erreichte sie ein halb hochgezogenes Gitter, hinter dem sich die Abflussöffnung befand: eine Sandsteinwand mit einem großen, zweiflügeligen Metalltor, durch das sechs Mann nebeneinander hätten gehen können. Form und Qualität der Arbeit verrieten ihr, dass es sich um eine neuere Konstruktion handeln musste. Die Aachim hätten nie etwas derart Prosaisches gebaut, etwas, das so wenig zum Rest von Fiz Gorgo passte. Doch das Metall war solide und das Tor mit einem derart schweren Eisenriegel gesichert, dass Karan ihn nicht bewegen konnte. Der Riegel war offensichtlich zum Schutz vor Eindringlingen gedacht, doch als Karan näher kam, sah sie, dass er auch von innen gesichert war. Dornen im Tor hielten ihn an Ort und Stelle.

Das Wasser stieg unaufhaltsam weiter. Karan kletterte auf den Riegel und versuchte nachzudenken. Wenn es ihr gelang, die Dornen irgendwie loszubrechen, würde sie das Wassertor vielleicht öffnen können. Immerhin war es ja dafür gedacht, Menschen draußen, nicht drinnen zu halten. Dann und wann musste es ja geöffnet werden, um überschüssiges Wasser abfließen zu lassen; ansonsten hätte man den Abfluss wohl schlicht zugemauert. Wie viel Zeit blieb ihr noch? Zwei oder drei Stunden ... höchstens.

Karan befestigte den Haken ihres Seils oben an der Tür, band eine Schlinge und befestigte sie daran. Mit den Füßen in der Schlinge und dem Seil in der Armbeuge hatte sie beide Hände frei zum Arbeiten. Sie lockerte mit Hilfe ihres Messers den ersten Dorn, wagte es aber nicht, mehr Kraft aufzubringen aus Angst, die Klinge könne brechen. Gab es vielleicht noch einen anderen Weg? Karan schaute sich die Tür noch einmal sorgfältiger an. Die Klammern, die den Riegel hielten, waren vernietet; es war unmöglich, sie loszubrechen. Die Scharniere bestanden aus massivem Messing, korrodiert, aber noch immer stark. Allerdings war der Rahmen verrostet, an dem die Scharniere befestigt waren, und die Sandsteinblöcke bröckelten an den Rändern. Wenn sie einen Hebel fand, könnte sie vielleicht die Scharniere rausbrechen.

Karan wandte ihre Aufmerksamkeit wieder dem Riegel zu, der nicht mittig, sondern in einer Höhe von etwa zwei Dritteln auf der Tür saß. Das Wasser leckte bereits an ihm. An der letzten Plattform, wo Karan sich ausgeruht hatte, waren Steine aus der Decke gefallen. Davon holte sie sich nun einen, kletterte wieder auf den Riegel und schlug mit dem Stein auf die Dornen ein, eine nach der anderen. Dann widmete sie sich wieder dem ersten. Zu ihrer Freude bewegte er sich leicht, und mit vorsichtiger Anstrengung gelang es ihr, ihn loszubekommen. Er war rund, so lang wie ihr Unterarm, mit stumpfer Spitze und eindeutig dafür gemacht, hinein- und wieder hinauszugleiten. Der nächste ließ sich leicht entfernen, wie auch der danach; Nummer vier und fünf wiederum waren genauso schwer zu lösen wie der erste, und als Karan schließlich den letzten gelöst hatte, stand ihr das Wasser schon bis zur Hüfte.

Während sie arbeitete, wanderten ihre Gedanken nach Hause zurück, nach Gothryme. Obwohl das Gut arm und öde war, wünschte sie sich nichts sehnlicher, als dort zu sein. Wie weit weg es nun zu sein schien. Wie hatte sie nur hierhergelangen können, ans Ende eines stinkenden Kanals? Und trotz ihrer wütenden Worte zuvor war ihre Schuld noch immer nicht beglichen.

Die zweite Aufgabe war schwieriger als die erste, denn dazu musste sie unter Wasser arbeiten; doch schließlich gelang es ihr, den Riegel aus den Klammern zu lösen, und er fiel herunter.

Karan sprang auf und klammerte sich an das Seil. Sie rechnete damit, dass das Tor unter dem Druck des Wassers nach außen fallen würde. Die Torflügel zitterten und stöhnten ... ansonsten geschah nichts. Frustriert schlug Karan mit der Faust gegen das Metall. Was hielt das Ding denn jetzt noch fest? Und als sie sich jenen Teil des Tors noch einmal genauer ansah, der nach wie vor aus dem Wasser ragte, entdeckte sie die winzigen Nietenreihen, die die beiden Flügel zusammenhielten. Nieten! Gegen Nieten konnte sie nichts tun.

Da überkam sie vollkommene Hoffnungslosigkeit. Karan konnte nichts weiter tun, als sich am Seil festzuklammern und dem Wasser beim Steigen zuzusehen. Zu ertrinken war nicht besser und nicht schlechter als jede andere Art zu sterben auch. Das Wasser stieg nun schneller.

Aber Karan war noch nicht bereit zu sterben. Sie würde alles tun, um das Ende hinauszuzögern, auch wenn es nur für eine Stunde war. Sie ließ sich wieder ins Wasser fallen und schaute den Tunnel zurück. In Abständen waren dort Inspektionsluken in der Decke gewesen, kleine, runde Schächte mit Sprossen; doch sie waren oben allesamt versiegelt. Der Kanal war nun fast vollgelaufen. Dann und wann trieben Luftblasen vorbei, kitzelten Karan an den Zehen und verschwanden im Tunnel.

Dann hörte Karan ein lautes Schlagen. Metall auf Metall! Die Zeit verging. Das Wasser stieg. Noch ein Schlagen, nicht mehr ganz so weit entfernt.

Nun drang das Wasser in Karans kleine Zuflucht ein, langsamer zwar, aber noch immer deutlich steigend. Wieder spürte sie Druck auf den Ohren. Es blieben ihr nur noch Minuten. Trotzdem wollte ihr Geist noch nicht aufgeben. Sie brauchte irgendein spitzes Werkzeug, um den verrosteten Türrahmen rauszubrechen.

Klang-bang! Genau über ihrem Kopf. Das Geräusch war so laut, dass Karan vor Schreck von ihrem Sitzplatz und ins Wasser fiel. Voller Entsetzen erkannte sie, dass sie – die Whelm – den Inspektionsschacht wieder aufbrachen. Das war das Ende.

Kapitel acht

Der Beobachter im Wald

Plötzlich fiel Karan die Lösung ein ... Der Haken an ihrem Seil bestand aus bestem Thurkadstahl. Sie konnte ihn noch nicht einmal verbiegen. Aber sie hatte fast keine Luft mehr. Karan atmete mehrmals tief durch, füllte und leerte die Lunge, bis sie sich benommen fühlte und ihre Lippen kribbelten, und tauchte zum Tor. In einer Nische über der Tür hatte sich eine kleine Luftblase gebildet. Langsam tauchte Karan dort auf, die Leuchtkugel in der Hand, und sah, dass die gefangene Luft von unten betrachtet einen perfekten Spiegel abgab, glatt und klar wie Quecksilber.

Karan schnappte nach Luft und tauchte wieder. Das Wassertor war in der Mitte eingedrückt, und wenn sie mit der Faust dagegenschlug, erzitterte es. Aber es hielt.

Karan klemmte den Haken in den verrosteten Rahmen just oberhalb des obersten Scharniers, das sich unter dem Wasserdruck schon ein wenig vom Stein gelöst hatte. Dann drückte sie ihre Füße gegen das Tor und zog. Das Metall riss ein wenig. Karan versuchte es erneut, und es bewegte sich wieder ein wenig. Unter dem Scharnier tauchte ein Spalt auf. Karans Lunge verkrampfte sich.

Sie ließ sich wieder nach oben treiben, nahm einen weiteren Zug der kostbaren Luft und schwamm wieder runter. Erneut klemmte sie den Haken unter das Scharnier und zog und rüttelte; die Leuchtkugel hielt sie mit den Zähnen fest. Einer der Bolzen, der das Scharnier im Sandstein hielt, löste sich in einer kleinen Staubwolke. Karan zog und zog. Ein weiterer Bolzen kam heraus, dann lösten sich die anderen alle zugleich, und das Scharnier klappte von der Wand weg, und ein Knirschen ertönte vom Tor. Doch die anderen Scharniere hielten nach wie vor stand.

Von oben ertönte ein gedämpfter Schlag, und Karan sah Licht durch das trübe Wasser. Das Licht wurde stärker und wieder schwächer. Nun wurde es von einem sich bewegenden Schatten ausgesperrt. Mit aller Kraft bearbeitete Karan das zweite Scharnier. Das loszubekommen war schwerer als das erste, denn hier war der Rahmen verzogen; doch schließlich flogen auch hier die Bolzen raus. Und Karan schwamm nach oben, um Luft zu holen, und tauchte wieder unter. Das letzte Scharnier bewegte sich, das Tor stöhnte, doch die Bolzen weigerten sich nachzugeben.

Mit dem letzten bisschen Luft schwamm Karan am Tor entlang, um es sich noch einmal anzusehen. Die Leuchtkugel verlor an Kraft, doch das gelbe Licht von oben war inzwischen so stark, dass sie sie nicht mehr brauchte. Ihr Kopf pochte, und ihre Sicht verschwamm allmählich vor Kälte, aber sie sah klar und deutlich, dass das Tor in der Mitte durchgebogen war. Ein paar der Nieten waren herausgeplatzt, und winzige Luftblasen drangen von außen herein. Gierig presste Karan die Lippen auf solch ein Loch, um zu atmen. Die Luft schmeckte nach Meer.

Dann war der Schatten über ihr. Träge glitt er über sie hinweg, die langen Arme ausgebreitet. Karan reagierte brutal. Sie packte die rechte Klammer, stemmte die Füße gegen die andere Torhälfte und drückte mit all ihrer Kraft.

Flache Finger legten sich um ihren Nacken und drückten zu. Karan riss sich los, hielt sich weiter an der Klammer fest, wand sich und trat blind um sich. Sie traf etwas Weiches, und der Whelm klappte zusammen. Sein Gesicht hätte fast das ihre berührt: die Augen vor Schmerz geschlossen, der Mund mit den gefeilten Zähnen weit geöffnet in dem Verlangen nach Luft.

Mit einem Kreischen, das Karan in den Ohren schmerzte, gab das Wassertor nach. Der linke Flügel wurde vom Gewicht des Wassers einfach weggerissen. Karan konnte sich nicht länger an der Klammer festhalten. Mit dem Schlamm von Äonen wurde sie von einem gewaltigen Strudel durchs Tor gerissen. Das Gesicht des Whelm verschwand.

An sich hätte das ihr Tod gewesen sein müssen, denn auf der anderen Seite befand sich ein weiteres Gitter; doch der losgerissene Torflügel zerschmetterte es einfach und trieb weiter, bis er in der Tiefe der Flussmündung versank.

Und Karan folgte ihm. Die Luft wurde aus der Lunge gepresst; in ihrem Kopf dröhnte es nur noch, und sie sah nur noch schwarze, weiße und rote Flecken, während sie sich an den Wänden die Knochen wund stieß und um Atem rang. Doch irgendwie überlebte sie. Sie ertrank nicht, brach sich keine Knochen, sondern empfand nur eine wilde Freude darüber, dass sie Yggur und Fiz Gorgo geschlagen hatte.

Als die Strömung verebbt war, befand sich Karan mehr als hundert Schritt vom Ufer entfernt im Meer und hatte gerade noch genug Kraft, um in der Dunkelheit zur Küste zurückzuschwimmen. Sie watete einen Bach in den Sumpfwald hinauf. Dabei fühlte sie – nur für einen Moment – den Beobachter, dessen Gegenwart sie auch in der vorangegangenen Nacht gefühlt hatte.

Karan hatte den ganzen Tag unter der Erde verbracht. Oben am Himmel war der Skorpionnebel durch Dunst zu einem formlosen roten Fleck verschwommen. Karan watete durch den Sumpf und schwamm Bäche hinauf, die so flach waren, dass ihr Bauch hier und da über den Schlamm schleifte; doch schließlich, weit nach Mitternacht, kletterte

Karan überzeugt davon, ihre Spur verwischt zu haben, ins Schilf. Während die Whelm aus einem Dutzend versteckter Löcher hervorkamen und Yggur persönlich zum Ausgang des Kanals humpelte, wickelte Karan sich in ihren nassen Mantel und schlief und träumte von einem Festival weit, weit weg.

Karan hatte Recht gehabt, was den Beobachter im Wald betraf. Maigraith' Illusion *war* gebrochen worden, und diesmal war es derselbe Spion. Ihr Name war Tallia, und sie war Mendarks oberste Kämpferin, des Magisters im weit entfernten Thurkad. Sie war die Dienerin jenes Mannes, den Yggur so fürchtete und hasste und über den Karan so beunruhigt war. Tallia spionierte Yggurs Verteidigung aus. Allerdings war es kein Zufall, dass sie das ausgerechnet dann getan hatte, als Karan und Maigraith gekommen waren. Schmuggler hatten sie über die beiden Frauen informiert.

Tallia war eine dunkle, auffallend schöne Frau, obwohl sie im Augenblick nicht so aussah. Sie hatte sich mit Schlamm beschmiert, und ihr schwarzes Haar war mit Zweigen und Schilf verunstaltet. Drei Tage lang hatte sie hier im Verborgenen gelegen. Sie hatte Yggurs Aufbruch gesehen, Karans und Maigraith' Eindringen und Yggurs wütende Rückkehr. Und selbst außerhalb von Fiz Gorgo hatte sie die Wellen von Maigraith' verschwenderischem Gebrauch ihrer Macht gespürt. Das hatte sie in der Tat nachdenklich werden lassen.

Just als sie sich zum Aufbruch vorbereitete, ertönte ein Brüllen auf der dem Meer zugewandten Seite der Festung, nicht weit entfernt von ihrem Versteck. Als Tallia dort ankam, rauschte die Flut noch immer aus dem Kanal ins Meer. Sie suchte sich einen Weg zum Ufer hinunter und lag im Verborgenen, sah, wie Karan sich aus dem Wasser kämpfte und im Wald verschwand.

Kurz darauf hörte Tallia ein ungleichmäßiges Schlagen, und ein Whelm stapfte aus dem Wasser. Tallia hatte keine Angst. Sie war eine hervorragende Kämpferin – egal ob mit oder ohne Waffen –, und wenn nötig konnte sie auch auf andere Kräfte zurückgreifen. Sie waren jedoch nicht nötig. Der Kerl war benommen und blutete aus einem Dutzend Wunden. Tallia zog ihn ins Gestrüpp.

»Wem folgst du, Whelm?«

Der Whelm wehrte sich, antwortete aber nicht. Das hatte Tallia auch nicht erwartet. Ein Whelm würde lieber sterben, als seinen Herrn zu verraten. Ihr standen jedoch noch andere Mittel zur Verfügung. Die zeigten zwar nicht immer Wirkung – besonders nicht bei solch einem Wesen hier –, aber der Mann war halbtot. Vielleicht genügte schon der einfachste Trick.

»Wer ist dein Herr?«, fragte sie.

»Wir dienen Yggur«, gurgelte der Mann.

Tallia versetzte ihn mit ihrer Stimme und ihren Fingern in Trance und legte ihm die Hand über die Augen. Seine Haut fühlte sich schrecklich an. »Ich bin Yggur«, sagte sie. Sie konnte seine Stimme jedoch nur bedingt imitieren. Ihre bisher einzige Begegnung lag nun Monate zurück.

»Du bist nicht mein Herr.«

Sie versuchte es erneut, und diesmal machte sie es besser.

»Ich bin Yggur. Was tust du hier?«

»Die Frau ist aus dem Kanal entkommen. Ich, Idlis, jage sie, bis sie gefunden und der Spiegel zurückgebracht ist.«

»Erinnerst du dich an ihren Namen? Und an den Namen der anderen Diebin?«

Der Whelm nannte ihr die Namen. Weitere Fragen enthüllten das Wenige, das er wusste: dass Maigraith gefangen war und dass es sich bei dem Relikt um den Spiegel von Aachan handelte. Das war verlockend, aber unbefriedigend.

»Jetzt schlaf. Vergiss, dass wir uns getroffen haben.«

Der Whelm fiel mit dem Gesicht voran in den Schlamm. Obwohl Tallia versuchte, Karan zu folgen, fand sie keine Spur von ihr im Sumpf. Aber nun war es ohnehin erst einmal essentiell, dass sie diese Information an Mendark übermittelte.

Ein paar Meilen von Fiz Gorgo entfernt, kam sie an einen Bach, der über ein steiniges Bett in die Flussmündung rauschte. Tallia wusch sich den Schlamm ab, zog sich frische Kleider an und döste unruhig in einem wie eine Vase geformten Baum bis Sonnenuntergang. Immer wenn sie aufwachte, rang sie mit dem Problem, das diese beiden Eindringlinge darstellten. Ihre Stärke deutete auf eine wichtige, neue Macht hin oder auf eine wiederauferstandene alte; doch der Whelm war nicht in der Lage gewesen, ihr irgendetwas Nützliches über sie oder den Spiegel zu sagen – was auch immer dieser Spiegel genau sein mochte.

Wo hatte Yggur den Spiegel her? Er lebte nun schon seit vielen Jahren in Fiz Gorgo, doch erst vor Kurzem hatte er seine Feldzüge gegen die Länder im Süden begonnen. Tallia erinnerte sich an Mendarks Reaktion nach Yggurs letztem Sieg.

»Wie macht er das nur?«, hatte Mendark gesagt und seinen Bart grüblerisch in Rattenschwänze gedreht. »Es ist, als würde er seine Rivalen besser kennen als sie sich selbst.« Mendark, der sonst so gebieterisch war, schien Schwierigkeiten damit zu haben, dass der Gefährte aus alter Zeit nun als Feind zurückgekehrt war.

Als die Dunkelheit sich über das Land senkte, begannen Hunde im Wald jenseits des Baches zu bellen. Tallia erschrak. Sie dachte, sie hätte ihre Spur besser verwischt. Es klang wie ein ganzes Rudel; in jedem Fall waren es mehr, als dass sie ohne Probleme mit ihnen hätte zurechtkommen können. Sie watete in den Bach und glitt wie ein Geist das gewundene Bett hinunter ins Meer. Es gab Inseln draußen in der Bucht, gut eine Meile entfernt. Das war eine lange, kalte Schwimmstrecke, aber Tallia blieb keine andere Wahl. Sie machte sich auf den Weg zur nächstgelegenen. Als die Hunde schließlich kläffend um den Baum herumsprangen, wo sie sich ausgeruht hatte, war sie schon weit in der Bucht, und es war so dunkel, dass sie die Inseln nicht sehen konnte. Tallia trat Wasser und lauschte auf das Geräusch der Wellen, die sich an den Felsen brachen; dann schwamm sie in diese Richtung.

Sie zitterte in ihren nassen Kleidern und schlief kaum in jener Nacht. Immer wieder war der Skorpionnebel durch den Hochnebel zu sehen. In Crandor, Tallias ferner Heimat, galt das Erscheinen eines Nebels als böses Omen, und ein schlimmeres Omen als diesen hier, diesen Skorpion, konnte sie sich nicht vorstellen.

Tage später ging Tallia an Bord eines Schmugglerbootes und fuhr in einer nebeligen Nacht den Fluss Or hinauf zu einer Insel unter vielen in einem riesigen See. In dem Haus dort, das im Wald verborgen war, verfasste sie eine Nachricht, die per Taube oder Kurier den ganzen weiten Weg bis zum fernen Thurkad im Nordosten gebracht wurde.

Pulin 3

Mendark,

Ihr hattet Recht – Yggur *hat* etwas gefunden. Ein Relikt aus uralter Zeit, das man den Spiegel von Aachan nennt. Aber es ist weg, gestohlen. Einer der Diebe ist gefangen genommen worden. Ihr Name ist Maigraith. Der andere ist entkommen. Man nennt sie Karan von Bannador. Es gibt hier eine gefährliche, neue Macht. Ich versuche, mehr darüber zu erfahren. Schickt mir Befehle nach Preddle.

Tallia

»*Sie ist verschwunden?!*« Yggurs Stimme klang tödlich ruhig. »Die Whelm haben den Kanal versiegelt. Die Whelm haben den Kanal überprüft. Die törichten Whelm haben mir versichert, dass sie sie hätten. Was soll das heißen? *Verschwunden?*«

Er hatte über dem Schacht gewartet, während Idlis hinuntergestiegen war, um Karan zu holen. Dann hatte das Wasser getost, und Idlis war nicht wieder zurückgekommen.

Ein weiterer Whelm, eine Frau, steckte den Kopf aus dem Schacht heraus. »Der Kanal ist aufgebrochen worden. Sie hat irgendwie den Riegel vom Tor bekommen, und das Wasser hat es aufgedrückt. Sicherlich ist sie ertrunken.«

»Nein. Diese Frau ist eine ernstzunehmende Gegnerin. Findet sie! Was ist mit dem elenden Idlis?«

»Er ist ... nicht so fähig wie andere. Vermutlich ist er ebenfalls tot.«

»Ein Narr unter Narren! Findet auch ihn. Wenn er lebt, hat er noch eine Arbeit zu erledigen.«

Eine Leiter wurde geholt, und Yggur kletterte hinunter, um sich selbst einmal umzusehen. Der Kanal war so gut wie leer. Der große Riegel lag im Schlamm. Am Stein, dort wo die Scharniere gewesen waren, konnte man frische Kratzspuren erkennen.

Yggur hatte nicht geschlafen, und sein Bein schmerzte so sehr, dass er sich an der Leiter festhalten musste. Jeder andere hätte getobt, doch zum großen Erstaunen der Whelm kicherte Yggur plötzlich.

»Was für eine Frau! Sie ist unbewaffnet, gebietet über keine Macht, hat nur den Hauch von Talent, und doch ist sie entkommen. Wenn das alles vorbei ist, könnte ich es sogar genießen und ...« Als er den Gesichtsausdruck der Whelm um ihn herum sah, behielt er den Rest für sich. Whelm durften einem Feind gegenüber niemals Großmut zeigen. Yggur wusste, dass sie Karan foltern, sie zerschmettern wollten, um seine Niederlage vollends auszutilgen. Auf den Gesichtern der Whelm zeigte sich so etwas wie Verachtung. Wie lange würde er sich noch auf sie verlassen können?

»Helft mir wieder hoch«, sagte Yggur. »Und bringt mein Boot.«

Draußen war es bereits dunkel. Sie suchten die Flussmündung von Booten aus ab und das Ufer gut eine Meile nach Ost und West vom Kanal aus. Von Karan fanden sie nicht die geringste Spur. Ein paar Whelm kehrten wieder in den Kanal zurück; andere gingen am Ufer entlang zu den Fischerdörfern und durchsuchten die Fischer- und Schmugglerboote.

Es war bereits spät, und Maigraith musste noch verhört werden. Yggur winkte dem Bootsführer, wieder umzukehren. Sie ruderten zu einem Bach, der nahe am Patrouillenweg um die Festung herum floss.

»Stopp! Was ist das?«, sagte Yggur und deutete den Bach hinauf zu etwas, das ein dicker grauer Ast im Schlamm zu sein schien. »Haltet die Laternen höher.«

Zwei Whelm sprangen von Bord. Yggur humpelte ihnen hinterher. Der ›dicke Ast‹ stellte sich als Idlis heraus, nur mit einem Lendenschurz bekleidet.

Yggur schaute auf Idlis hinunter. Der Anblick des entkleideten Whelm widerte ihn an: die dürren Gliedmaßen mit den dicken Gelenken, die vorstehenden Rippen, die spatelförmigen Finger und Zehen und die schuppige Haut, die schon im schwachen Licht der Morgensonne verbrannte.

Die schwarzen Augen, die ebenfalls beschirmt werden mussten. Bisweilen hasste er sich dafür, dass er sich ihrer bediente; aber sie waren so gehorsam, so unterwürfig, so Furcht erregend.

Irgendjemand drehte Idlis herum. Er stöhnte und würgte schwarzen Schlamm und Schleim hervor. Sein Leib und ein Bein waren von blauen Flecken und kleineren Wunden übersät, und Blut floss aus seiner Hakennase. Offenbar war er mit ziemlicher Wucht gegen das Gitter hinter dem Wassertor geschleudert worden.

Ein Hutvoll Wasser wurde ihm ins Gesicht geschüttet. Idlis stöhnte und versuchte aufzustehen.

»Was ist mit Karan passiert?«, fragte Yggur kalt.

»Ich … Ich bin ihr gefolgt, so weit ich konnte«, würgte Idlis. »Das habe ich doch schon gesagt …« Er verdrehte die Augen; seine Zunge klebte am Gaumen fest, und er fiel wieder zurück.

»Nein, du hast nicht …«, begann Yggur. Seine Gedanken überschlugen sich. »Ein *Zwangspruch!* Durchsucht die Gegend!«, brüllte er. »Vartila, finde heraus, was hier geschehen ist.«

Eine knochige Frau mit grauem schulterlangen Haar kniete sich in den Schlamm und legte die Hände auf Idlis' Kopf.

»Herr!« Ein Schrei erklang weiter den Bach hinauf.

Yggur humpelte dorthin.

»Seht Ihr? Stiefelabdrücke«, sagte der Whelm. »Irgendjemand hat ihn aus dem Wasser gezogen. Er hat hier mit ihm gesprochen und ist dann dort entlanggegangen. Dann ist Idlis wieder zurückgekrochen.«

Kurz darauf wusste Yggur, wie Idlis ausgefragt worden war und was er gesagt hatte. Ein Komplize der Diebe, war sein erster Gedanke, doch ein Komplize hätte nicht diese Fragen gestellt. Das roch eindeutig nach Mendark.

Idlis erholte sich allmählich wieder. »Kümmert euch um seine Verletzungen«, bellte Yggur. »Gebt ihm was zum Anziehen, und nehmt Karans Verfolgung auf. Ihr drei da … dem Spion hinterher. Ich werde euch ein Stück begleiten. Vartila, du fängst mit Maigraith an.« Dann, nach kurzem Nachdenken: »Ich möchte nicht, dass ihr ein Leid geschieht.«

War es Zufall, dass beide Gruppen zur gleichen Zeit hierhergekommen und die Wachen just in dem Augenblick abgelenkt gewesen waren, dass die Eindringlinge über die Mauer hatten kommen können? Möglich, aber unwahrscheinlich. Könnten Faelamor und Mendark miteinander verbündet sein? Das war auch eher unwahrscheinlich, aber in den Historien fanden sich Geschichten von noch weit seltsameren Bündnissen. Und gegen solch ein Bündnis zu kämpfen würde ihm ausgesprochen schwerfallen.

Dieser Spion faszinierte und beunruhigte Yggur zugleich. Das musste Tallia gewesen sein, die Beste von Mendarks Kämpfern, und die Einzige, die je seine Stimme gehört hatte. Was für ein Schlag wäre das für Mendark, sollte er sie zu fassen bekommen. Er schickte seine Wachen zur Festung zurück, um die Hunde zu holen.

Yggur folgte den Spuren eine Zeit lang, erfuhr aber nur wenig Neues. Schließlich wandte er sich wieder der Flussmündung zu und ging zu den Whelm, die nach Karan suchten. Bis zum frühen Morgen hatten sie gar nichts gefunden. Nahe der Mündung eines kleinen Baches, nicht mehr als tausend Schritt vom Kanal entfernt, stießen sie schließlich auf einen kleinen Fußabdruck im Schlamm, wo Karan vor lauter Müdigkeit kurz den Bach verlassen hatte. Die träge Flut war bis jetzt nicht weit genug vorgestoßen, um die Spur wieder auszulöschen.

Yggur untersuchte den Fußabdruck. Er war recht klar, ein kleiner Fuß von einer kleinen Frau oder einem Kind. Natürlich musste er nicht von Karan stammen, doch Yggur war fest davon überzeugt, denn die Dörfler hatten allesamt Plattfüße. Selbst die Kinder hatten breitere Füße als dieser Fußabdruck, und um diese Jahreszeit liefen sie ohnehin nicht barfuß herum.

»Das ist Karan«, erklärte Yggur nun wieder ruhig. »Sie ist in den Wald gegangen.«

Er erteilte den restlichen Jägern neue Befehle und kehrte dann wieder nach Fiz Gorgo zurück, um Maigraith zu verhören. Das war noch so ein Mysterium, noch eine Herausforderung.

Wolken zogen auf und verflüchtigten sich wieder. Die Sonne kam heraus. Zum Schutz vor dem Licht zogen die Whelm ihre Augenschilde aus Knochen auf und richteten die Schlitze so aus, dass sie etwas sehen konnten. Dann zogen sie ihre Kapuzen tief in die Gesichter und setzten die Jagd fort.

Kapitel neun

Verloren im Sumpf

Karan wachte auf. Zum ersten Mal seit Tagen war ihr wieder warm. Sie streckte sich und dachte an Frühstück, doch alles, was sie hatte, war nasses Brot und verdreckter, schimmeliger Käse. Das Brot war schrecklich, nur noch eine breiige Masse. Karan schnitt sich ein Stück Käse ab, kratzte den Schlamm ab und beäugte es misstrauisch. Der Käse besaß ein sonderbares Aroma: zerquetschte Ameisen gemischt mit dem Gestank verschwitzter Stiefel. Schon vor Fiz Gorgo hatte Karan das Zeug als kaum essbar empfunden, doch in Orist hatten sie nichts Besseres bekommen.

Sie kaute an dem Stück herum und dachte nach. Maigraith hatte den meisten Proviant bei sich gehabt, und hier, wo niemand lebte, konnte sie unmöglich neuen bekommen. Wildwachsende Nahrungsmittel wiederum waren um diese Jahreszeit, im Herbst, ebenfalls selten, abgesehen von Nüssen, doch die gab es in einem Sumpfwald nicht. Ohne Zweifel gab es auch hier essbare Pflanzen, doch das Land und seine Flora waren Karan unbekannt, und nach einem Experiment unterwegs waren ihre Lippen und ihre Zunge einen halben Tag lang taub gewesen; deshalb wollte sie lieber auf einen weiteren Versuch verzichten. Auch zum Angeln hatte sie nichts dabei. Das, was sie noch in ihrem kleinen Rucksack hatte, reichte gerade mal für zwei magere Tage, doch der Neydsee lag mindestens drei Tage weit entfernt. Dort gab es etwas zu essen, wo sie ihr schweres Gepäck zurückgelassen hatten, obwohl es kaum besser war als das, was sie bei sich hatte. Doch was, wenn Yggur inzwischen erfahren hatte, dass sie vom Neyd gekommen waren? Karan schauderte.

Schwarze Augen funkelten durch den Schlitz im Knochen. Die Sonne ließ blendende Flecken über das Wasser tanzen, die Idlis trotz des Lichtschilds in den Augen schmerzten. Sein zerschundener Leib schmerzte überall, doch das war leichter zu ertragen als die Schande des Versagens. Er tauchte das blattförmige Paddel ein, und der Bug des kleinen Tuchbootes teilte das Schilf und glitt nahezu vollkommen lautlos in den angrenzenden Kanal. Sie war in der Tat listig – aber nicht listig genug. Es gab Spuren: ein Handabdruck am Ufer, ein v-förmig auseinandergedrücktes Schilf ... Schon bald würde er seinen Fehler wieder wettmachen.

Karan packte ihren Rucksack. Trotz allem, was hinter und vor ihr lag, war sie heute frohen Mutes. Der gestrige Tag hatte ihr richtig gutgetan. Es war so gut, noch am Leben zu sein und solch einen Feind besiegt zu haben, dass sie tatsächlich sogar richtig fröhlich war. Selbst die Aussicht auf die kommenden Tage, da sie durch den Sumpf waten und Hunger würde leiden müssen, vermochte ihre gute Stimmung nicht zu mindern.

Dann schaute sie an sich herunter und lachte spöttisch. Ihre Hose war voller getrocknetem Schlamm, der bei jeder Bewegung abbröckelte. Auch ihre Füße waren grau von Schlamm, und sie hatte Schlamm unter den Fingernägeln, im Haar und in der Nase. Und sie stank. Es war der schwefelige Gestank des Sumpfschlamms und die Fäulnis des Kanalwassers.

Nachdem sie einen kurzen Blick auf ihr Gesicht im Spiegel geworfen hatte, rollte Karan ihn rasch wieder zusammen und verstaute ihn erneut in der Innentasche ihres Hemdes. Sie war noch nicht bereit, sich diesem Problem zu widmen. Leise summte sie vor sich hin, während sie den Rucksack über die Schulter warf und sich auf den Weg machte.

Aber sie war erst ein paar Schritt weit gekommen, als ihr ein Schauder über den Rücken lief. Ihr war eiskalt, obwohl sie in strahlendem Sonnenschein stand. Karan lauschte in ihre Gedanken hinein, doch ihr Talent verriet ihr nichts. Vielleicht war da auch nichts gewesen. Ihr Talent war bisweilen äußerst unzuverlässig, manchmal sogar geradezu kapriziös; das war typisch für die Familie ihrer Mutter.

Genial oder verrückt, das ist das Haus von Fyrn. Wie oft hatte sie das in ihrer Kindheit gehört? Besonders in Bezug auf ihre Mutter Vuula, eine geniale Lyrikerin, die ihr Instrument aufgegeben hatte, um sich auf eine schändliche Beziehung mit Karans Vater einzulassen. Nach Galliads Tod hatte Vuula endgültig den Verstand verloren. Und für Basunez, Karans Vorfahr, galt das Gleiche, zwanzig Generationen zurück. Auch er war genial und verrückt zugleich gewesen. Erst hatte er seinem Haus Wohlstand gebracht; dann hatte er dieses Vermögen in einer Reihe von betrügerischen Unternehmungen vergeudet, nicht zuletzt für das abstruse Carcharon, eine extravagante Konstruktion, halb Festung und halb Narretei, auf dem höchsten Gipfel einer öden, eisigen und windgepeitschten Bergkette hinter Gothryme. Alles, was man zum Leben brauchte, musste auf dem Rücken von Arbeitern dorthin getragen werden. Dort hatte er dann gelebt, und dort war er auch gestorben: wahnsinnig, einsam und allein.

Die Sonne schien zwischen den Bäumen hindurch auf Karans Gesicht, als sie ein Schilffeld durchquerte und festen

Boden neben dem Kanal fand. Dann ... Was war das? Karan hörte augenblicklich auf zu summen. Sie erstarrte.

Langsam drehte sich der lange Kopf. Schilf raschelte in seinem linsenförmigen Blickfeld, und da war sie: ein Fleck vor dem Weiß eines toten Baumes. Er war einen Moment lang überrascht. Diese elende Kreatur konnte doch unmöglich die Diebin sein, die er verfolgte ... oder? Sie reichte ihm kaum bis zur Schulter. Sie zitterte, war wie gelähmt von seinem Anblick. Ihr lockiges rotes Haar, strahlend wie eine Flamme, flatterte im Wind – ein Anblick, den er als unangenehm empfand. Ihre Knie waren klein, ihre Knöchel schmal, ihre Finger lang und spitz, und ihre Knochen schimmerten nicht durch die Haut durch. Welch scheußliche Kreatur!

Idlis stieg aus dem Boot, ohne den Blick von ihr zu nehmen, als reiche sein Wille aus, um sie festzuhalten. Vorsichtig kletterte er ans Ufer; seine Gliedmaßen bewegten sich ruckend und in weiten Bögen. In seinem Gürtel steckte eine langstielige Streitaxt mit zwei breiten Blättern und spitzem Dorn dazwischen.

»Wer bist du?«, fragte sie mit düstrer Stimme.

»Ich bin ein Whelm«, antwortete er. »Idlis ist mein Name.« Seine Stimme klang so klebrig, als hätte er Teer im Mund. Sein Gesicht glich seiner Axt: hakenförmige, scharfe Nase, schmales Kinn, ein harter Schlitz als Mund und schwarze Augen.

Karan zitterte. Entsetzen hatte ihr den Mut geraubt, dachte Idlis. Er streckte die langen Arme aus, die knochigen Finger ausgebreitet, um das elende Ding zu packen.

Aber sie war nicht mehr da. Sie bewegte sich so schnell, dass er ihr mit seinen blinzelnden Augen nicht folgen konnte. Mit Leichtigkeit wich sie seinen Armen aus, packte seine kalten grauen Unterschenkel und riss ihm die Beine weg. Zum ersten Mal in seinem Leben verspürte Idlis so etwas wie Angst. Mühelos hätte sie ihn unter Wasser drücken können, bis er ertrank. Aber das tat sie nicht. Während er sich den Schlamm aus den Augen wischte und sich dabei am Bug des Bootes abstützte, sprang sie in den Kanal und schwamm mit kräftigen Zügen außer Sicht.

Idlis watete ins Wasser hinaus, wusch den Augenschild und rief nach den anderen Whelm. Auf seinem platten Gesicht zeigten sich keinerlei Emotionen; doch ein aufmerksamer Beobachter der Whelm hätte bemerkt, dass seine Bewegungen plötzlich flüssiger waren, als hätte die Wut seine groben Gelenke geölt. In jedem Aspekt seiner Bewegungen zeigten sich sein Zorn, seine Demütigung und seine Bosheit.

Das war erst der Beginn ihres Albtraums. Während sie durch Schlamm und Schilf watete, erinnerte sie jede Berührung an die Beschaffenheit seiner Haut. Sie war wie Gummi gewesen, wie etwas Totes. Und immer wieder und wieder beschwor ihr Talent das Bild herauf, mit dem Yggur sie bedroht hatte: die Zunge eines toten Hundes, der ihr über den Nacken leckte. Ihr Optimismus von vorhin hatte sich als dummer Stolz erwiesen, ihre bisherigen Erfolge als schlichtes Glück. Und ihr Glück war nun zu Ende. Der Tag zog sich dahin, und mit jeder Stunde fühlte sie sich mehr getrieben, unzulänglicher und hoffnungsloser.

Und Karan floh weiter, durch den endlosen Sumpfwald, der überall gleich war. Er bestand ausschließlich aus einer Art von Bäumen: Riesen mit dicken, runden Füßen, aus denen gleich mehrere Stämme sprossen. Die blasse Rinde, weich wie Kinderhaut, hing in langen Bahnen an ihnen herunter – lang genug, um sie als Schriftrollen verwenden zu können. Karan erinnerte sich daran, dass es in Yggurs Bibliothek mehrere Schriftstücke auf Rinde gegeben hatte. Weit über ihr filterten die Blätter das Sonnenlicht, sodass es silbern schien.

Falls es ihr irgendwie gelingen sollte, zum Neydsee zu gelangen, erwarteten sie dort Essen, saubere Kleidung und ihr Führer. Im Geiste hatte sie den verschimmelten Käse und das aufgeweichte Brot zu einem Festmahl gemacht; nun wurde der heruntergekommene Schmuggler zu ihrem Retter. Und vielleicht würde Maigraith gegen alle Hoffnung auch dort auf sie warten. Ja, sie würde Maigraith sogar verzeihen, dass die sie manipuliert hatte, wenn sie nur dort war.

Karan konnte noch immer nicht glauben, dass Maigraith sich hatte gefangen nehmen lassen. Normalerweise war sie so stark und zielstrebig. Aber kaum hatte sie in den Spiegel geschaut, war sie so gefesselt gewesen, als würde das, was sie dort gesehen hatte, selbst die Pflicht ihrer Herrin gegenüber an Bedeutung übertreffen, ja sogar ihre eigene Sicherheit. Erschütternder war nur gewesen, wie sie auf Yggur reagiert hatte. Maigraith, die Karans Wissens nie einen Mann angeschaut hatte, schien Mitgefühl für ihn zu empfinden.

Drei Tage bis zum See. Aber das war von Fiz Gorgo aus gerechnet. Seitdem hatten die Whelm sie in die andere Richtung getrieben, immer tiefer in ihr Territorium hinein. Inzwischen musste der See noch viel weiter entfernt liegen. Wasser und Schlamm bestimmten nun seit über einer Woche ihr Leben. Sie hatte das Gefühl, als würden ihre Füße in den Stiefeln faulen.

Manchmal waren die Whelm näher, manchmal weiter zurück, aber sie waren immer da. Karan konnte sie einfach nicht abschütteln, egal was sie versuchte.

Karan zog Stiefel und Hose aus, um besser schwimmen zu

können. Sie schwamm kleine Flüsse hinauf und über bodenlose Seen und stille Teiche von der gleichen Farbe wie Tee, um keine Spuren zu hinterlassen. Doch jedes Mal hatten sie sie rasch wieder gefunden.

Karan kroch durch den Sumpf, teilte jedes Schilfbündel mit äußerster Vorsicht und bog die Schilfrohre dann sorgfältig wieder zurück, bevor sie weiterging. Im klebrigen Schlamm blieb sie immer wieder stocksteif stehen, ging dann ein paar lange Schritte und hielt wieder an. Inzwischen klebte der Schlamm schon in mehreren Schichten an ihren Stiefeln, was das Gehen zusätzlich erschwerte. Manchmal kam sie jedoch auch unvermittelt an so eine weiche, tiefe Stelle, dass sie augenblicklich bis zur Hüfte versank. Diese Art Schlamm zog so kraftvoll an ihr, dass es bis zu zehn Minuten dauern konnte, bis sie wieder frei war. Einmal verlor sie sogar die Stiefel darin, und es kostete sie eine halbe Stunde, sie wieder auszugraben. Und den ganzen Tag über beobachtete sie Schlangen, die über den Sumpf huschten, und beneidete sie um ihre kräftesparende Eleganz und ihr Gift.

Nun zog der Schlamm wieder an ihren Füßen. Mit jeder Bewegung stiegen kleine Bläschen an ihren Stiefeln auf – Bläschen, die an der Oberfläche platzten und ein Gas absonderten, das nach faulen Eiern roch.

Plötzlich fühlte Karan sich schwach und benommen, und ihr wurde übel. Irgendetwas stimmte nicht. Das Wasser bewegte sich seltsam um ihre Beine herum. Ihre Füße waren taub. Karan rutschte aus und fiel hin; braunes Wasser spülte über ihr Gesicht. Es kostete sie einiges an Willenskraft, sich auch nur aufzurappeln. Das Herz schlug ihr bis zum Hals. Karan zog sich aus dem Wasser auf eine Insel aus Schlamm, schaute an sich herunter und hätte sich fast vor Ekel übergeben.

Ihre Beine waren über und über mit Blutegeln bedeckt.

Dutzende von ihnen baumelten von der weichen Haut in ihrer Kniekehle, und auf den Füßen und Knöcheln waren noch einmal genauso viele. Sie hingen an den Schenkeln und sogar zwischen den Zehen. Sie waren purpurn und geschwollen, einige schon so dick wie ihr Daumen. Aus unzähligen winzigen Wunden floss Blut über ihre Beine. Karan packte den größten Egel, angewidert von dem weichen Gefühl, und versuchte, ihn herauszureißen. Er wollte nicht loslassen. Das Ding war überraschend zäh; doch schließlich platzte er in einer Fontäne von Blut und hing von Karans Knie herunter wie ein kaputter Ballon.

Salz oder Feuer würde die Tiere dazu bringen loszulassen; doch Karan hatte kein Salz, und ein Feuer durfte sie nicht riskieren. Es waren so viele Bisse, dass sich mit Sicherheit einige von ihnen entzünden würden. Karans empfindsame Seite erkundete diese Möglichkeit. Sie sah sich schon mit Wundbrand in den Beinen, schwarz und geschwollen …

Ein Schrei hallte über den Kanal, gefolgt von einem weiteren zur Antwort. Karan ließ sich wieder ins Wasser gleiten. Selbst im kalten Wasser brannte ihre Haut. Die Egel schwankten hin und her bei jeder ihrer Bewegungen. Sanft zogen sie an ihrer Haut; dann war Karan in einem Schilfgestrüpp. Als sie zurückschaute, sah sie ihre Spuren auf der Insel und auch Blut.

Dieser Tag war das Schlimmste, was sie sich vorstellen konnte. Die Whelm teilten das Areal unter sich auf und riefen einander zu. Karan war zu benommen, um auch nur stehen zu können. Sie klammerte sich an das Schilf, während die Egel ihr langsam das Leben aussaugten. Das Blut im Wasser lockte noch mehr von ihnen an. Einmal strich Karan mit der Hand an ihrem Bein herunter und fühlte Hunderte von ihnen. Ihr wurde übel, und sie übergab sich ins Wasser.

In der Luft wimmelte es von Mücken – winzige grüne Dinger, deren Biss wie Feuer brannte und Schwellungen auf Karans Haut hinterließ, die noch für Tage pochten. Sie krochen ihr in Ohren und Nase und in ihre fest verschlossenen Ärmel, ja selbst in ihr dickes, schlammverklebtes Haar. Verzweifelt schmierte Karan sich Gesicht und Hals mit stinkendem Schlamm ein, doch noch immer bohrten sie sich in Haar und Kleider, bis ihr Körper komplett mit Bisswunden und Stichen übersät war.

Dann waren *sie* wieder in der Nähe. Karan sah die Whelm über den Kanal hinweg. Sie suchten eine Schlamminsel nach der anderen ab. Während sie sie beobachtete, spürte Karan mit unbeschreiblichem Entsetzen etwas Großes über ihren Fuß gleiten. Seine Haut fühlte sich schlüpfrig an. Es wand sich um ihren Knöchel und über die Zehen des anderen Fußes. Offenbar war es so dick wie ihr Schenkel und so lang wie ihr Bein.

Idlis war nur wenige Schritte von ihr entfernt. Karan wagte nicht, sich zu rühren. War das ein Aal oder eine Schlange? Es berührte ihre Zehen, ein sanftes Ziehen an der Haut. Dann war es zwischen ihren Knöcheln und zog erneut. Das schlüpfrige Ding strich über ihre Schenkel, ihre Knie, zwickte, knabberte. Dann schlug es einmal kurz mit dem Schwanz und war weg.

Die Sonne ging unter. Die Mücken verschwanden, und durch irgendein Wunder entfernten sich auch die Whelm. Oder warteten sie nur darauf, dass sie sich rührte? Wie folgten sie ihr überhaupt? Karan erinnerte sich an Maigraith' Warnung: *Da du eine Empfindsame bist, musst du den Whelm gegenüber besonders vorsichtig sein.* Es war keine Zeit gewesen herauszufinden, was Maigraith damit gemeint hatte. War es möglich, dass sie sie aufgrund ihres Talentes immer wieder fanden? Karan hätte es ausgeschaltet, wenn sie denn gewusst hätte wie; doch andererseits hätte sie sich damit auch der einzigen Möglichkeit beraubt, ihren Verfolgern immer einen Schritt voraus zu sein. Karan beschloss, alle Gefühle beiseitezuschieben, sich um nichts mehr zu kümmern oder zu sorgen, außer zum Neydsee zu gelangen. Sollten sie doch versuchen, sie dann zu finden!

Aber vielleicht war es auch nicht sie, der sie folgten, sondern der Spiegel. Die Versuchung war groß, ihn einfach in den Sumpf zu werfen. Nein, er war sicher nicht verzaubert; ansonsten hätten sie sie nicht wieder verloren. Wie auch immer ... Karan würde nicht den einfachen Weg gehen.

Das Zwielicht dauerte an. Eine andere Art von Mücken tauchte auf. Zwar waren die nicht so schlimm wie die bei Tage, dennoch trugen auch sie ihren Teil zu Karans Leid bei. Sie stand im Wasser und versuchte, sich in Gleichmut zu üben. Irgendetwas stach sie ins Augenlid, ein Schmerz wie von einer Nadel. *Reagier nicht!*, ermahnte sie sich selbst, während ihr Augenlid anschwoll. *Ertrage den Schmerz!*

Als es fast dunkel war, stieg Karan vorsichtig aus dem Sumpf und untersuchte sich. Die Egel waren verschwunden, und die meisten ihrer Bisse hatten aufgehört zu bluten. Karan nahm den Aal als gutes Omen. Nicht alles war also gegen sie. *Aber verlass dich nicht zu sehr darauf!*

Inzwischen waren zwei Tage vergangen, seit sie aus Yggurs Bibliothek geflohen war. Sie war vom Neydsee weiter entfernt als noch heute Morgen. Es war unmöglich, es noch zum Treffen mit Maigraith zu schaffen, selbst falls diese hatte entkommen können.

Mit einem gewissen Gefühl von Schuld erkannte Karan, dass sie bis jetzt gar nicht wirklich an Maigraith' Not gedacht hatte. Aus dieser Entfernung konnte sie die Verbindung nicht mehr aufbauen, um herauszufinden, ob ihre Gefährtin entkommen war; aber tief in ihrem Herzen wusste sie ohnehin, dass dem nicht so war.

Karan hatte einen kleinen Specksteinkrug in ihrem Rucksack. Er enthielt eine Salbe, die sie den ganzen Weg von Gothryme mitgeschleppt hatte. Sie linderte den Schmerz der Stiche und Bisse; sie entzündeten sich trotzdem, und die ganze Nacht hindurch lag Karan im Schilf, brannte, fror und brannte wieder. Sie spürte dünnes Blut durch die Adern rauschen, und es dröhnte in ihren Ohren wie ein Wasserfall.

Schließlich brach der Morgen an, aber er brachte nur weitere Qualen. Das Hochgefühl der Flucht war inzwischen aus Karans Kopf verschwunden. Nun behielt sie Stiefel und Socken selbst beim Schwimmen an und band die Hose an den Knöcheln zu. Trotzdem fanden die Egel einen Weg hinein.

Die Whelm trieben sie nach Osten in den tiefen Sumpf, auf einen langsameren, gefährlicheren Pfad als den, auf dem sie nach Fiz Gorgo gekommen war. Im Gegensatz zu ihr waren sie in diesem Land zu Hause, und weder die Kälte noch die Egel machten ihnen etwas aus. Karan musste all ihre Fähigkeiten und ihr Talent aufbringen, um ihnen immer ein Stück voraus zu bleiben.

Ein Tag war wie der andere. Wenn es nicht die Kälte oder die Fäulnis des Sumpfes waren, dann waren es die Mücken, die Egel und all die anderen kriechenden, beißenden und stechenden Dinger – oder alles zusammen. In den kurzen Augenblicken, da sie sonst nichts plagte, waren es die vollkommene Müdigkeit, der Hunger, der Dreck und die Tatsache, dass sie Tag und Nacht durchnässt war.

Von den entzündeten Egelbissen breitete sich ein langsames Gift aus, und als Karan am dritten Morgen erwachte, waren ihre Beine so dick und formlos wie Würste. Das Gehen war eine Qual, aber sie musste weiterlaufen (oder besser:

schwimmen und waten), fast drei Meilen an diesem Tag, und ihr Geist zog sich vor den Schmerzen zurück, und die Verfolger waren nur noch ein winziger, heller Punkt im Hinterkopf. Ihr Proviant war aufgebraucht. Deshalb schnitt sie Rillen in einen Baumstamm und fing das süße Harz in einem Krug auf. Das linderte zwar nicht ihren Hunger, aber es ließ sie weiterlaufen, obwohl sie sich leicht trunken und benommen fühlte, nachdem sie es getrunken hatte.

Karan wagte nicht zu schlafen. Wann immer sie ein sicheres Versteck fand, döste sie mehrmals am Tag, und einmal sogar im Stehen. Sie war so müde, dass sie nicht mehr sagen konnte, wann sie träumte und wann nicht, nur dass ihre Träume immer lebhafter und echter wurden. Einmal träumte sie von vier Whelm, die auf einem Baumstamm saßen. Sie konnte ihre Gesichter nicht sehen, nur die schmalen Köpfe unter den Kapuzen; aber sie saßen da, als würden sie auf etwas lauschen. Der Traum ließ sie zitternd erwachen. Lauschten sie nach ihr? Konnten sie ihre Gefühle im Traum wahrnehmen?

Die Jagd war zu einer langen Halluzination geworden, ohne Anfang und mit nur einem möglichen Ende. Karan war so verängstigt, dass sie noch nicht einmal mehr weinen konnte. Alles in ihr war nur noch auf ein einziges Ziel ausgerichtet: Sie musste irgendwie zum Neydsee kommen – nur wusste sie nicht mehr warum. Und da war auch noch eine andere Angst, größer noch als die Angst vor den Whelm: dass der Wahnsinn sie übermannte, wie er ihre Mutter befallen hatte.

Doch irgendwie waren Karans Fähigkeiten in der Wildnis und ihr vorsichtig eingesetztes Talent ausreichend. Schließlich verließ sie den Sumpf und betrat einen dichten Wald. Danach sah sie die Whelm nicht mehr, denn hier konnte sie sich schneller bewegen; aber sie wusste, dass sie ihr noch immer auf den Fersen waren.

Vier Nächte nach der Begegnung mit den Blutegeln kroch Karan aus dem Wald: eine verdreckte, zerlumpte Kreatur, die zarte Haut von Schwellungen und Wunden übersät. Sie schlurfte über graues Gras und in das saubere Wasser des Neydsees. Nieselregen ging auf die stille Oberfläche nieder. Die halbe Nacht lang folgte Karan dem Ufer gen Osten, wobei sie die ganze Zeit über bis zu den Schenkeln im Wasser blieb. Tang schlang sich um ihre Knöchel.

Mitternacht. Ohne Vorwarnung packte irgendwas ihren Mantel. Sie schlug mit den Armen, stolperte und fiel kopfüber ins Wasser; ihr Rucksack schlug ihr in den Nacken. Karan versuchte, sich wieder aufzurappeln, doch sie wurde nach unten gezogen. Wie hatten sie sich ihr hier im Dunkeln einfach so nähern können? Je mehr sie sich wehrte, desto härter wurde sie nach unten gedrückt. Rote Funken tanzten hinter ihren Augenlidern. Wasser brannte in ihrer Nase und ihrer Brust. Ihre Kraft ließ nach. Karan rührte sich nicht mehr.

Nein! Nicht einmal die Whelm konnten sie hier aufgespürt haben. Ihre Hand schloss sich um einen dürren Ast … Sie hatte sich in einem umgestürzten Baum verfangen. Karan krallte sich einen Weg am Grund entlang, schob sich durch ein schlüpfriges Nest von Zweigen und trieb wieder nach oben. Ihre Füße berührten den Boden nicht. Ihr war kalt, und sie war zu müde, um zu schwimmen. So legte sie sich schlicht auf den Rücken und ließ sich treiben, erschöpft und lethargisch, auf das steinige Ufer zu.

Nach ein paar Minuten hatte sie wieder genügend Kraft, um sich umzudrehen. Sie hustete Wasser und kroch auf den Kies, bis ihr Kopf gegen etwas Festes stieß – einen Baumstamm. Darunter befand sich eine kleine Senke. Dort wollte Karan sich nur eine Minute ausruhen, bis sie wieder zu Kräften gekommen war.

Wie hübsch und warm das doch war. *Warm?* Karan rollte sich herum, und das Licht der hoch am Himmel stehenden Sonne blendete sie. Es war Mittag. Vorsichtig schaute sie sich um. Soweit sie sehen konnte, war das Ufer leer, und dort, wo sie lag, konnte sie jeder sehen, der vorüberkam. Die Erkenntnis lähmte sie. Sie spähte über den Stamm. In der Ferne sah sie die Ruine einer Mauer und jenseits davon zwei aufrecht stehende Säulen: die Ruinen der Stadt Neyd, wo sie und Maigraith ihr schweres Gepäck mitsamt ihren Kleidern und dem Proviant versteckt hatten.

Der Gedanke an Essen wurde zu einem unstillbaren Verlangen, doch Karan hatte zu viel Angst, um weiterzugehen. Die Kraft, die sie angetrieben hatte, war verschwunden. Die Whelm hatten jede Menge Zeit gehabt, sie einzuholen. Vermutlich wussten sie ohnehin, wohin sie ging.

Dort, wo die Wurzeln des Baums aus der Erde gerissen worden waren, befand sich ein kleiner Krater, ein armseliges, ja offensichtliches Versteck. Dennoch verbrachte Karan dort den Rest des Tages. Sie war vollkommen ausgehungert, hatte aber noch nicht einmal einen Grashalm, an dem sie hätte kauen können. Ihr einziger Trost war, dass die Sonne den ganzen Tag schien, ihre verdreckten Kleider trocknete und sie sich tatsächlich warm fühlte.

Kaum war es dunkel geworden, schlüpfte Karan wieder ins Wasser zurück und schwamm zum nächstgelegenen Teil der Ruinen, einer kleinen, steinernen Landungsbrücke. In der Nähe befanden sich die zerstörten Mauern eines kleinen Gebäudes. Das war der Ort, wo ihr Gepäck versteckt war, doch die eigentliche Stadt lag noch gut eine halbe Stunde Marsch entfernt im Westen.

Karan kauerte sich zwischen die Steinblöcke, aß kleine Portionen des widerlichen Proviants und badete sich immer wieder in dem kalten Wasser. Sie genoss den Luxus von Seife, bis sie wieder vollkommen sauber und die Qualen der letzten Tage mit dem Schlamm weggewaschen waren. Sie parfümierte ihr Haar mit der Essenz von Limonenblüten, die sie so sehr an ihre Mutter erinnerte, und sofort fühlte sie sich wieder wie neugeboren.

Früh am folgenden Morgen schlich sie durch den Wald zu der Stelle, wo sie sich mit ihrem Führer, Walf, hatten treffen wollen. Karan erwartete niemanden, weder Walf noch Maigraith, denn sie kam vier Tage zu spät; doch als sie auf der Kuppe eines kleinen Hügels stand und zu den Ruinen im Osten blickte, sah sie Rauch neben dem Wasser. Ein Lagerfeuer, *hier!* Welch Sorglosigkeit ... oder Zeichen für einen vollkommen gelassenen Mann wie zum Beispiel für einen Schmuggler, wenn er nichts zu verbergen hatte.

Walf war wenig mehr als ein Tier, aber ein listiges und gefährliches. Und doch sehnte Karan sich danach, zu dem Feuer zu gehen, sich dort zu wärmen, ein warmes Essen zu sich zu nehmen und süßen Tee zu trinken. Nach den vergangenen Tagen war ihr selbst Walfs tierische Gesellschaft willkommen.

Vorsichtig näherte sie sich der Stelle und fand ein Lagerfeuer in einer Mauerecke, wo es vor der kalten Brise, die vom See her kam, geschützt war. Dahinter lag eine weitere Ruine, die nur noch aus ein paar Säulen bestand. Ihr Führer saß auf einem Felsen neben dem Feuer, hatte den Mantel um die Schultern geschlungen und wirkte damit formlos, fast wie ein Sack. Fisch briet in einer Pfanne, und in einem Topf kochte es. Er schien zu wissen, dass Karan da war, denn als sie sich ihm über das Gras näherte, holte er einen Fisch aus der Pfanne, legte ihn auf einen Metallteller, gab ein paar Zwiebeln dazu und goss Tee in einen Becher.

Beim Anblick des Essens zog sich Karan der Magen zusammen. Jetzt sah Walf gar nicht mehr so tierisch aus. Sein großes, hässliches Gesicht war freundlich, und Karan war froh, ihn zu sehen. Er lächelte, entblößte seinen zahnlosen Kiefer und hielt ihr den Teller hin. Oh, wie sie sich nach dem Essen verzehrte.

»Danke, Walf«, krächzte sie.

»Wo ist die Dunkelhaarige?« Seine Stimme klang undeutlich; die Lippen bewegten sich kaum. Er schaute sie nicht an, während er sprach, und sie wurde ein wenig nervös.

»Gefangen genommen«, antwortete sie, legte den schweren Rucksack ab, behielt den kleinen aber auf – nur für den Fall.

Sie nippte an ihrem Tee. Er war wunderbar heiß und süß, genau wie sie ihn sich vorgestellt hatte. Sie aß ein Stück Fisch. Er war ein wenig tranig, aber wunderbar fest und rosa, einfach köstlich. Karan war so dankbar, so hungrig auf gutes Essen, dass ihr unwillkürlich die Tränen in die Augen traten. Sie schluckte den ersten Bissen hinunter und suchte sich einen zweiten mit der Messerspitze aus. Ihre Augen trafen die des Schmugglers auf der anderen Seite des Feuers. Sofort wandte er den Blick ab, und sie hielt inne, den Fisch erst halb verschluckt. Er schaute hinter sie und ein Stück zur Seite, und da war ein verschlagener Ausdruck in seinem Gesicht.

Nein!, schrie ihr Talent. Karan sprang zur Seite, und mit derselben Bewegung schüttete sie ihm den heißen Tee ins Gesicht. Eine zweischneidige Axt sauste an der Stelle nieder, wo sie gerade noch gesessen hatte, und grub sich ins Gras. Der Schmuggler schlug die Hände vor die Augen; dann war Karan an ihm vorbei, duckte sich um die Mauer und verschwand zwischen den Trümmern und umgestürzten Säulen. Dort hielt sie erst einmal an und blickte zurück.

Idlis stand dort, wo sie gewesen war. Den Fuß auf ihrem Teller riss er die Axt aus der Erde. Er starrte in ihre Richtung, und seine schwarzen Augen funkelten. Zwei weitere Whelm rannten mit abgehackten Bewegungen an ihm vorbei und verteilten sich; auch sie hielten Äxte in den Händen. Idlis hob seine Waffe und warf sie. Mit lautem Krachen schlug sie in die Säule hinter Karan. Steinsplitter trafen sie an der Wange; sie rannte am Ufer des Sees entlang und zwischen die Bäume, die Whelm dichtauf. Der verräterische Führer war bereits verschwunden.

Karan war zwar klein, aber sie war auch geschickt und flink, und einmal zwischen den Bäumen hatte sie schnell einen guten Abstand zwischen sich und die Whelm gebracht. Sie trauerte kurz dem guten Fisch hinterher, den Idlis so achtlos in den Boden gestampft hatte, aber der brutale Angriff verdrängte diesen Gedanken rasch. Karan stellte sich vor – so wie nur sie es konnte –, wie die Axt sich in ihren Rücken grub, den furchtbaren Schmerz und ihre sinnlosen Versuche, die Klinge herauszuziehen. Ihr Blut floss in Strömen auf das Gras; dann wurde ihr schwarz vor Augen, der Schmerz wurde schlimmer, und schließlich folgte ein schneller Tod.

Mehr als einmal hätten die Whelm sie an diesem Nachmittag fast erwischt, denn in diesem Teil des Waldes gab es nur wenig Unterholz. Abermals verteilten sie sich und riefen einander mit ihren klebrigen Stimmen zu. Wann immer ein Whelm ihr den Weg abschneiden wollte, lief Karan in eine andere Richtung. Aber sie waren unermüdlich, und sie jagten sie wie ein Rudel Hunde. Sie übernahmen abwechselnd die Führung, sodass Karan nie zur Ruhe kam.

Inzwischen schluchzte sie vor Müdigkeit. Ihr kleiner Rucksack schlug ihr bei jedem Schritt gegen den Rücken, und ihr Wille erlahmte allmählich. Die Dunkelheit war noch Stunden entfernt, auch wenn sie nur wenig Schutz vor den Whelm bot, die ihre Augen selbst vor dem Licht eines solch diesigen Tages wie diesem schützten.

Mehrmals kamen sie dicht genug an Karan heran, um ihre Waffen zu schleudern. Schließlich war es ein Sturm, der sie rettete – ein Sturm von jener Art, wie er in Orist im Herbst üblich war und wie er plötzlich vom Meer her auftauchte. Dunkle Wolken ballten sich im Westen zusammen, und mit ihnen kam der Wind und dann der Regen. Das Licht verblasste, und die Luft war voller verschleierndem Dunst. Karan reagierte sofort. Sie machte kehrt und rannte schräg von ihren Verfolgern weg einen Hügel hinauf, über die Kuppe und auf der anderen Seite wieder herunter in den dichten Wald im Osten. Sie rannte und rannte, bis es dunkel war und sie wusste, dass sie die Whelm abgeschüttelt hatte. Dann marschierte sie die ganze Nacht hindurch weiter in nördliche Richtung. Kurz vor Sonnenaufgang verbarg sich Karan in dichtem Unterholz und schlief unruhig bis zur Abenddämmerung.

Die Nächte waren nun bewölkt, und Karan marschierte schnell. Von ihren Verfolgern sah sie keine Spur mehr. Hunger war ihr schlimmster Feind, denn den schweren Rucksack hatte sie zurückgelassen, und alles, was sie fand, um ihren Proviant aufzustocken, waren heruntergefallene Nüsse; aber die waren alt, verschrumpelt und schimmelig. Dann, am dritten Tag, erreichte sie ein Dorf im Wald, und für ein paar Kupferstücke kaufte sie sich etwas zu essen.

Der Weg nach Sith lag im Nordosten, jenseits des Flusses Hindirin; dann ging es nach Westen durch die Kluft von Zarqa, den winzigen Durchbruch in den Bergen, der zur Ostseite von Meldorin führte, und schließlich zur bewaldeten Ostküste von Iagador hinauf und von da nach Sith. Diese Reise würde einen Monat dauern, wenn Karan zu dem Ort gelangen konnte, wo sie die Pferde zurückgelassen hatten. Aber sie musste feststellen, dass sämtliche Straßen nach Osten von Truppen mit Yggurs Wappen bewacht wurden; Gleiches galt für die Brücken. Sie war abgeschnitten, denn der Hindirin und andere große Flüsse konnten nur auf Brücken oder Fähren überquert werden. Auch konnte sie nicht zu den Pferden, denn das Dorf, wo sie im Stall standen, war besetzt.

Einen Tag lang saß Karan zwischen den Bäumen, beobachtete die Straße und fragte sich, was sie tun sollte. Sie hatte geschworen, den Spiegel zu Faelamor nach Sith zu bringen; aber sie konnte nicht nach Sith – der gesamte Süden war in Alarmbereitschaft. Yggur musste Maigraith gebrochen haben.

Karans einzige Chance bestand darin, nach Norden zu gehen, weg von Sith, obwohl die Entfernung sich dadurch verdoppeln würde. Aber im Norden gab es Hilfe, denn das war Land, das sie kannte. Chanthed, Heimat des Kollegiums der Historien. Dort war sie schon oft gewesen. Es war nicht mehr lange hin bis zum Herbstfestival.

Und die Historien waren der Schlüssel zu ihrem Dilemma: die Legenden von Faelamor und ihrem Volk, die Historien der Aachim, die *Geschichte der Düsternis.* Große Ereignisse der Vergangenheit waren mit diesem Spiegel verbunden, und was sie damit tun würde, könnte die Zukunft bestimmen. Wie sollte sie entscheiden, wem sie ihn geben sollte? Welchen Eid sollte sie brechen? Wen verraten?

Bis nach Chanthed war es ein langer Marsch nach Norden, aber erreichbar, wenn es ihr gelang, ein Pferd zu kaufen. Ja, Chanthed würde ihr nächstes Ziel sein. Und danach über die Berge nach Bannador und nach Hause. Von dort war es dann nicht mehr weit bis nach Sith, doch darüber würde sie sich später Gedanken machen.

Vorsichtig zog Karan nach Norden und gelangte nahe der befestigten Stadt Preddle auf den Hochweg. Dort fand sie dann auch zum ersten Mal seit Wochen fröhliche Gastfreundschaft, gutes, warmes Essen und – am fantastischsten von allem – ein heißes Bad sowie ein sauberes Bett.

Am nächsten Morgen fiel ihr auf dem Marktplatz zweimal innerhalb einer Stunde eine große Gestalt auf, die sie anstarrte. Ihr Talent warnte sie nicht vor einer Bedrohung; also handelte es sich vermutlich nicht um einen Whelm. Ohne Zweifel war das nur eine unschuldige Begegnung, doch sie wollte kein Risiko eingehen; ihr Talent *war* unzuverlässig. Beiläufig ging Karan zwischen zwei Stände und duckte sich unter einen langen, mit Stoff bedeckten Verkaufstisch, auf dem ein Teppichhändler seine Waren ausgebreitet hatte: leuchtend bunte Hirtenteppiche aus Yakwolle, rote und gelbe Satteldecken, Handtücher, graue Decken und – am Ende des Tischs unter den wachsamen Augen des Händlers – handgeknüpfte Teppiche und Wandbehänge aus Lammwolle und Seide. Teppiche und Decken hingen zu beiden Seiten bis auf den Boden herunter.

Karan saß auf ihrem Rucksack und wartete. Füße kamen und gingen. Plötzlich wurde ein Stück Stoff hochgerissen, und ein braungebranntes Gesicht mit Hakennase und hohlen Wangen funkelte sie nur eine Handspanne entfernt an. Es war so nah, dass Karan den mit Kardamom angereicherten Atem riechen konnte.

»Raus da«, sagte der Mann, ruckte mit dem Kinn und entblößte kurz seine gelben Zähne. »Wenn ihr Kinder das nächste Mal …«

Dann sah er Karans Gesicht.

»Oh«, sagte er.

»Bitte«, erwiderte Karan. »Ich werde verfolgt. Der große dunkle Kerl mit der Kapuze. Ich habe schreckliche Angst.«

Der Mann starrte sie an. »Das geht mich nichts an«, sagte er, stand dann plötzlich auf und ließ den Stoff wieder fallen. Karan konnte sich nur wundern.

Eine Minute verging, dann erschien ein dürrer brauner Arm mit einem Glas kaltem, süßen Limonensaft. Karan nahm das Glas mit einem leisen »Danke« und leerte es. Weitere Minuten rannen dahin, und schließlich erschien die Hakennase wieder.

»Ihr seid jetzt in Sicherheit.«

Karan warf den Mantel über die Schulter und steckte ihr Haar unter den Hut. Eine bessere Verkleidung hatte sie im Augenblick nicht. Kein Bett mehr, kein Bad; sie würde keine Sekunde länger bleiben als unbedingt nötig. Sie kroch unter dem Tisch hervor, ließ ihren Blick über den Marktplatz schweifen und verneigte sich vor dem Teppichhändler.

»Ich habe auch Töchter«, sagte der Mann, entblößte erneut die Zähne und wandte sich dann einem Kunden zu.

In einer heruntergekommenen Gasse nahe dem Osttor fand Karan einen Stall. Trotz ihrer Vorbehalte ging sie hinein. Es war ein schmuddeliger Laden. Das Stroh war schimmelig und der Boden voller Mist. Zwei Männer und eine alte Frau spielten Domino auf einem verdreckten Tisch. Karan hatte sofort das Gefühl, dass hier etwas nicht stimmte. Sie wollte direkt wieder hinausrennen, aber sie hatte keine anderen Ställe gesehen und nun auch keine Zeit mehr, welche zu suchen.

»Ja?«, sagte die alte Frau. Sie hatte nicht einen einzigen Zahn im Mund. Das schmutzige graue Haar reichte ihr bis zur Hüfte, und das tief ausgeschnittene Kleid gab den Blick auf Dinge frei, über die Karan gar nicht nachdenken wollte.

»Ich würde gerne ein Pferd kaufen«, sagte Karan und ging zum Tisch. Die alte Frau gackerte und kratzte sich in der dreckigen Achselhöhle.

»Du scheinst mir noch nicht alt genug zu sein, Fremde!« Sie drehte sich zu dem Mann zu ihrer Linken um, einem großen Kerl, der von einer Brandnarbe, die ihm vom Mund bis zum Ohr reichte, furchtbar entstellt war. Tatsächlich war die ganze Seite seines Gesichts vernarbt und kahl abgesehen von ein paar Büscheln weißen Haars. Der Dreck saß ihm tief in den Poren. »Sieht sie für dich schon alt genug aus, Qwelt?«

Qwelts Mund klappte zu einem lüsternen Grinsen auf, so grotesk, dass Karan am liebsten geschrien hätte und weggerannt wäre. Er hatte irgendeine furchtbare Mundkrankheit: Sein Gaumen war schwarz und eitrig, das Zahnfleisch von den Zähnen gelöst, die in alle Richtungen abstanden wie die Grabsteine eines alten Friedhofs.

»Och, für mich sieht sie alt genug aus«, sagte er mit einer Stimme wie eine rülpsende Kuh. Er wuchtete seinen riesigen Bauch aus dem Weg und stand auf.

Karan wurde übel. *Ich brauche ein Pferd*, dachte sie. *Nach Fiz Gorgo, nach den Whelm, was können diese Leute mir da am helllichten Tag schon antun?*

Die Augen der alten Frau flackerten. Karan wandte sich zur Flucht. Die Stalltür fiel mit einem Knall ins Schloss, und ein dritter Mann, ein Riese verglichen mit Karan, warf einen Riegel vor.

»Bringt mir die Börse«, sagte die alte Frau. »Das Weib könnt ihr haben.«

Kapitel zehn

Das Tor von Hetchet

Die Männer bewegten sich mit ausgestreckten Armen auf sie zu. Sie hätten Brüder sein können. Karans Messer blitzte auf, und sofort schnappte sich der Kerl an der Tür eine langstielige Schaufel. Sie hatten das auch früher schon gemacht, erkannte Karan. Sie fuhr mit dem Messer durch die Luft, drehte und drehte sich und wartete darauf, dass die Kerle näher kamen. Ihr Talent war besonders zuverlässig, wenn sie verzweifelt war. Er würde zuschlagen ... *jetzt!* Die Schaufel wurde wild nach ihrem Kopf geschlagen. Karan ließ sich fallen, und die Schaufel traf den zweiten Mann unmittelbar über dem Herzen. Er ging geräuschlos zu Boden.

Karan krabbelte unter den Tisch und sprang dann hoch. Die Tischkante traf die alte Frau unter dem Kinn, und sie fiel nach hinten in den Mist.

»Mama!«, kreischte der vernarbte Qwelt.

Mit der Schulter wuchtete ihm Karan den Tisch in den Weg, sprang über die alte Frau und rannte an den Boxen vorbei in den hinteren Teil des Stalls. Sie standen ohnehin allesamt leer. Der Mann mit der Schaufel schlurfte hinter ihr her. Es gab eine Hintertür, doch die war verriegelt. Karan wirbelte just in dem Augenblick herum, da der Kerl mit der Schaufel nach ihr stieß. Abermals ließ sie sich fallen, rollte sich unter einer Boxentür hindurch, kletterte die Wand hinauf, sprang, bekam einen Dachbalken zu packen und zog sich auf den Heuboden in der Mitte des Stalls.

An dessen anderem Ende befand sich eine Leiter. Karan versuchte, sie umzuwerfen, musste jedoch feststellen, dass sie festgenagelt war. Der Heuboden war teilweise mit Heu, Strohballen und Säcken voll schimmeligem Hafer gefüllt. Daneben befanden sich Töpfe mit Oliven und Zwiebeln, und unter der Decke hingen Schinken und andere Lebensmittel. Seltsam, dass man solche Dinge über einem verdreckten, stinkenden Stall aufbewahrte. Außerdem war das mit Reet gedeckte Dach auch noch undicht.

Die Leiter knarrte. Karan rannte zu ihr und schaute hinunter. Qwelt war auf der dritten Sprosse und geiferte zu ihr hinauf. Der andere Mann folgte ihm auf dem Fuß.

Karan wuchtete einen Hafersack über die Kante. Er riss an einem Nagel auf, und verschimmeltes Korn regnete herab. Qwelt fluchte, krallte nach seinen Augen, fiel auf seinen Bruder, und beide landeten mit lautem Krachen auf dem Boden. Karan warf alles, was sie finden konnte, nach ihnen – Töpfe, Säcke, Schinken –, bis Qwelt floh und der andere Mann regungslos liegen blieb. Die Luft stank nach Essig und eingelegten Zwiebeln.

Karan stieg auf die Strohballen und begann, das Reetdach an einer Stelle zu bearbeiten, wo es schwarz verschimmelt war. Staub kitzelte sie in der Nase. Es war eine harte Arbeit, doch es dauerte nicht lange, und erlösendes Tageslicht fiel durch ein kleines Loch. Die Leiter knarrte erneut, doch diesmal hörte Karan es nicht. Ein scheußlicher Kopf lugte über die Kante. Karan hackte mit aller Kraft; das Loch war noch immer nicht groß genug.

Qwelt war nun auf dem Heuboden und rückte mit einer bösartig aussehenden Mistgabel und einem wahnsinnigen Funkeln in den Augen gegen sie vor. Karan erschrak und fiel herunter. Qwelt stürzte sich mit der Mistgabel auf sie. Wieder rollte sie sich zur Seite, und die Zinken bohrten sich mit einem derartigen Krachen in die Bodenbalken, dass das ganze Gebäude bebte. Während Qwelt noch versuchte, die Mistgabel wieder herauszuziehen, schlug Karan ihm einen Krug mit Oliven auf den Kopf.

Sie kroch zur Leiter, und als der verunstaltete Kopf des zweiten Mannes erschien, drosch sie mit einem schweren Schinken auf ihn ein. Verrotteter Schinken spritzte durch den ganzen Stall. Der Gestank war überwältigend. Der Mann verlor den Halt auf der Leiter, rutschte runter, blieb kurz mit dem Kinn an einer Sprosse hängen und schlug dann auf den Boden. Um sicherzugehen, warf Karan noch die stinkenden Schinkenreste auf ihn und einen weiteren Krug nach Qwelt, bevor sie wieder zu ihrem Loch rannte. Endlich war es groß genug, dass sie hindurchkriechen konnte. Karan steckte ihr Messer in die Scheide und sprang hoch; doch die Strohballen kippten, und darunter kam ein Versteck voller Kisten mit Gold, Silber und anderen Wertsachen zum Vorschein. Kein Wunder, dass sie hier keine Pferde verkauften!

Verzweifelt stapelte Karan die Ballen wieder auf, damit sie das Loch erreichen konnte. Der vernarbte Mann rührte sich bereits wieder. Karan sprang hoch und zwängte Kopf und Schultern ins Freie, doch irgendetwas hielt sie davon ab, weiter hinauszukommen. Sie hatte ihren Rucksack vergessen, und nun hatte der sich im Reet verfangen! Nutzlos trat sie mit den Beinen in der Luft. Sie zog und drückte, bis ihre Schultern knarrten, und schließlich löste sich der Rucksack.

In diesem Augenblick packte sie jemand am Fuß und riss. Karan schrie, trat und spürte einen Aufprall. Erneut drückte sie mit den Armen; der Stiefel kam los, und sie war frei und kletterte aufs Reet.

Qwelt bellte, und die Mistgabel schoss durch das Loch, so nah an Karan vorbei, dass sich ein Zinken durch ihre Hose bohrte. Sie stolperte und rollte wieder zum Loch zurück, just in dem Augenblick, da der hässliche Kerl durchs Dach brach. Karan packte die Mistgabel und stieß damit nach ihm, doch er riss sie ihr wieder aus der Hand. Er war jetzt auf dem Dach und erwies sich trotz seiner bulligen Gestalt und dem dicken Bauch als erstaunlich schnell. Karan riss ihr Messer heraus, erkannte aber sofort, dass es gegen seine Waffe nutzlos war. Sie sprang zur Seite, prallte vom Reet ab und rutschte über die Dachkante. Der Sims war niedrig und der Sturz somit nicht so schlimm, wie Karan befürchtet hatte. Karan landete hart auf ihrem Hintern, schrie und humpelte die Gasse hinunter; das Messer hielt sie noch immer in der Hand.

An der Ecke rannte sie mit voller Wucht in eine große Gestalt mit Kapuzenmantel. Finger in der Farbe von Schokolade schlossen sich so fest um ihr Handgelenk, dass sie sich unmöglich befreien konnte. Verzweifelt schaute Karan zu ihrem Gegenüber hinauf.

»Karan von Bannador, nehme ich an«, sagte eine fröhliche Stimme mit dem Akzent von Crandor. »Ich bin Tallia bel Soon. Ich habe dich gesucht. Komm. Gib mir das Messer. Du wirst es heute nicht mehr brauchen.«

Tallia schlug ihre Kapuze zurück. Sie war sehr groß, hatte wunderschöne Haut und ein strahlendes Lächeln. Irgendwie fühlte sie sich vertraut an ... aber warum ...? Fiz Gorgo! *Der Beobachter!* Karan versuchte, sich aus Tallias Griff zu befreien, doch die Frau hielt sie mühelos fest.

»Immer mit der Ruhe! Ich will dir kein Leid zufügen. Ich will nur mit dir reden. Komm mit mir. Ich kenne da einen Gasthof, wo sie recht guten Tee servieren.«

Karan wand sich in ihren Armen und versuchte, die Gasse hinunterzuspähen. Sie war sicher, dass Qwelt jeden Augenblick die Mistgabel durch sie alle beide rammen würde. Tallia schaute ihr über die Schulter. »Vor wem auch immer du weggelaufen bist, sie sind fort«, sagte sie.

Karan konnte die Szene nicht aus ihrem Geist verdrängen. Sie schauderte. Dann ließ sie ihren Gefühlen zum ersten Mal seit Wochen freien Lauf. Tallia ließ sie weinen, und als das Schlimmste vorbei war, führte sie Karan die Straße hinunter zu einem bunt bemalten Gasthof. An der Tür wehrte sich Karan erneut; sie wollte nicht da reingehen.

»Wie du willst«, sagte Tallia. »Wir können uns auch hier draußen hinsetzen.«

Sie bestellte heiße Getränke von einer Speisekarte, auf der insgesamt fünfzig Stück davon standen: Süßholztee für sich selbst und heißen, süßen Tee mit Muskatnuss für Karan, die noch immer zitterte.

Karan setzte sich mit dem Rücken zur Wand und legte den Kopf auf die Arme. Sie hatte aufgegeben, war mit den Kräften am Ende.

»Möchtest du gerne etwas zu essen?«

Karan nickte, ohne den Kopf zu heben. Sie war vollkommen ausgehungert. Tallia winkte der Kellnerin erneut.

»Was ist da hinten passiert?«

Karan saß stumm da; dann sprudelte die ganze grässliche Geschichte förmlich aus ihr hinaus. »Ich wollte doch nur ein Pferd«, schluchzte sie und brach wieder in Tränen aus.

Tallia war entsetzt. »Das kann geregelt werden«, sagte sie und winkte einem Straßenjungen. Der kam sofort herbeigerannt, begierig darauf, sich ein Kupferstück zu verdienen.

»Geh in die Straße der Silberschmiede, und bitte Yehudit, zu mir zu kommen. Gib ihm dieses Zeichen.« Tallia fischte ein Stück Baumrinde aus der Tasche und zeichnete eine Glyphe darauf. Der Junge huschte davon. »Ich habe hier keine Macht, musst du wissen, aber ich kenne diejenigen, die darüber verfügen. Diese Leute werden zur Rechenschaft gezogen werden.«

Karan ließ sich plötzlich auf die Bank fallen; sie stand unter Schock. Tallia hob sie wieder hoch. Karans Haut war feucht und kalt, und in ihrem Kopf drehte sich alles. Tallia holte ein in Papier gewickeltes Etwas aus der Tasche, teilte es, brach eine braune Ecke ab und stopfte sie Karan in den Mund. Karan spie es sofort in ihre Hand zurück und beäugte das Zeug misstrauisch.

»Was ist das?«

Tallia brach eine weitere Ecke ab und aß sie mit Genuss. »In meinem Land, in Crandor, das auf der anderen Seite der Welt liegt, nennt man das Schokolade. Iss. Danach wirst du dich besser fühlen.«

Karan knabberte vorsichtig daran. »Oh!«, sagte sie, und ihr Gesicht erhellte sich. »Das ist wunderbar ... das Schönste, was ich je probiert habe.« Sie aß das ganze Stück und fühlte sich tatsächlich schon viel besser.

Sorgfältig faltete Tallia das Wachspapier und steckte die restliche Schokolade in Karans Tasche. »Für später«, sagte sie.

Kurz darauf kam ein Teller mit Fleisch, Käse und Gemüse. Karan verschlang das Ganze, ohne Tallia auch nur einmal anzuschauen. Sie hatte zu viel Angst. »Was willst du von mir?«, fragte sie mit vollem Mund.

Tallia lehnte sich zurück und schaute Karan an, als wolle sie sie abschätzen. Schließlich sah es so aus, als hätte sie den Test bestanden. »Ich lüge nur, wenn ich muss«, sagte Tallia.

Was war das denn für ein seltsamer Kommentar! Karan musterte Tallia mit neu erwachtem Interesse.

»Ich nehme an, trotz dem, was du getan hast, bist auch du ehrlich. Ich will dich nicht anlügen«, fuhr Tallia fort. »Ich bin die oberste Kämpferin von Mendark, auch wenn ich unter einem anderen Namen reise.«

Karan erschrak. »Mendark! Aber ich habe dich in Fiz Gorgo gefühlt.«

»Und ich habe dich gesehen. Warum hast du den Spiegel von Aachan gestohlen?«

Karan war zutiefst entsetzt. War das Geheimnis schon bekannt geworden? Vor ihrem geistigen Auge entrollte sich eine Karte der Zukunft. Diese Frau war geradezu teuflisch schlau und fähig, ihre Freundlichkeit nur gespielt. Tallia würde sie in Ketten nach Thurkad bringen oder – was wahrscheinlicher war – ihr den Spiegel einfach abnehmen und sie tot in den Straßengraben werfen.

»Ich habe dich aus dem Wasser kommen sehen«, sagte Tallia. »Für wen hast du den Spiegel gestohlen?«

»Für mich«, antwortete Karan mürrisch.

Tallia lachte ehrlich belustigt. »Du könntest sicherlich einen brauchen!«

Das traf Karan – eine so wunderschöne Frau, die ihr Aussehen kritisierte.

»Wozu willst du ihn denn, Karan?«

»Ich werde ihn seinen rechtmäßigen Besitzern zurückgeben.« Das war noch nicht einmal wirklich gelogen; vielleicht würde sie das tatsächlich noch tun.

»Und wer ist das?«

»Finde das doch selbst heraus! Was wirst du mit mir tun?«

»Nichts. Solange du Mendark nicht bedrohst, werde ich mich an das Gesetz halten. Sobald wir unsere Plauderei beendet haben, bist du frei zu gehen, wohin du willst.«

»Was mich betrifft, so ist sie jetzt beendet«, sagte Karan und leerte ihren Tee. »Die Angelegenheit hat nichts mit Mendark zu tun. Und um was es sich handelt, werde ich dir *niemals* sagen. Dürfte ich jetzt mein Messer wieder zurückhaben?«

Sie war erstaunt, als Tallia es vor ihr auf den Tisch legte. »Ich kann gehen?«

Tallia hatte mehr als eine Woche in Preddle verbracht, denn Mendark hatte einen Stellvertreter hier, und mit dem hatte sie einiges zu erledigen. Sie hatte nicht direkt auf Karan gewartet, obwohl es sie nicht überrascht hatte, sie zu sehen, den Preddle war die einzige größere Stadt in diesem dünn besiedelten Land.

Tallia versuchte, die Möglichkeit abzuschätzen, noch mehr aus Karan herauszubekommen. Sie kam zu dem Schluss, dass sie ohne Zwang nichts bekommen würde. Auf ihre letzte Nachricht an Mendark hatte sie noch keine Antwort erhalten. Dieser Spiegel war vielleicht vollkommen wertlos wie so viele alte Dinge, mit denen die Leute Profit zu machen hofften. Wären sie im Krieg gewesen, hätte sie anders gehandelt; doch sie verspürte keinerlei Verlangen, sich den Spiegel ohne guten Grund mit Gewalt zu nehmen – falls Karan ihn denn überhaupt noch bei sich trug.

Außerdem hatte sie noch andere Aufgaben zu erfüllen, und eine davon war dringend. Tallia winkte ab. »Geh«, sagte sie.

Misstrauisch stand Karan auf, steckte das Messer weg, wich zurück, und als sie außerhalb von Tallias Reichweite war, sagte sie: »Danke für das Essen.« Dann verschwand sie in der Menge.

Auf der anderen Seite der Stadt fand sie einen anderen, diesmal respektablen Stall. Karan kaufte ein Pferd, das beste, das sie sich leisten konnte: ein knochiges Tier mit Narben an den Flanken, die von übermäßigem Sporengebrauch herrührten. Auf dem in der Nähe liegenden Markt kaufte sie dann noch Stiefel, Proviant, Seife, Salbe und warme Kleidung für die Berge. Dabei drehte sie jede Münze zehnmal um, bevor sie sie ausgab. Das Pferd hatte sie die Hälfte ihres

Geldes gekostet. Kurz nach Einbruch der Dunkelheit holte sie das Pferd, kaufte noch einen großen Sack Hafer und schlüpfte still und heimlich aus dem Morgentor.

Vier Fackeln brannten auf der Mauer vor dem Tor. Das Licht ließ Karan nach oben schauen. Neben jeder Fackel baumelte ein Leichnam am Galgen: drei große Männer und eine Frau mit strähnigem grauen Haar. In Preddle verschaffte man dem Gesetz offenbar rasch Geltung. Karan trat dem Pferd die Fersen in die Flanken und floh nach Norden über den Hochweg.

Vier Tage später kehrte Tallias Botenvogel wieder zurück, blutig und mit fehlenden Federn an der rechten Brust.

Tallia,

ich muss diesen Spiegel haben. Lass alles andere stehen und liegen, und finde sie. Wenn sie nicht freiwillig mitkommt, schnapp sie dir, und bring sie zu mir. Pass auf die Whelm auf.

M.

Tallia war wütend auf sich selbst. Sie besorgte sich zwei Pferde, die besten in der Stadt, und ritt Tag und Nacht; doch irgendwie wusste sie, dass sie Karan nicht einholen würde. Den Vogel nahm sie ebenfalls mit, in einem Korb. Karan schien nach Hetchet unterwegs zu sein, einem Dorf am Fuß der Berge, weit im Norden.

Auf halbem Weg dorthin, in dem armseligen Weiler mit Namen Flumen, wo der Gasthof aus krummen Stämmen bestand, durch deren Ritzen der kalte Wind rauschte, schickte Tallia eine weitere Nachricht an Mendark, in der sie ihm riet, Kontakt mit seinen Leuten in Hetchet, Chanthed und allen anderen Orten aufzunehmen, die Karan möglicherweise ansteuern könnte. Später fand sie Karans Pferd auf der Straße; aber es war schon seit Tagen tot, und in den felsigen Hügeln verlor sich rasch jede Spur von ihr.

Karan ritt den Großteil der Nacht durch. Sie hielt nur kurz vor Sonnenaufgang einen Moment neben der Straße an, um sich ein wenig auszuruhen; mehr wagte sie nicht in diesem offenen Land. Am Nachmittag legte sie eine weitere Rast ein, diesmal neben einem fast ausgetrockneten Bach.

Das Pferd, dem sie den Namen Thrix gegeben hatte, litt unter einer chronischen Erkältung, die es ständig husten und niesen ließ. *Sollten wir uns je heimlich bewegen müssen, wirst du mir kaum nutzen*, dachte Karan. Sie döste ein wenig, während der lahme Thrix an dem trockenen Gras knabberte.

Bei Sonnenuntergang führte Karan das Pferd noch mal ans Wasser und belohnte es mit einer Umarmung und einer doppelten Hand voll Hafer, die es ihr ins Gesicht nieste. Dann stieg sie wieder in den harten Sattel und ritt bis Mitternacht weiter. Als sie schließlich wieder anhielten, hatte der strahlende Nebel bereits mit seinem Abstieg begonnen, und Karan war so wund, dass sie kaum stehen konnte. Den Großteil der Nacht hindurch lag sie wach, fischte Haferkörner aus ihren Haaren, zählte ihre Wunden und blauen Flecken und beobachtete die Sterne und den Schatten von Thrix, der selbst im Schlaf keuchte.

Kurz vor Sonnenaufgang erwachte sie plötzlich aus einem unruhigen Schlaf. Sie hatte von Gesichtern im Spiegel geträumt – Gesichter, die sie anfunkelten, ihr Vorwürfe machten und von ihr verlangten, dass sie ihre Pflicht erfüllen solle. Noch während Karan versuchte, sich daran zu erinnern, wessen Gesichter das waren, verblassten die Träume wieder.

Maigraith war da gewesen ... oder war das die ältere Frau gewesen, die sie schon in Fiz Gorgo im Spiegel gesehen hatte?

Und nun gab es ein neues Problem. Mendark würde sofort Bescheid wissen, sobald Tallia ihm eine Nachricht übermittelte. Dieser Spiegel zog all die Mächtigen an, sog ganz Santhenar in seinen Strudel. Karan wusste nicht viel über den Magister, aber Gerüchten zufolge war er nicht gerade ein freundlicher Mann. In jedem Fall wollte Karan nichts mit ihm zu tun haben.

Karan ritt weiter. Der Traum bereitete ihr noch immer Sorgen. Tagelang hatte sie sich den Kopf über ihre Pflicht den Aachim gegenüber zerbrochen. Sie schuldete ihnen so viel – viel mehr als Maigraith. Den Eid Maigraith gegenüber zu brechen, schien Karan nun das kleinere Verbrechen zu sein. Immerhin hatten die Aachim den Spiegel tausend Jahre lang besessen und niemandem mit seiner Hilfe ein Leid zugefügt. Und Karan wusste, dass die Zeit der Düsternis eine Zeit großer Unruhe gewesen war. Was würde geschehen, wenn Faelamor ihn zerbrach?

Karan hatte noch immer Freunde unter den Aachim von Shazmak. Einer von ihnen, Rael mit dem roten Haar und dem wehmütigen Lächeln, hätte einst sogar mehr als nur ein Freund sein können. Karan verlor sich in Erinnerungen an ihre Jugend in Shazmak mitten zwischen den gewaltigen Bergen. Das Rauschen des wild dahinströmenden Garr würde sie nie aus ihren Ohren bekommen. Es war Rael gewesen, der sie das Klettern gelehrt hatte. Sie vermisste ihn noch immer. Wenn Tensor nur nicht ...

Tensor! Der Anführer der Aachim von Shazmak – wenn man bei ihnen überhaupt von so etwas wie einem Anführer sprechen konnte. Ein mächtiger Mann mit einer mächtigen Aura; ein Held aus den Kämpfen der Aachim in uralter Zeit mit ihren Feinden, den Charon. Er war einer der ursprünglichen Aachim, die Rulke von Aachan nach Santh getrieben hatte. Tensor war ein harter, stolzer Mann, der nie einen Kampf aufgegeben hatte. Er war voller Bitterkeit über den Verlust seines Volkes, und ständig redete er von der Wiedergeburt der Aachim. Er war von unversöhnlichem Hass auf ihren uralten Feind Rulke beseelt, den Charon, der für all ihre Schwierigkeiten verantwortlich war.

Karan konnte ihn deutlich vor sich sehen: mit im Wind flatternden schwarzen Locken, gesträubtem Bart und die großen Fäuste erhoben. »Gebt mir nur die Macht!«, tobte er.

Karans Respekt vor Tensor grenzte schon an Ehrfurcht, und das gebührte ihm auch; doch sie hatte sich in seiner Gegenwart nie wohlgefühlt, hatte stets den Eindruck gehabt, dass er etwas gegen sie hatte ... als hätte er sie geprüft und festgestellt, dass es ihr an etwas mangelte. Oder vielleicht war es auch ihr Vater gewesen, den er als mangelhaft empfunden hatte, weil er *nach draußen* gegangen war. Während ihrer frühen Tage in Shazmak hatte Tensor sie im Gebrauch ihres Talents unterwiesen. Allerdings war die Erfahrung unangenehm gewesen, und sie hatte stets das Gefühl gehabt, irgendetwas durch seinen Unterricht verloren zu haben. Und später, als er Rael zu den Städten im Osten geschickt hatte, hatte Karan gewusst, dass sie der Grund dafür gewesen war.

Vielleicht sollte *ich den Spiegel Tensor geben. Immerhin schulde ich den Aachim mehr, als ich je zurückzahlen kann. Aber sie haben mir nicht geholfen, als Emmant mich bedrängt hat. Damit entfällt ein großer Teil der Schuld. Außerdem, was würde Tensor damit tun? Vielleicht würde der Spiegel nur seinen Hass anfachen.*

Faelamor oder Tensor? Die Faellem oder die Aachim? War eine Wahl besser als die andere? Und war eine von beiden besser als Yggur, der trotz seines kriegerischen Ehrgeizes als gerechter Mann galt, als Gesetzesbringer?

Nun, ich habe den Spiegel genommen, dachte Karan. *Ich habe das alles in Bewegung gesetzt, und nun ist es meine Pflicht, die richtige Wahl zu treffen.*

Karan quälte sich weiter mit ihrer Entscheidung, während sie nördlich von Flumen den Hochweg hinaufzog, durch Land, das zunehmend öder wurde, und dann in die Hügel von Sundor. In nur acht Tagen hatte sie eine Strecke von dreihundert Meilen zurückgelegt. Und die ganze Zeit über hatte sie nicht eine Spur von ihren Verfolgern gesehen, und so entspannte sie sich ein wenig. Das war der Augenblick, da alles wieder schieflief.

Beim Aufstieg in die trockenen, öden Hügel von Sundor ritt sie zu hart. Thrix verlor den Halt auf dem rauen Untergrund, fiel und brach sich das Vorderbein. Karans Herz flog dem großen Tier zu, dass da auf der Straße lag und sie mit feuchten braunen Augen anschaute, doch sie konnte nur eines tun. Sie umarmte Thrix ein letztes Mal, hielt ihm mit der Hand das Auge zu und schnitt ihm mit einem kräftigen Ruck die Kehle durch. Das heiße Blut spritzte ihr über den Arm und die Kleider, und der große Kopf sank langsam auf die Straße.

Karan wandte sich ab, und Tränen rannen über ihr verstaubtes Gesicht. Es dauerte lange Zeit, bis sie die Tötung ihres Pferdes vergaß, und der Blutgeruch klebte noch tagelang an ihr. Und in ihrer Verzweiflung lockerte sie die Kontrolle um ihr Talent und ihre Emotionen, die sie seit der Flucht durch den Sumpf aufrechterhalten hatte.

In den Hügeln von Sundor kehrten die Halluzinationen gleichenden Träume wieder zurück. Einmal mehr träumte sie davon, wie die vermummten Whelm nach ihr lauschten. Doch diesmal war es schlimmer, denn ein großer, ausgezehrter Hund kauerte neben ihnen, und der Feuerschein spiegelte sich in seinen starrenden Augen. Zwei Nächte lang hatte sie diese Träume. Am dritten Morgen wachte Karan voller Panik auf und sah weit unter sich die Whelm. So begann ihre Flucht von Neuem. Schon bald verschwamm die Jagd, und sie war wieder im Sumpf, obwohl das schon Wochen her war; doch die Zwischenzeit kam ihr nun wie eine Minute des Wachseins in einem tagelangen Albtraum vor.

In jener Nacht, als Karan aufrecht mit dem Rücken an einem Stein döste, trug der Wind ein Heulen herbei. Es war ein tiefer, rauer Ton, der endlos in die Länge gezogen war. Karan erschrak. Das Heulen verstummte plötzlich und erklang nicht noch mal, aber sie wusste, was das gewesen war: der Hund von der Zisterne oder ein anderer seiner Art. Damit hatte sie schon vor dem Traum gerechnet. Sie konnte ihn fühlen, konnte sich das hagere Ding lebhaft vorstellen, wenn sie die Augen schloss. Vor diesem Vieh, diesem Whelpen – das war ein guter Name für ihn – hatte sie sogar noch mehr Angst als vor den Whelm.

Karan schaute sich in ihrem Lager um. Es eignete sich nur wenig zur Verteidigung – ein Flecken rauen Grases mit Felsen darüber und darunter, auf halbem Weg einen steinigen Hügel hinauf, und ein paar stachelige Koniferen zu ihrer Rechten. Nur von oben war sie wirklich geschützt. Karan war versucht, ein Feuer zu entzünden, auch wenn das die Whelm anlocken würde. Mit Hilfe ihrer Hunde würden sie sie in diesem Land ohnehin rasch finden. Tatsächlich hatte sie so oder so keine Hoffnung, auch wenn es nur ein Whelm und ein Hund waren! Die Panik nahm zu, bis das Verlangen zu schreien schier unerträglich wurde. Karan steckte die Finger in den Mund und biss zu, bis der Schmerz sie wieder zur Besinnung brachte.

Karan bemerkte, dass sie ihre Panik wieder sendete und die Whelm so zu sich führte. Sie zwang sich, ruhig zu atmen, um ihr Herz zu beruhigen und die Verteidigung vorzubereiten.

Feuer war keine gute Idee. Oben zwischen den Felsen mit einem Überhang im Rücken ... was Besseres hatte sie nicht. Ihre einzige Waffe war ihr kleines Messer. Das reichte nicht! Sie sammelte ein paar Steine, hauptsächlich, weil sie schlicht etwas tun wollte. Was für eine dumme Idee: Steine waren im Dunkeln nutzlos. Karan brach einen kleinen Ast von einem Baum und schnitt die zähe Rinde ab. Er war zwar nicht groß genug, um ernsthaften Schaden zu verursachen, aber er fühlte sich gut in ihrer Hand an. Dann wartete sie. Sie wollte schlafen, doch wagte sie nicht, auch nur für einen Augenblick zu dösen. Sie starrte in die Nacht hinaus, bis ihre Fantasie dürre Whelmgestalten aus den Schatten zauberte.

Die Nacht näherte sich ihrem Ende. Einfarbige Schatten wichen schwachen Farben. Im Osten dämmerte das erste rosa Licht. Der Wind legte sich. Karan hatte eine weitere Nacht überlebt. Sonnenlicht kroch über ihren ausgestreckten Arm, ihren schlanken Hals und schimmerte golden auf den Wimpern und Augenbrauen, kupfern in ihrem Haar.

Der Hund kroch näher heran. Er nutzte jeden Schatten, jedes Versteck, um in Sprungreichweite zu Karan zu kommen. Er drückte sich mit dem Bauch auf den Boden, bog dann den hageren Körper durch, sprang einen Satz vor und duckte sich wieder. Nun war er nur noch einen Sprung entfernt. Er öffnete das Maul zu einem grinsenden Gähnen.

Karan träumte davon, in einem wunderbaren Bad zu liegen, wohlig warm und sauber. Plötzlich verflog der Badetraum jedoch, und sie war nackt, ungeschützt. Der Wind blies ihr in den Nacken, weckte sie zitternd und erschreckte sie mit der Erkenntnis, dass sie nun schon zum zweiten Mal auf Wache eingeschlafen war.

Aber die Sonne war gerade erst aufgegangen. Karan hatte nicht lange geschlafen, und sie hatte die Nacht überlebt. Sie erinnerte sich an das Bruchstück eines anderen Traumes: eine Kindergeburtstagsfeier. *Heut ist mein Geburtstag!* Es gab nicht viel zu feiern. Nichtsdestotrotz heiterte sie der Gedanke ein wenig auf. Karan rieb sich den Schlaf aus den Augen, massierte den Kopf mit den Fingerspitzen, fuhr sich mit den Fingern durch das zerzauste Haar und schaute sich instinktiv um.

Der größte, hagerste Hund, den sie je gesehen hatte, kauerte nur ein paar Schritte unterhalb von ihr. Er fuhr mit der Schnauze von einer Seite zur anderen, doch seine gelben Augen lösten sich keinen Augenblick von ihrem Gesicht. Karan tastete nach ihrem Messer – es war an ihrer Seite – und packte ihren Stock. Sie stand auf und glitt zwischen die Felsen zurück, sodass das Tier sie nur aus einer Richtung angreifen konnte. Rasch schaute sie sich um, doch es war niemand zu sehen. Wollte der Hund sie angreifen oder einfach nur in die Enge treiben, bis sein Herr kam?

Karan hob den Stock mit beiden Händen. Der Hund bebte. »Hau ab!« Ihre Stimme klang wenig überzeugend. Der Hund fletschte die Zähne und sprang.

Karan schwang ihren Stock, traf das Vieh an der Schulter und schleuderte es in weitem Bogen zur Seite.

Dann war der Hund wieder auf den Beinen, unverletzt, und seine grauen Krallen schabten über den Fels. Er schnappte nach Karans Schenkel. Wieder schlug Karan mit dem Stock zu, doch diesmal traf sie den überhängenden Felsen, und der Stock wurde ihr aus der Hand gerissen. Mit der rechten Hand zückte Karan das Messer.

Der Hund sprang, traf sie in den Bauch und warf sie auf

den Stein. Er hockte auf ihr, schnappte zu und erwischte den Messerarm knapp unter dem Ellbogen. Bewusst schaute er ihr in die Augen, bohrte seine Zähne in ihr Fleisch und hielt sie fest.

Blut lief Karans Arm hinunter; Speichel troff von den riesigen Lefzen auf ihre Brust. Karan ließ den Arm erschlaffen, und das Messer fiel klappernd zu Boden. Mit einem Biss der kräftigen Kiefer konnte die Kreatur ihr vermutlich die Hand abbeißen. Sie starrte zu dem Hund hinauf und versuchte, eine Schwachstelle in seiner Deckung zu finden. Er trug ein eisernes Halsband. Die Vorderzähne waren nur noch zerbrochene Stümpfe, doch die an der Seite, die Knochenbrecher, waren vollkommen in Ordnung.

Karan stöhnte. Der Hund richtete die Ohren auf. Sie stöhnte erneut und legte all ihren Schmerz, all ihre Müdigkeit und all ihre Angst in ihre Stimme in dem Versuch, den Hund mit ihrem Talent zu erreichen. Sie wollte ihn davon überzeugen, dass sie harmlos war, und ihn dazu veranlassen, sie loszulassen, wenn auch nur für einen Augenblick. Aber selbst wenn sie ihn erreichen, selbst wenn sie ihn für eine Sekunde unachtsam werden lassen konnte – was sollte sie dann tun? Ihre Reflexe waren blitzschnell, aber kaum so schnell wie die des Hundes. Es sei denn, der Hund war so langsam und unbeholfen wie seine Herren …

Karan seufzte leise, rollte mit den Augen und kniff die Lider zusammen, bis nur noch ein kaum wahrnehmbarer Schlitz offen blieb. Ihr Leib erschlaffte. Der Hund hielt sie weiter fest und stand geduldig da. Karan stieß erneut ein zitterndes Stöhnen aus, gefolgt von einem Schauder, der ihren Körper von Kopf bis Fuß erzittern ließ.

Der Hund senkte den Kopf und schnüffelte an ihrem Gesicht. Sie schauderte wieder. Der Hund ließ ihr Handgelenk los, und sofort schoss ihre linke Hand vor, packte das

Eisenhalsband und drehte es mit jedem Funken Kraft, über den sie verfügte. Würgend riss der Hund den Kopf zurück. Karan ballte die rechte Faust und stieß sie dem Tier ins offene Maul und in den Hals, während sie gleichzeitig weiter an dem Halsband drehte.

Der Hund verfiel in Krämpfe. Sein Kopf zuckte und fiel zur Seite, sodass Karan fast den Griff um das Halsband verloren hätte. Er schnappte mit dem Kiefer, und die verfaulten Zähne rissen Karans Handgelenk und Unterarm auf. Überzeugt davon, dass sie ihre Hand verlieren würde, stieß Karan die Faust tiefer in den Hals des Tiers, immer tiefer und tiefer, während das Vieh panisch mit den Krallen über den Felsen kratzte.

Just in diesem Augenblick pfiff jemand, ein tiefes, unheimliches Geräusch nicht weit entfernt. Der Hund warf den Kopf hoch und versuchte zu bellen. Er rollte mit den Augen, und Karans Handgelenk brach. Ein furchtbarer Schmerz schoss ihren Arm hinauf. Sie wollte ihre Qual hinausschreien, doch stattdessen kämpfte sie gegen den Schmerz an, bis der Hund sich nicht mehr rührte, und selbst danach war sie nicht sicher, dass er tot war.

Sie zog die Hand wieder zurück. Ihr Unterarm war von Dutzenden Wunden übersät, und Haut hing in Streifen an ihm herunter. Blut strömte ihr Handgelenk herunter. Karan ließ sich abrupt zu Boden sinken. Sie hatte das Gefühl, als würde sie jeden Augenblick neben dem ausgezehrten Hund die Besinnung verlieren. Obwohl ihr Leben gegen das des Hundes gestanden hatte, war diese Leiche fast genauso bitter für sie wie jene des Pferdes auf der Straße.

Der Pfiff ertönte erneut, diesmal ein Stück zur Seite, und riss Karan aus ihren Gedanken. Mit zitternder Hand wischte sie sich den kalten Schweiß von der Stirn. Sie fand ihr Messer und kletterte unbeholfen die Felsen hinauf. Selbst die kleinsten Bewegungen waren eine Qual für sie.

Sie kauerte auf einem Fels, wusch die Wunden aus, rieb sie mit einer Salbe ein und versuchte, sie zu verbinden. Obwohl sie Linkshänderin war, hätten ihre Bemühungen sogar etwas Komisches gehabt, wäre die Situation nicht so bitterernst gewesen und der Schmerz so furchtbar. Sie fand ein paar knorrige Stöcke, die sie als Schienen benutzen konnte; aber sie konnte sie nicht fest genug binden, dass es einen Unterschied ausgemacht hätte. Schließlich gab sie es auf und verband Arm, Handgelenk und Hand schlicht so fest, wie sie es ertragen konnte, wohlwissend, dass das eine hoffnungslose Arbeit war. Ihr Handgelenk musste heute noch einmal verbunden werden, wenn es wieder richtig heilen sollte. Herzlichen Glückwunsch zum Geburtstag!

»Droik! Droi-ik!«, rief Idlis mit seiner gluckernden Stimme und schaute hierhin und dorthin, während er immer näher kam. Es musste ja *sein* Hund gewesen sein! Wenn sie hinunterschaute, konnte Karan das tote Ding noch immer sehen. Sie begann, zwischen den Steinen nach oben zu klettern. Sie wollte nicht mehr hier sein, wenn Idlis den Hund fand.

»*Droiiik!*« Ein Stöhnen vollkommener Verzweiflung. »Droik, mein Kleiner, mein Liebling!«

Schau nicht nach unten. Sie schaute nach unten und sah Idlis, der den riesigen Hund in den Armen hielt und weinte, als wäre das Tier sein eigenes Kind. Dann schaute er nach oben und sah, dass Karan ihn anstarrte. Auf seinem Gesicht zeigte sich jedoch kein Erkennen. Sein Leid rührte ihr weiches Herz, aber sie wollte auch möglichst weit weg sein, wenn die Trauer vorüber war. So suchte sie sich einen Weg zwischen den Felsen hindurch und rannte.

Es war fast Mittag, als sie ihn das nächste Mal sah. Idlis, der Unermüdliche. Es war, als würden sie schon seit Wochen miteinander rennen, ja ihr ganzes Leben lang. Irgendein gemeinsames Ziel hielt sie zusammen. Inzwischen war Karan innerlich leer, ausgesaugt, geistig erschöpft, und der Schmerz in ihrer Hand und im Arm war mörderisch. Warum rannte sie eigentlich? Sie wusste es nicht mehr. Warum folgte er ihr? Sie konnte sich noch nicht einmal vorstellen, was ihn antrieb.

Jetzt war er dicht hinter ihr, so dicht gar, dass sie den Dreck unter seinen Füßen knirschen hören konnte. Für einen Tag im Spätherbst war es ungewöhnlich warm. Der Himmel war klar, und ein trockener Wind wehte über das Land. Dann fiel sie hin. Sie schlug sich das Knie an einem Felsen auf und rappelte sich wieder auf, doch es war alles vorbei … Idlis war über ihr. Die widerwärtige Kreatur! Die Verzweiflung verlieh ihr noch ein letztes Mal Kraft. Sie schlug nach seinem Gesicht, riss an seiner Robe, sprang zurück. Der Stoff wickelte sich um ihren unverletzten Arm und riss, verrottet von Sonne, Schweiß und Tragen, von seinem Rücken.

Idlis stieß einen erstickten Schrei aus und schnappte sich den Stoff. Karan riss in die andere Richtung, fiel nach hinten und riss die Robe mit sich, einschließlich der Kapuze. Idlis hatte nur noch einen Fetzen in der Faust und einen kurzen Unterrock, der an einem Band um seine Hüfte hing. Sein Fleisch war blassgrau wie das eines Fisches, seine Glieder knochig, die Gelenke dick, und die Rippen lagen um seine Brust wie dicke Bänder.

Karan rappelte sich wieder auf und humpelte davon. Im Laufen wickelte sie den Stoff von ihrem Arm. Der Sturz hatte wieder neuen Schmerz durch ihr Handgelenk gejagt, und jede noch so kleine Bewegung war die reinste Qual. Dann erschrak sie angesichts der Verzweiflung auf Idlis ansonsten so teilnahmslosem Gesicht. Er ignorierte sie und rannte auf seine abgehackte Art zu dem Habit. Mit einem Arm schirmte er sein blutleeres Gesicht vor der Sonne ab. Rasch schnappte Karan sich die stinkenden Kleiderfetzen mit ihrer gesunden Hand wieder und humpelte weiter.

Mehr als zwei Stunden dauerte die Jagd auf dieser öden Ebene, doch Idlis wurde immer langsamer und langsamer. Seine Bewegungen waren fast wie gelähmt, und schließlich war er außer Sicht. Was für ein Trick war das? Ein offensichtlicher vielleicht, doch Karan bereitete das Sorge, und so kroch sie wieder zurück. Sie fand Idlis zusammengebrochen auf der roten Erde. Selbst aus der Entfernung konnte sie sehen, dass seine Gliedmaßen verdreht waren, und sein nackter Torso und die Schultern brannten in hellem Orange über dem Grau.

Sie schlich näher heran; nun war ihre Neugier geweckt. Hatten die Whelm doch eine Schwäche? Idlis hatte seinen Augenschild verloren, und als der lange Kopf sich träge hob, konnte Karan nicht anders, als seine Augen anzustarren: Sie waren nur noch rote, tränende Wunden.

Einst hätte sie Mitleid mit Idlis gehabt, doch jetzt nicht mehr. Nicht nach dem Neydsee. Dann schaute sie in diese Augen, und was sie sah, ließ sie innehalten, denn das hatte sie auch in den Augen des Pferdes gesehen, als sie ihm die Kehle durchgeschnitten hatte.

»Was soll ich nur mit dir tun?«, fragte sie.

Der Whelm machte etwas, das wie ein gequältes Schulterzucken aussah, ein seltsames Zusammenführen der Schulterblätter. »Tu, was du willst«, sagte er und blinzelte die Flüssigkeit aus seinen Augen. »Ich erwarte keine Gnade, denn ich würde dir auch keine gewähren.«

»Warum jagst du mich so? Was habe ich dir getan?«

»Die Schande unseres Herrn ist unsere Schande. Wir können nicht ruhen, bis wir dich haben.«

Karan konnte das nicht verstehen. »Was für böse Kreaturen ihr doch seid.«

Nun war es der Whelm, der nicht verstand. »Du hast den Spiegel unseres Herrn gestohlen; du hast meinen Hund getötet – *und du nennst uns böse?* Würden wir dir dienen, könntest du dir keine treueren Diener wünschen.«

Wider Willen war Karan fasziniert. Sie kroch näher heran, aber nicht zu nah. Sie hatte noch nie jemanden wie ihn getroffen. »Wer bist du?«

»Ich bin Idlis der Heiler.«

»Heiler!«

»Warum nicht? Wir verletzen uns, wir werden krank, wir sterben. *Wir fühlen.*«

Seine Worte trafen Karan auf seltsame Art. Aus irgendeinem Grund hatte sie ihn nie als Menschen betrachtet. »Aber was *seid* ihr, Whelm?«

»Wir sind nur Whelm. Wir kamen aus der Eiswildnis. Davor ...« Er war einen Moment verwirrt. »... zu lange her ... Wir haben verloren, was wir einst hatten: eine perfekte Beziehung von Herr und Diener. Wir können uns noch nicht einmal an unseren wahren Herrn erinnern; so lange ist er schon von uns gegangen.« Er schien ein wenig traurig zu sein und ein wenig wehmütig. Dann veränderte sich sein Gesichtsausdruck, und seine Stimme wurde kalt vor Zorn und Selbstverachtung. »So ist Yggur nun unser Herr, und er hasst uns. ›Die verabscheuungswürdigen Whelm‹, nennt er uns. Und wir dienen ihm zu unserer Schande.«

»Aber warum dient ihr ihm dann?«

»Wir sind Whelm!«, sagte Idlis vehement, als würde das alles erklären. Als er dann sah, dass dem nicht so war, fügte er hinzu: »Ohne einen Herrn und einen Zweck sind wir nichts. Wir können nicht wieder zurück und nichts sein; also dienen wir Yggur. Tötest du mich jetzt?«

»Nein, das tue ich nicht.«

Er wand sich. Karan sprang zurück; dann erkannte sie,

dass er nur versucht hatte, sich in ihren Schatten zu rollen. Seine Gesichtshaut schien sich förmlich aufzulösen. Er schlang die langen Arme um den Leib. »Oh, wie die Sonne brennt.«

Karan schwieg. Sie schaute nur auf das von Blasen übersäte Gesicht hinunter. Idlis weinte dicke gelbe Tränen, aber er konnte nicht fragen.

»Ich habe Mitleid mit dir«, sagte Karan. »Das ist meine Schwäche.« Der Whelm zuckte unwillkürlich zusammen. Der Augenschild lag gut zwanzig Schritt weit entfernt. Karan ging hin und hob ihn auf. Er war aus einem einzigen Stück flexiblen gelben Knochens geschnitzt. Idlis beobachtete sie ausdruckslos. Sie sollte für ihn das Gleiche tun, was sie für ihr Pferd getan hatte. Aber er litt Höllenqualen. Karan fürchtete ihn noch immer, nur hassen konnte sie ihn nicht mehr.

Sie ging wieder zurück und warf den Augenschild vor ihm auf den Boden. Idlis zeigte ein überraschendes Maß an Würde. Er streckte den Arm aus, berührte den Knochenschild und zwang sich dann langsam und unter Schmerzen auf die Beine. Gelbe Tränen strömten seine Wangen hinunter, als er sich vor ihr verneigte. Erstaunt schaute Karan ihn an. Er bückte sich, hob den Augenschild auf und setzte ihn vor die Augen.

»Deine Schwäche ist deine Stärke«, sagte Idlis. »Dein Mitleid ist meine Demütigung. Das ist die schlimmste Qual, der du mich aussetzen konntest. Noch nie ist jemand *freundlich* zu mir gewesen.« Er sprach das Wort mit einem Schaudern aus, als wäre es eine Beleidigung, und er zog die Oberlippe hoch, sodass sein grauer Gaumen und die Hundezähne zu sehen waren. »Was kann ich tun? Dich davonkommen zu lassen wäre Verrat. Doch die Ehre verlangt von mir, dass ich selbst einem Feind seine Gabe vergelte. Komm. Zeig mir dein Handgelenk. Ich sehe, dass es dich schmerzt. Keine

Angst, du bist sicher – heute werde ich meinen Hund nicht rächen.«

Karans Handgelenk war inzwischen so geschwollen und schmerzte derart, dass sie es mit der anderen Hand ständig ruhig hielt. Das Knie stellte im Vergleich dazu nur eine kleinere Verletzung dar. Was Ehre und Pflicht von einem verlangten, war Karan nicht unbekannt, doch Idlis' Art vermochte sie einfach nicht zu verstehen. Wie konnte er ihr an einem Tag Hilfe anbieten und am nächsten ihren Tod planen? Sie durfte ihm nie vertrauen, diesem fremdartigen Whelm. Der Gedanke an seine Berührung, an seine gummiartigen, kalten Finger auf ihrem Handgelenk, an seine Nähe war schlimmer als der Schmerz. »Nein!«, sagte sie zitternd.

»Dann geh. Ich gebe dir einen halben Tag, obwohl mich das viel kostet.«

Karan trat einen halben Schritt zurück. Idlis' Haut war noch röter geworden, während sie gesprochen hatten, und riesige Blasen bildeten sich auf den Schultern, Armen und der Brust. Er musste schreckliche Qualen leiden, obwohl er das nur mit einem leichten Schaudern verriet. Karan steckte die Hand in die Tasche, um das Gewicht von ihrem Handgelenk zu nehmen, und fand dabei etwas, das sie schon längst vergessen hatte: das Stück Schokolade, das Tallia ihr in Preddle zugesteckt hatte. Sofort lief ihr das Wasser im Mund zusammen. Sie packte es aus, starrte Idlis dabei weiter unverwandt an und brach es in zwei Hälften.

»Heute ist mein Geburtstag«, sagte sie und bot ihm eine Hälfte an.

Idlis verzog das Gesicht, und eine gelbe Träne lief aus seinem Auge. »Ich bin noch immer dein Feind«, sagte er und senkte den Kopf. »Aber für den heutigen Tag wünsche ich dir Freude.«

Schweigend aßen sie die Schokolade. Karan hatte noch nie in ihrem Leben etwas gegessen, das so köstlich schmeckte, so unglaublich süß. Sie war froh, dass sie es geteilt hatte.

»Meine Whelmbrüder kommen«, sagte Idlis. »Meine Qual ist ihre Schande, die sie wiedergutmachen müssen. Du musst sofort gehen.«

Er blinzelte hinter dem Knochenschild, und was sie dort sah, jagte Karan schreckliche Angst ein. Sie schaute zurück. Gut anderthalb Meilen entfernt klebte eine kleine Staubwolke an der steinigen Ebene. Karan ging weg, ohne noch einmal zurückzublicken, allerdings ein wenig schneller, als sie für würdevoll hielt, und als sie außer Sicht von Idlis war, rannte sie und rannte und rannte …

Die Verfolgung wurde für Stunden unterbrochen, doch dann waren die Whelm wieder da, und Idlis' Gesicht war ständig in Karans Geist. Ihr Handgelenk schmerzte ständig, und die Hand war so gut wie nutzlos. Mehrere Male überquerte sie die Hügel von Sundor, vor und zurück, während sie sich immer weiter nach Osten in Richtung Hetchet und zu den Bergen dahinter vorarbeitete. Karan hatte das Gefühl, als trieben die Whelm sie genau dorthin, wohlwissend, dass sie dort in der Falle sitzen würde.

Inzwischen waren es fünf, und sie waren beritten. Oft sah Karan sie in der Ferne, die Reihe weit auseinandergezogen, und obwohl sie sie in diesem rauen Land auf Abstand halten konnte, fand sie keinen Weg an ihnen vorbei. Sie konnte nirgendwohin außer dorthin, wo sie sie hintrieben. Schließlich erschien das Tor von Hetchet am Ende der Straße, der Einschnitt zwischen den Hügeln, der die einst große Stadt gleichen Namens eingerahmt hatte.

Im Laufe des vergangenen Monats war Karan humorlos und hart geworden, kalt und besessen. Und sie hatte sich gefühlsmäßig abgeschottet – das war das Schwierigste für sie gewesen. Die Whelm waren nicht weit hinter ihr. Wohin jetzt?

Karan sehnte sich noch immer danach, nach Chanthed zu gehen, um dort jemanden zu finden, der ihr die Historien erzählen konnte. Daraus hoffte sie das Wissen zu gewinnen, um entscheiden zu können, was sie mit dem Spiegel tun sollte. Sie kannte Leute in Chanthed, doch das waren keine Chronisten. Wen hatte sie dort getroffen, der die Historien kennen könnte? Nur den Direktor des Kollegiums, einen alten, kleinen Mann mit Namen Wistan. Sie hatte ihn bei einem Treffen mit ihrem Vater kennen gelernt, als sie noch ein kleines Kind gewesen war. Wistan war noch immer da – oder zumindest war das vor ein paar Monaten so gewesen. Er konnte ihr sicher sagen, was sie wissen musste, wenn sie denn den Mut aufbrachte, zu ihm zu gehen.

Aber sie fühlte, dass die Whelm zu nahe waren. Womöglich standen sie bereits zwischen ihr und Chanthed. Selbst mit all den Menschen, die wegen des Festivals dorthin kamen, war der Ort zu klein, um sich zu verstecken, es sei denn, sie wollte wochenlang in einem Keller hocken. Dann also nicht nach Chanthed. Oh, wie sehr sie sich danach sehnte, die Großen Geschichten wieder zu hören. Wie sehr sie sich wünschte, nein zu Maigraith gesagt und sie nie getroffen zu haben. Aber Maigraith saß in Yggurs Kerker, und sie war hier.

Schweren Herzens bog Karan ab und nahm den östlichen Weg nach Tullin und Bannador. Sie fühlte sich hundeelend, war geistig wie körperlich zu Tode erschöpft und saß in der Falle. Der Mond hatte gerade erst wieder begonnen zuzunehmen; größtenteils war er schlicht schwarz – ein böses Omen. Und auch die furchtbaren Träume kehrten wieder zurück. Als Karan zu den Bergen hinaufschaute, sah sie, dass bereits Schnee in den höheren Regionen lag. Selbst unverletzt wäre ihr die Überquerung schwergefallen. So müde wie jetzt war sie noch nie gewesen. Und wie ihr Handgelenk schmerzte. Oh, wenn das Ganze doch einfach nur enden würde.

Die Whelm erreichten Hetchet kurz nach Karan. Wo einst die Stadt gestanden hatte, gab es nur noch ein Dorf, doch bei jedem Schritt fand man Spuren der ruhmreichen Vergangenheit: die breiten Straßen, deren Pflaster noch so perfekt und sauber war wie an jenem Tag, da sie angelegt worden waren; die fantastischen Tempel und Säulen und die Villen zu beiden Seiten des Weges. Und auch die Menschen strahlten eine besondere Aura aus, eine Aura von Stolz, Tradition und Würde.

»Das sind die stolzesten Ziegenhirten von ganz Meldorin«, bemerkte der Anführer der Whelm verächtlich. Er war ganz anders als der Rest: klein und stämmig. Sie ritten zu dem großen Tor, das so breit war, dass zehn Mann nebeneinander hindurchreiten konnten.

»Wir suchen eine junge Frau mit rotem Haar«, sagte der große Mann mit einem Gesicht wie ein Beil. Die graue Haut war vernarbt und schälte sich, als hätte er sich verbrannt, und das Weiße in seinen schwarzen Augen hatte einen gelben Stich.

»So eine war vor Kurzem hier«, antwortete der Wachmann.

»Und wo ist sie jetzt?« Die Whelm beugten sich in ihren Sätteln vor.

Der Wachmann hatte mehr als einmal mit Karan gesprochen, und er mochte sie. Solange für ihn selbst keine Gefahr bestand, würde er ihr helfen.

»Sie hat nach dem Weg nach Chanthed gefragt und ist

dann dort entlanggegangen«, log der Wachmann und ging wieder in sein Wachhäuschen zurück.

»Chanthed! Bist du dir sicher, Wachmann?« Die harten Augen durchbohrten ihn förmlich.

Der Wachmann wandte den Blick ab. »Leute kommen und gehen jeden Tag, und ich rede mit allen. Sie hat Chanthed gesagt. Mehr weiß ich nicht.«

Die Whelm ritten davon. »Warum sollte sie nach Chanthed gehen?«, fragte eine von ihnen, eine Frau, die Idlis sehr ähnlich war. »Was gibt es dort außer dem Kollegium der Historien? Der Wachmann muss gelogen haben.«

»Das hat er ohne Zweifel, Gaisch«, sagte der Stämmige. »Aber wir dürfen nichts dem Schicksal überlassen. Auch in Chanthed gibt es solche, die ein Interesse an dem Spiegel haben, auch wenn die andere Diebin Sith gesagt hat. Zwei von uns werden nach Chanthed reiten. Die anderen beiden kommen mit mir: du, Idlis, damit ich dich im Auge behalten kann, und du, Gaisch. Es ist wahrscheinlicher, dass sie nach Bannador geht. Schließlich ist das ihre Heimat; aber sie wird im Winter keine Zuflucht in den Bergen finden. Den Weg zu verlassen bedeutet den sicheren Tod. Aber solltet ihr sie in Chanthed findet, bringt sie wieder hierher zurück. Und jetzt los!«

Karan war nun hoch in den Bergen. Eines Nachts, nachdem sie trotz ihrer Sorgen in ihrer Zuflucht eingeschlafen war, einer Höhle, die nach Fledermäusen stank, hatte sie einen ganz anderen Traum. Sie träumte, dass sie wieder in Chanthed war und durch die sonnendurchfluteten Straßen ging, vorbei an den ordentlichen Häusern aus gelbem Sandstein hinauf zum Kollegium der Historien. Ihre Hand lag in der ihres Vaters, der auf dem Weg zum Direktor des Kollegiums war. Die Szene veränderte sich. Ihr Vater war weg, und sie erzählte Wistan ihre Geschichte, der mit Schlafmütze und Nachtgewand einfach nur lächerlich aussah, ein Gnom im Bett eines Riesen. Unvermittelt setzte er sich auf, der Traum-Wistan, als hätte er gerade die Lösung für ein uraltes Problem gefunden. Er antwortete jedoch nicht auf Karans Flehen, sondern starrte an ihr vorbei und verblasste.

Ihre letzte Erinnerung war die an jenes wunderbare Erzählen und an den jungen Chronisten, Llian, der die ganze Halle zum Stehen gebracht hatte. Sie erinnerte sich daran, wie sich ihre Gedanken während seines Vortrags kurz berührt hatten. Normalerweise war das wie die Suche nach dem Weg durch ein Labyrinth, doch in seinem Fall war jede Abzweigung markiert gewesen. Er erschien ihr kurz wie der Held aus einer seiner Großen Geschichten, und in ihrer Verzweiflung griff Karan zu ihm hinaus.

Kapitel elf

Eine zweite Chance

Wieder einmal wurde Llian von irgendjemandem, der an seine Tür hämmerte, aus seinen wunderbaren Träumen gerissen. Das Hämmern war so laut, dass sie die Tür genauso gut hätten einschlagen können. Llian hatte so eine Vorahnung, dass er diesmal nicht so einfach davonkommen würde.

»Jaja!«, rief er.

Das Hämmern hielt an, lauter sogar noch als zuvor, und es wurde heftig an dem Riegel gerüttelt. Llian tastete über den Boden, fand einen Mantel, schlang ihn sich um die Schulter und stolperte zur Tür.

»Ich komme ja!«, rief er über den Lärm hinweg, doch das Hämmern hörte nicht auf. Llian schob den Riegel zurück und riss die Tür auf. »Was ist los?«, begann er wütend und hielt dann inne, als er seinen Besucher erkannte. »T ... Turlew!«, stammelte er. »Stimmt irgendetwas nicht?« Er wusste, dass dem so war. Sie hatten herausgefunden, dass er gestern in die Bibliothek eingebrochen war.

Der Seneschall des Direktors des Kollegiums von Chanthed hielt die Laterne in die Höhe und beäugte den jungen Mann missbilligend. Das gelbe Licht fiel auf Llians angenehmes, aber unsauberes Gesicht, sein zerzaustes braunes Haar und die gelbbraunen Augen.

»Hört mit der Schauspielerei auf!«, sagte Turlew, und seine spröde Stimme troff förmlich von den dicken rosa Lippen. »Zieht Euch an. Nach letzter Nacht seid Ihr am

Ende. Wistan will noch einmal mit Euch sprechen, bevor Ihr geht.«

»Gehen?« Llian zog den Mantel enger um die Schultern. »Ich gehe nirgendwohin. Ich muss noch meine Geschichte erzählen.«

»Ha!«, spie Turlew. »Ihr hattet Eure Chance.« Er warf einen Blick durch den Raum. »In was für einer widerlichen Absteige Ihr haust.«

»Da ich kein Stipendium bekomme, ist das alles, was ich mir leisten kann. Wie auch immer ... meinen Freunden scheint das nichts auszumachen.«

Turlew schnaubte verächtlich. »Nun, das wundert mich nicht. Und jetzt packt Eure Sachen. Ihr habt eine Stunde.«

»Und wo soll ich hingehen?«

Turlew grinste boshaft. »Ihr seid aus Chanthed verbannt.«

Kurz darauf klopfte Turlew an die Tür zu Wistans Kammer. Eine dünne Stimme rief: »Herein!« Turlew trat ein und zog den blinzelnden Llian hinter sich her ins Licht.

Wistan trug Hausschuhe und einen dunkelblauen Mantel über seinem Nachtgewand. Er sprach gerade mit seinem Hauptmann, Trusco, der mit den Händen in der Luft wedelte, behaarten Schaufeln so groß wie Wistans Kopf.

Llian zögerte in der Tür und wartete darauf, dass der Direktor Notiz von ihm nahm. Verbannt! Was sollte er nur tun?

»Direktor Wistan«, sagte Llian nach langem Schweigen. »Ihr habt nach mir geschickt?«

»Natürlich habe ich das, du Narr. Schließ die verdammte Tür.«

»Was wollt Ihr von mir?«

»Einbruch und Diebstahl; Betreten der Bibliothek und

der Archive, obwohl du keinen Zugang mehr dazu hattest; Widerstand gegen die Kollegiumswache; Körperverletzung. Das sind bei weitem genug Verbrechen, obwohl ich sie angesichts deiner vergangenen Verdienste vermutlich übersehen hätte, würdest du einen guten Charakter besitzen.«

»Aber ...«, begann Llian.

»Versuch gar nicht erst, es zu leugnen. Trusco!«

Trusco hielt ein Stück Stoff in die Höhe, rot mit schwarzem Rand. Mit der anderen Hand hob er Llians Mantel und enthüllte die abgerissene Ecke, wo er in der Tür hängen geblieben war. Llian sackte in sich zusammen. Er war ruiniert.

»Aber ein Verbrechen kann ich dir nicht vergeben: dass du meine Laterne im wertvollsten Teil unserer Archive umgestoßen und nicht angehalten hast, um das Feuer zu löschen. Das zeugt von einem unverzeihlichen Verantwortungsmangel.«

»Eine Minute später habe ich nachgesehen«, sagte Llian. »Das Feuer war gelöscht.«

»Aber es hätte genauso gut weiterbrennen können! Eine Minute in einer brennenden Bibliothek ist eine lange Zeit.« Er hielt kurz inne, um Llian Zeit zu geben, sich zu überlegen, wie seine Bestrafung aussehen würde.

Llian saß schweigend da, fest davon überzeugt, dass man ihm den Meistertitel aberkennen würde. Schließlich sprach Wistan erneut, diesmal in milderem Tonfall. »Du bist erledigt! Dutzende streben nach deinem Platz hier, und ich werde keine Zeit mehr mit dir verschwenden. Allerdings hat sich in der Nacht etwas ergeben, worum ich mich dringend kümmern muss. Ich habe ein Angebot für dich – eine dringende Mission nach Thurkad. Nimm es an, und ich werde dir ein Zeugnis und genügend Geld geben, damit du andernorts ein neues Leben anfangen kannst.«

»Was?!«, rief Turlew aus der Ecke. »Ihr wollt ihn auch noch *belohnen?*«

»Halt den Mund, Turlew«, schnappte Wistan. »Von dir habe ich auch genug.«

Turlew riss entsetzt die Augen auf. »Es ist ein Angebot, Llian«, wiederholte Wistan. »Eine zweite Chance. Du wirst eine Menge zu unserer Kunst beitragen können, wenn du nur endlich erwachsen wirst. Weigere dich, und du hast gar nichts.« Er schaute Llian nicht an, sondern starrte in die Asche des Feuers.

Der Herbst neigte sich allmählich seinem Ende zu. Llian fragte sich, was für eine Botschaft wohl so dringend war, dass man um diese Jahreszeit die Berge überqueren musste.

»Aber was ist mit meinem Erzählen? Die Leute werden sich fragen ...«

»Du hast das Recht darauf verloren! Wie auch immer ... vergangene Nacht ist ein Vogel mit einer Botschaft gekommen. Mendark hat mich im Namen des Rates um diesen Gefallen gebeten, und dem kann ich mich nicht verweigern. Du kennst Mendark, und du stehst in seiner Schuld.« Mendark hätte nie Llian für diese Aufgabe angefordert, doch das erwähnte Wistan nicht. »Und? Wirst du es tun?«

»Was ist meine Aufgabe?«

Wistans Augen schienen noch mehr aus den Höhlen zu quellen, als würde ihn diese Frage erzürnen. Unter Schmerzen wuchtete er sich von seinem Stuhl und humpelte zum Fenster hinüber. Die Fensterläden flogen krachend auf, und dort stand er, auf die Fensterbank gelehnt, und schaute hinaus. Ein kalter Luftzug ließ die Kerzen flackern. Llian bewegte sich näher an die Glut im Kamin heran. Das Licht der Morgendämmerung ließ die Umrisse der Hügel im Osten erkennen, und unten auf der Straße baute bereits der erste Händler seinen Stand auf, entzündete ein Kohlenbecken und rührte Teig an. Ein Vogel zwitscherte auf einem Sims in der Nähe. Es folgte ein langes Schweigen. Dann drehte Wistan sich wieder um.

»Jemand hat ein Relikt von Yggur gestohlen. Der Dieb ist den ganzen Weg von Orist hierher gejagt worden und versucht nun, über Hetchet nach Bannador zu kommen, über den Pass von Tullin. Ihr Name ist Karan. Sie muss gefunden und zu Mendark gebracht werden.«

Eine schwache Erinnerung erwachte in Llians Hinterkopf wieder zum Leben, und seine glorreichen Träume entfalteten sich erneut. Plötzlich interessierte ihn das, was Wistan sagte. »Was ist das für ein Relikt?«

»Man nennt es den Spiegel von Aachan. Ich kann nicht darüber sprechen, nur so viel: Es enthält Aufzeichnungen oder Erinnerungen aus uralter Zeit. *Wir* gehen nicht leichtfertig mit unseren Geheimnissen um.«

Du aufgeblasener, alter Narr, dachte Llian.

»Was die Frau betrifft, so weiß ich nichts über sie. Das ist auch der Grund, warum ich dich schicke. Du besitzt eine gewisse Fähigkeit, das Vertrauen anderer zu gewinnen.« Wistan lächelte humorlos. »Eine Fähigkeit, die du neuesten Berichten zufolge allerdings nicht gerade zum Besten genutzt hast.«

Llian antwortete nicht sofort. Wistan machte seine Drohungen immer wahr. Deshalb war er auch so lange Direktor geblieben, obwohl das seine einzige Leistung war. Es drehte Llian den Magen um, sich dem widerlichen, kleinen Mann zu unterwerfen; aber was hatte er schon für eine Wahl? Und es klang, als verberge sich da eine kleine Geschichte in der Mission. Das war ohnehin alles, was ihn kümmerte. Tatsächlich hätte er Chanthed schon lange verlassen, wenn er das Geld und die Referenzen dazu gehabt hätte.

»Wie kann ich sie finden?«, fragte er.

»Sie hat Hetchet vor mehr als einer Woche verlassen, und zwar in Richtung Tullin. Sie ist jung und rothaarig. Sie dürfte nicht allzu schwer zu finden sein. Du wirst allerdings sofort aufbrechen müssen, wenn du sie noch einholen willst. Geh jetzt, bevor die Stadt erwacht.«

»Ich brauche Ausrüstung für die Berge«, sagte Llian.

»Alles schon hier«, erwiderte Wistan. Er schnippte mit den Fingern, und Turlew brachte einen vollgepackten Rucksack herbei.

Wistan reichte ihn Llian zusammen mit einer kleinen Börse. »Ich nehme an, das wird deine Ausgaben decken. Und hier sind deine Zeugnisse.« Er übergab ihm einen kleinen Schriftrollenbehälter.

Llian wog die Börse in der Hand. Sie war schwer genug. Seine Gedanken gingen auf Wanderschaft. Wenn er das gut erledigte, würde ihm das das Wohlwollen seiner Auftraggeber sichern; aber er war nicht sicher, ob er bereit dazu war. Und was würde Mendark von ihm verlangen, sobald er in Thurkad war? Er drehte sich um. Turlew ließ die Börse keine Sekunde lang aus den Augen, bis sie in Llians Tasche verschwunden war.

»Und Llian«, rief Wistan ihm hinterher, als er an der Tür angelangt war. »Komm nie wieder nach Chanthed zurück.«

Nachdem er gegangen war, fragte Trusco: »Warum ausgerechnet er? Ich habe viele Männer, die Euch besser dienen könnten. Llian ist ein Träumer. Es ist nicht leicht, die Berge um diese Jahreszeit zu überqueren.«

»Er ist genauso glücklich zu gehen, wie ich es bin, ihn loszuwerden«, schnappte Wistan. »Und er ist gut ausgerüstet. Er hat den besten Daunenmantel und den besten Schlafsack, den man bekommen kann, die stabilsten Stiefel und einen wetterfesten Übermantel, ganz zu schweigen von dem Geld. Niemand kann mir vorwerfen, ich sei geizig gewesen.«

»Ich kann einfach nicht glauben, dass Ihr ihn nach den Verbrechen der vergangenen Nacht auch noch belohnt habt«, sagte Turlew trotzig.

»Das waren nur kleinere Vergehen«, erwiderte Wistan, »egal was ich gerade auch gesagt habe.« *Oh, wie tief bin ich gesunken*, dachte er, *dass ich einen Chronisten für das verdamme, was wir ihn zu tun gelehrt haben. Aber es gibt Geheimnisse, die besser für alle Zeit verborgen bleiben. Er gefährdet alles, wofür ich mein ganzes Leben lang gearbeitet habe, aber das kann ich diesen Läusen nicht sagen.* »Die Zain haben schon immer Ärger bedeutet. Nach den Geschichten, die er in den Tavernen erzählt hat, lacht halb Chanthed schon über das Amt des Direktors. Das habe ich schon viel zu lange toleriert.«

»Jaja, es ist allseits bekannt, wie tolerant und flexibel Ihr seid«, murmelte Turlew.

»Aber jetzt ist es zu weit gegangen. Ich konnte ihm nicht auch noch das Festival erlauben, einen weiteren Triumph. Seit seinem letzten haben die Meister von nichts anderem mehr gesprochen als von seinem Erzählen. Der Mob ist schon seltsam – bis heute haben sie das Festival genutzt, um einen neuen Direktor auszurufen.«

»Und sie werden schlecht von Euch sprechen, wenn sie davon erfahren«, gab Turlew zu bedenken.

»Das muss ich akzeptieren. Meine Zeit als Direktor neigt sich ihrem Ende zu, und die Vorstellung, dass er meinen Platz einnehmen könnte, ist unerträglich. Er weiß gar nichts, kennt nur die Historien, und er würde *alles* tun, um das Wissen um seine Kunst voranzutreiben. Er sieht mich nur als einen hässlichen, alten Narren ... aber vielleicht tust du das ja auch.«

Turlews Lippen bewegten sich, als wolle er Einwand erheben, doch Wistan kümmerte das nicht mehr.

»Und womöglich sehe ich das genauso. Aber ich liebe das Kollegium, und er würde es zerstören. Es ist besser, wenn er weg ist. Ein von Ethik unbeeinflusstes Genie ist ausgesprochen gefährlich.«

So standen sie zusammen: Direktor, Seneschall und Hauptmann. Und jeder folgte seinen eigenen Gedanken. Schließlich ergriff Wistan wieder das Wort, und die Wut war in seine Stimme zurückgekehrt.

»Nein, ich will ihn loswerden, und so ist es am sichersten. Ich habe von diesem Spiegel geträumt und sofort an ihn gedacht. Soll er dorthin gehen, wo er seine Talente nutzen kann. Vor vielen Jahren hat Mendark mich unter Druck gesetzt, ihn aufzunehmen. Jetzt schicke ich ihn wieder zurück. Die Ironie amüsiert mich.«

»Er macht nicht mehr Ärger als andere auch, aber er ist klüger als die meisten«, warf Trusco ein. »Allerdings ist er auch ein Träumer. Er hat Chanthed große Ehre gemacht.«

Wistan machte eine heftige Bewegung mit der Hand. »Es reicht. Eskortier ihn zum Tor.«

»Ich werde gehen«, sagte Turlew und leckte sich über die Lippen. »Sie halten sich ja für so klug, diese jungen Chronisten. Es wird mir ein Vergnügen sein, ihn aus Chanthed zu jagen.«

Wistan fixierte ihn mit scharfem Blick. »Sie sind unsere Vergangenheit und unsere Zukunft, egal was auch immer ihre Sünden sein mögen. Trusco, mach dich sofort auf den Weg.«

Llian begann sein Exil schockiert, verwirrt und mit einem Gefühl von Verlust. Chanthed war mehr als sein halbes Leben lang seine Heimat gewesen, und dort hatten sich andere um seine Bedürfnisse gekümmert. Nun musste er für sich selbst sorgen. Was würde er beispielsweise tun, wenn seine Börse leer war? Oder dringender noch: Wo würde er heute Nacht schlafen? Es gab keinen Gasthof zwischen Chanthed und Tullin, und das lag vier Tagesreisen entfernt. Llian war noch nie allein über die Berge gezogen. Tatsächlich wusste er kaum, wie man ein Lagerfeuer machte. Seine geliebten Historien und seine Geschichtenbücher waren verloren, gestohlen. Er hatte nur noch sein Tagebuch und das Buch mit den Großen Geschichten, das er selbst kopiert hatte.

Am frühen Vormittag hatte sich der Nebel aufgelöst. Chanthed war außer Sicht verschwunden. Es war ein wunderbar sonniger Tag, perfekt zum Wandern. Der Wind war sanft, und der Winter hielt sich noch zurück und überließ vorläufig weiter dem Herbst das Feld. Llian hatte das Gefühl, als sei ihm eine große Last von den Schultern genommen worden. Er hätte Chanthed schon vor Jahren verlassen sollen, um sich einen eigenen Weg in der Welt zu suchen. In dieser Stimmung waren selbst die magischen Träume der vergangenen Nacht erreichbar.

Ein- oder zweimal glaubte er das Klappern von Hufen hinter sich zu hören, doch kein anderer Reisender war zu sehen. Das sorgte ihn jedoch nur einen Augenblick, so gut gelaunt war er.

Die Straße war anfangs gut gepflegt und breit, mit niedrigen Steinmauern zu beiden Seiten, aber am Ende des ersten Tages war sie von Schlaglöchern übersät. Trotzdem, das hier war Land, in dem er sich gut auskannte. Zu jedem Mauerbruchstück, jeder zerstörten Brücke und jeder einsam stehenden Säule konnte er eine Geschichte erzählen. Dort war eine Gruppe von Gellonbäumen, die schwarze Rinde tief zerfurcht, die Glieder immer stärker verdreht, je älter sie wurden. Pellban, der fünfte Meister von Chanthed, hatte unter exakt diesen Bäumen gesessen und *die Ballade vom Silbersee* komponiert, die bittersüßeste der epischen Romanzen. Es war eine Große Geschichte und noch dazu eine äußerst rührende, und Llian fühlte sich stets mit dem seit Ewigkeiten verstorbenen Pellban auf merkwürdige Art verbunden, wann immer er sie erzählte.

Dieser verdammte Wistan! Llian warf seinen Rucksack auf den Boden und ging zu den Bäumen hinüber. Die überreifen Früchte der Gellon lagen überall auf dem Boden verstreut, und ihr geradezu aufdringlich süßer Geruch erfüllte die Luft und machte einen schlaftrunken. Llian setzte sich in die Nachmittagssonne, aß Gellon und träumte erneut. Die glatte braune Flanke des Berges wurde von den Bäumen eingerahmt; Chanthed war ein verschmierter Fleck tief unten, und in der Ferne verschwanden die Ebenen von Folc im Dunst. Langsam verschwamm die Landschaft zu einem nebeligen Hintergrund für die Tragödie, die sich hier entfaltet hatte, rein und strahlend wie ein Juwel, hervorgebracht von Pellbans Genie.

Die Ballade vom Silbersee, die Geschichte der Unterwerfung und schlussendlich Vernichtung des winzigen Staates mit Namen Saludith. Llian schlug sein Buch mit den Großen Geschichten an der entsprechenden Stelle auf, das Reispapier fühlte sich seidig unter seinen Fingern an, aber er las nicht. Er konnte die Geschichte Wort für Wort auswendig rezitieren. Nun hatte er das Ende im Kopf, die Tragödie von Narcies und Tiriel. Narcies, verzweifelt ob des Jochs, unter dem ihre Familie und ihr Volk standen, ging zu den Siegesfeiern auf dem Berg über dem Silbersee, verkleidet als eine Konkubine. Dort schlang sie die Arme um den Autarch und stürzte sich mit ihm zusammen über die Klippe und in den See. Als die Nachricht davon ihren Geliebten, Tiriel, erreichte, warf dieser sich an derselben Stelle in die Tiefe und wurde auf den Felsen zerschmettert. Narcies, die auf wundersame Art überlebt hatte, sah seinen zerschlagenen Leib, als er im Triumph zurückgetragen wurde. Da nahm sie sich selbst das Leben, doch alles war umsonst, denn ein noch weit schlimmerer Tyrann füllte die Lücke, und ihr Name wurde zum Synonym für ein sinnloses Opfer.

Llian ging ein Stück weiter, doch plötzlich schmerzten seine Beine und sein Rücken, sodass er sich nach einem Lagerplatz umschaute. Selbst das war leichter, als er sich vorgestellt hatte, denn in der Nähe fand sich eine weitere Gruppe uralter Bäume. Diese hatten ihm keine Geschichte zu erzählen, luden ihn nur zum Verweilen ein. Es gab jede Menge Brennholz, und Llian schlug sein Lager zwischen den Bäumen auf. Nachdem er Funken in den feuchten Zunder geschlagen hatte, brannte ein Feuer, und er warf verbranntes Brot, Käse und fettige Streifen Räucherfleisch in eine Pfanne. Llian war ein fähiger Koch, doch an diesem Abend war er zu müde, um sich darum zu kümmern. Er schlang das fette Durcheinander herunter und stellte dann fest, dass er kaum noch Wasser hatte, und in der Nähe seines Lagerplatzes gab es keines. Er fluchte, leckte die letzten Tropfen vom Wasserschlauch, warf ihn auf den Boden und kletterte in seinen Schlafsack. Alle Gedanken an seine Queste schob er erst einmal bis zum Morgen beiseite.

Llian schlief fast sofort ein, wachte kurz danach aber wieder auf. Ihm war eiskalt, und er war halb aus seinem Schlafsack gerutscht. Just in diesem Augenblick hörte er das Klappern von Hufen. Nervös spähte er zwischen den Bäumen hindurch. Bis zur ersten Biegung, nicht weit entfernt, war die Straße frei; aber Llian konnte auf dem steinigen Untergrund nicht mehr einschlafen, und so lag er wach und beobachtete die Sterne und die verlöschende Glut. Jetzt hatte er wirklich Durst. Llian nahm seinen Wasserschlauch, zog die Stiefel an und stapfte den Hang hinab durch den Wald. Das Mondlicht, das durch die Wipfel fiel, reichte gerade aus, dass er etwas sehen konnte.

Zweimal verirrte er sich auf dem Weg zurück. Beim zweiten Mal setzte sich Llian auf einen umgestürzten Stamm und glaubte schon, bis zum Morgen warten zu müssen. Dann roch er Rauch und ging weiter, bis er schließlich aus dem Wald und auf die Straße stolperte, nicht weit unterhalb von seinem Lager.

Ein Pferd wieherte nicht weit entfernt. Das war seltsam. So spät war noch jemand auf der Straße? So weit oben gab es keine Häuser und keine Bauernhöfe; noch nicht einmal Holzfäller kamen so weit herauf. Nur ein wahrlich verzweifelter Mann würde auf diesem Pfad im Dunkeln reiten … *oder* jemand, der ihn verfolgte! Llian verfluchte sich für seine eigene Dummheit.

Llian hatte keine Waffen, abgesehen von einem derart stumpfen Messer, dass er schon Probleme hatte, damit das Essen zu schneiden und zuzubereiten, und über eine Kampfausbildung verfügte er auch nicht. In seinem Beruf war das ja auch nicht nötig gewesen. Aber wie auch immer … das Messer war so oder so im Lager. Von dem Gedanken erfüllt, dass er beobachtet wurde, packte er seinen Wasserschlauch, schlüpfte in den Wald zurück und ging in Richtung seines Lagerfeuers.

Laub raschelte hinter ihm. Er zuckte zusammen, doch es war nur der Wind auf der Straße. Ein Stein klapperte auf der anderen Seite des Feuers, und ein Schatten versperrte kurz den Blick auf die vom Feuerschein erhellten Bäume. Der Schatten verschwand und tauchte dann wieder neben Llians Schlafsack auf. Auf seine Nackenrolle wurde brutal eingeschlagen; dann wurde sie mit einem Fluch beiseitegeworfen.

Llian schlich sich zur Straße zurück. Er trat unmittelbar neben einem Pferd aus den Bäumen hervor, das an einen Setzling gebunden war. Als er sich dem Tier näherte, wieherte es, warf den Kopf hoch, riss die Zügel los und trabte durch das Wäldchen davon. Irgendjemand brüllte. Llian kannte die Stimme nur allzu gut: Turlew! Llian brach einen Ast ab und folgte dem Tier zwischen die Bäume. Nicht weit vom Feuer entfernt scharrte das Pferd mit den Hufen, während Turlew sich an die Zügel klammerte, um es zu beruhigen.

Ein Zweig knackte unter Llians Füßen. Turlew wirbelte herum. Er schien genau zu wissen, wo Llian sich befand, und stürmte mit gezücktem Messer auf ihn zu. Llian schlug mit seiner armseligen Waffe nach dem Angreifer, stolperte, und bevor er wusste, wie ihm geschah, lag er mit dem Gesicht nach unten im Laub. Turlew schlang den Arm um seinen Hals und presste ihm das Messer an die Kehle.

»Warum?«, kreischte Llian.

Turlew warf Llian auf den Rücken und schlug ihm den Kopf auf den Boden. »Ich hasse dich, du verräterischer Zain«, spie er so leidenschaftlich, dass Llian der Speichel ins Gesicht flog. »Immer hast du deine ach so liebreizende Stimme zur Schau gestellt und mit deinen Erfolgen geprahlt. Ich habe jahrelang daran gearbeitet, dich zu Fall zu bringen. Ha! Das überrascht dich, nicht wahr?«

Llian wand sich, doch das Messer befand sich nun unmittelbar über seinem Herzen. »Und ich dachte, es sei Wistan gewesen«, sagte er benommen.

»Der alte Narr! Ich habe schon geglaubt, ich hätte ihn überzeugt, doch dann gibt er dir einen Beutel Gold und schickt dich zu Mendark! *Mendark!* Jeder Chronist in Chanthed würde seine Hand für einen Posten bei dem Magister geben.«

»Aber ... Ich habe dir nie etwas getan. Ich kenne dich doch kaum.«

»Nein? Ich erinnere mich noch sehr gut daran, wie du als triefnasiger Bengel nach Chanthed gekommen bist. Das war meine Klasse, und ich war der Beste, bis du gekommen bist. Verdrängt von einem dreckigen Zain!«

»Ich erinnere mich überhaupt nicht an dich«, heuchelte Llian, wohlwissend, dass Turlew das noch mehr verletzen würde. Tatsächlich erinnerte er sich an den elenden Wurm nur allzu gut, der später als Seneschall ein offizielles Amt bekleiden sollte. »Der Beste? Du bist ein Schreiberling, kein Chronist.«

»Wegen dir habe ich versagt. Du hast meine Karriere zerstört. Und jetzt mache ich mit dir das Gleiche.«

»Mit so einer Stimme wäre ohnehin nie ein Erzähler aus dir geworden.«

Turlew schlug ihm ins Gesicht. Dann lachte er, ein kaltes, hartes Geräusch. »Ich habe eine viel bessere Idee, als dich zu töten«, sagte er mit genug Gift in der Stimme, um ein Pferd zu töten. »Wollen wir doch mal sehen, wie hübsch du ohne Nase bist; wie gut du ohne Zunge erzählen kannst; *wie ein Mann ohne Männlichkeit das Feuer auspisst!*«

Er hob das Messer an Llians Mund und versuchte, die Zähne auseinanderzudrücken. »Schön aufmachen«, sagte er süßlich.

Kapitel zwölf

Der Gasthof von Tullin

Llian hatte noch nie in seinem Leben solche Angst gehabt. Er schabte mit den Fingern über den Boden und fand den Hals seines Wasserschlauchs. Er schwang ihn mit aller Kraft. Turlew drehte sich bei der Bewegung um. Der Wasserschlauch traf ihn mitten auf die Nase, platzte und durchnässte beide mit dem frisch geholten Wasser. Turlew war kurz geblendet. Llian schlug ihm das Messer aus der Hand, warf ihn herum und drückte ihn mit einem großen Ast zu Boden. Turlew schnappte nach Luft, versuchte, die Lunge gegen das Gewicht zu füllen, während Llian ihm die Hände mit der Schnur des Wasserschlauchs band.

Plötzlich begann Turlew, zu kreischen und zu treten. »Mach das Ding weg!«

Llian stellte einen Fuß auf den Ast, um ihn an Ort und Stelle zu halten, und warf dann weiteres Holz aufs Feuer, um die Flammen anzufachen. »Was ist?«, fragte er mit dem Interesse eines Erzählers auf der Suche nach neuem Material.

Im flackernden Licht war eine große, haarige schwarze Spinne zu sehen, die aus dem Ast gekrabbelt war und sich nun Turlews Hals zum Kinn hinauf bewegte.

»Keine Panik, es ist nur eine *riiiesige* Spinne«, sagte Llian, als die Kreatur kurz an Turlews dicken, feuchten Lippen zögerte.

»Mach sie tot!«, schrie Turlew und warf den Kopf von einer Seite zur anderen.

»Vor ein paar Minuten wolltest du mich noch töten«, sagte Llian, der eine diebische Freude darüber empfand, dass sich die Situation inzwischen umgekehrt hatte. »An deiner Stelle würde ich mich ruhig verhalten. Ein Biss von einer Schwarzen Jägerin ...«

Turlew erstarrte förmlich. Llian holte ein brennendes Stück Holz aus dem Feuer. Als er es an Turlews Hals hielt, sah er, dass die Spinne nicht wirklich haarig war; der Eindruck entstand nur durch Hunderte von Babyspinnen, die überall an der Mutter hingen. Die Spinne huschte über Turlews Wange, richtete sich just unterhalb des Auges auf die schwarzen Hinterbeine und wedelte mit den Vorderbeinen. Dann lief sie weiter und ließ sich genau über dem Augapfel nieder. Llian schauderte; auch er mochte Spinnen nicht sonderlich. Turlew zog sich sichtbar zusammen.

Schließlich verkrampfte er sich, und als die Spinne über Turlews Stirn huschte, tötete Llian sie mit einem Schlag des kaputten Wasserschlauchs. Babyspinnen flohen in alle Richtungen über Turlews Gesicht und suchten Zuflucht in seinen Haaren, seinen Ohren und seiner Nase. Turlew schrie aus Leibeskräften, und er hörte noch nicht einmal damit auf, nachdem Llian ihm das restliche Wasser über den Kopf geschüttet und die Überreste der Spinne weggespült hatte.

Llian war von Natur aus nicht grausam, aber er konnte es nicht länger ertragen. Er schleppte Turlew zu dessen Pferd, warf ihn quer über den Sattel und band ihn fest. Trotz der Fesseln wand Turlew sich und versuchte, sich am Ohr zu kratzen, das ihn gar furchtbar juckte ob der Spinnen im Inneren. Llian versetzte dem Pferd einen kräftigen Schlag auf die Flanke. Es trat aus, traf ihn fast und galoppierte dann den Weg hinunter. Es dauerte eine ganze Weile, bis Turlews Schreie in der Ferne verhallten.

Llian schaute dem Tier hinterher, bis es im Mondlicht

außer Sicht verschwunden war, und drehte sich dann wieder zu seinem Feuer um. Seine Knie wollten ihn kaum tragen. Er staunte über seinen Sieg, obwohl die Ereignisse ihm bereits surreal, unmöglich vorkamen. Bis jetzt hatte er nur ab und zu auf dem Schulhof gekämpft, und da hatte er meist verloren.

Er errichtete sein Lager zwei Hügel weiter, ein gutes Stück von der Straße und dem Feuer entfernt. Er wollte sich etwas Tee aufsetzen, erinnerte sich dann jedoch daran, dass er kein Wasser mehr hatte, und so kroch er frustriert in seinen Schlafsack. Nicht zum ersten Mal in dieser Nacht dachte er an sein warmes Bett in Chanthed zurück, während er sich auf dem harten Boden niederließ. Und die ganze Nacht über kribbelte seine Haut ob der Erinnerung an die Spinne auf Turlews Augapfel.

Schließlich schlief er ein und träumte, und seine Träume waren eine seltsame Mischung aus Kampf, Bruchstücken der Historien und seinen eigenen romantischen Fantasien. Er war ein Held, ein Beschützer, tapfer und listig. Stets tat er das Unerwartete und begab sich in gar unmögliche Gefahren. Und als er schlussendlich nach Thurkad gelangte, riefen sie seinen Namen in den Straßen.

Llian war so sehr mit seinen Sorgen beschäftigt gewesen, dass er sich erst im Morgengrauen, beim Aufwachen, amüsiert daran erinnerte, dass alles nur ein Traum war. So dauerte es ein wenig, bis er wieder an die Aufgabe dachte, die vor ihm lag. Mit dem Kochtopf in der Hand ging er zu dem Bach, den er gestern entdeckt hatte, um frisches Wasser zu holen. Dann setzte er sich mit seinem Tagebuch und seinem Tee hin, wie es seine tägliche Gewohnheit war. Erst jetzt, da er die Ereignisse des vergangenen Tages niederschrieb, dachte er ernsthaft darüber nach, was Wistan gesagt hatte.

Llian wusste kaum, ob er seinen Auftrag ernst nehmen sollte oder nicht. Warum hatte Wistan ausgerechnet ihn ausgewählt? Llian war sich seiner Schwächen durchaus bewusst. Er wusste, dass er außerhalb seiner Welt des Erzählens und Studierens unbeholfen und unwissend war. Nein, was auch immer wirklich hinter seiner Mission stecken mochte, es war Wistans Bosheit, die ihn hierhergeführt hatte. Vielleicht gab es ja gar keine Diebin und keinen Spiegel. In jedem Fall hatte er in den Historien nie von solch einem Gegenstand gelesen.

Von einer plötzlichen Furcht befallen, holte er die Börse hervor und schüttete den Inhalt auf den Boden. Das Geld war echt: gutes Gold und Silber, ein kleines Vermögen. Und in dem Zeugnis beschrieb Wistan seine Qualitäten und Erfolge gerecht, wenn auch nicht warmherzig. Der alte Direktor mochte ja unzählige Fehler besitzen, aber offenbar gehörte Bosheit nicht dazu.

Also war auch der Auftrag real ... Nur warum brauchte jemand, der klug genug war, den Spiegel so weit zu bringen, ausgerechnet ihn, Llian, als Eskorte? Dass Karan den Spiegel für jemand anderen und nicht für Mendark gestohlen haben könnte, kam Llian gar nicht in den Sinn.

Wie auch immer, jeder junge Chronist brauchte einen reichen und mächtigen Förderer, wenn er nicht als ein verabscheuungswürdiger Wandererzähler enden wollte, als Gaukler und Jahrmarktsclown. Mendark war sehr alt, sehr reich und sehr mächtig. Wer hätte ihm besser bei seiner Suche helfen können? Und Mendark hatte mit Sicherheit interessante Arbeit für einen Chronisten. Für einen Zain wie Llian, der in eine unsichere Welt entlassen worden war, war solch eine Anstellung jedes Opfer wert.

Das Einzige, was ihn an der ganzen Sache wirklich interessierte, war der Spiegel. Ein uraltes Relikt, das solch einen Meisterdiebstahl inspiriert hatte, war an sich schon interessant genug; aber dass es noch nicht einmal in den Historien erwähnt wurde, war schlichtweg faszinierend. Um seine Geschichte zu lernen und niederzuschreiben, würde Llian von einem Ende Santhenars zum anderen reisen.

Plötzlich bemerkte Llian, dass die Sonne bereits hoch am Himmel stand, und er schrieb schon eine Stunde an seinem Tagtraum. Falls Turlew sich befreit hatte und die ganze Nacht durchgeritten war, könnte er inzwischen wieder nach Chanthed gelangt und eine Bande von Schlägern angeheuert haben. Für Llians eigene Zukunft war etwas anderes jedoch noch viel wichtiger: Was, wenn er nach Tullin gelangte, und Karan war bereits weitergezogen? Rasch eilte er den Berg hinauf. Er hielt nur ein-, zweimal kurz an, um sich auszuruhen, bis es schließlich wieder dunkel wurde.

Die beiden Whelm, die nach Chanthed gegangen waren, um dort nach Karan zu suchen, waren vollkommen erschöpft, obwohl sie wahrlich hart im Nehmen waren. Sie waren lange Tage geritten und hatten jeden, dem sie begegnet waren, nach ihr gefragt; doch sie hatten keine Spur von ihr gefunden. Nun stellten sie tagelang in Chanthed ihre eintönigen Fragen, aber ohne Erfolg.

»Sie ist nie hier langgekommen«, sagte die Frau. Für eine Whelm konnte man sie geradezu als hübsch bezeichnen, auf ihre hagere, dunkle Art und mit den schwarzen Haaren und Augen und den dünnen, fleischlosen Lippen.

»Sieht so aus«, stimmte der Mann ihr zu. »Dieser Wachmann hat für sie gelogen. Wenn ich in der Richtung wieder zurückkomme, wird er dafür leiden.«

»Dann also nach Tullin. Vielleicht hatte Jark-un ja mehr Glück.«

An jenem Nachmittag verkauften sie ihre Pferde, da man den höher gelegenen Teil der Strecke nach Tullin offenbar nur zu Fuß bewältigen konnte. Am nächsten Morgen stießen sie dann auf einen seltsamen Anblick: ein Mann mit gebundenen Armen und Beinen, der im Dreck der Straße lag. Die Frau drehte ihn mit dem Stiefel um. Turlew war von seinem Sturz ganz zerschrammt, doch als die Whelm ihm Wasser gab, konnte er sich aufsetzen.

»Kennst du eine Karan von Bannador?«, fragte sie wie schon Dutzende Male zuvor.

»Ich weiß von ihr«, stöhnte Turlew und kratzte sich wild das Ohr. »Was zahlt ihr?«

»Ein Goldtell«, antwortete der Mann und verbarg seinen Eifer. »Falls uns deine Informationen denn eine Hilfe sind. Wo ist sie?«

»Gebt mir erst etwas zu trinken und Fleisch.«

Die Frau zog ihn in die Höhe. »Erst die Information, dann die Bezahlung.«

Turlew krächzte, was in der Nachricht von Mendark gestanden hatte.

»Mendark!«, sagte die Frau.

Der Mann ergriff ihren Arm und zog sie außer Hörweite. »Mendark ist der Feind unseres Herrn«, flüsterte er. »Das sind schlechte Neuigkeiten.«

»In der Tat! Wenn er den Spiegel in die Hände bekommt, werden die Pläne unseres Herrn enthüllt werden. Der Magister ist ein entschlossener Gegner.«

»Umso dringender, dass wir ihn wieder zurückholen.«

Sie gingen zu Turlew zurück. »Was weißt du sonst noch über diese Angelegenheit?«

Er erzählte, wie man Llian hinter Karan hergeschickt hatte.

»Wer ist er?«, fragte der Mann und legte der Frau zärtlich die Hand auf den Arm. »Wir haben seinen Namen doch schon in Chanthed gehört ... stimmt's, Yetchah?«

»Ein Chronist, der als vermisst gilt.«

»Ein Zain, ein Narr und ein Schurke«, sagte Turlew verbittert.

»Dann war er es also, der dich so zurückgelassen hat«, mutmaßte Yetchah. »Offenbar ist er nicht ganz der Narr, als den du ihn beschreibst.« Sie gab ihm einen weiteren Schluck aus ihrer Flasche und wischte das Mundstück hinterher gründlich wieder ab.

Der Mann schnitt einen grün-schwarzen Klumpen von irgendetwas Unidentifizierbarem ab und drückte ihn Turlew in die Hand; dann zählte er ein Goldtell in zwanzig Silberstücken ab. Die beiden Whelm drehten sich gemeinsam um und staksten wieder die Straße hinauf.

»Hey! Was ist mit meinen Fesseln?«, rief Turlew und hob die Hände.

»Das war nicht Teil des Handels«, antwortete Yetchah über die Schulter hinweg und verschwand dann hinter der Biegung.

»Das ist seltsam«, bemerkte der männliche Whelm.

»Kaum glaubhaft«, fügte Yetchah hinzu, »aber ich glaube ihm trotzdem. Ich sage, wir beschatten diesen Llian, bis er sie findet. Soll er uns zu ihr führen. Irgendwie habe ich das Gefühl, dass er genau das tun wird.«

»Gut. Wir werden im Verborgenen bleiben.«

»Selbst vor Jark-un und Idlis?«

Der Mann spie auf die Straße. »Sie hatten ihre Gelegenheiten. Zeit, dass wir an uns selbst denken.«

Am Nachmittag des dritten Tages kam Llian an den Ruinen von Benbow vorbei. Selbst die Narben des schrecklichen

Feuers waren im Gras verblasst, und die schwarzverbrannten Balken der Halle waren mit blassgrauen Flechten überwuchert. So wie Ranken und dergleichen sie umschlossen, hätten die Ruinen schon seit tausend Jahren so sein können. Llian hatte auch die *Geschichte von Benbow* schon erzählt, eine unbedeutendere Tragödie, das letzte Mal erst vor wenigen Monaten, und er war nicht abgeneigt, ein wenig länger hier zu bleiben. Dass die Geschichte der Wahrheit entsprach, war so offensichtlich, dass er die Schreie förmlich hören und die Flammen an den Mauern sehen konnte. Niemand war den einstigen Bewohnern in ihrer Not zu Hilfe geeilt.

Es war spät am vierten Tag, als Llian sich um einen hohen Felsvorsprung herumquetschte und das alte Dorf Tullin sah. Von seinem Standort aus konnte man die Hauptstraße von Hetchet nach Bannador sehen, die sich über den steilen Berghang wand. Dort hatte es in der vergangenen Nacht geschneit, und noch immer lag Schnee an schattigen Stellen. Im Westen wiederum lag der Schnee schon dicht auf den Bergwänden, und dunkle Wolken drohten mit mehr.

Das Dorf lag in einer Vertiefung kurz unterhalb der Kuppe eines langen, steilen Hügels. Es bestand aus einer willkürlichen Anhäufung kleiner Steinhäuser, einige von ihnen zerfallen, ein Stück hangabwärts unter dem Gasthof. Der Gasthof selbst war ein massives Gebäude aus grauem Stein mit Schieferdach und kleinen Fenstern, die mit Läden aus verwittertem Holz versperrt waren. Die Vordertür war dunkelblau gestrichen und mit Eisennägeln verstärkt. Eine Stange ragte über der Tür auf die Straße hinaus, doch ein Banner fehlte. Rauch stieg aus mehreren Hütten und den Kaminen des Gasthofs auf, aber es war niemand zu sehen.

Llian stieß die Vordertür auf. Vor ihm befand sich ein langer Flur mit Türen rechts und links. Die linke Tür stand offen, und dahinter befand sich ein großer, hoher Raum mit einer offenen Feuerstelle, die die Hälfte der gegenüberliegenden Wand einnahm. Ein paar Holzreste glühten dort noch. Der Raum war kalt und leer. Llian ging den Flur weiter hinunter, vorbei an einer kleinen Treppe, die links von ihm steil nach oben führte. Sie wirkte irgendwie zu klein für solch ein großes Gebäude. Am anderen Ende des Flurs ging es in die Küche, wo ein großer Steinherd glühte. Die Hintertür stand offen, und von draußen war zu hören, dass dort jemand Holz hackte.

»Hallo? Ist da jemand?«, rief Llian von der Tür her.

Das Hacken hörte auf. Ein grauer Kopf erschien hinter einem Holzstapel. »Komm, und geh mir zur Hand«, rief ein alter Mann. Der Kopf verschwand wieder, und das Hacken begann von Neuem.

Llian setzte sich auf einen Baumstumpf neben dem Stapel und zog demonstrativ einen Stiefel aus. »Ich würde dir ja gerne helfen«, murmelte er und rieb sich die Blasen, »sobald die hier verbunden sind.«

»Steh auf, Llian«, sagte der Holzhacker und drehte sich mit einem Lächeln zu ihm um. »Du hast das schon einmal mit mir versucht, als du das letzte Mal hier gewesen bist. Ich werde nicht ein zweites Mal darauf hereinfallen.« Dunkelgrüne Augen blinzelten in einem sonnenverbrannten Gesicht, die typische Hautfarbe eines Bergbewohners. Der alte Mann rieb sich mit kräftigen Händen über das eisengraue Haar, das vorne spärlich, hinten schulterlang war. Der Holzhacker war kleiner als Llian, aber trotz seines Alters kräftig gebaut. Als junger Mann musste er recht gutaussehend gewesen sein.

»Shand!« Llian grinste. »Ich bin überrascht, dass du noch immer lebst, alter Mann. Es ist jetzt fünf Jahre her, seit ich zum letzten Mal in Tullin gewesen bin.« Er lehnte sich auf dem Stumpf zurück, schaute sich fröhlich um und machte es sich bequem.

»Ja, ich lebe noch«, grunzte Shand. »Ich kann mir noch nicht leisten zu sterben, wo ich das ganze Holz doch *allein* tragen muss.«

»Wo sind die anderen?«

»Tullin wird immer kleiner. Die Leute wandern aus. Die Übriggebliebenen sind ein Stück die Hetchet-Straße hinunter, um dort nach einem vermissten Reisenden zu suchen.« Shand schaute in Richtung Westen, zu der Straße, die sich den Berg hinunterwand.

Llian gab dem Druck nach, hockte sich hin und belud den rechten Arm mit Holz. »Ein Reisender?«

»Eine Frau. Allein die Berge zu überqueren ist um diese Jahreszeit ziemlich dumm. Und sie ist auch noch verletzt – hat sich den Arm gebrochen oder so was. Willst du da den ganzen Abend hocken bleiben?«

Llian schlurfte hinein und legte das Holz in einer Nische neben dem Ofen ab. Als er wieder herauskam, fielen die ersten Schneeflocken.

»Wie habt ihr von ihr erfahren?«, fragte er und lud wieder Holzscheite auf.

»Das ist ja das Seltsame«, antwortete der alte Shand, legte die Axt beiseite und nahm sich einen schweren Scheit, an dem Llian sich nie versucht hätte. »Ein paar andere Reisende haben nach ihr gesucht: drei Fremde vom Orist-Weg auf dem Weg nach Osten … oder zumindest haben sie das gesagt. Und sie hatten es ziemlich eilig. Komisch nur, dass sie es heute Morgen ganz und gar nicht mehr eilig hatten. Sie sind den Berg runter auf die Suche nach der Frau gegangen.« Er wuchtete den Scheit auf seine Schulter und verschwand den Pfad hinauf.

Llian setzte sich mit einem halben Armvoll auf den Holzhaufen. Ein Schauder lief ihm über den Rücken. Wistan hatte gesagt, dass Karan gejagt wurde …

Shand war wieder zurück und starrte halb amüsiert, halb verärgert auf Llian hinunter. »Es schneit, Llian«, war alles, was er sagte, und Llian sprang auf und lief mit seinem wenigen Holz hinein.

»Haben sie zufällig gesagt, wie die Frau heißt?«, fragte Llian, als er draußen wieder an Shand vorbeikam.

»Karan. Aus Bannador«, antwortete der alte Mann nachdenklich.

Als sie schließlich alles Holz hineingetragen und das Feuer angefacht hatten, war es bereits dunkel. Llian saß mit einem Becher heißen Wein neben dem Feuer, während Shand hin und her lief, Lampen entzündete und Becher, Teller und Besteck aus der Küche verteilte.

Kurz nach Sonnenuntergang kehrte der Suchtrupp lärmend wieder zurück. Vor dem Feuer klopften sie sich den Pulverschnee aus den Mänteln und riefen laut nach Shand, er solle ihnen zu essen und zu trinken bringen. Llian hielt sich zurück. Für den Augenblick war er damit zufrieden, alles zu beobachten. Der Wirt, ein großer, knochiger Mann mit sandfarbenem Haar und platter Nase, sah den Fremden, der stumm in der Ecke saß, und ging zu ihm.

»Ich bin Torgen – Euer Wirt. Meine Frau – Maya.«

Sie war klein und mollig, eine attraktive Frau mittleren Alters mit schwarzen Augen, runden rosigen Wangen und einem strahlenden Lächeln. Silberbänder zierten ihre winzigen Handgelenke, die bei jeder ihrer Bewegungen klimperten.

Torgen machte bei der kleinen Gruppe die Runde: ein alter Mann mit einer Soldatenkappe, der aus Thurkad nach Westen zurückkehrte; zwei Kuriere auf dem Weg nach Osten, und ein frisch verheiratetes Paar – oder zumindest legte das die Art nahe, wie sie ineinander vertieft waren; aber sie ähnelten sich so sehr, dass sie auch Bruder und Schwester hätten sein können. Sie befanden sich auf dem Weg von Bannador nach Hetchet. Der letzte Reisende war ein Priester mit wässrigen Augen. Auch sechs Dörfler waren im Schankraum, obwohl die sich rasch an ihren Stammtisch zurückzogen und eine Würfelpartie begannen.

»Eine Menge los für diese Jahreszeit. Wie ich sehe, habt Ihr Shand bereits kennen gelernt. Wir haben noch drei weitere Gäste, aus Orist.« Torgen hielt kurz inne. »Sie bleiben lieber für sich. Bis jetzt sind sie noch nicht in den Schankraum gekommen. Wenn Ihr uns bitte entschuldigen wollt. Wir sind mit dem Abendessen bereits spät dran. Es war ein langer Tag.«

Shand rief ihm etwas zu, und über die Schulter hinweg beantwortete er dessen Frage. »Nein, wir haben sie nicht gefunden. Ich vermute, dass sie irgendwo verschüttet ist. Auf der Straße liegt eine Menge Schnee.«

Der Soldat, Jared, und der Priester gesellten sich zu Llian an den Tisch. Llian und der Priester teilten sich einen Krug heißen, gewürzten Weins, während Jared Tee bestellte. »Was ist das für eine Sache mit dieser vermissten Reisenden?«, erkundigte sich Llian.

Der Priester und Jared schauten einander an. Jared besaß das traurige, schlaffe Gesicht eines Bluthunds. Er strich sich mit breiten, flachen Fingern übers Kinn, nahm die Kappe ab, um eine fleckige Glatze zu enthüllen und rieb sich langsam über den Kopf. Dann setzte er die Kappe wieder auf und nippte stumm an seinem Tee. Es folgte eine lange Pause; dann begann der Priester: »Nun, das sagen *sie*. Aber mir kommt die Sache irgendwie komisch vor.« Er hielt inne.

»Was meint Ihr damit?«

Der Priester blinzelte Llian über den Tisch hinweg an. »Warum reist das arme Mädchen allein um diese Jahreszeit? Und was wollen diese dürren Kerle aus Orist von ihr? Warum lassen sie uns unser Leben auf diese Art riskieren?« Sein Tonfall war quengelig. Gierig schüttete er sich Wein aus dem Krug nach, spritzte dabei etwas auf den Tisch und leerte den ganzen Becher in einem Zug. Dann griff er erneut nach dem Krug, schob ihn jedoch wieder weg und setzte sich zurück. Mürrisch starrte er ins Feuer. Maya klimperte mit einem Tuch herbei, um den Tisch abzuwischen.

»Ich bin nicht sicher, dass ich Euch verstehe«, sagte Llian.

»Könnt Ihr es nicht fühlen? Die Vergangenheit fegt auf uns zu, erneuert sich in der Gegenwart. Des Nachts schmerzen meine Knochen davon. Der Kreis des Todes, der Kreis der Zerstörung.« Er schauderte. Seine Augen wirkten noch ein wenig wässriger denn zuvor, und er wischte die Feuchtigkeit mit dem Ärmel weg.

Der alte Soldat warf Llian einen nachdenklichen Blick zu. Er trug eine dicke Wollhose und einen schweren braunen Mantel, der am Hals von einer Kupfernadel gehalten wurde. Er rieb sich die Augen.

»Euer Glaube und meiner sind sehr unterschiedlich, Priester«, sagte er in langsamem, tiefen Tonfall und mit gerolltem ›r‹. »Ich bin ein praktischer Mann, aber auch für mich finden sich genügend Zeichen. Irgendetwas braut sich zusammen, was Santhenar seit ewigen Zeiten nicht mehr gesehen hat. Wo ist der Wille, es zu bekämpfen? Ich habe ihn jedenfalls nicht.«

Ihre Vorahnungen ließen Llian schaudern. Warum sahen sie das und er nicht? In diesem Augenblick wurde die Tür mit einem Knall aufgestoßen, und als Llian sich umdrehte, sah er drei Leute in einem Wirbel von Schnee hereinkommen. Um sie besser beobachten zu können, stand er auf und lehnte sich auf den Kaminsims mit dem Rücken zum Feuer. Er nippte an seinem Wein, der inzwischen kalt geworden war und einen öligen Geschmack angenommen hatte.

Die drei waren gleich gekleidet, in Roben aus dunkelgrüner Wolle, die an der Hüfte von einer Kordel zusammengehalten wurden. Zwei waren groß mit scharfkantigen grauen Gesichtern – der Mann mit vernarbten Wangen, die Frau schlaksig, aber mit großen Brüsten. Sie trugen kurze Holzstäbe, waren ansonsten aber unbewaffnet. Der dritte war kleiner und kräftiger gebaut, fast schon stämmig, mit dickem grauen Haar. Eine Börse hing an seinem Gürtel. Seine Beine waren so krumm, dass er fast wie ein Schaufelrad lief, und seine Haut war grau wie Stahl.

Kurz sprach er mit dem Wirt, dessen umherhuschende Augen seine Nervosität verrieten; dann schaute er sich im Raum um. Für einen Augenblick blieb sein Blick an Llian haften, der sein Bestes tat, um wie ein Bauer auszusehen; dann winkte er seinen Gefährten, und sie gingen in Richtung Treppe.

Irgendetwas an ihnen kam Llian vertraut vor. Er fühlte sich an ein Bild aus einer Geschichte erinnert, die er vor langer Zeit einmal gehört hatte; doch als er versuchte, es wieder heraufzubeschwören, war es verschwunden. Er setzte sich wieder. Der Priester war an einen anderen Tisch gegangen und der Soldat verschwunden. Llian winkte nach Essen und einem weiteren Krug gewürzten Wein. Plötzlich schienen die Vorteile dieser Mission die Nachteile zu überwiegen.

Shand brachte Llian sein Abendessen: eine große Schüssel Suppe und etwas dunkles Brot. Die Suppe war dick, voller Gemüse, Bohnen und schwarzem Räucherfleisch. Llian nippte an der Schüssel, wie es Brauch war. Die Suppe war sehr heiß. Er stellte sie erst einmal beiseite und riss ein Stück

Brot ab. Das tauchte er dann in die Suppe, während er seine Gedanken weiterverfolgte.

War Karan an ihren Verfolgern vorbeigeschlüpft, oder hatte sie sich irgendwo versteckt und sie vorbeiziehen lassen? Oder lag sie vielleicht verletzt oder tot irgendwo neben dem Weg?

Shand kam wieder zurück. Er hatte eine dampfende Schüssel und einen Becher dabei. Llian winkte ihn zu sich. Shand setzte sich, holte ein Messer aus einer Tasche und ein Stück Brot aus der anderen und schnitt das Brot in Würfel, die er dann in die Suppe warf und mit dem Löffel runterdrückte.

»Wer sind die?«, fragte Llian.

Shand senkte die Stimme. »Yggurs vertrauenswürdige Diener. Man nennt sie ›Whelm‹. Der Kantige hat das Kommando. Er heißt Jark-un, und die Frau heißt Gaisch. Sie sind gestern Abend angekommen. Das Essen haben sie mit auf ihr Zimmer genommen. Sie haben mich ein paar Mal hochgerufen – mehr Decken, mehr Feuerholz, so was eben. Da sie aus Orist kommen, hätte ich nicht gedacht, dass sie die Kälte so spüren würden. Als ich das letzte Mal raufgegangen bin, hat der Kerl mit dem vernarbten Gesicht – sein Name ist Idlis – mich reingerufen und gefragt, wann die rothaarige Frau aufgebrochen sei. Nicht hintenrum oder so, er hat mich das geradeheraus gefragt; trotzdem hat mich das nervös gemacht.

›In den letzten Wochen ist niemand mehr allein gereist, und vor Einbruch des Winters rechne ich auch nicht mehr damit‹, habe ich ihm gesagt. ›Die wenigen, die hier sind, sind schon ungewöhnlich. Normalerweise haben wir nur große Gruppen oder niemanden.‹ Die anderen schauten überrascht drein. ›Bist du dir vollkommen sicher?‹, hat er gefragt. Als hätte er geglaubt, ich würde sie verstecken, aber das war meine Geschichte, und sie war wahr.

Wie auch immer ... genug von ihnen. Was machst du hier? Ich habe gehört, du bist jetzt ein Meister. Da hätte ich eigentlich gedacht, du würdest auf dem Festival erzählen.«

»Das wollte ich auch«, erwiderte Llian und schaute auf die Reste seiner Suppe hinunter, unsicher, wie viel er preisgeben sollte. »Um dir die Wahrheit zu sagen, ich habe in Chanthed im Moment etwas Ärger. In den vergangenen Monaten habe ich mich in den Tavernen ein wenig über den alten Wistan lustig gemacht. Die Gäste fanden das lustig, und auch die Wirte haben ihren Profit gemacht, wage ich zu behaupten; nur Wistan hat nicht gelacht und mich verbannt.«

»Hm«, sagte Shand. »Mir scheint, als würde da noch mehr dahinterstecken.«

Shand war beunruhigend gut informiert. Llian wechselte das Thema, bestellte noch einen Krug gewürzten Wein und spann mit jedem Becher ungeheuerlicheres Garn. Shand hörte ihm schweigend zu. Ein-, zweimal lachte er auch, und jedes Mal, wenn der Fluss ins Stocken geriet, fragte er Llian etwas, das diesen weitererzählen ließ.

Llian vermochte nicht zu sagen, ob Shand sein Erzählen genoss, es tolerierte oder ihn heimlich schlicht auslachte. Dann, als Shand mit einem weiteren Krug vom Tresen zurückkehrte, kümmerte ihn das plötzlich nicht mehr. Mit unsicherer Hand hielt er dem alten Mann den Becher hin, und während er die rote Flüssigkeit dabei beobachtete, wie sie in den Becher floss, kam ihm seine Queste in den Sinn. Er empfand eine vage Unruhe. Es musste einen guten Grund dafür geben, warum er nicht darüber reden sollte, nur wusste er nicht mehr welchen. Aber wie sollte er je etwas lernen, wenn er Angst hatte zu fragen?

»Shand ... hast du von meiner Großen Geschichte gehört?« Die Worte kamen ihm nur schwer über die Lippen, und Llian erkannte, dass er betrunken war.

»Was für eine Geschichte? Die von deinem Erzählen vor vier Jahren? *Die Einsamkeit von Faelamor?*«

»Nein, die *Geschichte der Düsternis,* die ich für das Abschlusserzählen letzten Sommer gemacht habe.«

»Oh ... ja ... seltsame Geschichte. Ich habe sie vor einiger Zeit auf der Straße gehört.«

»Nun ...« Llian zögerte. »Es gibt da etwas in Bezug auf das Ende, was mir Kopfzerbrechen bereitet.«

»Ah, ja?«

»Eine unbedeutende Kleinigkeit. Vermutlich wirst du dich gar nicht daran erinnern.«

»Wenn es da etwas gibt, das du mich fragen willst«, sagte Shand gereizt, »dann frag. Ich erinnere mich eigentlich noch recht gut an die Geschichte.«

»Nun, dann erinnere dich, dass das verkrüppelte Mädchen anscheinend nicht durch die Düsternis verletzt wurde, und doch ist sie tot gefunden worden. Das ist es, was einfach nicht stimmt.«

»Hat sie sich nicht selbst getötet?«

»Sie soll sich von hinten selbst erstochen haben?«

»Was willst du mir damit sagen, Llian?«

»Ich glaube, dass man dort ein großes Geheimnis entdeckt hat, und das verkrüppelte Mädchen ist getötet worden, um sie zum Schweigen zu bringen.«

»Was bedeutet das nach all der Zeit denn noch?«

»Ist meine Geschichte richtig oder falsch? Gibt es da vielleicht noch eine viel größere Geschichte zu finden? Wenn die Aufzeichnung falsch ist, bin ich ruiniert.«

Shand schürzte die Lippen, als hätte er plötzlich etwas Unangenehmes am Grund seines Bechers gefunden. »Schau, Llian ... Warum fragst du mich das? Ich verdiene mir meinen Lebensunterhalt mit Holzhacken. Aber falls dort etwas entdeckt und all die Zeit über geheim gehalten worden ist, glaubst du dann nicht, dass es reichlich gefährlich ist, mit betrunkenem Kopf darüber zu reden?«

»Ich musste einfach mit jemandem sprechen.«

»Nun, ich kann dir nicht helfen. Ich schlage vor, du lässt es auf sich beruhen. Wohin bist du überhaupt unterwegs?«

»Thurkad. Ich glaube, ich sollte dort einmal zu Mendark gehen.«

»Zum Magister? Der ist der Schlimmste von allen! Llian, ich denke, du übernimmst dich da ein wenig. Was will denn ein einfacher Chronist vom Magister?«

»Er war mein …« Llian brach ab. »Ich … Ich kenne ihn«, stammelte er. »Wir haben einmal ein paar Wochen miteinander verbracht, auf der Straße nach Zile.«

Shand schaute ihn misstrauisch an. »Niemand, der nicht wirklich von Verzweiflung getrieben wird, würde diesen Weg nach Thurkad nehmen, nicht Anfang Winter. Es sei denn, es gibt noch einen anderen Grund, nach Tullin zu kommen. Um jemanden zu treffen beispielsweise. Pass auf, mit wem du dich zusammentust, Llian. Habt ihr Zain diese Lektion noch nicht gelernt? Mendark ist ein gefährlicher Freund.«

Er erhob sich schwerfällig und ließ Llian mit seinen Gedanken allein.

Llian wachte plötzlich auf. Sein Zimmer war kalt und dunkel. Er war auf dem Stuhl vor dem Feuer eingedöst; die Lampen waren ausgegangen, und der Raum wurde nur noch von der Glut im Kamin erhellt. Er stolperte zum Fenster hinüber, träge vom Wein, schob das Fenster hoch und stieß die Läden auf. Draußen war es so schwarz wie in einem Grab, und große Schneeflocken legten sich auf seine Unterarme, als er sich aufs Fensterbrett lehnte. Was sollte er nur mit seinem Leben tun?

Llian überdachte die Möglichkeiten, die er hatte. Das Vernünftigste wäre gewesen, das verkrüppelte Mädchen und ihren Tod schlicht zu vergessen. Egal wie sehr er auch suchte, nach all dieser Zeit würde er vermutlich nie eine Antwort finden. Auch den Gedanken an seine neue Große Geschichte sollte er wohl aufgeben. Doch andererseits war unwahrscheinlich, dass irgendjemand je beweisen würde, dass seine neue Version der *Geschichte der Düsternis* falsch war. Aber ja, das Vernünftigste wäre gewesen, das alles zurückzulassen und sein Leben und seine Karriere neu aufzubauen.

Dann waren da Karan und der Spiegel. Das war ein schwierigeres Problem, denn hier standen ihr Leben und sein Wort auf dem Spiel. Allerdings wäre es wohl tödlich gefährlich, zusammen mit diesen Whelm auf die Suche nach ihr zu gehen. Allein schon die Art, wie sie ihn von der Treppe aus angeschaut hatten, hatte ihm einen eisigen Schauder über den Rücken gejagt.

Und Mendark ... ein gefährlicher Freund, vielleicht, aber auch ein wunderbarer Förderer. Eine bessere Gelegenheit würde sich Llian niemals bieten. Aber Mendark war ein fordernder Auftraggeber. Um seine Gunst zu gewinnen, musste Llian Karan und den Spiegel sicher nach Thurkad bringen. Alles andere würde als Versagen gewertet werden. Aber wie sollte er sie in diesem Wetter finden? Und wie sollte er sie gegen solch mächtige Feinde nach Thurkad schaffen?

Eine Bö wehte ihm Schneeflocken ins Gesicht, und Llian wurde aus seinen Gedanken gerissen. Seine Hände schmerzten vor Kälte. Er zog die Läden wieder zu und schloss das Fenster. Er wärmte die Finger über der Glut, schürte das Feuer wieder, schloss die Tür ab und kroch dann ins kalte Bett, nachdem er nur die Stiefel ausgezogen hatte.

Scheinbar eine Ewigkeit lang schlief er immer wieder abwechselnd ein und wachte auf. Er zerbrach sich den Kopf über Karans Not, und er fragte sich, was es wohl mit dem Spiegel auf sich hatte; doch er hatte nur zu viele Fragen und keine Antworten. Wind kam auf. Irgendwo fand er einen losen Fensterladen, den er immer wieder gegen die Mauer schlug, bis er sich schließlich knarrend an den Scharnieren verklemmte. Llian ging einen wilden Plan nach dem anderen durch, doch keiner schien ihm Hoffnung zu bieten. Wer konnte ihm schon zum Vorwurf machen, wenn er Karan unter diesen Umständen nicht fand?

Zu guter Letzt hatte er beschlossen, es aufzugeben. Er würde seine Träume aufgeben und ein armseliger Gaukler werden oder schlimmer noch: ein elender Schreiber.

Im Laufe der Nacht verwandelte sich der Schnee in Regen. Dicke Tropfen prasselten auf das Schieferdach und gurgelten in der Gosse. Sie fanden ein Loch im Dach, und Llian wurde von Wasser geweckt, das auf den Kamin tropfte. Er rieb sich den Schlaf aus den Augen. Plötzlich war er hellwach, als er eine Präsenz in der Nähe fühlte. Was war das? Das Gefühl war so schwach, dass er nicht zu sagen vermochte, ob dieses fremde Etwas ihm wohlgesinnt war oder nicht. War das Karan, die sich irgendwo in der Nähe eine Zuflucht gesucht hatte? Vielleicht in einer Höhle? Oder war das irgendeine Macht der Whelm, die zum Leben erwachte, wann immer die Welt am schwächsten war?

Während er in der Dunkelheit lag und dem leisen Tropfen auf dem Kamin lauschte, wurde Llian sich eines steten, rhythmischen Schlagens in seinem Kopf bewusst. Das Muster stieg und fiel, stieg und fiel und verhallte dann. Kurz darauf begann es erneut. Plötzlich erkannte Llian, dass es schon in seinem Unterbewusstsein gewesen war, als er geschlafen hatte. Er schloss die Augen und legte sich zurück.

Er versuchte, dem Schlagen einen Sinn zu entnehmen, denn es schien eine Bedeutung zu haben. Doch als er sich auf das Muster konzentrierte, verschwamm es und zog sich zurück. Es rückte in immer weitere Ferne und verschwand schließlich völlig.

Das Feuer war wieder erloschen. Llian tastete im Dunkeln in der Holzkiste herum und fand etwas Zunder, womit er dann heiße Kohlen aus der Asche ausgrub. Er setzte sich auf den warmen Kamineinsatz und fütterte die Glut mit kleinen Stücken Zunder, bis das Feuer ihn wieder vom Kamin vertrieb. Während er ins Feuer starrte, kehrten seine Gedanken erneut nach Chanthed und zum Festival zurück. Heute war die letzte Nacht, und er hätte eigentlich die letzte Geschichte erzählen sollen, die größte aller Historien, die *Geschichte der Düsternis*. Oh, wenn er das nur hätte tun können!

Die Geschichte entfaltete sich in seinem Geist, ein unlösbares Rätsel, wie immer. Vollkommen vertieft in seine Gedanken, in die höchste Form seiner Kunst, dauerte es eine Weile, bis er bemerkte, dass die Nachricht wieder durchkam – wenn es Karans Nachricht war. Es war, als hätte irgendjemand der Geschichte gelauscht.

Plötzlich rückte ein Erkennen, ein Sehnen in seinen Fokus. Es wurde drängend, panisch. Die Gefühle wuchsen in ihm. War das ein Hilfeschrei? Vor seinem geistigen Auge konnte er sie sehen. Das musste Karan sein, zusammengekauert im Schnee, furchtbar durchgefroren, und ihr Handgelenk pochte unerträglich. Nun war da nur noch der Schmerz, die Kälte und die Last, die sie nicht ablegen konnte.

Das Bild war so real und klar, dass Llian das Gefühl hatte, er kenne sie besser als sonst jemand auf dieser Welt. Und sie kam ihm auch seltsam vertraut vor, als hätte er sie schon einmal getroffen. Laut rief er: »Wo bist du?«, doch sie konnte ihn nicht hören.

Hilf mir, ertönte der Schrei in seinem Kopf.

»Wo? Wo?«, rief er stumm zur Antwort. Alles hörte mit einem Mal auf, als hätte sie nicht damit gerechnet, dass ihr jemand antwortete. Llians Geist leerte sich. Irgendetwas seufzte in seinem Kopf, gefolgt von einem drängenden *Oh, bitte, beeil dich. Ich bin ...*

Ein wahnsinniger Missklang explodierte in Llians Kopf, und Bilder blitzten in seinem Geist auf, schneller als jeder Gedanke: ein steiler, schneebedeckter Hügel mit einer knochigen Felsenkuppe, und irgendjemand, der über einem winzigen Feuer kauerte; ein dunkler Tunnel und eine kleine Gestalt, die durch knietiefes Wasser watete; ein großer Mann in einer Robe, eine Hand ausgestreckt. Dann das Gesicht von Idlis, dem Whelm, verzerrt vor Zorn. Das Abbild dieses Gesichts blieb noch lange in Llians Geist.

Doch ein anderes Bild löschte es wieder aus. Dieses nahm langsam Gestalt an: ein Nachtland, eine Leere mit umhertreibenden Bannern aus Nebel, eine schattenhafte Feste und eine düstere Halle flankiert von Obsidiansäulen. Eine Gestalt saß auf einem aus Stein gehauenen Stuhl, der im Vergleich zu ihr geradezu winzig wirkte; Ketten aus Adamant banden sie. Langsam richtete die Gestalt sich zu ihrer ganzen gewaltigen Größe auf, hob die Arme und zerriss die Ketten mühelos. Sie trat einen Schritt vor, dann noch einen und streckte die mächtige Hand aus. Ein Nebelband wirbelte herum und verbarg die Gestalt. Nur die Augen waren zu sehen, karmesinrote Strudel, die Llian immer mehr anzogen ... Llians Gedanken drehten sich mit Übelkeit erregender Langsamkeit, und Dunkelheit schloss ihn ein.

Irgendjemand schrie draußen auf dem Flur und riss ihn so in die Gegenwart zurück. Der Schrei wurde beantwortet – Schreie wie Leuchtfeuer auf einem hohen Fels. Türen wurden auf- und wieder zugeworfen, gefolgt von weiteren

Schreien. Dann flog Llians Tür auf, und Idlis und Gaisch platzten herein. Idlis hob Llian in die Höhe und schüttelte ihn wie ein Hund eine Ratte; dann wurde er genauso plötzlich wieder abgesetzt. Gaischs Gesicht berührte Llians fast, und ihre Stimme klang wie Eisen, das über Glas schabt.

»Wo ist sie, Chronist?«

Das war wie die Schrecken aus einer seiner Geschichten. Llian war noch immer benommen; es konnte jedoch keinerlei Zweifel daran bestehen, dass diese Whelm Todfeinde von Karan waren. *Seiner Karan!* Diese flüchtige Berührung hatte sie ihm so nahe gebracht, wie er es noch nie bei einem Menschen erlebt hatte. Er plapperte irgendwelchen Unsinn, Bruchstücke einer Geschichte, die ihm gerade in den Sinn gekommen war, alles, um sie abzulenken, während er seine Gedanken sammelte. Gaisch schüttelte ihn, und ein Messer so lang wie ihr Unterarm berührte Llians Hals. Sie drückte das Messer gegen seinen Adamsapfel, bis er würgte und ihm die Tränen in die Augen traten.

»Ein Erzähler, der nicht sprechen kann, ist kein Erzähler«, sagte sie. Ihr Atem roch nach Metall.

»Grmpf«, sagte Llian und wedelte schwach mit den Händen. Der Druck des Messers lockerte sich ein wenig.

»Ich … Ich weiß es nicht«, keuchte er.

»Du hast sie geträumt, Chronist. Erzähl uns deinen Traum.«

»Nichts. Nur … *Aaah!*«

Gaisch drückte kraftvoll mit dem Messerknauf gegen Llians Hals. Llian glaubte schon, sie habe ihm die Kehle durchgeschnitten; seine Augen wären fast aus den Höhlen gequollen.

»Entscheide dich, Chronist«, sagte Gaisch und drehte das Messer langsam um, sodass die Spitze nach vorne zeigte. Die Klinge bewegte sich auf seinen Hals zu.

Llian hatte genug. »Ich habe nur ...«

In diesem Augenblick wurde das Licht heller, und Shand sprach von der Tür her.

»Lasst ihn in Ruhe«, sagte er leise.

Die Whelm drehten sich langsam um. Idlis' Stimme bescherte Llian eine Gänsehaut.

»Geh weg, alter Mann; sonst bist du der Nächste.«

»Lasst ihn in Ruhe, sage ich!« Nun knallte Shands Stimme wie eine Peitsche. Die Laterne flammte auf, und Donner dröhnte in Llians Ohren. Es fühlte sich an, als sei der Gasthof in seinen Grundfesten erschüttert worden.

Gaisch ließ Llian los. Die beiden Whelm wichen zurück und verschwanden durch die Tür. Schritte hallten die Treppe hinunter. Kurz darauf ertönte das Klappern von Hufen auf den Steinen draußen. Shand bot Llian die Hand an. Llian setzte sich aufs Bett und tastete seine Kehle ab, während der alte Mann die Fensterläden aufwarf und den Whelm hinterherblickte, die durch einen Lichtfleck in die Dunkelheit ritten.

»Komm im Morgengrauen zu mir«, sagte Shand. »Draußen!«

Er ging hinaus und schloss die Tür hinter sich. Offensichtlich war er mehr, als er zu sein schien, doch Llian war zu verschreckt, um jetzt darüber nachzudenken. Er hatte nun schon zum zweiten Mal in zwei Tagen ein Messer an seiner Kehle gespürt. Was auch immer ihm Mendark anzubieten hatte, das war es nicht wert.

Kapitel dreizehn

Der Weg zu den Ruinen

Einige Zeit später rappelte Llian sich auf, kroch zum Fenster, stieß es auf und erbrach sich in den Schnee. Die Sonne ging auf. Llian wischte sich das Gesicht, wankte zum Bett zurück und ließ sich darauf fallen. Dort lag er dann. Ihm war abwechselnd heiß und kalt, und ein stechender Schmerz fuhr ihm in die Schläfe. Er hatte mehr Angst denn je; aber an Aufgeben konnte er nicht mehr denken, nicht nachdem sein Geist und Karans sich berührt hatten – dieses seltsame, vertraute Gefühl.

Komm im Morgengrauen zu mir, hatte Shand gesagt. Sonnenlicht strömte bereits in sein Zimmer. Der Gasthof war zu dieser frühen Stunde leer, doch Llian fand Shand auf einem Kissen auf den Steinstufen, die von der Küche zu dem Holzstapel führten. Der alte Mann hatte eine Gellonfrucht in der Hand und neben sich auf der Stufe eine Schüssel mit dampfendem Mangold. Er starrte über das Tal hinweg zu den gewaltigen Schatten der Berge und der tief stehenden Sonne dahinter. Llian füllte sich eine Schüssel aus dem kochenden Topf auf dem Herd, nahm sich ein Stück Schwarzbrot und setzte sich neben Shand. Sein Kopf pochte noch immer.

»Irgendetwas Neues von den Whelm?«, fragte Llian.

»Nein, aber der Rest des Gasthofs ist in Aufruhr«, antwortete Shand.

»Die beiden Boten sind beim ersten Sonnenlicht aufgebrochen. Allerdings waren sie zwei wirklich ungewöhnliche

Boten, die es bis jetzt nicht sonderlich eilig gehabt haben. Selbst der Priester ist schon aufgestanden wie auch das Liebespaar. Jared ist vor einiger Zeit rausgegangen, aber er geht jeden Morgen spazieren.« Shand biss in seine Frucht. Der strohfarbene Saft lief ihm unbemerkt das Handgelenk hinunter. »Dieses Jahr sind sie wirklich gut«, bemerkte er anerkennend. »Allerdings haben wir den Großteil der Ernte durch Hagel verloren. Na ja, so ist das ja meistens.«

»Kommen die Whelm wieder zurück?«

»Ich würde sagen, das hängt davon ab, was sie da draußen finden, meinst du nicht auch?«

»Vergangene Nacht haben wir über Mendark gesprochen«, sagte Llian. Er zögerte. Shand schaute ihn unverwandt an. »Du hast gesagt, er sei ein gefährlicher Freund.«

»Die Mächtigen sind immer eine Gefahr, Llian. Ihre Motive sind komplexer, und ihr Blick reicht weiter. Und sie nutzen selbst ihre Freunde aus, wenn es die Situation erfordert. Mendark ist schon seit sehr, sehr langer Zeit der Magister, doch nun verändert sich die Welt. Das ist eine tödliche Zeit für ihn, wenn es ihm nicht gelingt, sich anzupassen. Einst habe ich ihn gut gekannt. Deshalb sage ich dir jetzt: Pass auf!«

Vorsichtig legte Shand den Gellonkern auf die Stufe und wischte sich die Hände an der Hose ab. Dann fixierte er Llian mit seinem eigenen weitreichenden Blick.

»Lass uns über diese Angelegenheit sprechen. Normalerweise ist um diese Jahreszeit niemand auf der Straße hier oben, doch urplötzlich haben wir den reinsten Zirkus. Ich kann nicht anders, als mich zu fragen, ob ihr nicht alle aus dem gleichen Grund hier seid.« Shand schaute Llian von der Seite her an, der wortlos geradeaus starrte.

»Wenn du irgendetwas für sie tun willst, dann solltest du dich besser beeilen«, fuhr Shand fort, und ein Funkeln erschien in seinen grünen Augen.

Llian atmete tief durch. »Ich weiß nicht, wo ich suchen oder was ich tun soll.«

»Dann solltest du die Whelm verfolgen – *die* scheinen keinerlei Zweifel zu hegen.«

»Ich bin kein dickschädeliger Krieger. Was kann ich gegen sie schon ausrichten?«

»Dickschädelig schon, aber eindeutig kein Krieger«, sagte Shand. »Vielleicht solltest du *sie* fragen. Wenn es ihr gelungen ist, mit etwas bis hierherzukommen, das Yggur so verzweifelt will, dann muss sie über Ressourcen verfügen, die deine in der Tat eher mageren Fähigkeiten ergänzen.«

»Wo sind sie hingegangen?«, fragte Llian.

»Nach Osten, auf der Straße zum Pass und nach Bannador. Ich habe sie beobachtet. Aber auf der anderen Seite des Hügels haben sie sich nach Süden gewendet und sind dem alten Weg gefolgt, der zum Berg Tintinnuin führt. Das ist der höchste Berg hier in der Gegend, südlich der Zwillingsgipfel. Dort«, er deutete in die entsprechende Richtung. »Die Spitze ist gerade so über dem Kamm erkennbar. Siehst du sie? Da ist eine Ruine, gut vier Stunden entfernt den Pfad hinauf. Und eine alte Festung. Dort wird sie sein.«

»Woher willst du das wissen?«

»Auch ich hatte einen seltsamen Traum.«

»Aber inzwischen werden die Whelm schon auf halbem Weg dorthin sein. Zu Fuß werde ich sie nie einholen. Außerdem werde ich mich mit Sicherheit verlaufen.«

Shand seufzte, und sein Blick sagte: *Warum, um alles in der Welt haben sie ausgerechnet* dich *geschickt?* »Komm mit nach oben.«

Llian folgte Shand in dessen Zimmer. Es war wie Llians, nur mit einem kleineren Bett, und die Wände waren vollständig mit allen möglichen Karten bedeckt. »So viele Karten«, seufzte Llian.

»Das ist mein Zeitvertreib«, sagte Shand. »Ich habe schon mein ganzes Leben lang Karten gesammelt oder selber gemacht. Schau her.« Er deutete auf eine kleine Karte neben dem Fenster. »Das ist Tullin. Die alte Brücke zur Festung ist nun schon seit fünfzehn Jahren kaputt. Sie werden in die Schlucht hinuntersteigen müssen und auf der anderen Seite wieder hinauf. Deshalb werden sie die Ruinen nicht vor Einbruch der Dunkelheit erreichen. Wenn du den verborgenen Pfad auf dieser Seite des Bergkamms nimmst und nach einer Stunde rechts abbiegst – sie werden sich nach links gewandt haben –, dann kommst du an eine Stelle, wo du mit Leichtigkeit hinübergelangen kannst. Nun, vielleicht nicht mit Leichtigkeit, aber es ist möglich ... Du hast doch keine Höhenangst, oder? In jedem Fall wirst du dich so den Ruinen von der anderen Seite her nähern. Du wirst am Nachmittag dort sein. Die Whelm werden nicht dort langgehen, weil es von Osten her unzugänglich aussieht. Und jetzt geh. Ein Sturm zieht auf.«

Shand scheuchte Llian hinaus, und gemeinsam gingen sie wieder die Treppe hinunter. Doch Llian hatte sein Selbstvertrauen verloren, und er hatte tatsächlich Höhenangst. Die Wirklichkeit war vollkommen anders als die Beschreibungen in den Geschichten. »Wirst du mich begleiten, Shand?«, fragte er plötzlich.

Der alte Mann schaute ihn überrascht an. »Ich? Ich bin ein ausgelaugter, alter Gelegenheitsarbeiter!«

»Die Whelm schienen da vor ein paar Stunden anderer Meinung zu sein.«

»Das war nur ein Bluff, Llian. Die Kräfte, die ich einst hatte, habe ich schon lange nicht mehr.«

»Aber du kennst die Berge. Und du kennst *sie*. Was kann ich allein schon ausrichten?«

Shand schwieg lange Zeit. Fast glaubte Llian schon, der

alte Mann würde einwilligen; dann huschte eine Wolke, oder eine Erinnerung, über Shands Gesicht, und er sprach wieder, doch in einem Tonfall, als hätte er diese Rede schon tausend Mal gehalten. »Nein, ich werde dich nicht begleiten. Die Welt ist an eine neue Generation übergegangen, und was sein wird, wird sein. Einst bin ich durch Santh gewandert und habe mich in alles eingemischt. Ich habe geglaubt, das Richtige zu tun, obwohl ich mich in Wahrheit nur in meiner Macht und Selbstgefälligkeit gesuhlt habe. Mehr als einmal habe ich mich dem Schicksal wütend entgegengeworfen. Ich tobte, ich fluchte, ich schwor, die Zeit selbst aufzuhalten, ja sie sogar zurückzudrehen. Es hat mich gebrochen und mir alles genommen, was mir lieb und teuer war. Oh, Aeolior!«

Er drehte sich wieder zu Llian um, doch sein Blick ging ins Leere. In Gedanken war er weit weg oder in einer schier unvorstellbaren Traurigkeit verloren.

»Wenn alles nur Schicksal ist, welchen Sinn macht es dann, sich zu bemühen?«, sagte Llian. »Man hat mich gelehrt, dass es stets einen Weg gibt; wir müssen ihn nur finden. Unser Schicksal ist keineswegs festgeschrieben. Natürlich können wir es nicht aufhalten oder gar zurückdrehen, aber durch unsere Bemühungen können wir es manchmal von seinem Weg abringen, ja, es sogar lenken, obwohl wir nicht wissen, wo es uns schlussendlich hinführen wird. Warum bist du mir vorhin zu Hilfe geeilt, wenn du nicht genauso denkst?«

»Früher habe ich auch so gedacht«, sagte Shand mehr zu sich selbst. »Die Früchte meiner Arbeit waren in der Tat üppig, doch nun sind sie alle nicht mehr. Das Schicksal hat sie mir allerdings nicht genommen, sondern die Zeit und meine eigene Torheit. Ich werde nicht mit dir gehen. Nur selten habe ich etwas angefasst und dadurch besser gemacht. Geh, und erinnere dich deiner Ehre.«

»Wer war Aeolior?«, fragte Llian.

Shand stand rasch auf. Tränen glitzerten auf seinen Wangen. »Jemand, den ich vor langer Zeit verloren habe.« Er packte Llians Schulter mit festem Griff und kehrte dann schweren Schrittes wieder in den Gasthof zurück. Kissen und Schüssel vergaß er auf der Treppe.

Llians Kopf brummte von unbeantworteten Fragen. Er erhob sich ebenfalls, hinterließ eine Notiz und eine Münze auf dem Tresen, warf seinen Rucksack über die Schulter und machte sich auf den Weg.

Auf halbem Weg den Hügel hinauf trottete er an zwei versteckten Whelm vorbei, den beiden, die vor einigen Tagen Turlew ausgefragt hatten. Sie hatten Tullin kurz vor Sonnenaufgang erreicht, die anderen Whelm um Haaresbreite verpasst und sich in einem Gestrüpp neben der Straße verborgen, von wo aus sie den Gasthof beobachten und nach Llian Ausschau halten konnten. Erst nachdem er sich oben auf dem Kamm in Richtung Wald gewandt hatte, nahmen sie seine Verfolgung auf, und das auch nur sehr langsam und leise.

Am Abend des folgenden Tages sah Shand, der wieder einmal Holz hackte, einen weiteren Reisenden, der langsam den Weg von Hetchet hinaufritt. Es war eine große, schwarzhaarige Frau, die ein lahmendes Pferd am Zügel führte. Als sie den Gasthof erreichte, war es schon fast dunkel geworden. Sie sorgte dafür, dass man sich um ihr Pferd kümmerte, ging hinein, wusch sich Gesicht und Hände und setzte sich neben das Feuer. Der große Schankraum war nun fast leer. Shand ging zu ihr.

»Mein Name ist Shand«, sagte er. »Was möchtet Ihr?«

Sie stand auf – sie war viel größer als er – und hielt ihm die schlanke Hand hin. Ihre Haut war von einem sanften, angenehmen Braun. »Ich bin Tallia«, sagte sie. »Ich will offen sein. Mendark hat mich geschickt. Ich suche nach Karan von Bannador. Hast du von ihr gehört?«

Shand betrachtete sie lächelnd; die Frau gefiel ihm. Diese hier war seines Vertrauens würdig, dachte er, und mehr noch derjenige, der sie geschickt hatte. Sollte er ihr sagen, was er wusste? Warum nicht? Besser, dass Mendark Karans Geheimnis bekam als die Whelm – was auch immer dieses Geheimnis sein mochte. Trotz seiner vielen Fehler hatte Mendark wenigstens stets das Wohl von Meldorin im Sinn.

»Ich kenne Mendark«, sagte Shand.

»Ja. Ich habe ihn von dir reden hören.«

»Ohne Zweifel. Der Narr, der seine Pflicht vergessen hat. Egal ... Deswegen bist du nicht gekommen. Ja, ich habe von ihr gehört; doch die Geschichte besteht aus vielen Bruchstücken, und es wird seine Zeit dauern, sie zu erzählen. Lass mich dir erst etwas zu trinken und Fleisch bringen.«

Tallia aß schweigend; dann kehrte Shand mit Tee und grünem Wein zurück. Tallia trank den Wein mit sichtlichem Genuss und goss sich einen zweiten Becher ein. »Erzähl«, sagte sie.

»Ich denke eher, dass Llian eine böse Überraschung erlebt hat, als er ihr schließlich begegnet ist«, sagte Shand lächelnd am Ende seiner Geschichte.

Tallia hob die Augenbrauen.

»Ich habe ihren Vater gut gekannt«, sagte Shand. »Er ist gestorben, als sie noch ein Kind gewesen ist, und ihre Mutter starb kurz darauf. Ich habe Karan zum letzten Mal bei der Beerdigung gesehen. Ein kleines, ruhiges und kluges Mädchen mit eisernem Willen und von großer Entschlossenheit.«

»Das hat sie schon bewiesen. Aber empfindest du nicht das Bedürfnis, ihr zu helfen?«

Shand schaute verlegen drein. »Doch schon. Aber wenn du damit meinst, warum ich nicht dort raufgehe, sie gegen die Whelm verteidige und mich in das einmische, was auch immer sie mit Yggur hat ... Nein, danach verlangt es mich nicht im Mindesten!«

Tallia hakte nach. »Trotz deiner Freundschaft mit ihrem Vater?«

»Du hältst mich für einen treulosen Freund. Aber Karan ist eine erwachsene, fähige Frau, und ich bin nur ein alter Mann. Mehr kann ich einfach nicht tun.«

Lange Zeit saßen sie bei ihrem Wein, und jeder hing seinen eigenen Gedanken nach. Schließlich brach Shand das Schweigen. »Ich frage mich, was sie wohl mit ihm anfangen wird.«

»Man hat mir gesagt, er sei ein großer Erzähler.«

»In der Tat. Er ist sogar ein fantastischer Erzähler und Meisterchronist noch obendrein – eine seltene Mischung. Außerdem ist er charmant, großmütig und gutwillig. Aber er ist viel zu besessen von den Historien. Viel zu neugierig. Das an sich ist schon eine große Gefahr. Er hat etwas an sich, das mich beunruhigt. Aber vielleicht liegt das auch nur daran, dass er ein Zain ist.«

In Tallias Gesicht zeigte sich ein Hauch von Überraschung ob dieses Vorurteils, doch sie schwieg.

Shand schüttelte den Kopf und kam wieder zu sich. »Aber wie gesagt, er ist charmant. Und er ist auch stolz, eitel, prahlerisch und geistig ein wenig träge. Und außerhalb seiner kleinen Welt ist er so unbeholfen, wie er in ihr klug ist.« Er lachte erneut. »Ich wünschte, ich hätte bei ihrem Treffen Mäuschen spielen können.«

»Bei Tagesanbruch werde ich ihnen folgen«, sagte Tallia. »Wirst du mir den Weg zeigen?«

Shand nickte. »Aber ich glaube nicht, dass du sie in all dem Schnee finden wirst. Karan kennt sich sehr gut in den Bergen aus; sie wird wissen, wo sie sich verstecken kann.«

Der meiste Schnee war im frühmorgendlichen Regen geschmolzen, doch die Luft hielt die Wärme nicht, und die tiefstehende Sonne gab nur wenig ab. Auf der Hügelkuppe ließ Llian seinen Blick über das Unterholz schweifen, bevor er einen nur schwer erkennbaren Pfad fand, der in Richtung Westen über den Kamm verlief. Einst musste der Pfad breit genug für einen Karren gewesen sein, doch heutzutage kümmerte sich niemand mehr um ihn, und er war so überwuchert, dass man ihm nur schwer folgen konnte.

Je weiter Llian kam, desto zerklüfteter wurde das Land; immer wieder unterbrachen Felsrinnen den Weg. Früher waren diese Rinnen von kleinen Steinbrücken überspannt gewesen, Beispielen hervorragender Handwerkskunst; aber jetzt waren die meisten in sich zusammengestürzt. Hier und da fand sich das Bruchstück einer Mauer oder ein umgestürztes, steinernes Götzenbild neben dem Pfad – Artefakte, die Llian vergessene Fragmente der Historien ins Gedächtnis zurückriefen.

Während er mit der Sonne im Rücken weitermarschierte, fielen seine anfänglichen Zweifel von ihm ab. Wieder einmal gab er sich seinen romantischen Träumen hin, und ein Teil seines Geistes arbeitete bereits an seiner eigenen Geschichte, der Geschichte von Llian und dem Spiegel, die man auf allen zukünftigen Festivals vortragen würde. Gleichzeitig verspottete ihn jedoch ein anderer Teil seines Gehirns dafür.

Nachdem er gut eine Stunde gelaufen war, teilte sich der Pfad. Der eine Weg bog abrupt nach Westen ab, während der andere weiter geradeaus zu führen schien. Diese Eventualität war nicht in Shands Instruktionen enthalten gewesen. Llian kletterte zur Kuppe des Kamms hinauf, doch von dort aus konnte er auch nur weitere Bergkämme sehen; nichts verriet ihm, wohin er sich wenden sollte. Er entschied sich, geradeaus weiterzugehen. Kurz darauf führte der Pfad steil nach unten in ein schmales, baumfreies Tal. Der Talboden wirkte vollkommen glatt unter der Schneedecke; doch das andere Ende war von einer riesigen Wand aus glattem grauem Fels verborgen. Das konnte unmöglich der richtige Weg sein.

Llian rutschte ins Tal hinunter. Er stapfte durch Schnee und Matsch und sehnte sich nach einem warmen Bett, als plötzlich ein wilder Schrei über das Tal hinweg hallte. Llian zuckte unwillkürlich zusammen, schaute sich ängstlich um, sah aber nichts. Der Schrei ertönte erneut, und ein Stein zischte an seinem Ohr vorbei. Vor einer Höhle in der riesigen Felswand tobte eine Gestalt mit wilder Mähne herum und schwang Fäuste so groß wie Kürbisse. Der Mann trug nur ein Lendentuch und war vollkommen ausgemergelt.

Der Wahnsinnige, oder Eremit, bückte sich nach einem weiteren Stein. Llian wandte sich zur Flucht; doch der Stein traf ihn schmerzhaft am Rücken und warf ihn zu Boden. Rasch rappelte er sich wieder auf und rannte auf dem gleichen Weg wieder zurück, den er gekommen war, verfolgt von einschlagenden Steinen und wildem Heulen. Llian lief den steilen Pfad wieder hinauf. Sein Herz drohte, den Brustkorb zu sprengen, aber er hielt erst wieder an, als er die Gabelung erreicht hatte.

Während er hier wieder versuchte, zu Atem zu kommen, überkam ihn das ungute Gefühl, dass er verfolgt worden war. Llian stand lange Zeit da und starrte in Richtung Tullin zurück. Er sah nichts, denn die Whelm hatten seine wilde

Flucht schon von weitem gehört und genügend Zeit gehabt, sich im Wald zu verstecken.

Llian folgte dem anderen Pfad und nahm dann die rechte Abzweigung vom Kamm hinunter, wie Shand ihm geraten hatte. Schließlich fand er sich auf der felsigen Krone eines steilen Ausläufers wieder, kaum breit genug für drei Mann nebeneinander. Sowohl links als auch rechts ging es steil nach unten. Einen schmerzhaften Augenblick lang zögerte Llian dort und starrte wie betäubt nach oben; doch nun war es zu spät umzukehren. Die Felskrone war mit scharfen Schieferplatten übersät, die aus dem Boden ragten. Llian war gezwungen, sie zu umgehen oder über sie hinwegzuklettern. Manchmal hatte er kaum genug Platz, um seine Füße nebeneinanderzusetzen. Ängstlich klammerte er sich an den Fels.

Der Kamm führte nach Westen und dann in einer weiten Kurve nach Süden. Im Westen schaute Llian auf ein Gewirr steiler Hügel und tiefer Felsschluchten hinunter. Vor ihm stieg der Pfad steil zu einem von Klippen umsäumten Plateau hinauf; die oberen Felsen waren dunkelrot. Auf einem Vorsprung sah er die Ruinen, die sein Ziel darstellten. Auf dieser Seite stürzte ein Bach neben ihnen über die Klippe und floss tief unten in Richtung Osten weiter.

Llians Blick folgte dem Wasserfall nach unten. Er schaute in eine steile Schüssel von ein paar Meilen Durchmesser. Der zweite Kamm – der Weg, den die Whelm genommen haben mussten – vervollständigte den Rand der Schüssel, indem er sich auf der anderen Seite der Ruinen wieder mit dem Plateau verband. Die Überreste der Brücke dort waren deutlich zu sehen. Es ging so tief nach unten, dass sich alles um Llian herum drehte. Er erschrak, hatte das Gefühl, als würde er fallen, und trat rasch einen Schritt zurück.

Ein kalter Wind war aufgekommen. Er brachte dunkle Schneewolken mit sich. Es war erst kurz nach Mittag, doch es wurde bereits jetzt schon kälter. Der Weg war ein gutes Stück länger, als Shand gesagt hatte. Flecken aus Schnee und Eis lagen hinter jedem Felsen, und drahtiges Gras schnitt Llian in die Finger und stach durch seine Hose.

Er blieb kurz stehen, um sich bei einem Schluck Wasser und einem Stück harten Brotes ein wenig auszuruhen. Zum Schutz vor dem Wind saß Llian hinter einer großen Felsplatte und starrte nach unten. Aus diesem Blickwinkel konnte er die Kluft deutlich als dünne, dunkle Linie im Kamm erkennen; doch von den Whelm war keine Spur zu sehen.

Oder doch? Diese weit entfernten Flecken auf dem Schnee am Fuß der Klippe ... Waren das Menschen? Llian starrte angestrengt, bis ihm die Tränen aus den Augen liefen. Er war sicher, dass dort mindestens zwei von ihnen waren. Hinter ihm war der Himmel inzwischen schwarz. Der Sturm kam so rasch, dass er Angst bekam. Llian warf seinen Rucksack wieder über die Schulter und eilte weiter.

Als er sich dem Rand des Plateaus näherte, sah Llian, warum die Straße dem Kamm nicht mehr gefolgt war. Die Krone wurde immer schmaler – an einigen Stellen hätte er wie auf einem Pferd darauf sitzen können – und stieg so steil nach oben, dass er die letzten fünfhundert Schritt nur auf allen vieren hätte kriechen können. Natürlich hätte er zurückgehen können, doch er hatte viel zu viel Angst zu versagen, als dass er es gewagt hätte umzudrehen. Die Felsen hier waren scharf und brüchig und von Eis überzogen, die Westseite des Kamms eine glatte graue Schieferrampe ohne Erde oder Gestrüpp. Die Ostseite verlief in einer Reihe von Stufen wie Sägezähne in die Schüssel hinunter.

Ein Wirbel winziger Hagelkörner traf Llians Wangen, als er sich dem Plateau näherte; dann hätte ihn eine Windbö fast hinuntergeweht. Mit den Fingern klammerte er sich an den Fels, während er in die Schüssel hinunterblinzelte, doch die Luft war voller wirbelnder Regentropfen und der Grund nicht länger sichtbar. Die Ruinen konnten nicht mehr weit weg sein; dennoch vermochte Llian sie nicht zu entdecken. Gegen Mitte des Nachmittags sollte er allerdings dort sein.

Llian kämpfte sich die letzten paar Schritt hinauf und stand am Rand des Plateaus. Dort war ihm eine kurze Ruhepause vom Wind vergönnt; doch es dauerte nicht lange, da kam er mit voller Wucht wieder auf und schleuderte ihm eisige Tropfen ins Gesicht. Llian geriet ins Taumeln und fiel auf die Knie. Blind kroch er von der Klippe weg. Kurz darauf ebbte die Windbö ab, und es regnete in Strömen. Llian machte sich erneut auf den Weg. Durch das vollkommen durchnässte Gras platschte er – wie er glaubte – in Richtung der Ruinen.

Er hatte einen Trost, erkannte er, während eisige Rinnsale seinen Rücken hinunterliefen: In diesem Wetter konnten die Whelm die Klippe nicht hinaufklettern, und nach Einbruch der Dunkelheit würde die Nässe zu Eis gefrieren. Bis zum Morgen sollte er also sicher sein.

Der Bach – oder besser: der kleine Fluss – des Wasserfalls floss durch einen tief ins Plateau gegrabenen Kanal mit steilen Felsufern. Er war nur zehn Schritt breit, stieg aber stetig an und würde bald unpassierbar sein. Weiter flussaufwärts verengte sich der Lauf zwischen zwei Felsvorsprüngen, und im Wasser lagen Felsbrocken, die Llian vielleicht als Trittsteine dienen könnten. Er stapfte am Ufer entlang und stand unsicher da. Die ersten drei Steine sahen sicher aus, doch die letzten beiden waren klein und wurden bereits vom Wasser überspült. Wenn er hineinfiel, könnte die Strömung ihn mit sich reißen. Doch Llian sah keine andere Möglichkeit hinüberzugelangen.

Er sprang – ein langer Schritt zum ersten Felsen, dann

zwei kurze zum zweiten und dritten. Als er zum vierten sprang, wusste er, dass er die Entfernung falsch eingeschätzt hatte. Sein ausgestreckter Fuß war zu lang gezielt und rutschte auf der anderen Seite ab. Llian ruderte mit den Armen und fiel ins Wasser. Die Strömung riss ihn davon und wirbelte ihn immer wieder um die eigene Achse. Llian geriet in Panik. Er wusste nicht mehr, wo oben und unten war.

Llian trat wild um sich, und die Strömung warf ihn mit solcher Wucht gegen einen Felsen, dass es ihm die Luft aus der Lunge trieb. Es fühlte sich an, als hätten seine Rippen nachgegeben. Einen Augenblick lang hing er einfach nur dort, während der Fluss weiter an ihm zerrte und auch das Gewicht seines Rucksacks ihn langsam wieder in die Strömung zurückzog. Stöhnend krallte Llian sich an dem Felsen hoch. Ein Fingernagel riss halb ab, doch das bemerkte er nicht. Blut floss aus einem Schnitt über dem Auge, und seine gesamte linke Seite war wund. Jeder Atemzug und jede Bewegung jagte stechende Schmerzen durch seinen ganzen Körper.

Llian riss sich den ohnehin schon kaputten Ärmel ab und versuchte, ihn sich um die Stirn zu binden. Seine Finger waren aufgeschürft und schmerzten fürchterlich. Er biss sich den Nagel ab und wärmte sich die Finger im Mund. Zum Glück befand sich der Fels, an dem er gestrandet war, direkt am Ufer, und so machte er sich taumelnd erneut auf den Weg. Der Verband rutschte immer wieder herunter, doch ihn neu festzubinden war einfach zu schwer, zu anstrengend. Oh, wie sehr er sich nach Chanthed sehnte. Wistan kam ihm ganz und gar nicht mehr so schlimm vor.

Dann erinnerte sich Llian daran, wie Karan ihn vergangene Nacht berührt hatte. Irgendetwas in ihm hatte auf ihren Hilferuf reagiert, auf ihre Einsamkeit, ihren Schmerz … Sie war nicht länger mehr nur eine anonyme Fremde. Llian musste sie finden, sie treffen und ihre Geschichte hören, denn er war vor allem eins: ein Chronist.

Seine Gedanken gingen auf Wanderschaft. Der Spiegel, die Whelm, das Rätsel Shand und das Mysterium Karan, all das verschmolz zu einem schrecklichen Traum. Llian hatte gerade noch genug Verstand, um zu wissen, dass er sterben würde, sollte er nicht bald einen Unterschlupf finden. So taumelte er weiter, fiel alle paar Schritt hin und stand jedes Mal wieder auf und schleppte sich ein Stück weiter; der nächste Schritt war sein einziges Ziel.

Kälte, Wind und Schmerz dauerten eine Ewigkeit an, doch schließlich ragten die massiven Ruinen vor ihm auf. Ihre Form erinnerte Llian an eine Geschichte, eine düstere auch noch, aber er war viel zu müde, als dass ihn das gekümmert hätte. Er kletterte über einen Trümmerhaufen und ließ sich an einer Wand auf den Boden fallen. Dort hockte er, bis sich sein Kopf wieder beruhigt hatte. Dann nahm er den schwachen Geruch von Rauch in der Luft wahr, doch kein Licht war zu sehen, und es gab auch nichts zu hören mit Ausnahme des steten Plätscherns des Regens.

Vor Llian befanden sich die Ruinen mehrerer Gebäude: hier eine Mauerecke, dort ein einsamer Kamin. Zu seiner Rechten erhob sich eine große Feste; zu seiner Linken ragte ein massiger Turm empor. Der Regen musste hier weniger heftig gewesen sein, denn an geschützten Stellen fand sich noch immer Eis. Es war Spätnachmittag; das Licht ließ nach, und der Regen verwandelte sich allmählich in Schnee. Llian war vollkommen erschöpft, durchnässt und fror. Die Kälte kroch ihm bis in die Knochen und machte ihn zunehmend lethargisch. Er setzte sich für eine Weile in den Schnee, und plötzlich war ihm gar nicht mehr so kalt. Das Blut kribbelte wieder in seinen Augen. Den Verband hatte er irgendwo im Regen verloren. Llian drückte die Hand auf die Wunde und stolperte weiter in Richtung Turm.

Eine Halle grenzte daran an, deren Dach noch teilweise intakt war, doch der Regen war durch Löcher in allen möglichen Größen eingedrungen, sodass man hier nur wenig mehr Schutz hatte als draußen. Der Rauchgeruch war hier stärker. Als Llian sich durch die Halle schleppte, entdeckte er einen Vorraum am anderen Ende zu seiner Rechten. Ein schwacher Schimmer kam von dort und der einladende Geruch von Eintopf. Er kam an die Tür und sah, dass diese noch immer an Messingscharnieren hing. Llian wischte sich das Blut aus den Augen und versetzte der Tür einen Stoß. Die Scharniere knarrten, und die Tür schwang auf. Eine kleine Frau sprang hinter dem Feuer auf und griff an ihre Hüfte. Ihre Hand blieb jedoch leer, und sie sprang zur Seite, schnappte sich ein Messer, das neben dem Feuer gelegen hatte, und hielt es vor sich.

»Mein Name ist Llian.« Ihre Augen weiteten sich ungläubig, und das Messer fiel zur Seite. »Ich bin gekommen, um dich zu retten.« Er verfing sich mit dem Fuß an einer zerbrochenen Stufe, stolperte und fiel krachend auf den Boden zu ihren Füßen. Sein Kopf schlug auf den Stein, und er wurde bewusstlos.

Teil Zwei

Kapitel vierzehn

Die Zellen von Fiz Gorgo

Die Wache stieß Maigraith in die Zelle. Sie rutschte über den schleimigen Boden und schlug schmerzhaft mit dem Knie gegen eine Steinbank. Mit lautem Krachen fiel die Tür wieder ins Schloss. Maigraith klammerte sich im Dunkeln an die Bank und versuchte, Schmerz und Angst aus ihrem Geist zu verdrängen. Sie war eine Gefangene in Fiz Gorgo, eine Gefangene von Yggur. Karan war vor Stunden mit dem Spiegel geflohen; sie war vollkommen allein.

Yggur festzuhalten war das Schwerste gewesen, was sie je getan hatte. Maigraith verstand noch immer nicht so recht, wie sie ihn über all die Stunden hinweg hatte binden können. Als die Verbindung zu Karan sie noch unterstützt hatte, war es schon kaum zu ertragen gewesen; ohne diese Verbindung hatte es sie fast gebrochen. Aber je größer die Kraft war, die zum Einsatz kam, desto schlimmer waren die Nachwirkungen. Der Schmerz in Maigraith' Kopf war inzwischen so schlimm, dass sie am liebsten lauthals gekreischt und sich den Kopf an der Wand eingeschlagen hätte, bis irgendetwas brach. Sie hatte das Gefühl, als würden Kristalle lang und scharf wie Nadeln hinter ihren Augen wachsen und die Augäpfel von innen her durchbohren.

Plötzlich fühlte sie sich benommen. Dann überschlug sich alles in ihrem Kopf; die Nadeln hinter ihren Augen begannen zu glühen, und ihr wurde übel. Maigraith rutschte unter die Bank und übergab sich immer und immer wieder in den feuchten, schimmeligen Raum, bis ihre Kehle brannte und sie noch nicht einmal mehr würgen konnte. Die Nachwirkungen waren noch nie so schlimm gewesen.

Maigraith kam wieder einigermaßen zu sich. Sie war durstig, und ihr war eiskalt. Sie hatten ihr ihren Rucksack genommen, doch die Feldflasche hatte sie noch. Ihre Finger waren so schwach, dass es ihr Herz schon zum Rasen brachte, den Korken aus der Flasche zu ziehen, und ihre Hand zitterte so sehr, dass jede Menge Wasser beim Trinken auf ihre Brust spritzte. Trotzdem blieb noch genug zum Trinken übrig und sogar ein wenig, um sich damit das Gesicht zu waschen.

Maigraith maß die Bank mit ihren Fingern. Sie war lang, aber schmal, der Stein rau an den Seiten, doch oben glatt, als wäre er gewachst worden. Ihr kam ein düsterer Gedanke: Wie viele Jahre oder gar Jahrhunderte hatten Gefangene hier schon gekauert, dass ihre schmierigen Leiber den Stein so glatt gewetzt hatten? Maigraith schob den Gedanken beiseite, wuchtete sich auf die Bank und setzte sich. Nun konnte sie auch die nackten Einzelheiten des Raums erkennen: vier Wände, die äußere leicht gekrümmt, ihre Bank und ein winziger, hoher Schlitz, der als Fenster diente. Der Morgen dämmerte gerade.

Zitternd lag Maigraith auf der Bank und versuchte krampfhaft, ihren Geist zu leeren, wie man es ihr beigebracht hatte; doch es gelang ihr nicht. Eine Szene spielte sich immer und immer wieder vor ihrem geistigen Auge ab: Yggur, der sich vornüberbeugte; Karans bleiches, verängstigtes Gesicht, und sie selbst, die versuchte zu helfen, es aber nicht konnte. Dann Yggurs *Befehl* und Karans ersticktes Flüstern: »*Faelamor!*« Dann hatte Karan die Verbindung abgebrochen und war geflohen.

Immer wieder und wieder sah Maigraith die Qual auf Karans Gesicht. Immer und immer wieder sah sie die Macht von Yggur, die Wut, die Karan bog wie einen Setzling im

Sturm. Doch darunter hatte sich ein verwirrter Blick verborgen, mit dem Yggur Karan betrachtet hatte. Maigraith suchte nach einem Grund dafür, fand aber keinen.

Sie starrte an die trübe, fleckige Decke ihrer Zelle. Ihr Versagen machte sie krank, und sie hatte Angst um Karan. Wie schlecht sie sie behandelt hatte. Was konnte Karan allein schon tun? Vielleicht war sie bereits gefangen genommen worden; vielleicht war sie bereits tot. Maigraith stellte sich vor, wie die Whelm sie über den Boden schleiften und einfach irgendwo hinwarfen, damit die Würmer sie fressen konnten ... Instinktiv scheute ihr Geist vor diesen Bildern zurück.

Maigraith blickte auf die lange Reise aus dem Osten zurück, auf den schwierigen Weg durch die Sümpfe von Fiz Gorgo und auf ihr letztes Treffen mit Faelamor.

»Geh allein nach Fiz Gorgo«, hatte Faelamor gesagt. »Und erzähl niemandem von mir. Niemandem!«

Doch Faelamors Geheimnis war Yggur enthüllt worden, und deshalb würden seine Armeen schon bald gen Osten marschieren. Welche anderen Katastrophen würden noch aus diesem Verrat entspringen? Und wie sollte sie das Faelamor erklären?

Wenn sie doch nur nicht aufgehalten worden wäre. Warum hatte sie den Spiegel bloß so lange angestarrt? Er hatte so machtvoll nach ihr gerufen, dass nichts anderes mehr gezählt hatte. Kaum hatte sie ihn in Händen gehalten, wusste Maigraith, dass er ihr Leben für immer verändern würde. Warum ausgerechnet sie? Aber der Spiegel war auch verschwunden.

Das Licht, das durch den Schlitz unter der Decke fiel, wurde stärker. Schließlich erschien ein viereckiger Fleck aus Sonnenlicht auf der gegenüberliegenden Wand. Das Licht enthüllte einen kleinen Raum mit nackten Steinwänden, einem steinernen Boden und einer dicken Tür aus uraltem Holz, verstärkt mit Eisen. Ansonsten gab es nichts – noch nicht einmal einen Wasserkrug, einen Toiletteneimer oder eine Decke. Alles war feucht und von Schimmel überzogen, abgesehen von einem Fleck um das Fenster herum, wo Moos den Schimmel ersetzte.

Maigraith zog ihre durchnässten Stiefel aus und legte sich wieder auf die Bank. Sie fror. Ihre Kleider waren noch immer feucht von der Zisterne, obwohl das schon zehn Stunden her war. Sie hatte fast einen Tag lang nichts mehr gegessen und seit zwei Tagen nicht mehr geschlafen. Ihr Kopf pochte fürchterlich. Doch am meisten bereitete Maigraith ihr Versagen Übelkeit. Ihre Mission war ein einziger Scherbenhaufen. Schlimmer noch: Faelamors lange gehütetes Geheimnis war verraten worden. Vor ihrem geistigen Auge sah Maigraith deutlich die kalte, maskenhafte Schönheit von Faelamor, der Blick in ihren Augen schlimmer als jeder Zorn – ein Blick, der Maigraith deutlich zeigte, wie wertlos sie war.

Sie hatte Recht, was mich betrifft – ich habe sie nicht verdient. Wäre es meine Aufgabe gewesen, ihre lange gehegten Pläne zu zerstören, hätte ich es nicht besser machen können, dachte sie und ergab sich ihrem Elend.

Der Tag verging, und die Nacht brach herein, und noch immer deutete nichts darauf hin, dass sich irgendjemand um sie kümmerte. Jeden Moment rechnete sie damit, dass die Tür aufflog und Yggur kam, um sie zu verhören. Zog er die Warterei nur in die Länge, um sie zu quälen? Doch Yggur war weit weg und leitete die Suche in den Tunneln, und später suchte er auch mit am Strand. Maigraith konnte warten.

Maigraith konnte nicht schlafen, obwohl sie seit dem Neydsee kaum geschlafen hatte und zu Tode erschöpft war. Sie ging in der Zelle hin und her, vier Schritte vor, vier Schritte zurück, vier Schritte vor, vier Schritte zurück ... Als das Zittern aufhörte, legte sie sich wieder hin, doch ihre Füße waren noch immer eiskalt, und es dauerte nicht lange, bis die Kälte erneut die Beine hinaufkroch. So hatte sie den Tag verbracht und nun den Abend. In ihrem Inneren herrschte eine große Leere.

Ohne Vorwarnung flog mitten in der Nacht die Türe auf. Der Mann, der dort stand, war extrem hager, hatte ein eckiges Gesicht und langes graues Haar – ein Whelm. Er winkte. Langsam setzte Maigraith sich auf und schirmte die Augen vor dem Laternenlicht ab.

»Ich bin Japhit«, sagte der Whelm mit einer Stimme wie Sand auf Metall. »Komm!«

Maigraith streckte die Hände nach ihren Stiefeln aus.

»Die wirst du nicht brauchen«, schnarrte Japhit und packte sie über dem Ellbogen am Arm. Seine knochigen Finger waren hart und kalt. Er führte Maigraith über mehrere Treppen in einen großen Raum hinunter, ohne Fenster, aber hell erleuchtet von Lampen an den Wänden. Der Raum war genauso kalt wie ihre Zelle und roch feucht. Holz lag auf einer großen Feuerstelle, war aber nicht entzündet.

Zwei Whelm, ein Mann und eine Frau, warteten dort, beide mit genauso kantigen Gesichtern wie der erste. In der Mitte des Raums waren drei Bänke so aufgestellt, dass sie ein Viereck bildeten, dessen eine Seite offen war. Die Frau führte Maigraith in die Mitte des Vierecks.

»Setz dich!«, sagte sie.

Maigraith setzte sich auf den kalten Boden. Die drei Whelm saßen auf den Bänken und starrten auf sie hinab. Die Frau war dünn und knochig wie Japhit, mit einer schmalen, vorstehenden Nase so scharf und krumm wie ein Axtblatt und langem grauen Haar. Alle hatten blassgraue Haut, ähnlich der eines Fisches. Trotz der Kälte trug die Frau Sandalen, deren Bänder über kreuz die Beine hinaufliefen, und Maigraith sah, dass sie schmale, hässliche Füße hatte, die nur aus Haut und Knochen bestanden. Ihre Zehen waren lang und dünn, aber fleischig an den Spitzen. Allein sie anzuschauen machte Maigraith schon nervös, als würde etwas an ihr, an *ihnen*, nicht stimmen.

Schließlich wurden ihre Blicke unerträglich, und Maigraith senkte den Kopf. Die Frau sprach. »Dein Name ist Maigraith?« Ihre Stimme klang genauso schnarrend wie Japhits, doch ihr Gesicht war sogar noch härter.

Maigraith nickte.

»Warum bist du hierhergekommen?«

Maigraith antwortete nicht darauf. Die Frage wurde wiederholt. Erneut schwieg sie. Die drei Whelm bewegten sich wie ein Mann über die Bänke. Ihr Kollektiv hüllte Maigraith ein, schnitt sie von all ihren Sinnen ab, erstickte sie. Ihr Herz schlug wild in ihrer Brust, und ihr Mund war wie ausgetrocknet.

»Wasser, bitte«, sagte Maigraith heiser.

»Wenn du unsere Fragen beantwortet hast, darfst du trinken«, sagte die Frau.

»Wer war deine Komplizin?«, fragte Japhit. »Wohin ist sie unterwegs?«

Maigraith antwortete auch darauf nicht. Sie hatte das Gefühl, als würde sie nicht mehr aufhören können, sollte sie einmal anfangen zu reden.

»Wie bist du nach Fiz Gorgo hineingekommen?«, fragte der dritte Whelm. Keine Antwort.

»Wer hat dich geschickt?« Das war wieder die Frau.

»Warum will dein Meister das Glas?«

»Das Glas?«, fragte Maigraith.

»Den Spiegel von Aachan!«, schrie die Frau. »Warum will dein Meister ihn?«

Maigraith saß stumm da, während die Fragen auf sie einprasselten. Schon jetzt fürchtete sie diese Whelm mehr als Yggur. Bei ihm hatte sie noch so etwas wie Menschlichkeit gefühlt, hier nicht.

»Wer seid ihr? Was habt ihr mit mir zu schaffen?«, keuchte Maigraith. Sie hatte wieder das Gefühl, als müsse sie ersticken.

»Wir sind Whelm. Ich bin Vartila. Yggur ist unser Herr. Wir erfüllen seinen Willen in allem.«

Die erstickende Decke ihres Willens, die ein wenig nachgegeben hatte, kehrte stärker zurück denn zuvor, und mit ihr kam ein Gefühl, als würden die Whelm Maigraith' Geist erkunden, gewaltsam in ihn eindringen. Es war, als wären die Fragen nur Teil des Verhörs. Sie verspürte ein eisiges Pochen in den Schläfen.

Die Befragung dauerte noch lange Zeit an, und obwohl Maigraith nicht nachgab, kam es ihr so vor, als würden die Whelm wachsen, während sie auf dem harten Boden immer mehr zusammenschrumpfte. Sie waren unermüdlich. Maigraith war so durstig, dass sie kaum sprechen konnte. Tatsächlich konnte sie sogar kaum denken, denn die Whelm erfüllten ihren gesamten Geist – mit Bildern von Folter und ihrer Freude daran. Nein, nicht Freude ... Befriedigung! Das war es, was Maigraith so seltsam vorkam. Es war, als würden die Whelm keinen Unterschied zwischen richtig und falsch kennen, nur, wie sie am besten den Willen ihres Herrn erfüllen konnten. So war es auch nicht die Folter an sich, die ihnen Freude bereitete, sondern die Tatsache, dass sie damit den Willen ihres Herrn vorantreiben konnten. Ihre Gesichter hätten allerdings genauso gut aus Achat gehauen sein können, so wenig gaben sie preis.

Die Stunden verstrichen, und der fordernde Druck wurde

immer stärker, bis Maigraith' ganzer Kopf ein einziges Netz aus Schmerzen war und sie keinen Raum mehr zum Denken hatte. Und doch hatte niemand sie auch nur berührt.

Einige Zeit nach Mittag des zweiten Tages seit ihrer Gefangennahme kam ein anderer Whelm in den Raum. Einen Augenblick lang zogen sich die anderen zu ihm zurück. Maigraith hörte nicht, was er zu sagen hatte, aber offenbar waren es keine guten Neuigkeiten, denn kaum war der Bote wieder gegangen, da diskutierten die anderen miteinander.

»Wir haben da einen gefährlich schwachen Herrn«, bemerkte Japhit, der noch hagerer und älter als üblich aussah.

»Ja, aber was können wir tun? Ohne Herr sind wir nichts«, erwiderte ein anderer.

»Wir müssen stark sein«, sagte Vartila. »Wir dürfen mit dieser hier nicht länger zögern.« Sie kamen wieder zu Maigraith zurück und setzten sich auf die Bänke.

Japhit streckte den Arm aus und legte Maigraith die Handfläche auf den Hals. Langsam zog er die Finger nach unten. Die Berührung hinterließ Spuren aus Feuer und Eis, die sich in alle Richtungen ausdehnten und nur langsam verblassten. Der Druck wuchs erneut, und diesmal ertönte in Maigraith ein schreckliches, krankes Kichern. Die Whelm schauten einander noch nicht einmal an. Maigraith bekam eine Gänsehaut. Sie hatte das Gefühl, als würde sich ein Parasit an ihr gütlich tun und sein fleischiger Leib in ihr anschwellen. Das widerliche Gefühl war so stark in ihr, dass sie unwillkürlich würgte, doch ihr Magen war leer.

In einer versunkenen Ecke ihrer selbst schwelte der Zorn ob dieser Misshandlungen. Er begann zu wachsen, langsam zunächst, dann immer schneller, und er schwoll an, bis sie ihn nicht mehr länger zurückhalten konnte.

Ohne Vorwarnung – ja, sogar ohne zu denken – brach er heraus. Maigraith stieß die Hand nach Japhit. Ihre Finger öffneten sich wie die Blüte einer Blume, und sie warf all die Zurückhaltung beiseite, zu der sie trainiert worden war, und richtete die volle Wucht ihres von Schmerzen geschärften Geistes auf ihn.

Der Whelm hielt mitten in einem Wort inne und wurde starr wie eine Statue. Dann erschienen rote Flecken überall auf seinem Gesicht, und er fiel nach hinten und zu Boden. Sein Gesicht war qualvoll verzerrt, und immer wieder schlang er die Arme um den Leib, immer wieder und wieder ...

Zu viel Kraft, zu spät, dachte Maigraith. *Das ist noch so eine meiner Schwächen.*

Die anderen beiden Whelm rührten sich nicht. Der Mann war bleich, die Knöchel weiß, wo er die Bank umklammert hielt. Vartila hatte sich halb geduckt, ein Phantomlächeln auf dem Gesicht. Maigraith empfand das als ausgesprochen beunruhigend.

»Jark-un muss davon erfahren«, sagte Vartila schließlich zu dem Mann. »Bitte ihn, hierherzukommen.«

»Er ist noch nicht wieder zurück.«

»Dann ruf ihn, sobald er wieder da ist. Diese hier beunruhigt mich – sie ist zu stark. Wir müssen wissen, wer sie geschickt hat. Vielleicht ist es einfacher, die andere zu brechen.«

Just in diesem Augenblick flog die Tür mit lautem Knall auf. Yggur stand dort und beherrschte den Raum mit seiner unvorstellbaren Präsenz. Er trug einen schweren Mantel, einen großen grauen Hut, an dessen Krempe noch immer ein paar Regentropfen hingen, und hohe, schlammverkrustete Stiefel.

»Ich werde ... sie jetzt übernehmen«, sagte er in sanftem Ton auf seine abgehackte Art. »Bringt sie in mein Arbeitszimmer.«

»Aber Herr …«, begann Vartila, hielt dann jedoch inne und wandte sich ab.

Maigraith stolperte in den Raum, erschöpft von dem langen Aufstieg; die Nachwirkungen ihres Machtgebrauchs hatten sich wieder bemerkbar gemacht. Yggur sprach zu ihr, doch sie konnte ihn kaum hören; ja, sie konnte ihn sogar kaum sehen, bis er dicht an sie herangetreten war. Sie kauerte auf dem Boden, schaukelte hin und her und schaute zu der riesigen, verschwommenen Gestalt hinauf. Schmerz und Durst waren das Einzige, was ihre Gedanken beherrschte.

»Wasser«, krächzte sie. »Bitte, gib mir etwas Wasser.«

Yggur hockte sich unter Schmerzen nieder und untersuchte ihr Gesicht. Er errötete, und Maigraith zuckte zurück aus Angst, er würde sie schlagen. Begleitet von einem Stöhnen stemmte Yggur sich wieder in die Höhe, humpelte zur Tür und zog an einer Schnur, die dort hing.

Beinahe sofort erschien ein Diener. Yggur sagte etwas zu ihm, das Maigraith aber nicht verstand, und zog erneut an der Schnur. Daraufhin erschien ein zweiter Diener genauso schnell wie der erste, und die beiden trugen Maigraith zu einer Reihe von Gemächern nebenan. Dort badeten sie sie in wunderbar heißem Wasser, nahmen ihr die verdreckten Kleider ab und brachten ihr neue, frische.

Anschließend brachten sie sie in den Hauptraum zurück und servierten ihr Essen und Trinken an einem kleinen Tisch mit schwarzen geschnitzten Beinen neben einem Feuer. Das Essen war schlicht: eingelegter Fisch, gedünstetes Gemüse und einfaches Brot mit Lasee, dem schwachen gelben Gebräu, das man in Orist zu jedem Mahl servierte. Maigraith war so durstig, dass sie zwei Becher davon trank. Die beiden Diener standen neben der Tür, während sie aß, und beobachteten sie die ganze Zeit über. Als sie fertig war, brachten sie sie in Yggurs Gemächer zurück und setzten sie auf eine Couch, die sie vorher neben ein frisch entzündetes Feuer geschoben hatten. Zu guter Letzt stellten sie einen weiteren Becher Lasee neben sie. Yggur war nicht da. Neben dem Feuer fühlte Maigraith sich zum ersten Mal sauber und warm, seit sie die Sümpfe von Orist betreten hatte, und sie hatte mehr Angst denn je. Der Lasee war zwar schwach, hatte sie aber schläfrig gemacht. Nichtsdestotrotz blieb sie aufrecht auf der Couch sitzen.

Kurz darauf kehrte Yggur wieder zurück. Nun trug er ein langes Wollhemd und eine dicke Hose über den grauen Stiefeln. Die Diener zogen sich zurück. Yggur zog einen Stuhl auf die andere Seite des Feuers. Der Zorn war nun verschwunden, Yggurs langes, starkes Gesicht war ruhig und fast sogar freundlich. Maigraith wusste nicht, wie sie damit umgehen sollte. Trotz all ihrer Stärke war sie nicht sonderlich gut darin, Menschen zu deuten oder gar zu verstehen, und so hatte sie keine Ahnung, wie sie dieses neue Rätsel lösen sollte.

»Fühlst du dich schon ein wenig besser?«

»Danke«, antwortete sie. Diese Freundlichkeit machte sie nervös.

»Die Whelm sind ein wenig übereifrig. Leider war ich mit der Jagd beschäftigt.«

Maigraith konnte kaum glauben, was sie da hörte. Hatte er sich gerade bei ihr *entschuldigt?*

»Was habt ihr mit Karan gemacht?«, fragte sie.

Yggur zog seinen Stuhl näher zu ihr heran und schaute ihr in die Augen. Er schien nach etwas zu suchen, und erneut verwirrte ihn offenbar, was er sah. Maigraith schauderte und zog sich vor ihm zurück.

Yggur sprach nun schnell; sein Sprachfehler war kaum zu bemerken. »Ich habe keine Zeit mehr. Wer ist Karan, und wohin bringt sie den Spiegel?«

Konnte Karan wirklich entkommen sein? Das war kaum zu glauben. Maigraith wandte den Blick ab. Yggurs Verschlagenheit war legendär, doch dass er rücksichtsvoll oder gar freundlich sei, davon hatte noch nie jemand gehört. Er war jedweder Art von Täuschung fähig, und Maigraith' beste Verteidigung war zu schweigen.

»Ich werde dir gar nichts sagen«, erwiderte sie.

Yggur stellte seine Fragen wieder und wieder; ja, er versuchte sogar, ihr seinen Willen aufzuzwingen, wie er es schon einmal getan hatte, doch Maigraith sagte kein Wort. Nur einmal übermannte ihn die Wut, und er schlug ihren kleinen Becher vom Tisch. Gelbe Flüssigkeit lief an der Wand hinunter. »Sprich!«, schrie er und hob die Fäuste erneut, doch noch immer schaute sie ihn nur trotzig an. Und irgendwie wusste sie, dass dieser Zorn berechnet war, gutmütig sogar, vollkommen anders als die blinde Wut, die ihn vor zwei Tagen beherrscht hatte. Was hatte ihn so verändert?

Schließlich war Maigraith zu müde, um noch weiter aufrecht sitzen zu bleiben. Yggur rief die Diener, die sie in einen kleinen Raum mit einem Bett trugen. Sie zogen ihr die Kleider aus, während sie stumm mit bereits geschlossenen Augen dastand. Dann kroch Maigraith zwischen die kalten Decken.

Die Tür öffnete sich ohne ein Geräusch, und Yggur kam herein. Er hielt eine Abblendlaterne in der Hand. Maigraith hatte Recht damit gehabt, ihm zu misstrauen. Es war Wut, die ihn durch den Gang zu Maigraith' Zimmer trieb, obwohl er sich das nach außen hin nicht anmerken ließ. Wut über den Verlust des Spiegels, der für seine langfristigen Pläne von solch großer Bedeutung war, und nun hoffte er, dass er dank ihrer Müdigkeit einen Weg finden würde, Maigraith zu brechen. Schon seit langem benutzte er den Spiegel, um die Verteidigung seiner Feinde auszuspionieren. Doch Yggur war sicher, dass sich tief in seinem Inneren noch ein weit wichtigeres Geheimnis verbarg, ein Weg, die Grenzen zu überwinden, welche die Herren von Santhenar in ihren armseligen Königreichen banden. Ein Weg, das große Unrecht wiedergutzumachen, das ihm widerfahren war. Yggur wurde jedoch nicht nur von Rachsucht getrieben, einer kleineren wie einer größeren, sondern auch von einer Vision: Er wollte ganz Meldorin vereinen, ja sogar ganz Santhenar, und alle sollten anerkennen, dass er der Geeignetste dafür war. Die kleinere Rache war der erste Schritt. Die Vereinigung von Santhenar würde ihm die größere Rache ermöglichen, denn dafür benötigte er alles, was diese Welt ihm bieten konnte.

Aber es war nicht nur Wut, die Yggur nun durch den Gang führte, sondern auch Neugier und Verwirrung. In den langen Stunden, da sie miteinander gerungen hatten, war irgendetwas zwischen ihnen geschehen, bevor er sie niedergestreckt hatte. Vielleicht hatte ein Teil von Maigraith' Einsamkeit und Schmerz ein Echo in seiner eigenen Seele gefunden. Oder vielleicht war es das vage Erkennen dessen, was sie war oder bekommen könnte, was ihn dazu bewegte, mehr wissen zu wollen.

Yggur stellte die Laterne neben dem Bett auf den Boden und setzte sich auf einen Stuhl. Er schaute Maigraith nur an. Schlafend war Maigraith so entspannt, wie sie es im wachen Zustand nie war, und Yggur verspürte das Verlangen, ihre Wange zu streicheln; doch er tat es nicht.

Maigraith rührte sich und zwang ihre unwilligen Augen, sich gegen das helle Licht der Laterne zu öffnen. Sie war so müde, dass es fast eine ganze Minute dauerte, bis sie wieder wusste, wo sie war; dann nahm ihr Gesicht beinahe sofort wieder seinen typischen, trostlosen Ausdruck an.

Was hat Faelamor dir angetan?, fragte sich Yggur. *Warum hat sie dich so gequält?* Maigraith weckte seltsame Gefühle in ihm – Gefühle, die er in seinem ganzen langen Leben noch nicht empfunden hatte. Wer war sie? Warum hatte sie plötzlich solch eine Macht über ihn? Was für eine List nutzte sie?

Maigraith setzte sich auf. Zum Schutz vor der Kälte schlang sie eine Decke um die Schultern und zog sich zur anderen Seite des schmalen Betts zurück. Sie zwang sich, Yggurs Blick zu begegnen; ihre Gedanken waren noch schwammig vom Schlaf. Das gelbe Laternenlicht flackerte und verlieh seinem Gesicht einen Ausdruck von Boshaftigkeit. Seine Augen waren tiefe schwarze Seen, aus denen nur vereinzelt ein Strahl entwich.

Als er sprach, wirkte seine Stimme übertrieben laut in der stillen Nacht und hallte von den Wänden wider. »Warum will Faelamor den Spiegel?«

»Lies die Historien«, schnappte Maigraith.

»Das tue ich«, erwiderte Yggur sanft. »Aber Faelamor wird schon seit Jahrhunderten für tot gehalten, und die Faellem sind verschwunden. Wo ist sie jetzt hergekommen? Und wo bist du entsprungen, mit solch großer Macht und unbekanntem Ziel?«

»Ich diene ihr nur. Ich kenne kein Ziel, nur die Pflicht.«

Yggur schaute sie seltsam an. »Ich kann dir kaum glauben. Dein Weg ist nicht ihr Weg – du bist keine Faellem.«

Seine Worte waren Maigraith unangenehm; er hatte ein Tabu angesprochen. »Ich werde nicht über sie reden.«

»Was ist dann mit deiner Freundin? Karan heißt sie, nicht wahr?«

Dann hast du sie also nicht *gefunden.* Maigraith gestattete sich den Hauch eines Lächelns. »Sie stammt aus dem Haus von Fyrn, in Bannador.«

»Ah«, sagte Yggur. »Fyrn? Eine ausgesprochen instabile Familie, mit Wahnsinn geschlagen. Und sie ist so jung. Das könnte ihren Geist brechen. Hast du keine Angst um deine Freundin?«

Maigraith wandte den Blick ab. Sie hatte Angst zu sprechen. Woher wusste er so viel? »Du kennst sie nicht«, erwiderte sie schließlich wehmütig. »Sie mag vielleicht jung aussehen und scherzt gerne, dass nichts sie kümmere, doch sie ist aus Stahl. Sie kennt die Welt. Du wirst sie nie fangen.« Selbst in ihren eigenen Ohren klang diese Prahlerei dünn. Warum redete sie überhaupt so mit ihm, ihrem Feind? Wie hatte er sie so entwaffnen können?

Wider Willen war Yggur von ihrer Verzweiflung gerührt und der Art, wie sie Karan verteidigte. Er griff über das Bett hinweg und nahm ihr Gesicht in die Hände. Seine Berührung war überraschend sanft, doch Maigraith konnte seinen vorherigen Zorn nicht vergessen.

Beide sahen weder, wie die Tür sich leicht bewegte, noch den Beobachter. Es war Vartila. Auf ihrem ansonsten so starren Gesicht zeigte sich eine wilde Wut; dann war sie verschwunden.

Yggur schaute Maigraith in die Augen. »In welche Richtung ist sie gegangen? Zum Meer? Nach Osten zum Neydsee? Ah, ich sehe es in deinen Augen. Sie ist zum Neyd gegangen. Trifft sie sich dort vielleicht mit jemandem?«

Wieder hatten ihre Augen Maigraith verraten – konnte sie denn gar nichts vor ihm verheimlichen? Sie war einfach zu müde. Maigraith legte den Kopf auf die Arme, versuchte, ihn auszusperren, und fürchtete sich vor der nächsten Frage.

»Eine letzte Frage ... Wo soll Karan sich mit Faelamor treffen?« Maigraith antwortete nicht darauf. Sie zwang sich, nicht darauf zu antworten oder auch nur an Sith zu denken. Doch Yggur war plötzlich hinter ihr, am Kopf des Bettes, und seine langen Finger bedeckten ihr Gesicht, ihre Augen.

»Wo?«, flüsterte er erneut. Wieder verbrannte sein Wille sie förmlich. Sie glaubte schon, das Bewusstsein verlieren zu müssen. Seine Stimme war sanft, doch seine Macht drückte sie nieder wie Eisen. »Lass mich raten.« Seine Stimme war kaum zu hören, obwohl seine Lippen fast ihr Ohr berührten. »Die Faellem haben stets tief im Südosten gelebt. Aber es wäre zu riskant, ihn den ganzen weiten Weg zu transportieren. Sie wird in Meldorin sein, am Meer. In Thurkad vielleicht?«

Maigraith konnte nicht verhindern, dass sie sich unwillkürlich entspannte.

»Also nicht Thurkad. Vilikshathûr? Alcifer ... wohl kaum! Gnulp? Nein, zu weit weg. Natürlich ... nicht *am* Meer, aber in der Nähe und am Fluss Garr!« Maigraith' Augenlider flatterten leicht. »Aaah! Sith! Du kannst jetzt schlafen. Mehr brauche ich nicht zu wissen.«

Yggur schaute sie noch einen Moment länger an, ihre nackten Schultern und das dunkle Haar über ihrem wunderschönen, traurigen Gesicht. Dann stand er plötzlich auf, nahm seine Laterne und ging hinaus. Leise schloss sich die Tür hinter ihm.

Maigraith ließ sich aufs Bett sinken, schlang die Decken eng um sich und zitterte. In dieser Nacht würde sie nicht mehr schlafen. Ihre Mühen, ihre Ausbildung ... alles war umsonst gewesen. Der Schlafmangel hatte sie gebrochen.

Sie hatte nur einen Trost: Inzwischen waren zwei Tage seit Karans Flucht in die Tunnel vergangen. Doch als Yggur vergangene Nacht zu ihr gekommen war, waren seine Stiefel mit Schlamm vom Flussdelta bedeckt gewesen, und er hatte nach Meer gerochen. Also war Karan aus Fiz Gorgo hinausgekommen. Maigraith musste etwas tun, um ihr zu helfen. Sie musste für eine Ablenkung sorgen, auch wenn das nicht viel war.

Leise zog sie sich in der Dunkelheit an, öffnete vorsichtig die Tür und spähte hinaus. In der Tür auf der anderen Seite des Raums war ein Schatten. Maigraith schlich näher heran und betete, dass es sich nicht um einen Whelm handelte. Es war keiner, nur ein Diener. Der Mann stand mit dem Rücken zu ihr. Jetzt rührte er sich, kratzte sich den Rücken und ging in den anderen Raum. Maigraith zog sich in die dunkelste Ecke zurück. Kurz darauf kehrte der Mann auf seinen Posten zurück. Maigraith' nackte Füße machten keinerlei Geräusch. Sie schlug ihn in den Nacken und schleppte ihn in eine Ecke. War da noch einer? Nicht in diesem Raum, aber vielleicht draußen. Maigraith drückte das Ohr an die Tür, konnte aber nichts hören. Sie spannte die Muskeln an und riss die Tür auf, bereit, die Wache niederzustrecken, doch da war niemand.

Maigraith zögerte. Sie wusste, dass sie noch nicht die Kraft hatte zu fliehen. Noch nicht. Sie machte sich auf den Weg zu Yggurs Gemächern, die in der Nähe lagen. Sie wurden nur von dem schwachen Schimmer erhellt, der durch den Kamin hereinfiel. Er war nicht da, obwohl seine Aura deutlich zu fühlen war. Ein langer Tisch erregte Maigraith' Aufmerksamkeit, bedeckt mit Karten und Papieren. Sie nahm sich die oberste Karte, auf der die Länder des östlichen Meldorin zu sehen waren, von den Bergen bis zum Meer von Thurkad. An vielen Stellen befanden sich Markierungen auf der Karte. Maigraith hielt sie ins Licht, und eine kalte Hand packte ihren Arm von hinten und hielt sie fest. Erneut bekam sie eine Gänsehaut, und fast hätte sie vor Angst und Ekel geschrien.

»Diesmal werden wir unser kleines Gespräch beenden«, sagte Vartila und führte sie weg.

Kapitel fünfzehn

Nicht ganz, was er erwartet hat

Die schäbige, zerschundene Gestalt zu Karans Füßen *war* Llian, auch wenn er nicht ganz mehr dem Bild des berühmten Erzählers entsprach, das sie in Erinnerung hatte. Doch seine Stimme wie auch seine absurde Erklärung waren die reinste Wohltat für sie. Wie war er hierhergelangt, ohne dass sie ihn gefühlt hatte? Wie war er überhaupt hierhergekommen? Hatten ihre formlosen Träume und Sehnsüchte ihn tatsächlich aus seinem bequemen Erzählerleben hierhergelockt? Das war nicht möglich. Solch eine Macht hatte sie noch nie besessen. Es musste Zufall sein ... aber was für ein Zufall führte ihn den weiten Weg hier rauf? Was für eine Ehre für sie!

Llian stöhnte und zitterte. Blut quoll aus einer Wunde an seiner Stirn. Karan drehte ihn mit einem Arm auf den Rücken, denn ihr Handgelenk pochte noch immer bei der geringsten Anstrengung. Llians Haut war eiskalt. Er war vollkommen zerschunden und durchnässt. Wenn er an Unterkühlung starb, wäre das ihr Fehler.

Karan fachte das Feuer an, bis es laut prasselte. Sie brauchte ihren gesamten Holzvorrat auf; dann zog sie Llian bis auf die Unterwäsche aus. Dabei hatte sie das Gefühl, als hätte sie es mit einem Heiligtum zu tun. Seine Haut war fast so glatt und blass wie ihre, wie sie bewundernd bemerkte, wenn auch arg zerschunden und von der Hüfte an aufwärts mit Wunden übersät. Sie rieb ihn mit einem ihrer Hemden trocken und scheuerte an seinen Gliedmaßen, bis er wieder warm war und sogar schwitzte. Schließlich legte sie ihn dann in eine Decke gewickelt neben das Feuer. Allmählich kehrte die Farbe wieder in sein Gesicht zurück.

Karan suchte in seinem Rucksack nach trockener Kleidung, doch alles war patschnass. Also band sie ein Stück Seil vors Feuer und hängte seine Sachen dort auf, so nah, dass sie dampften und leicht angesengt wurden; aber nur so würden sie noch diese Nacht trocknen.

Karan überlegte sich, wie es dazu hatte kommen können. Die letzte Woche war eine der schlimmsten ihres Lebens gewesen, als sie den steilen Pfad im Schnee hatte hinaufklettern müssen. Ihr gebrochenes Handgelenk war schlecht verheilt und schmerzte ständig. Wann immer sie in der Lage war zu denken, hatte sie sich mit einer Fantasie über den großen Chronisten Mut gemacht. Kein romantischer Unsinn – nur jemand, mit dem sie über ihr Dilemma reden konnte, jemand, der ihr die Historien von Faelamor, Yggur, Mendark und auch Tensor erzählen konnte. Mit Hilfe dieser Geschichten hoffte sie, die richtige Entscheidung in Bezug auf den Spiegel zu treffen. Sie war besessen von dieser Entscheidung. Sie *musste* richtig sein – das war noch wichtiger als jede Pflicht Maigraith oder den Aachim gegenüber.

Doch was hatte sie erwartet, als ihr Senden vergangene Nacht jemanden berührt hatte? Sie hatte gefühlt, dass Hilfe nahe war, aber nicht *wie* nahe und *wo*, und ganz sicher hatte sie nicht gefühlt, *wer* ihr diese Hilfe bringen würde. Was hatte sie in jenen Momenten gedacht, als sie ihn gerufen hatte? Sie versuchte, sich daran zu erinnern. Die erste Sendung vor mehr als einer Woche war schlicht etwas gewesen, das in ihren Träumen aus ihren innersten Sehnsüchten entstanden war. Aber bei der zweiten – der, die ihn vergangene Nacht aus Tullin geholt hatte – *hatte* sie um Hilfe gerufen. Sie *hatte* ihn angefleht, sich zu beeilen, und hier war er. Was sollte sie jetzt mit ihm tun? Er mochte ja ein wunderbares Talent besitzen, doch offensichtlich konnte er sich nicht um sich selbst kümmern. *Ich bin gekommen, um dich zu retten* ... ah, ja.

Llian stöhnte und öffnete die Augen. Er lag auf dem Boden vor dem Feuer. Die rothaarige Frau hockte neben ihm mit einem Becher heißen Wassers und einem Lumpen, mit dem sie die Wunde über dem Auge abtupfte. Llian zuckte unwillkürlich zusammen und stöhnte abermals. Sein Kopf schmerzte. Bei jedem Atemzug spürte er einen Stich in der Seite. Die Frau stand unvermittelt auf, kramte in einem Rucksack neben der Bank herum und kehrte kurz darauf mit einem kleinen Krug aus Seifenstein wieder zurück. Ungeschickt öffnete sie ihn und schmierte eine Salbe auf die Wunde. Dann legte sie ein Stück Stoff darauf und band das Ganze mit einer frischen Bandage um seinen Kopf fest. Dabei benutzte sie nur eine Hand, und den Knoten zog sie mit den Zähnen fest. Sie versuchte erst gar nicht, sanft zu sein. Schließlich setzte sie sich auf die Fersen zurück und starrte ihn an.

Dank der Schmerzen und seinem verschwommenen Blick sah Llian ihr Gesicht nur in groben Zügen: das rote lockige Haar zerzaust, die Augen wie Jadesplitter. Nein, voller und tiefer als Jade ... Ihre Augen waren so grün wie die Malachitsäulen im Auditorium seines Kollegiums. Llian versuchte, sich aufzusetzen. Es tat weh. Er blinzelte die Tränen weg. Die Frau beugte sich vor und wischte ihm das Blut von der Wange. Ihre Gesichtszüge waren so sauber und elegant, dass sie graviert hätten sein können – ganz im Gegensatz zu seinem eigenen, dreckigen Gesicht. Wangen und Stirn waren wunderbar rund, und die kleine Narbe über ihrer Augenbraue betonte das Ganze sogar nur noch. Ihr Haar besaß einen schwachen, vertrauten Geruch, wie von gemahlenen Limonenblättern. Jacke und Hose waren graugrün, das rechte Handgelenk verbunden, der Verband verdreckt und der Arm in einer Schlinge. Sie passte auf die Beschreibung, wirkte aber zu jung. Und sie hatte noch etwas anderes, vage Vertrautes an sich … aber was?

Auf lustige Art war sie recht charmant, dachte Llian, und wäre sie ein wenig älter und größer gewesen, ihr Haar von einer anderen Farbe als diesem furchtbaren Rot, dann hätte er sie sogar als attraktiv empfunden. Durch welch grausamen Scherz des Schicksals war sie nur in diese Angelegenheit verstrickt worden? Sie sah so jung aus, dass niemand sie ernst nehmen konnte. »Karan?«, fragte er zweifelnd.

Sie starrte ihm ins Gesicht. Nur ein Wort, und doch hatte es ausgereicht, ihr die Magie seiner Stimme zu zeigen. »Was soll ich nur mit ihm tun?«, verlangte sie mit einer Stimme von der Decke zu wissen, die sanft und tief war und – zu Llians Unbehagen – auch ein wenig amüsiert. »Wenn *das* die Frucht meiner Sendung ist, dann ist sie noch nicht ganz reif.«

Sie kicherte, ein weiches, gurgelndes Geräusch. Der vergangene Monat voller Flucht, Verfolgung, Träume und Albträume hatte sie verändert: Das hier war eine hagerere, härtere Karan als die, die sich so schüchtern nach Fiz Gorgo hineingeschlichen hatte. Ihr kleines, rundes Gesicht war so blass wie eh und je, denn sie wurde nie braun; doch ihre Nase und ihre Wangen pellten sich vom Wetter und der Sonne, und sie sah ausgezehrt und müde aus. Und doch hatte sie ihren Sinn für Humor noch nicht ganz verloren.

Sie sprach mit dem Akzent von Thurkad, jener breiten und leicht nasalen Intonation, die eigentlich gar kein richtiger Akzent war, seit Iagador oder genauer gesagt die gesamte

Insel Meldorin sich um diese große Stadt drehten. Doch in ihrer Sprache wurde der Akzent leicht verändert: weniger breit und weniger nasal, dafür weitgereist und gelehrter. Angereichert wurde das Ganze mit etwas aus der Sprache der Berge von Bannador, wie zum Beispiel den in die Länge gezogenen Vokalen. Das wusste Llian nach nur ein paar Worten; schließlich war er ein Meister der Akzente und Dialekte. Doch ihre Sprache wurde noch von einem weiteren Akzent überlagert, einem weiteren Muster, einer Art Singsang, wie man ihm beim Vortragen von Versen verwendete. Diesen konnte Llian nicht identifizieren, und das ärgerte ihn – wie auch die Tatsache, dass sie sein Erscheinen offenbar nicht wirklich zu schätzen wusste; ja, es amüsierte sie sogar, und das war despektierlich.

»Bist du wirklich Karan? Ich habe ... Ich dachte, du wärst älter.«

Das Grinsen verschwand. Karan sah verletzt und beleidigt aus, dass jemand, zu dem sie aufblickte, sie einfach nicht ernst nahm. »Ich bin vierundzwanzig«, erklärte sie trotzig und bereute es sofort.

»Sind wir uns schon einmal begegnet?«

»Nein, wir sind uns nicht *begegnet.*«

Sie hatte nicht damit gerechnet, dass er sich an sie erinnern würde. Warum sollte er auch? Schließlich hörten Tausende seinem Erzählen zu. Trotzdem verletzte sie das ein wenig.

»Nun, ich bin gekommen, um dich nach Thurkad zu bringen.«

Karan war überrascht. Llian rappelte sich wieder auf. Dann fuhr ein stechender Schmerz in seine Seite, und er wäre gestürzt, hätte sie ihn nicht mit ihrer unverletzten Schulter aufgefangen. Die Verachtung auf ihrem Gesicht verschwand jedoch sofort, denn Llian litt große Schmerzen.

Er war sogar noch hilfloser und verlorener als sie. Das musste sie berücksichtigen. *Was für eine Kreatur ist das nur?*, staunte sie. *Vielleicht lassen ihn seine Verletzungen so dumme Dinge sagen.*

Plötzlich wurde Llians Gesicht so grau wie Pergament. Er drückte die Hand auf die Seite. Karan schwankte unter seinem Gewicht, und sie schob ihn nach hinten, bis seine Kniekehlen die Bank berührten; dann ließ sie ihn fallen.

»Aaah!«, schrie er und stemmte sich wieder in die Höhe.

»Was ist?«

»Mein ... mein Hintern.«

Sie hob die Augenbrauen.

»Irgendein Verrückter hat mit Steinen nach mir geworfen«, murmelte er. »Ich habe den falschen Weg genommen, und dieser halbnackte Wahnsinnige ...«

Karan brach in lautes Lachen aus. »Das ist wirklich eine Komödie. Der große Chronist, verletzt in seiner Würde von Alus dem Eremiten. Ich nehme an, du willst nicht, dass ich nachsehe ... Nein? Dann lass uns noch mal einen Blick auf deine Seite werfen.«

Sie zog die Decke auseinander und untersuchte die Seite mit den Fingerspitzen. Vorsichtig zog sie kleine Schiefersplitter heraus, die sich dort ins Fleisch gedrückt hatten. »Du hast ein paar Rippen gebrochen. Ich werde versuchen, sie zu richten, aber es wird wehtun ... Ich bin kein Heiler.« Sie nahm die Hand aus der Schlinge, um auch die Finger der verletzten Hand unbeholfen einsetzen zu können. Wieder roch Llian den betörenden Limonenduft.

Es war eine schmerzhafte Operation, und danach musste noch die Wunde gesäubert und Stoff und Dreck entfernt werden. Llian zuckte bei jeder Berührung zusammen, und zu guter Letzt verwandelte sich Karans Mitleid in Ärger, so laut und häufig war sein Stöhnen. Inzwischen war es dunkel geworden. Karan warf die Tür zu und verkeilte sie; dann schob sie die Holzscheite im Feuer zusammen. Aus einem kleinen schwarzen Topf füllte sie zwei Becher und reichte Llian einen davon mit den Worten: »Iss was Suppe. Sie ist heiß, wenn auch sonst nicht viel.« Sie setzte sich zurück und schaute ihn an. Er tat ihr leid, und er amüsierte sie zugleich; aber sie empfand auch Schuld, weil sie ihn irgendwie hierhergebracht hatte.

Llian war zwar halb verhungert, dennoch beäugte er das Angebot misstrauisch. Die Suppe war grün mit einem öligen Film auf der Oberfläche. Ein vorsichtiger Schluck bestätigte seinen Verdacht. Die Suppe schien auf getrockneten Erbsen und ranzigem Fett zu basieren, gewürzt mit einer Hand voll bitterer Kräuter. »Köstlich!«, grummelte er und versuchte, nicht zu würgen. Aber sie war heiß, und etwas anderes zählte im Augenblick nicht.

»Das ist alles, was ich übrig habe«, sagte Karan.

Llian deutete auf seinen Rucksack. »Ich habe etwas Reiseproviant mitgebracht.«

Erneut starrte sie ihn an, als wäre er hier vollkommen deplatziert.

Plötzlich erinnerte sich Llian daran, warum er hierhergekommen war. »Unten in der Schlucht sind Whelm. Ich habe sie kurz vor dem Sturm gesehen.«

»Ich weiß. Ich kann sie fühlen, wenn sie in der Nähe sind. Diese Nacht werden sie nicht mehr nach oben kommen – der Pfad ist zu vereist. Trotzdem muss ich vor Sonnenaufgang weg sein. Aber wo kann ich hin? Sie wandte den Blick ab in dem Versuch, ihre Unsicherheit zu verbergen. »Und was ich mit *dir* tun soll, kann ich mir noch nicht einmal vorstellen.« Sie verzog das Gesicht. »Was kannst *du* tun?«

Llian war verwirrt. Das lief nicht so, wie er es geplant hatte. »Ich kenne die Historien recht gut«, begann er dümmlich.

Karan lachte, und ausgesprochen bezaubernde Grübchen

erschienen in ihren Mundwinkeln. Magie lag in seiner Stimme, selbst wenn seine Worte leer waren, und sie musste sich zwingen, ihr zu widerstehen. »Was wirst du tun, wenn die Whelm kommen?«, schnaubte sie. »Willst du ihnen eine Geschichte erzählen?«

Llian setzte sich ein wenig gerader hin. Er sprach kühner, als er sich tatsächlich fühlte, und setzte sogar die *Stimme* ein wenig ein. »Du bist jetzt sicher«, sagte er beruhigend und in einem Tonfall, als spräche er mit einem Kind. »Ich werde dich über den Pass nach Bannador bringen und dann zum Magister.«

Karan kniff die grünen Augen zu schmalen Schlitzen zusammen. War er wirklich noch dümmer, als er aussah, oder das genaue Gegenteil? Ihre Stimme klang noch immer sanft, doch sie hatte ihre Wärme verloren. »Ich werde nicht nach Thurkad gehen. Außerdem sind sie zwischen uns und dem Pass. Wie wolltest du denn dorthin?« Vielleicht kannte er ja einen Weg, von dem sie nichts wusste.

Diese schwache Hoffnung wurde jedoch sofort zerstört. »Nach Süden durch die Berge, nehme ich an, und dann nach Osten.«

»Bist du je hier oben gewesen?«

»Nicht so hoch«, antwortete er, »aber ...«

»Der Winter steht kurz bevor. Bis jetzt ist es noch zu keinen schweren Schneefällen gekommen, doch das kann jeden Tag passieren. Der nächste Pass liegt fast hundert Meilen gen Süden, so wie die Wege verlaufen. In Schnee und Eis könnten wir fünfzehn Tage dafür brauchen – oder fünfzig. Du könntest noch nicht einmal genug Proviant mitnehmen.«

»Wir könnten nach Chanthed zurückgehen.«

»Und was würden die Whelm dann tun?«

»Wir könnten uns verstecken, bis sie wieder weiterziehen.«

»Wenn du mir beibringen würdest, wie man Flügel macht, könnte ich vielleicht davonfliegen.«

»Ich versuche nur zu helfen.«

»Ich habe keine Kraft dafür«, sagte Karan verärgert. »Geh dorthin zurück, wo du hergekommen bist.« Sie stand unvermittelt auf und entfernte sich vom Feuer.

Llian ignorierte sie. »Ich denke, wir sollten ...«, sinnierte er.

Er war nicht nur ein Narr, er hörte noch nicht einmal zu! Karan drehte sich zutiefst enttäuscht wieder zu ihm um. Sie empfand es schon als Demütigung, sich an die törichten Träume von ihm auch nur zu erinnern.

»Du lebst in einer Traumwelt«, erklärte sie betont. »Deine Historien sind geschrieben worden, um die Zahnlosen zu unterhalten, während sie ihre Suppe schlürfen. Sie sind nur romantische Geschichten, und deine Hilfe ist genauso wertlos.«

Llian schaute sie verwirrt an. Das war nicht im Mindesten das, was er sich vorgestellt hatte – oder woran er gewöhnt war. »Die Historien sind die Wahrheit!«, schrie er. »Die beste Wahrheit, die wir der Vergangenheit entlocken können, und die Grundlagen unserer Kultur.«

»Geh weg!«, brüllte Karan. »Ich will dich nicht. Du bist nutzlos.« Endlich war die Nachricht zu Llian durchgedrungen. Er schrie und schlug die Hände vors Gesicht. Dann stand er auf und wankte in seiner Decke zur Tür. Karan konnte kaum glauben, was sie sah. »Nicht jetzt, du Idiot – morgen oder übermorgen, wenn du dich wieder besser fühlst.«

Llian drehte sich auf diesen Befehl hin wieder um und schwankte zu seinem Platz zurück. Ihn sich so gequält bewegen zu sehen war viel zu schmerzhaft. Karan ging hinaus, um sich wieder zu beruhigen, hin und her gerissen zwischen Lachen und Verzweiflung. Was sollte sie mit so einem anfangen? Ein paar Minuten später spähte sie wieder in den Raum hinein und sah, dass er auf der Bank hockte und zu Boden starrte. Er sah hundeelend aus, und das rührte Karans weiches Herz. Sie hätte nicht so grob zu ihm sein dürfen. Immerhin hatte sie ihn ja auch hierhergerufen. Sie marschierte wieder hinein.

»*Du* wirst wieder nach Tullin zurückgehen, und *ich* werde alleine weiterziehen. Jetzt komm. Leg dich hin, und ruh dich etwas aus.« Sie nahm den Topf vom Feuer, machte ihn sauber und zuckte ob der Schmerzen in ihrem Handgelenk zusammen. Dann füllte sie ihn wieder mit Wasser aus einem gesprungenen Steinkrug auf dem Herd und stellte ihn zum Kochen aufs Feuer.

Kurz darauf war Llian vor dem Feuer zusammengesunken, erneut in seine Decke gehüllt. Karan drehte seine Kleider um, die schon verkohlt rochen. Sie machte Tee aus ein paar Kräutern und goss die grüne Flüssigkeit in Becher. Dankbar schlang Llian die Finger um das heiße Metall. Vielleicht glaubte er, dass der angebotene Tee einen Waffenstillstand signalisierte. Ihm kam ein Gedanke.

»Vergangene Nacht hast du so verzweifelt gewirkt. Ich hatte wirklich Mitgefühl mit dir. Doch heute ...«

Karan gab ein wenig nach. »Es ist nun fast zwei Monate her, seit ich aus Fiz Gorgo geflohen bin, und man hat mich den ganzen Weg über gejagt. Jedes Mal, wenn ich sie abschüttele, führt irgendetwas sie wieder zu mir zurück. Gestern habe ich mich ohne Feuer im Schnee versteckt, und meine Feinde waren so nahe, dass ich sie fühlen konnte, wenn der Schmerz sehr stark war. In der Nacht haben sie schließlich erst einmal aufgegeben; trotzdem war sie schrecklich. Tatsächlich war es eine der schlimmsten Nächte, die ich bis jetzt erlebt habe. Ich habe mich meiner Schwäche ergeben. Mein Ruf war eine Fantasie, ein Traum. Ich habe mir nicht einen

Augenblick lang vorgestellt, dass du in der Nähe sein und kommen würdest.«

Llian betrachtete sie durch den Dampf aus seinem Becher hindurch. Da schien mehr in jener Traumbotschaft gewesen zu sein als Karan, mehr noch als sogar die Whelm. Wer war diese andere, größere Gestalt? Yggur, der versuchte, den Spiegel zurückzubekommen? Llian nippte an seinem Tee. Er schmeckte nach den bitteren Kräutern in der Suppe. Karan saß im Schneidersitz vor dem Feuer, starrte in die Flammen und schaukelte langsam vor und zurück. In der linken Hand hielt sie einen Stock und spielte mit dem verbrannten Ende geistesabwesend an einem Stein herum.

»Was ist in Fiz Gorgo passiert?«

»Yggur ist zu früh wieder zurückgekehrt. Maigraith hatte die Kraft, um ihn festzuhalten, aber nicht, um selbst zu fliehen. Ich habe getan, was sie mir gesagt hat: Ich bin geflohen.«

»Ich habe nicht gewusst, dass ihr zu zweit wart. Wem dienst du?«

»Du bist zu neugierig. Du tauchst aus dem Nichts auf und erwartest von mir, dass ich dir vertraue. Das tue ich aber nicht. Ich habe dich nicht um deine Hilfe gebeten. Du bist arrogant, und ich glaube nicht, dass ich dich sonderlich mag. Ich werde weiterziehen, und ich gehe allein. In einem Tag wird der Flusspegel sich wieder normalisiert haben, und du kannst zurück nach Tullin.«

Llian wurde vor Scham knallrot. Vielleicht hatte er geglaubt, sie würde ihre Meinung noch ändern. In diesem Augenblick empfand Karan wieder einen Hauch von Mitleid für ihn – aber nur einen Hauch –, denn sein Gesicht war so offen, dass es echt sein musste. Und immerhin war er den ganzen Weg hierhergekommen, was auch immer seine Motive sein mochten.

»Was kann ich tun?«, sagte sie so freundlich, wie es ihr möglich war. »Du bist schlimmer verletzt als ich, und du kennst die Berge nicht. Du bist freundlich und weich. So war ich selbst auch einmal. Du gehörst nicht hier oben hin.«

»Aber du hast nichts zu essen, und du bist ebenfalls verletzt. Du hast nach Hilfe gerufen.«

»Das habe ich, aber nicht nach deiner«, erwiderte sie. »Ich werde dir deinen restlichen Proviant abkaufen. Außer für morgen wirst du nichts brauchen. Ruh dich jetzt aus. Du kannst mir am besten helfen, indem du sie aufhältst. Selbst eine Stunde Vorsprung wäre mir schon eine große Hilfe.« Sie verfiel wieder in Schweigen und starrte erneut ins Feuer.

Llian legte sich mit der gesunden Seite auf die Steinbank und überdachte seine Situation. Warum sollte er weitergehen? Er konnte Karan nicht zwingen und wollte es auch gar nicht. Er würde seine Schuld Mendark gegenüber auf andere Art begleichen müssen. Aber er wollte den Spiegel sehen und seine Geschichte lernen – und ihre auch.

In diese Gedanken versunken dauerte es eine Weile, bis er bemerkte, dass Karan leise hinausgegangen war und die Tür hatte offen stehen lassen. Draußen pfiff der Wind durch das löcherige Dach. Dann und wann wehte eine Bö durch die Tür, schürte die Flammen und ließ Funken durch den Raum fliegen. Llian schaute sich um. Karans kleiner Rucksack lag in einer Ecke. Vielleicht bewahrte sie dort den Spiegel auf. Die Versuchung war groß. Llian setzte sich zu schnell auf. Erneut schoss ein furchtbarer Schmerz durch seine Seite, so stark, dass er schrie. Jetzt war nicht die Zeit, der Versuchung nachzugeben.

Und das war eine gute Entscheidung, denn eine Minute später wurde die Tür weit aufgetreten, und Karan schlurfte rückwärts herein. Sie zog einen großen Ast hinter sich her. Den wuchtete sie durch die Tür und ließ ihn in der Mitte des Raumes fallen. Schnee hatte sich in ihrem Haar verfangen.

Karan hackte mehrere kleinere Zweige mit einem Beil ab, brach sie in kleine Stücke und warf sie ins Feuer. Dann stocherte sie mit dem dicken Ende des übrig gebliebenen Astes noch ein wenig darin herum und legte ihn schließlich quer über die Flammen.

Llian sackte auf der Bank in sich zusammen. Er fühlte sich vollkommen demoralisiert und nutzlos. Seit er als Kind aus seiner Heimat und von seiner Familie weggeholt worden war, hatte er sich nicht mehr so leer und verzweifelt gefühlt. Hätte Karan ihn nicht angeschaut, er wäre in Tränen ausgebrochen.

Inzwischen schneite es draußen heftig. Llian schlief einen erschöpften Schlaf. Er war in eine graue Decke gehüllt. Ein Fuß ragte unten heraus, und Karans Mantel diente ihm als Kissen. Karan saß auf ihrem Rucksack vor dem Feuer und betrachtete die Schattenspiele an der Wand. Dann und wann stand sie auf und schob den dicken Ast ein wenig weiter ins Feuer; dann setzte sie sich wieder und hing ihren Gedanken nach.

Wenn sie den Pass nach Bannador überqueren könnte, würde sie sich sicher fühlen; doch in der einen Richtung war ihr der Weg von den Whelm abgeschnitten, in der anderen von dem reißenden Fluss. Wie hatte sie nach all der Zeit zulassen können, dass sie sie so leicht in die Falle trieben? Und was planten sie gerade? Würden sie versuchen, sie sich bei Sonnenaufgang überraschend zu schnappen, oder würden sie ihr den Weg zum Pass abschneiden? Und gab es eine Möglichkeit, diese neue Gabe zu nutzen, die so unerwartet gekommen war?

Llian rollte sich im Schlaf herum und stöhnte. Selbst im Schlaf sah er verloren und elend aus. Warum hatte jemand, der so wenig zu bieten hatte, so viel riskiert, um sie zu finden? Oder war das auch nur eine Falle? Was würde er tun, wenn sie schlief?

Der Wind heulte unter dem Dach. Karan schlüpfte hinaus und ging durch die Ruinen der Halle abwärts. Der Sturm war vorüber und der Himmel klar, obwohl von Westen her erneut dichte Wolken heranzogen. Innerhalb der Ruinen hatte der Wind den Schnee zu Wehen zusammengetrieben, fantastischen Formen im Sternenlicht. Karan watete durch eine schattige Schneewehe und ging zu der Stelle, wo eine niedrige Steinmauer den Rand des Plateaus begrenzte. Der Wind zischte durch das tote Gras und warf körnigen Schnee gegen Karans Wangen.

Karan saß hinter der Steinmauer, teilweise vor dem Wind geschützt. Es war sehr kalt. *Llian von Chanthed, Llian der Zain. Sie sagen, deine Stimme sei wie der Gesang der Engel, und das war sie auch, als ich dich in Chanthed gehört habe. Wenn du die Großen Geschichten erzählst, würde Rulke persönlich weinen – wie auch ich es einst getan habe. Diese Nacht war ich unnötig grausam zu dir, aber was hätte ich sonst tun können? Deine Stimme wird mich nicht nach Hause bringen.* Karan fühlte, wie sein Zauber erneut auf sie wirkte, und sie versuchte, ihr Herz wieder zu verhärten.

Die Sterne zeigten nun die zehnte Stunde. Nirgends war ein Geräusch zu hören, abgesehen vom Zischen des Windes und dem Rauschen der Blätter eines Busches am Abgrund. *Wenn ich ihn hier zurücklasse, wird sie das vielleicht für einen halben Tag aufhalten. Verdammt soll er sein! Ich habe ihn nicht gebeten zu kommen. Nein, ich bin unehrlich. In jener Nacht und gestern Nacht, da habe ich ihn gerufen. Er hat mir geantwortet, und ich war froh darum – so froh, dass es Farbe in meinen ganzen Tag gebracht hat. Und die Whelm werden doch sicherlich sehen, wie harmlos er ist.*

Nein, sie werden ihn zerreißen, wenn auch nur auf die vage Vermutung hin, dass ich ihm etwas erzählt haben könnte. Vielleicht würden sie es aber auch nur einfach so tun, aus reiner Bosheit, weil sie ihn für meinen Freund halten. Ich muss ihn unter meinen Schutz stellen. Der Gedanke ließ sie schnauben. Eine ironische Umkehrung, die auch ihn amüsiert hätte, denn schließlich war das eines der Werkzeuge seines Handwerks. *Oh, was für eine Närrin ich doch bin, mich so zu belasten. Aber wie könnte ich ihn* ihrer *Gnade überlassen?*

Ein Rascheln hinter ihr schreckte Karan auf, und sie schlug sich die verletzte Hand an der Steinmauer an. Sie schrie, doch es war nur der Wind, der einen Zweig über die Felsen getrieben hatte. Karan setzte sich wieder hin und drückte das Handgelenk an die Brust. Die Tränen begannen, auf ihren Wangen zu frieren. *Das ist nicht gut. Ich brauche Hilfe. Aber da ist niemand ... nur er.*

Weit unten, in der riesigen Talschüssel, fiel das Sternenlicht auf den Fluss und ließ ihn silbern schimmern. Schnee- und Eisflecken glitzerten weiß, und der Wald war ein tiefschwarzer Schatten. Die Bergkämme, die nach Tullin zurückführten, waren eine zerklüftete schwarze Masse. Das Plateau erstreckte sich im Osten und Westen weiter, als man sehen konnte. Karans Blick wanderte zu dem gewaltigen Berg Tintinnuin, eingehüllt in Schnee und Eis und mit einem Wolkenbanner, das im Osten von einer Spitze flatterte.

Karan starrte ins Tal hinunter und versuchte, sich wieder zu beherrschen. Ihr Handgelenk begann erneut zu pochen. Es hatte zu heilen begonnen, doch nun spürte sie, wie die Knochen wieder aneinanderrieben. Als sie über die Klippe hinabschaute, bemerkte sie, dass sich dort unten etwas bewegte. Aber mitten in der Nacht, bei Schnee und Eis würde doch sicherlich niemand versuchen, hier hochzuklettern ... oder?

Ja, da war es erneut, eindeutig diesmal. Fünfzig Spannen unter ihr – nein, weniger! Methodisch und zielgerichtet kletterte eine Gestalt die Felswand hinauf. Waren da noch andere? Karan ließ ihren Blick über die Klippe wandern, doch sie konnte nur einen sehen. Sobald er das Plateau erreichte, würde der Rauch sie verraten, und da Llian noch nicht einmal angezogen war, hatten sie keine Zeit zu fliehen. Außerdem gab es in den Ruinen kein einziges gutes Versteck.

Karan schickte sich an, zu Llian zurückzurennen, hielt dann jedoch inne. Sie ließ sich auf die Knie sinken und spähte erneut über die Felskante. Die Gestalt wurde von einem glatten, vorspringenden Fels aufgehalten. Unentschlossen bewegte sie sich erst nach links, dann nach rechts. Dann, nachdem sie Halt gefunden hatte, setzte sie ihren steten Aufstieg fort. Ab und zu sah Karan das Sternenlicht in den nach oben gerichteten Augen funkeln. Sie beugte sich weiter über den Rand. Karan war eine hervorragende Kletterin, aber sie hätte so etwas ohne Seil und Steigeisen niemals versucht. Bewundernd schaute sie zu; die Technik war erstaunlich. Der Wind war wieder ein wenig schwächer geworden, obwohl der Umhang des Kletterers nach wie vor hinter ihm flatterte, und Karan glaubte, sein raues Atmen zu hören. Inzwischen war er kaum noch ein Dutzend Spannen unter ihr, und sie sah deutlich sein bleiches Gesicht und die gefletschten Zähne: Idlis!

Erschrocken zog Karan sich von der Kante zurück und verlagerte dabei unwillkürlich ihr gesamtes Gewicht auf die verletzte Hand. Der Schmerz rüttelte sie wach, und sie sprang auf. Verzweifelt schaute sie sich nach einer Waffe um, ohne wirklich darüber nachzudenken, was sie da tat. In der Nähe fand sich kein Ast oder Ähnliches. Steine gab es hier jede Menge. Sie steckten in der Mauer oder lagen in kleinen Haufen beisammen. Karan riss erst an einem, dann an einem anderen, bis ihre Finger bluteten, doch es war nutzlos. Selbst wenn sie beide Hände hätte benutzen können, die Steinbrocken waren zu groß. Nein, da war ein zerbrochener. Karan schnappte sich ein kleineres Stück, ungefähr so groß wie ihr Kopf, und humpelte zur Klippe hinüber, während sie den Stein unbeholfen zwischen Arm und Hüfte hielt.

Idlis war kaum noch drei Spannen unter ihr. Sie erinnerte sich daran, wie seine Haut in der Sonne Blasen geschlagen hatte, und zögerte. Er war Furcht erregend, aber auch menschlich. Wie erstarrt stand sie da, während er stetig weiterkletterte. Das Licht fiel wieder auf seine Augen, und sie waren kalt.

Dann sah er Karan und grinste wölfisch. Das entsetzte sie. Ein Mensch mochte er ja sein, aber er war auch ihr Feind. Karan wirbelte herum und schleuderte den Stein aus der Hüfte. Der Wurf war zielgenau, doch im letzten Moment drehte Idlis sich zur Seite. Der Stein schrammte an seiner Schläfe vorbei und über die Schulter; dann segelte er in die Nacht davon. Idlis hing schaukelnd am Fels, nur noch mit einer Hand und einem Fuß, und sein Gesicht verzog sich vor Schmerz.

Einen Augenblick lang glaubte Karan, er würde stürzen. Sie konnte einfach nicht glauben, dass er sich nach diesem Treffer noch festhalten konnte. Dann bekam er sich wieder in den Griff, wischte sich mit der Hand über die Augen und setzte seinen Aufstieg fort. Karan stand einfach nur da, angewidert ob dessen, was sie getan hatte, und entsetzt, dass es nicht funktioniert hatte. Sie floh.

Nach ein, zwei Minuten schaute sie wieder zurück, doch die Felskante war außer Sicht. Nun kletterte sie auf die beschädigte innere Mauer und rannte geduckt darauf entlang. Jenseits des Hofes, ein paar hundert Schritt entfernt, war die Mauer zerstört, wo sie an die Halle grenzte. Karan hielt auf diese Stelle zu und ließ sich dort geräuschlos wieder auf den Boden nieder. Die Tür zum Vorraum stand offen, wie sie sie zurückgelassen hatte. Der Raum wurde nur noch von schwachem Feuerschein erhellt; trotzdem war es drinnen noch wärmer als draußen. Der Ast war erloschen; nur noch Asche und Holzkohle waren von ihm auf dem Boden übrig. Karans Rucksack war unberührt, und Llian lag noch so da, wie sie ihn verlassen hatte. Sie berührte seine Stirn; er hatte leichtes Fieber. Bei ihrer Berührung riss er den Arm hoch und murmelte ein paar unzusammenhängende Worte. Sie trat rasch von ihm weg, und er schlief sofort wieder ein.

Karan verkeilte die Tür mit Schieferbruchstücken und schürte das Feuer. Flammen züngelten hoch. Sie nahm ihr kleines Beil, zog sich in eine Nische neben der Tür zurück und wartete. Der Wind stöhnte in den Ruinen. Das Feuer knisterte eine Weile und verstummte dann. Die Nacht ging weiter.

Kapitel sechzehn

Höhenangst

Llian wälzte sich im Schlaf und rief mit einer seltsamen Stimme. Karan legte ihre kühle Hand auf seine heiße Stirn, bis er sich wieder beruhigte. Der Wind erstarb zu einem Flüstern. Das Feuer glühte nur noch schwach. Eine Zeit lang herrschte vollkommene Stille.

Dann ertönte draußen ein leises, aber unverkennbares Knirschen, als ein Stück Schiefer unter Stiefeln zerbrach. Pause. Dann ein Kratzen. Er war an der Tür. Er machte sich an ihr zu schaffen. Sie gab ein wenig nach. Karan verspannte sich.

Ein Rauschen, ein Schlag. Die Tür flog auf. Idlis stürmte in den schwach beleuchteten Raum, stolperte die Stufen hinunter und kämpfte darum, das Gleichgewicht zu bewahren.

Llian sprang mit einem Entsetzensschrei auf, verfing sich in seinen Decken und fiel hin. Wie ein Wilder warf Idlis sich auf ihn, und beide rollten über den Boden und schlugen nacheinander. Llian schrie vor Schmerz.

Karan kroch aus ihrer Nische und schlug Idlis mit der Rückseite des Beils hinters Ohr. Geräuschlos brach er auf Llian zusammen. Karan warf weiteres Holz aufs Feuer, und in dessen Licht band sie dem Whelm Hände und Füße hinter dem Rücken. Sie stopfte ihm Rinde in den Mund und zerrte ihn unbeholfen von dem halb erstickten Llian herunter und in eine Ecke. Ihre Finger schreckten vor der seltsamen Beschaffenheit seiner Haut zurück.

Llian setzte sich auf, benommen von der Gewalt, mit der er geweckt worden war. Karan stand über ihm und atmete schwer. Sie hatte einen wilden Blick in den Augen. Llian versuchte, sich aufzurappeln, doch seine Beine versagten ihm den Dienst. Karan streckte die Hand aus. Er zog sich hoch, ging unsicher zur Bank und ließ sich wieder darauf fallen.

»Du hast mir das Leben gerettet! Ich muss geschlafen haben. Wo ist er hergekommen?« Llian hatte noch immer keine Ahnung, was passiert war.

»Er ist die Klippe hinaufgeklettert und hat dich für mich gehalten.«

Llian starrte sie an. »Warum hast du mich nicht geweckt?«

»Ich habe nicht geglaubt, dass du mir helfen könntest. Jetzt müssen wir aber gehen. Wenn er die Felswand im Dunkeln und bei Schnee und Eis hinaufklettern kann, dann sind die anderen vielleicht dicht hinter ihm. Du wirst mit mir kommen müssen.«

Llian sackte in sich zusammen.

»Wir können hier nicht reden«, fuhr Karan fort. »Sie werden vielleicht von ihm erfahren, was wir gesagt haben.« Während sie sprach, packte sie ihren Rucksack. »Wie fühlst du dich?«, fragte sie und schaute zu ihm hinüber. »Besser, hoffe ich doch.«

Llian versuchte sich an einem vorsichtigen Lächeln. Er fühlte sich schrecklich. Und doch wollte er mit ihr gehen. »Ich fühle mich schon viel besser«, sagte er mit so fester Stimme, wie er konnte. »Etwas Warmes zu essen, und ich kann die ganze Nacht durchmarschieren.«

Karan musterte ihn aufmerksam. Sie nahm den Topf vom Feuer, packte irgendetwas aus ihrem Rucksack, schnitt ein Stück davon ab und warf es in den Topf. Wasser zischte auf dem Feuer.

Llian zog sich an. Die Kleider waren warm, aber noch immer feucht. Seine Seite schmerzte fürchterlich, und er hatte einen großen Bluterguss auf der Wange. Karan hatte sich auf ein Knie neben Idlis niedergelassen und tastete seinen Kopf ab. Selbst im Ruhezustand hatte der Mund des Whelm etwas Brutales. Llian starrte auf das vernarbte Gesicht. Der Hinterkopf war blutig, und über dem Auge war eine dicke Schwellung grob verbunden. »Wo hat er das her?«, fragte sich Llian laut.

»Ich habe einen Stein auf ihn geworfen, als er die Klippe hinaufgeklettert ist«, erklärte Karan mit seltsamem Gesichtsausdruck. »Er hatte Glück ... obwohl er sich vermutlich wünschen wird, es wäre anders, wenn die anderen hierherkommen. Hier. Trink das.« Sie reichte Llian einen vollen Becher.

Llian wusste nicht, was er denken sollte. All das war geschehen, während er geschlafen hatte?

Es war noch genug Suppe für einen weiteren Becher übrig. Llian fischte Holzkohlenstückchen aus seinem Becher, schlürfte die Flüssigkeit und wischte sich den Mund ab. Karan hatte die Hand auf der Tür.

»Willst du ihn einfach hier liegen lassen, damit er uns anschließend wieder verfolgen kann?«

»Würdest du einen hilflosen Menschen erschlagen? Selbst einen Whelm? Ich kann das nicht. Was ich an der Klippe gemacht habe, war schon schändlich genug.« *Drei Mal habe ich nun schon das Leben von diesem hier verschont,* sinnierte sie. *In Bannador würden wir das als Omen betrachten, und selbst ein Feind stünde dann in meiner Schuld.* Da sie Idlis' Leben nun schon wiederholt in Händen gehalten hatte, fühlte sie sich irgendwie mit ihm verbunden und empfand so etwas wie Verantwortung für ihn. Tatsächlich empfand sie für Llian das Gleiche. Plötzlich war ihr Leben sehr kompliziert geworden.

Der Wind war abgeflaut. Der abnehmende Mond spendete kaum Licht. Aber bis Sonnenaufgang dauerte es noch Stunden. Karan wandte sich in Richtung Westen.

»Wo gehen wir hin?«

»Zurück zu dem kleinen Fluss, der über die Kante stürzt. Manchmal sinkt der Pegel dieser Bergflüsse genauso schnell, wie er steigt.«

Doch schon lange bevor sie ihn erreichten, hörten sie das Rauschen des Wassers über den Steinen. Sie fanden eine geschützte Stelle inmitten der Felsen, wo sie die kurze Zeit bis Sonnenaufgang warten konnten. Als es schließlich so weit war, war der Himmel stahlgrau, denn dichte Wolkenmassen waren von Westen herangetrieben und bedeckten nun den ganzen Himmel. Der Fluss war noch immer ein schwarzer reißender Strom.

»Als ich ihn überquert habe, war er noch nicht so hoch«, bemerkte Llian.

»Warte noch ein wenig. Im Laufe des Tages wird er wieder fallen.«

Eingewickelt in ihren Mantel und den Hut tief ins Gesicht gezogen versuchte Karan, ein wenig zu dösen, während Llian Wache hielt. Langsam wurde es immer heller; dann kam jener undefinierbare Moment, da in der Welt plötzlich mehr Licht als Dunkelheit herrscht. Gedankenverloren schaute Llian zum Fluss zurück und sah entsetzt zwei Gestalten am anderen Ufer, nicht weit flussaufwärts.

»Karan!« Er schüttelte sie wach.

»Hmmm?«

»Da sind zwei Leute auf der anderen Seite, und sie sehen wie Whelm aus.«

Karan war augenblicklich hellwach und spähte durch die Lücke zwischen den Felsen. Ihre Kopfhaut juckte. Das *waren* Whelm, aber nicht die, die sie in letzter Zeit gejagt hatten. Ein Mann und eine Frau, beide noch recht jung. Vor Hetchet waren es fünf gewesen, und nun waren es wieder fünf.

»Sie müssen mir hierher gefolgt sein«, ärgerte sich Llian. »Ich hatte mehrmals das Gefühl, als würde ich verfolgt werden.«

»Es ist egal, wie sie hierhergekommen sind – sie haben mich auch ohne dich schon oft gefunden.«

»Es sieht so aus, als wollten sie übersetzen.«

Die beiden Whelm packten sich an den Armen; dann sprang der Mann in die Höhe und landete auf einem Fels, der aus dem Wasser ragte. Es folgten zwei weitere, lange, seltsam anzuschauende Sprünge, und er hatte den halben Weg hinter sich gebracht. Der Fluss war zweimal so breit wie gestern Abend, da Llian ihn überquert hatte. Die Frau rief dem Mann etwas zu; er hob daraufhin die Hand und sprang ins Wasser. Mit unbeholfen wirkenden, aber kräftigen Schwimmzügen pflügte er durchs Wasser; dann wurde er nach unten gerissen. Llian schaute offenen Mundes zu und durchlebte noch mal seine eigenen Erfahrungen. Ein Arm durchbrach kurz die Oberfläche, dann war er wieder verschwunden. Die Frau starrte aufs Wasser. Ein gutes Stück flussabwärts tauchte der Whelm wieder auf. Er schlug noch immer um sich und kam dann auf felsigen Grund. Kurz darauf war er aus dem Wasser. Er lag einen Moment am Ufer, stand dann mit zitternden Beinen auf, winkte der Frau noch einmal zu und machte sich auf den Weg in Richtung der Ruinen.

Die Frau hob den Arm in seine Richtung und kehrte ohne große Eile zum Bergkamm zurück.

»Was für eine Leistung!«, sagte Llian bewundernd. »Was für ein Anblick für einen Erzähler! Tatsächlich mache ich schon eine Geschichte daraus.«

»Vergiss nicht, dass er unser tödlicher Feind ist«, erwiderte Karan kalt. »Und die Frau wird den Weg nach unten bewachen.«

»Heute wären wir ohnehin nicht rübergekommen.«

»Nicht hier«, stimmte sie ihm zu, »aber ein Stück weiter flussaufwärts hätten wir das vielleicht gekonnt. Nun besteht unsere einzige Hoffnung darin zu versuchen, an den anderen Whelm vorbeizukommen und Richtung Osten wieder runterzugehen. Doch was das betrifft, hege ich auch nicht allzu große Hoffnungen.«

»Sicher werden sie auch diesen Weg bewachen.«

»Ohne Zweifel, obwohl es auch noch einen zweiten Weg nach unten gibt – oder jedenfalls gab es ihn mal. Er wird jedoch nicht einfach zu finden sein.«

Leichter Schneefall setzte ein, als sie wieder umkehrten. Karan wollte die Ruinen ein gutes Stück im Süden passieren aus Angst, dass die Whelm dort bereits suchten. Dem war tatsächlich so, denn kurze Zeit später hörten sie einen tiefen, hohlen Schrei, ähnlich den Schreien, die Karan in Fiz Gorgo und den Sümpfen gehört hatte. Beinahe sofort wurde er von einem weiteren, höheren Schrei beantwortet, der Llian einen Schauder über den Rücken jagte, denn er erinnerte ihn an Gaisch und ihr Messer an seiner Kehle.

»Sie suchen vermutlich nach Idlis«, sagte er.

»Oder sie haben ihn bereits gefunden und sind nun hinter uns her.«

Sie wateten durch den immer dichter werdenden Schnee und hielten sich möglichst nah am Rand des Steilhangs.

»Was genau versuchen wir hier eigentlich?«, murrte Llian. »Egal. Was auch immer es ist, es gefällt mir nicht.«

Karan gab ihm einen kurzen Abriss ihres Plans. »Der Kamm führt nicht weit weg von hier vom Plateau hinunter, und ein Stück weiter gibt es eine Klamm, durch die der Fluss vom Wasserfall rauscht. Dort hat es früher immer eine Brücke gegeben.«

»Ich habe die Kluft auf dem Weg hierher gesehen.«

»Ein Pfad führt bis zum Fluss hinunter. Dort kann man ihn überqueren, wenn er kein Hochwasser führt. Aber es gibt auch noch einen sehr alten Pfad aus einer Zeit, da die Brücke noch nicht gebaut worden war. Ich nehme an, dass er auf der anderen Seite wieder zum Kamm hinaufführt. Die Whelm wissen vielleicht nichts von seiner Existenz.«

Karan führte Llian auf den Kamm, der steil nach unten führte, ungefähr in Richtung Tullin. Er war viel breiter als der, den Llian gestern hinaufgeklettert war, denn die Kuppe war eingeebnet worden, um eine Straße zur Brücke zu bauen; damals war das Klima wärmer gewesen und das Land um die Ruinen herum dichter bevölkert. Die Straße war überwuchert, aber dank des Windes fast völlig schneefrei, und so kamen sie gut voran. Wie der Steilhang unterhalb der Ruinen wurde auch der Kamm von einer Klippe aus rotem Fels begrenzt. Noch immer schneite es leicht. Aus dem Zwielicht ragten zwei schwarze Steinpfeiler empor und bewachten das Ende des Kamms wie zwei unheilvolle Wächter. Sie waren alles, was von der Brücke übrig geblieben war, welche die Klamm einst überspannt hatte.

»Der Pfad führt dorthinunter, direkt neben dem Pfeiler«, erklärte Karan und deutete auf den rechten. »Von dort aus windet er sich nach unten. Wir haben Glück. Sie haben ihn unbewacht gelassen.«

Noch während sie sprach, trat ein großer Whelm hinter dem Pfeiler vor. Es war Idlis, den Kopf mit einer blutigen Bandage umwickelt.

»Zurück!«, schrie Karan. Sie wirbelte herum und rannte los. Llian stolperte ihr hinterher und hielt sich die Seite. Als er zurückschaute, sah er, dass Idlis sich nicht gerührt hatte. Er blieb, wo er war, und bewachte weiter den Weg nach unten. Offenbar hatte er den eindeutigen Befehl erhalten, seinen Posten nicht zu verlassen. Im Schneegestöber war er bald nicht mehr zu sehen; dann ertönte ein mächtiger Schrei und hallte über die Hänge und von den Klippen wider. Karan riss einen belaubten Ast von einem Busch und verwischte damit ihre Spuren.

»Das wird uns nicht viel bringen«, sagte Llian verärgert, denn der Schmerz in seinen Rippen war enorm.

»Er ruft sie wieder zurück«, erklärte Karan, ging weiter, und nachdem sie sich ein gutes Stück von Idlis entfernt hatten, bog sie ins Unterholz ab und hielt über den Kamm auf die rote Klippe zu.

Der alte Pfad war unter der Schneedecke schwer zu finden. Schließlich glaubte Karan jedoch, ihn entdeckt zu haben: einen tückischen, in den roten Fels gehauenen Sims, bedeckt mit Schnee, Eis und heruntergefallenen Steinen. Vorsichtig krochen sie über den schlüpfrigen Pfad, und Llians Höhenangst wurde sogar noch schlimmer als die Schmerzen seiner Verletzungen. Nun lag ein langes, gerades Stück vor ihnen. Es war schmal und neigte sich nach außen. Erneut echote Idlis' Ruf um sie herum. Wenn er zur Kante kam und nach unten schaute, würde er sie sehen, denn der Schneefall hatte fast aufgehört.

»Komm schon!«, rief Karan und zog Llian am Arm. »Sie können nicht mehr weit weg sein.«

Llian erschrak und versuchte, ein wenig schneller zu gehen. Er hatte immer mehr Angst zu stürzen. Vor ihnen war der Pfad von einer Eisschicht überzogen.

»Beeil dich!«, rief Karan.

Vorsichtig trat Llian auf das Eis. Sein Fuß rutschte weg. Rasch setzte er auch den zweiten auf, doch nur um beide weggerissen zu bekommen. Er landete flach auf dem Rücken, streckte den linken Arm aus, um sich abzustützen, griff jedoch über den Rand ins Leere. Er schrie, fast ein panisches Kreischen.

Sein Sturz zwang Karan, die ihn noch immer festhielt, auf die Knie, und fast hätte sie den Halt um Llians Hand verloren. Sie rutschte auf ihn zu. Aus Angst, sie könne ihn über den Rand stoßen, schrie Llian auf. Dann gelang es ihr, die Stiefelspitze in einem Spalt zu verkeilen und sich so festzuhalten. Karan griff mit der verletzten Hand nach dem Spalt und zog sie beide auf diese Art langsam wieder in Sicherheit.

»Tut mir leid, tut mir leid«, rief Llian.

Er schlang die Arme um sie. Karan schob ihn von sich. Sie drückte ihr verletztes Handgelenk und verzog das Gesicht.

»Es war nicht deine Schuld«, sagte sie. »Ich hätte dich nicht so antreiben dürfen. Dieser Pfad ist tückischer, als ich gedacht habe.«

Sie warf noch einmal einen prüfenden Blick auf den Weg. Die Eisdecke reichte noch drei, vier Schritte weiter und bedeckte den Pfad in seiner gesamten Breite. Für sie war das gefährlich, für Llian jedoch tödlich.

»Wie wäre es, wenn ich vorausgehe und ein Seil von hier nach da spanne?«

Llian gefiel das noch immer nicht, aber er wollte auch keine unnötige Last für sie sein. »Ich ... Ich nehme an, das ginge«, antwortete er sehr, sehr vorsichtig.

»Gut. Bleib hier.« Karan band das Seil an eine stabile Baumwurzel, knotete das andere Ende um ihre Hüfte und arbeitete sich dann langsam voran, wobei sie mit dem Beil kleine Löcher ins Eis schlug, um besseren Halt zu haben. Sie erreichte das andere Ende der Eisdecke und band das Seil auch dort fest. »Kommst du jetzt rüber?«

»Ich glaube schon.«

Llian packte das Seil wie eine Rettungsleine und machte den ersten schlurfenden Schritt. Just in diesem Augenblick schrie Idlis erneut, laut und drängend und unmittelbar über ihnen. Llian schaute nach oben und sah, dass der Whelm zu ihnen hinunterstarrte. Dann blickte Idlis wieder den Kamm hinunter, bevor er wieder zu ihnen hinabschaute. Karan folgte seinem Blick. Der Ruf wurde nicht beantwortet, obwohl das nicht hieß, dass niemand kam. Plötzlich traf Idlis eine Entscheidung. Er drückte die Schulter an einen Fels, einen von vielen an der Kante. Er wackelte.

»Llian!«, rief Karan erregt. Sie hatte Angst, ihn zu drängen, wusste aber auch, dass ihm nur noch Sekunden blieben.

Llian machte noch ein paar weitere unsichere Schritte; dann hielt er mit ausgestrecktem Fuß inne. Sein Blick war auf den Felsen fixiert. Idlis strengte sich an, stöhnte, und langsam löste sich der Fels. Llian war wie erstarrt, sicher, dass der Fels direkt auf ihn gerichtet war. Wäre er gerannt, er wäre durchgekommen, doch er schlurfte nur. Der Felsen begann, über den Rand zu kippen.

»Zurück!«, kreischte Karan im letzten Augenblick, und Llian warf sich gerade noch rechtzeitig nach hinten.

Der Felsen schlug genau dort auf den Sims, wo er gerade noch gestanden hatte. Steinsplitter schlugen ihm ins Gesicht und auf die Hände, und der Felsen prallte ab und stürzte in die Tiefe. Schließlich schlug er tief unten auf und löste eine Steinlawine aus, die scheinbar eine Ewigkeit andauerte.

Llian war viel zu erschrocken, als dass er noch hätte stehen können. Er sank auf die Knie und blickte durch den Staub hindurch zu Karan. Das Seil war weg und der Sims vor ihm für ein paar Spannen weggebrochen, sodass der blanke, unregelmäßige Fels zum Vorschein gekommen war. Inzwischen hatte auch der Wind wieder aufgefrischt, wirbelte über die Felskante und ließ Llian zittern. Auch der Schneefall setzte wieder ein; dann versperrte ein heftiger Wirbel den Blick auf alles außer den blutfarbenen Fels.

Karan schätzte die Größe des Lochs ab. Sie würde Llian

unmöglich da rüberbekommen, selbst wenn sie hinüberging und ihm half. Warum nur war er einfach wie ein Narr stehen geblieben?

»Nun, das war's wohl«, sagte Llian. »Ich stecke hier fest, und wir können nichts dagegen tun. Du wirst ohne mich weitergehen müssen!«

Karan stand vor einer qualvollen Wahl. Wenn sie jetzt floh, würden sie sie vermutlich nie einholen. In ein paar Tagen wäre sie dann zu Hause in Bannador. Zu Hause! Die Versuchung war überwältigend.

»Geh! Ich komme schon zurecht. Du kannst ohnehin nichts tun.«

Sie rührte sich nicht.

Llian konnte es nicht ertragen. »Leb wohl!«, rief er mit einer Fröhlichkeit, die er nicht empfand. Dann: »Hey! Ich werde nach Bannador kommen, um dich zu besuchen und herauszufinden, wie die Geschichte zu Ende gegangen ist. Dass du mir ja nicht die Einzelheiten vergisst!« Und seine wunderschöne Stimme brach ein ganz klein wenig. »Ich werde dich vermissen, Karan«, sagte er. »Sei vorsichtig.« Demonstrativ kehrte er ihr den Rücken zu und machte sich auf den Weg zurück, den sie gekommen waren.

Karan lachte und weinte zugleich. Wäre das nicht gewesen, hätte sie vermutlich allein weitergehen können. Aber sie konnte Llian nicht im Stich lassen, wenn er ihr seinen Rücken zugekehrt hatte. Außerdem, wenn sie ihn jetzt allein ließ, hieß das, ihn dem Tod zu überantworten. Noch während sie darüber nachdachte, rutschte er mit dem Fuß weg und wäre beinahe gestürzt. Karan packte sich an die Brust und bemerkte, dass ihr Herz wie wild pochte. Llian fand sein Gleichgewicht wieder und ging weiter, ohne zurückzublicken.

»Komm wieder zurück!«, schrie Karan durch den Schnee. »Ich werde dich nicht zurücklassen. Ich denke, ich werde schon rüberkommen, wenn ich noch ein Stück runtergehe; aber um wieder hinaufzukommen, brauche ich Hilfe.«

Llian drehte sich um und kroch wieder zurück, wobei er sich überall festhielt, wo er nur konnte. Über den frisch zerbrochenen Fels zu klettern war nicht so schwer für Karan; er war rau genug und nach Idlis' Angriff frei von Eis. Mit zwei gesunden Händen hätte es ihr überhaupt keine Mühe bereitet. Wie eine Spinne überquerte sie die Stelle, griff mit der Hand nach Llians, verfehlte sie, fand dann seinen ausgestreckten Arm, und er zog sie hinauf. Seine Hand war warm. Karan war froh um seine Stärke. Nun war es an ihr, ihn zu umarmen, und er stieß sie nicht von sich.

»Was sollen wir jetzt tun?«, fragte er unglücklich. »Ich habe alles ruiniert, und ...«

Karan legte ihm die kalten Finger auf die Lippen. »Schschsch! Eine letzte Idee habe ich noch.« Sie flüsterte ihm ins Ohr: »Es gibt einen Pfad, der höher in die Berge hinaufführt.«

»Aber du hast doch gesagt ...«

»Leise! Man könnte uns hören. Es ist wirklich eine letzte Möglichkeit, aber besser als die Alternative.«

Sie eilten den Pfad entlang zurück. Karan verwischte wieder ihre Spuren. Nachdem sie Zuflucht in einem Gestrüpp gesucht hatten, eilten die anderen Whelm unmittelbar über ihnen vorbei. Sie setzten ihren Weg fort und erreichten schließlich wieder das Plateau, nicht weit entfernt von den Ruinen. Es schneite noch immer, als sie sich auf den Weg zum Berg Tintinnuin machten, aber der Schneefall war nicht dicht genug, als dass er sie vollständig verborgen hätte.

»Angeblich beginnt der Pfad östlich vom Tintinnuin. Ich hoffe, ich kann ihn finden. Es ist ein langer und harter Weg und im Winter noch dazu sehr gefährlich. Er führt nach Süden ins Hochgebirge hinein. Es ist ein uralter Weg, der nicht länger benutzt wird. Wenn wir unsere Spuren verwischen oder genügend Schnee fällt, könnten wir einfach verschwinden. Wie fühlst du dich?«

»Schrecklich.«

Später am Morgen hörte es auf zu schneien, und sie sahen, dass drei Whelm die Verfolgung aufgenommen hatten; allerdings waren sie mehrere Stunden zurück. Gegen Mittag hatten die Whelm den Abstand um die Hälfte verkürzt; ihre langen Beine und großen Füße waren ein deutlicher Vorteil in dieser Umgebung. Keuchend schloss Llian zu Karan auf. Bei jeder Bewegung hatte er das Gefühl, als würde ihm ein Vogel die Seite aufreißen, und sein Gesicht war aschgrau. »Führt ... Führt dieser Pfad nach Bannador?«

»Ja, man kann auf diesem Weg nach Bannador gelangen«, antwortete Karan mit einer Halbwahrheit.

»Gestern Nacht hast du gesagt, wir könnten nicht genug Proviant dafür mitnehmen.«

»Ich denke ja schon darüber nach.« Mehr sagte sie nicht dazu. Sie wusste, dass ihr Ausweichen und ihre Widersprüche Llian ärgerten. *Ich mache mit ihm genau das Gleiche, was Maigraith mit mir gemacht hat,* erkannte sie. Auf diesem Weg konnten sie zwei Richtungen einschlagen: nach Bannador oder nach Shazmak, der verborgenen Bergstadt der Aachim. Aber Shazmak war ein Geheimnis, das sie nicht enthüllen durfte, und sie würde dieses Geheimnis auch nicht verraten, es sei denn, es drohte tödliche Gefahr. Und selbst dann wäre es ein gewaltiges Risiko, einen Außenseiter dorthin zu bringen. Solange sie noch *irgendeine* andere Möglichkeit hatte, würde sie das nicht tun.

Gegen Mitte des Nachmittags hatte sich der Abstand zwischen ihnen und den Whelm abermals halbiert. Nun führte Karan sie in ein hügeliges, mit Heidekraut bewachsenes Land, ein unangenehmer Ort zum Wandern voller dorniger

Blätter und Äste, und sie verloren ihre Verfolger aus den Augen. Erneut verwischte Karan ihre Spuren. Sie machte sich allmählich Sorgen um Llian, der schon lange noch nicht einmal mehr klagte, so erschöpft war er, und so groß waren seine Schmerzen. Sie rechnete jeden Augenblick damit, dass er zusammenbrechen würde, doch irgendwie hielt er sich auf den Beinen.

Inzwischen waren sie in der Nähe eines Zuflusses des Flusses, der den Wasserfall speiste. Karan bog in Richtung des Felsens am Ufer ab, wo das Wasser den Boden vom Schnee freigewaschen hatte. Dann platschten sie durchs eisige Wasser und überquerten den Bach. In der Folge wateten sie noch durch weitere Zuflüsse, sprangen von Fels zu Fels und verwischten ihre Spuren so sehr, dass noch nicht einmal ein Hund sie hätte verfolgen können. So marschierten sie weiter, bis es immer dunkler wurde. Die Zuflüsse hatten sie immer weiter und weiter nach Westen geführt, fort von dem Pfad, den sie suchten, und um die falsche Seite des Berges herum.

Bei Einbruch der Nacht lagerten sie auf der windabgewandten Seite eines großen Felsens, die zahlreich in dieser Landschaft verstreut herumlagen. Rasch sammelten sie etwas Heidekraut, um sich eine Bettstatt zu bauen. Zum Abendessen gab es Brot, Käse und kaltes Fleisch aus Llians Vorrat sowie Wasser. Ein Feuer machten sie nicht. Kaum waren sie mit Essen fertig, zog Karan sich ins Bett zurück, schlüpfte in ihren Schlafsack und legte sich hin, obwohl sie nicht schlief.

Sie war zwar todmüde und wütend auf sich selbst und Llian, doch sie ließ sich nichts von alledem anmerken. Noch einmal ging sie die Szene auf dem Felssims durch. Wenn Llian nur nicht so ungeschickt gewesen wäre, so nutzlos! Wenn er doch nur schneller gehandelt hätte. Seit diesem Zeitpunkt hatte er versucht, so unauffällig und hilfreich wie möglich zu sein, aber sie hatte ihn jedes Mal ignoriert, wenn er sie angesprochen hatte. Llian hatte das Gleichgewicht durcheinandergebracht, das Karan mit so viel Mühe aufgebaut hatte – und ihre Kontrolle über ihr Talent und ihre Emotionen eingeschränkt, die sie dringend brauchte, um den Whelm stets einen Schritt voraus zu sein. Bei genauerer Betrachtung war jedoch alles ihre Schuld: Schließlich war sie es gewesen, die vor einigen Tagen so weit von ihrem eigentlichen Weg abgewichen war und sich verirrt hatte, sodass sie schlussendlich an einem Ort hatte Zuflucht suchen müssen, von dem sie kaum hatte entkommen können.

Auch Llian schlief schlecht, und jedes Mal, wenn er aufwachte, fühlte er, dass Karan wach war und ihn angespannt beobachtete. Vielleicht hatte sie Angst zu schlafen, weil sie nicht wusste, was er dann tun würde.

Im Morgengrauen standen sie wieder auf, nagten an Llians kaltem Proviant – das zähe Fleisch war über Nacht sogar noch härter geworden – und tranken lauwarmes Wasser aus Karans Feldflasche, die sie mit sich in den Schlafsack genommen hatte. Llian hatte seine Flasche auf dem Boden abgestellt, und nun war sie steinhart gefroren. Karans Morgentoilette bestand aus einem sinnlosen Kampf mit dem Kamm gegen ihr widerspenstiges Haar und ein paar Tropfen Limonenwasser.

»Wegen mir musst du dir nicht solche Mühe machen«, sagte Llian und zog den Hut auf. Seine Verletzungen und die Kälte, an die er nicht gewohnt war, hatten ihm eine schlimme Nacht beschert.

Karan warf den Kamm auf den Boden. »Ich tue gar nichts *wegen dir*«, sagte sie mit einer Stimme, die an das Knirschen von Eisschollen erinnerte, »außer das ich mich ständig dafür verfluche, dich mitgenommen zu haben. Und jetzt verstreu das Heidekraut wieder, sonst werden sie wissen, dass wir hier geschlafen haben.«

Noch nicht einmal die Verbannung durch Wistan hatte sich so kalt angefühlt, so grausam. Llian hastete davon, das Gesicht kreideweiß. Karan verwischte die Spuren des Lagers, und gemeinsam machten sie sich wieder auf den Weg.

Sie kämpften sich durch ein tief verschneites Tal. Auf dieser Seite des Berges war das Wetter viel schlimmer, und es schneite den ganzen Tag: körniges Eis, das die Haare verfilzte und zu eisigen Strähnen gefror und Llians eine Woche alten Bart verklebte wie heißes Wachs. Der Schnee haftete an ihren Stiefeln, bis sie bei jedem Schritt das Gefühl hatten, sie würden einen Ziegelstein hochheben, und ständig mussten sie sie saubermachen. Karan wurde immer müder und gereizter, je mehr Zeit verstrich, immer in sich gekehrter und in ihre eigenen Sorgen versunken. Wie sollte sie hier einen Pfad finden, meilenweit entfernt von allem, was sie kannte?

Als Karan am nächsten Morgen aufwachte, stellte sie fest, dass das Wetter umgeschlagen war. Das Schneien hatte aufgehört, und die Wolkendecke brach auf. Llian folgte ihr klaglos das Tal hinauf, obwohl er unverändert Schmerzen litt.

Nun sahen sie sich einer Steilwand gegenüber, einer unregelmäßigen Klippe aus verrottetem Schiefer gut fünf oder sechs Spannen hoch und mit braunen Flechten bedeckt. Zwar ragten Schieferplatten aus der Wand, die an Stufen erinnerten; allerdings sahen sie nicht sonderlich sicher aus.

»Lektion eins«, sagte Karan. »Folge dem Kamm und nicht dem Tal. Hast du ein Seil?«

Llian schüttelte den Kopf. »Da drüben sieht es am leichtesten aus«, sagte er und deutete zu einer Stelle, wo der Hang flacher und die Stufen breiter waren.

»Ja. Sollten wir da stürzen, wären wir nicht in allzu großer Gefahr.«

Der Aufstieg war schwerer, als sie gedacht hatten, da der Fels nass und brüchig war. Ein-, zweimal war Karan über Llians Hilfe froh: Er bot ihr eine stützende Hand, während sie nach dem nächsten Griff suchte, oder hob sie hoch, wenn ihr Rucksack sich an einem Dornbusch verfing. Schließlich schwang sie sich über den Rand. Llian schwitzte, als Karan ihm mit ihrer unverletzten Hand hinaufhalf.

»Ich hatte schon immer Höhenangst«, sagte er, setzte sich auf einen Fels und wischte sich die Hände an der Hose ab.

Karan wandte sich ab und schaute nach Süden zu der verschneiten Bergflanke, die sich dort erhob. Llian war offensichtlich nicht ohne Mut, doch vor dem Ende ihrer Reise würde dieser Mut noch auf eine harte Probe gestellt werden.

Am Nachmittag des dritten Tages hatten sie die unteren Ausläufer des Tintinnuin im Westen passiert und kletterten durch das zerklüftete Land im Süden. Es war ein ungastliches und geheimes Land; selbst Llian kannte keine Geschichten darüber. Von ihren Verfolgern war keine Spur mehr zu sehen, und Karan glaubte schon, sie abgeschüttelt zu haben. Nun, am Nachmittag, kam die Sonne heraus, und der Wind drehte nach Südwesten – ein warmer Wind, der die beiden Gefährten in ihrer dicken Kleidung schwitzen ließ.

»Regen, Schnee und jetzt das«, sagte Llian. »Der Winter lässt sich dieses Jahr wirklich Zeit.«

»Ein später Winter ist ein harter Winter. Beschwör ihn jetzt bloß nicht auf uns herab.«

Das Land war mit erstarrter Lava übersät, die aus dem Berg geströmt war, hier und da zu Haufen zusammengedrückt wie gefrorener Schaum und mit tiefen Rissen durchzogen. Das Marschieren war hier äußerst mühsam. Karan und Llian waren den größten Teil des Tages einem Pfad in

Richtung Süden gefolgt, doch Karan konnte keine der Landmarken finden, nach denen sie Ausschau hielt, und das machte sie zunehmend gereizter.

»Sollten wir nicht dort entlanggehen?«, fragte Llian und deutete nach Norden. Sein Richtungssinn war hundsmiserabel.

Karan ignorierte ihn. Wie dumm er doch war. Sie hatte die vergangenen drei Nächte kaum geschlafen, und nun war sie so müde, dass sie keinen zusammenhängenden Gedanken mehr fassen konnte. Stumpfsinnig trottete sie weiter. Nur ihre Stiefel waren unter dem Saum des Mantels zu sehen, den Llian ihr gegeben hatte, sodass sie wie ein laufendes Zelt mit einer roten Quaste obendrauf aussah. Llian lächelte jedes Mal, wenn er sie anschaute, doch obwohl es kein unfreundliches Lächeln war, fachte es ihren Ärger nur noch weiter an.

Der Wind legte sich wieder. Die Luft war feucht und still. »Wir sollten uns besser einen Lagerplatz suchen«, sagte Llian kurz darauf. »Das Wetter schlägt schon wieder um.«

Karan schaute sich um. Sie marschierten an der Südflanke des Berges entlang. Vor ihnen teilte eine Bauminsel die erstarrten Lavaflüsse, doch die Mitte der Insel war von einem schwarzen Felsen, so groß wie ein Haus, zerschlagen. Hier und da war der flüssige Fels aus seinem Kokon ausgebrochen und hatte leere Tunnel hinterlassen, die Zuflucht versprachen; aber bei näherer Betrachtung waren die meisten eingestürzt und mit Trümmern und Asche gefüllt. Im Norden war der Himmel klar, doch von Südwesten rückte eine schwarze Wolkenfront heran. Das Licht der untergehenden Sonne war blassgrün. Blitze zuckten ständig unterhalb der Wolkenbank.

»Hier ist etwas!«, rief Llian und deutete auf das kleine dunkle Loch eines Tunneleingangs in der Nähe. Der Eingang war teilweise hinter Büschen versteckt, und zunächst war Llian schlicht daran vorbeigegangen.

»Besorg du Holz. Ich mache ein Feuer«, rief Karan über das Grollen des herannahenden Donners hinweg. Mit ihrem unverletzten Arm sammelte sie trockenes Gras und Zweige. Llian rannte zu der Baumgruppe und machte sich daran, tote Äste abzureißen. Die herannahenden Sturmwolken verdeckten inzwischen die untergehende Sonne, und ein düsteres Zwielicht senkte sich über das Land.

Der Tunnel war gut zehn Spannen breit und innen zwei hoch, obwohl der Eingang, größtenteils versperrt mit Felstrümmern, wesentlich kleiner war. Wie lang er war, vermochte Karan nicht zu sagen. In einer Mulde, ein paar Schritt vom Eingang entfernt, entzündete sie ein rauchiges Feuer. Ihre Lichtkugel benutzte sie schon länger nicht mehr aus Angst, sie könne die Whelm anziehen. Stattdessen band sie Zweige zu einer Fackel zusammen, die sie dann hochhielt, um den Tunnel sorgfältiger zu untersuchen. Die Wände sahen aus wie geschmolzenes Glas. Der Tunnel führte nach oben, manchmal steil, manchmal sanft; er wand sich hierhin und dorthin, war aber leer mit Ausnahme von ein paar Felshaufen. Auf halbem Weg wuchsen die Wurzeln eines Baums durch die Decke und bildeten eine Art Vorhang. Weiße Spinnen und anderes blindes Getier huschten vor dem Licht davon. Nach einhundert Schritt wurde die Luft abgestanden, und der Boden war mit Fledermauskot übersät. Ein Stück weiter wurde der Weg von einem herabgestürzten Felsen versperrt. Karan kehrte wieder zurück und öffnete Llians Rucksack, um zu sehen, was sie noch zu essen hatten.

Viele Pakete fielen heraus, eingepackt in Wachstuch und die meisten noch trocken. Vielleicht hatte er inmitten all dieses Luxus auch echten Tee. Karan kramte durch die Pakete, öffnete eines und schnüffelte ... Ja! Echter Tee, gezogen im Vorgebirge über Chanthed; das Aroma war unverkennbar. Das entsetzliche Zeug, das sie in Hetchet bekommen hatte – gemahlene Blätter irgendeines Wüstenstrauchs voller Zweige, Spinnweben und Blattläuse – war einfach nur bitter.

Inzwischen war der Sturm über ihnen, und es war fast vollkommen dunkel. Llian war noch immer draußen, und so hatte Karan noch kein Holz. Sie verließ den Eingang und schaute zu den Bäumen, wo er gearbeitet hatte. Blitze zuckten über den Himmel, und sie sah ihn. Er hatte einen kleinen Baum mit ihrem Beil gefällt und versuchte nun, ihn über den zerklüfteten Fels zu ihrem Unterschlupf zu ziehen. Über die Schulter hinweg schaute er in den Himmel hinauf. Karan folgte seinem Blick.

»Lass ihn!«, schrie sie. Plötzlich hatte sie Angst um ihn, doch ihre Stimme ging im Donnern unter.

Plötzlich kam eine gewaltige Bö auf, und der Sturm schlug mit Hagel und einem einzigen mächtigen Blitz zu, so nah, dass Karans Haar glühte und knisterte. Es folgte ein lautes Donnern, und der Sturm brach mit voller Kraft los. Überall schlugen Blitze ein, und Hagel fiel wie aus Eimern. Mächtige Körner zerplatzten auf den Felsen, bis die ganze Luft mit Eissplittern gefüllt war.

Llian ließ seine Last fallen, sank auf ein Knie und hielt sich den Kopf. So blieb er eine halbe Minute hocken; dann rannte er los in Richtung Karan, wobei er den Kopf mit den Armen schützte. Blitze schlugen in das Wäldchen aus toten Bäumen ein, zerfetzten den größten von ihnen und sandten Splitter so groß wie Karan in alle Richtungen. Einer davon fiel hinter ihr auf das Dach des Tunnels. Llian erreichte den Eingang und sprang in einem Hagelsturm hindurch.

»Das war dumm«, sagte Karan kalt. »Wenn der Sturm vorbei ist, hätten wir mehr Holz sammeln können. Jetzt haben wir gar nichts. Und warum ein ganzer Baum? Da sind doch genug tote Äste. Wenn der Blitz ein wenig näher eingeschlagen wäre ... Du bist wirklich ein Narr, Llian.«

Sie wandte sich von ihm ab und setzte sich ans Feuer. Ihr übertrieben gerader Rücken verriet ihren Ärger deutlicher als alle Worte.

Llian blieb, wo er war, den Kopf in die Arme gelegt. Er war mit solch hohen Erwartungen losgezogen, doch nichts hatte sich so entwickelt, wie er es erwartet hatte. In Chanthed war es nie so gewesen. Er hatte tatsächlich das Gefühl, dumm zu sein, verachtenswert sogar, und das war mehr, als er ertragen konnte.

Kapitel siebzehn

Ein Weggefährte

Irgendwann bemerkte Llian, dass der Sturm weiterzog und der Hagel aufgehört hatte. Als er hinauskroch, schaute er auf eine weiße Welt, die bei jedem Blitz glitzerte. Der Hagel lag knöcheltief, so weit er sehen konnte. Während er hinsah, segelten die ersten Schneeflocken geisterhaft durch die stille Luft, und es wurden rasch immer mehr, bis selbst die nächsten Bäume nicht mehr zu sehen waren. Das Feuer war mangels Brennstoff ausgegangen. Llian stapfte durch die Hagelkörner, sammelte so viel Holz, wie er tragen konnte, fachte das Feuer wieder an, stellte den Topf zum Teekochen auf und setzte sich neben Karan.

»Tut mir leid«, sagte er. »Ich weiß noch nicht einmal, was ich hier überhaupt tue.«

Karan wandte sich ihm zu. Sie hatte Mitlied mit ihm in seinem Elend – auch wenn irgendetwas in ihrem Hinterkopf sagte, dass er das vielleicht nur spielte. Ihre Gefühle drehten sich im Kreis. Allmählich war sie zu der Erkenntnis gelangt, dass sie ihn doch mochte, so lächerlich er auch war.

Sie legte ihm den Arm um die Schulter und sagte: »Mit tut es auch leid. Auch ich bin unfreiwillig in diese Angelegenheit hineingeraten. Aber ich habe einen bindenden Eid geschworen, den ich nicht brechen kann.«

»Es würde mich freuen, dir eine Geschichte erzählen zu dürfen – egal welche.«

»Ich glaube nicht, dass ich noch lange genug wach bleiben

könnte, um sie mir anzuhören. Erzähl mir stattdessen lieber von dir. Wie kommt es, dass du mir gefolgt bist?«

»Wistan hat mich aus dem Bett zerren lassen und mir eröffnet, dass ich verbannt sei. Dann hat er mir Geld und ein Zeugnis angeboten, wenn ich dich suche und nach Thurkad geleite. Er hat mich schon immer loswerden wollen, und das war eine gute Entschuldigung dafür.«

Karan setzte sich auf und dachte wild nach. Das musste ungefähr zu der Zeit gewesen sein, da sie Wistan in ihren Träumen angefleht und auch von Llian geträumt hatte. Hatte sie ihnen diese Idee in die Köpfe gesetzt? In jedem Fall war das besser, als sich vorzustellen, dass sie ihn ganz allein zu sich gezogen hatte. »Du hättest dich weigern können.«

»Kein Chronist kann sich ohne Referenzen ein Leben aufbauen.« Er zögerte und atmete tief durch. »Außerdem bin ich ein Zain.«

»Ich weiß. Das kümmert mich aber nicht. Doch warum bist du im Kollegium geblieben?«

»Ich bin mit Leib und Seele Chronist, mehr noch als Geschichtenerzähler. Ich liebe die Historien, und wo könnte ich sie besser studieren als dort?«

»Und warum haben sie ausgerechnet *dich* geschickt?«

Llian war beleidigt. »Wistan hat geglaubt, dass ich gegen ihn intrigieren und Direktor des Kollegiums von Chanthed werden wollte.«

»Und? Wolltest du?«

»Wenn ich das gewollt hätte, *dann wäre ich das auch geworden*«, erklärte Llian mit plötzlicher Leidenschaft, und zum ersten Mal sah Karan das Eisen unter der weichen Oberfläche. Dann war es wieder verschwunden, und Llian lächelte sie an. »Aber nicht auf so eine Art. Ich bin kein Intrigant. Ich wollte nie Direktor werden; allerdings habe ich mich in den Tavernen über ihn lustig gemacht. Es hat mir gefallen, ihn in heroischen Liedern und Sagas zu verspotten, denn er ist ein hinterlistiger, elender Sauertopf, der niemanden liebt, noch nicht einmal sich selbst, und er glaubt, dass alle anderen Menschen genauso sind. Das Volk von Chanthed ist in die Tavernen geströmt, um zu lachen, und so bekam er Angst um sich.«

»Nicht ohne Grund«, bemerkte Karan.

»In Tullin hätte ich dich fast aufgegeben, weißt du das? Ja, das hätte ich, wäre da nicht deine Sendung gewesen. Danach hatte ich das Gefühl, als würde ich dich kennen – sozusagen. Du hast so verzweifelt gewirkt. Ich konnte dich einfach nicht im Stich lassen.«

Wieder einmal überraschte er sie. Llian hatte so empfunden, nachdem sich ihr Geist nur für ein paar Sekunden berührt hatte? Was hätte er wohl gedacht, wenn *sie* ihn auf dem vereisten Pfad im Stich gelassen hätte?

»Ich glaube übrigens immer noch, dass ich dich schon einmal getroffen habe.«

Er nahm ihr Kinn mit den Fingerspitzen und drehte ihr Gesicht zu sich um.

»Ja!«, rief er in plötzlichem Erkennen. »Du warst die rothaarige Frau im Publikum, als ich zum ersten Mal die *Geschichte der Düsternis* erzählt habe. Bei den Ruinen hast du aber gesagt, wir hätten uns nie kennen gelernt.«

Karan war verlegen. »Nun, da warst du auch ein richtiges Ärgernis. Wie auch immer, *kennen gelernt* haben wir uns auch nicht. Du hattest keine Ahnung, wer ich war.«

»Aber du hast mich mit deinem Geist berührt! Das hatte zuvor noch niemand getan. Und dann … dann hast du die Frage gestellt, die mein Leben auf den Kopf gestellt hat.«

»Wovon redest du?«

»*Wer hat sie getötet?* Das verkrüppelte Mädchen. Seitdem habe ich nach der Antwort gesucht. Das war der andere

Grund, warum man mich hinausgeworfen hat. Wistan hatte Angst, dass ich das Geheimnis lösen könnte.«

»Und? Was hast du gefunden?«

»Ich dachte zunächst, dass sich dort ein großes Mysterium verbergen würde, dass es eine Große Geschichte zu entdecken und niederzuschreiben galt. Du hast ja keine Ahnung, wie sehr ich mich danach sehne – der Chronist zu sein, der eine neue Große Geschichte entdeckt.« Er schaute in die Ferne, und ein Schleier legte sich über seine Augen. »Aber ich habe nichts gefunden …

… und was, wenn die Wahrheit, die ich finde, beweist, dass meine Geschichte falsch war? Einmal ruiniert kann man den Ruf eines Chronisten nicht wiederherstellen. Selbst wenn es eine neue Große Geschichte ist, würde jemand anders den Ruhm dafür ernten. Und gefährlicher noch … welch dunkles Geheimnis auch immer dort entdeckt worden ist, wo Shuthdar fiel, noch heute gibt es Menschen, die dafür töten würden. Wie ich es auch drehe und wende, für mich sieht es schlecht aus.«

»Bis auf eine Möglichkeit«, bemerkte Karan und legte erneut den Arm um seine Schulter.

»Und was wäre das?«, fragte Llian ohne Hoffnung oder Interesse.

»Die Wahrheit zu finden, selbst eine Geschichte zu schreiben und sie ins Land hinauszusenden, sodass Hunderte von Menschen genauso viel wissen wie du – egal welche Geheimnisse du auch enthüllen magst. Dann wirst du nicht mehr in Gefahr sein.«

»Aber ich weiß noch nicht einmal, wo ich anfangen soll«, sagte Llian unglücklich.

»Dann schieb es erst einmal beiseite, bis sich etwas ergibt. Ich bin sicher, du kannst auch aus unseren Schwierigkeiten eine Geschichte machen.«

»Darüber habe ich bereits nachgedacht. Ich will dir ehrlich sagen, dass mich noch etwas anderes hierhergeführt hat – der Spiegel! Heutzutage wissen nur wenige mehr über die Historien als ich, auch wenn du das vielleicht für Prahlerei hältst.«

»Ja, das tue ich«, erwiderte Karan vielsagend, »aber andererseits bist du auch ein Erzähler. Sprich weiter.«

»Aber in den Historien findet sich nichts über den Spiegel – jedenfalls nicht unter diesem Namen oder unter anderen, die mir eingefallen sind. Warum nicht, wenn er doch so uralt ist? Warum gibt es keinerlei Aufzeichnungen darüber? Das muss ich wissen. Ich bekomme das einfach nicht mehr aus meinem Kopf.«

»Vielleicht hatten diejenigen, die die Historien verfasst haben, ihre Gründe dafür, ihn zu verschweigen.«

»Vielleicht ... allerdings sind genug andere seltsame, bemerkenswerte und sogar gefährliche Dinge aufgezeichnet worden.«

Karan wechselte das Thema. »Wie bist du nach Chanthed gekommen? Soweit ich gehört habe, leben die Zain doch nicht mehr in Meldorin.«

»Das ist auch so, obwohl unsere Herzen hier geblieben sind. Größtenteils leben wir in Jepperand, einem armen Land weit im Osten. Du kennst es vermutlich nicht.«

»Doch, ich kenne es«, sagte Karan leise.

Llian fuhr fort, als hätte er das nicht gehört. »Es liegt nördlich der *Wahn Barre*, der Krähenberge, und westlich des Landes Crandor. Wir betrachten Jepperand noch immer nicht als unsere Heimat, auch wenn wir seit fast tausend Jahren dort leben. Es ist ein ödes Land, und salzige Winde wehen stetig vom Meer der Trockenheit herein. Aber wir haben kein anderes Heim mehr.«

Karan lehnte sich zurück und schloss fasziniert die Augen.

Was für eine wunderbar volle und warme Stimme er doch hatte. Sie hätte ihm die ganze Nacht lang zuhören können. Just in diesem Augenblick schaute er mit einem Lächeln zu ihr, sah, dass ihre Augen geschlossen waren, und schwieg. »Hör nicht auf«, sagte sie. »Erzähl mir die Geschichte der Zain.«

»Die Zain!«, sagte Llian. »Ein Monat wäre nicht lange genug dafür. Du musst schlafen. Ich werde dir nur die Grundzüge unserer Geschichte erzählen.

Vor lange vergangenen Jahrhunderten lebten wir in den kaiserlichen Landen von Zile, zu einer Zeit, da dieses Reich nicht nur eine heruntergekommene Stadt in einem öden Land war, wie sie es heute ist. Ganz Meldorin war Zile! Die Zain waren ein junges Volk – gelehrt, klug und nach innen gewandt, wie wir es noch heute sind. Das war stets unsere größte Schwäche und ist auch die meine.«

»Nach innen gewandt? Du? Du kommst mir eher wie ein lüsterner Hund vor! Ich kann mir sehr gut vorstellen, dass in Chanthed keine Jungfrau vor dir sicher war, wenn ich mir so anschaue, wie du die *Stimme* benutzt.« Karan lachte, doch nicht unfreundlich.

Llian wirkte ein wenig beschämt. »Laut einiger Geschichten haben Gelehrte eine gewisse lüsterne Tradition, obwohl nicht wir es sind, die solche Geschichten erzählen.« Seine Gedanken wanderten zu Thandiwe, seiner rehäugigen Freundin, die er in Chanthed zurückgelassen hatte. Was sie wohl gerade tat? Vermutlich lernte sie in der Bibliothek. Llian konnte sich nicht mehr genau an ihr Gesicht erinnern, obwohl sie lange miteinander befreundet gewesen waren. »Aber ich meinte ›nach innen gewandt‹ im politischen Sinne. Wie auch immer … Es waren die Zain, welche die Große Bibliothek in Zile errichtet haben, die noch immer existiert, obwohl das Reich zu Staub zerfallen ist. Sie liebten das Lernen zu sehr und wurden von Rulke in den Kriegen des Kataklysmus korrumpiert. Sie haben teuer für dieses Bündnis bezahlt, denn als Rulke im Nachtland gefangen gesetzt wurde, mussten die wenigen Zain, die das Gemetzel überlebt hatten, ins Exil gehen. Wir stammen von diesen Überresten ab, und wir sind immer noch wenige. Viele Jahre sind wir durch die Lande gewandert, und überall schlug uns Hass entgegen. Diese Zeiten sind natürlich schon lange vorbei, doch die Erinnerungen haben Bestand.«

»Was war das für ein Pakt?«, fragte Karan verschlafen.

»Das kann ich dir nicht sagen, nur, dass die Charon mit den Aachim im Krieg lagen. Die Aachim hatten eine Verteidigung gegen die Charon entwickelt, ein Ding von geistzerbrechender Macht. Die Charon selbst vermochten dem nichts entgegenzusetzen, doch sie fanden heraus, dass wir, die Zain, als einziges Volk von Santhenar eine gewisse Immunität dagegen besaßen. So schlossen sie einen Pakt mit meinem Volk und halfen ihm, sein Talent zu entwickeln. Den Zain wiederum war die Immunität egal, sie gierten nur nach dem Wissen, das ausschließlich die Charon besaßen. ›Rulkes Gabe‹ wurde das Talent damals genannt, fortan jedoch ›Rulkes Fluch‹, denn es stigmatisierte uns als Zain. So war es schon immer mit allen Gaben der Charon. Doch selbst das ist jetzt nicht mehr von Bedeutung, denn im Laufe der Jahrhunderte hat sich das Talent zurückentwickelt und mit ihm das Stigma, und nur wenige wissen überhaupt noch, dass sie es haben.«

»Wie können die Zain es finden?«, fragte Karan und schaute ihn staunend und neugierig an. »Hast du es vielleicht?«

»Ich glaube nicht«, lachte Llian. »Es gibt einen Test, und jene, die es haben, werden grundsätzlich nicht in die Welt hinausgeschickt. Das Risiko ist einfach zu groß, selbst heutzutage.

Schließlich kamen wir nach Jepperand, in ein trockenes Land voller dorniger Pflanzen und giftiger Tiere. Niemand lebte dort. Da haben wir dann Zuflucht gefunden, denn wir waren des Wanderns müde, und dank unserer Gelehrsamkeit und unseres Geschicks bauten wir uns dort eine neue Heimat auf. Aber wir hatten unsere Lektion gelernt: Wir schlossen keine Bündnisse mehr. Außerhalb unserer Gemeinschaft haben wir Zain keinerlei Ehrgeiz mehr. Doch einige von uns leben verborgen in anderen Ländern und halten Wacht, damit wir nie wieder überrascht werden. So haben wir uns unseren Ruf als tückische Spione erworben.«

»Und du bist nicht so einer?«, fragte Karan, und der Hauch eines Lächelns stahl sich auf ihre Lippen.

Llian lachte erneut. »Es gibt auch solche unter den Zain, die zwar klug sind, aber keinerlei Talent zur Spionage haben, und die schickt man in fremde Länder, um zu studieren, denn wir haben große Ehrfurcht vor den Künsten und Wissenschaften. So bin ich im Kollegium gelandet. Mendark hat mich ausgesucht und mich auch finanziert. Lange Zeit habe ich dort gelitten.«

Bei der Erwähnung von Mendark kniff Karan die Augen zusammen. »Warum bist du dann geblieben«, fragte sie nach längerem Schweigen, »wenn du doch schon vor Jahren in Ehren hättest gehen können?«

»Das habe ich mich selbst schon oft gefragt. Vielleicht hatte ich einfach Angst zu gehen. Schließlich habe ich mehr als mein halbes Leben dort verbracht.«

»Dann warst du nie von Chanthed fort?«

»Oh doch, mehrere Male sogar. Ich bin jenseits der Berge gewesen, allerdings nicht bis nach Thurkad. Und ich bin auch im Norden und Osten gewesen. Zweimal war ich in der Großen Bibliothek. Für einen Studenten der Historien besitzt Zile eine unwiderstehliche Anziehungskraft. Aber ich war nie wieder daheim, auch wenn ich mich danach sehne. Eine solche Reise konnte ich mit meinem Stipendium nicht finanzieren.«

»Ich wusste, wer du bist«, wechselte Karan wieder das Thema und dachte an seine Ankunft in den Ruinen zurück. »Kaum dass du deinen Mund geöffnet hattest, wusste ich, wer du bist … noch bevor du so tollpatschig die Stufen hinuntergefallen bist. Als ich dich mit meinen Gedanken in Tullin berührt habe, habe ich an dich gedacht – obwohl ich mir nie vorgestellt habe, dass du tatsächlich dort sein könntest. Ich habe dich schon zweimal zuvor gesehen. Einmal auf dem Festival in Chanthed vor vier Jahren und dann wieder beim Abschlusserzählen, als du deinen Triumph gefeiert hast.«

Ihre Augen leuchteten bei der Erinnerung; dann fuhr sie langsam fort: »Ich konnte nicht verstehen, warum du gekommen bist. Ich habe deine Erzählungen mehr bewundert als die Taten jedes noch so großen Helden. Ich brauchte Hilfe, doch ich bekam nur dich, und ich war bitter enttäuscht.«

Llian lachte laut auf. Diese Art von Kritik beleidigte ihn nicht im Mindesten. Er schob alle Verpflichtungen beiseite. Einmal wollte er nur das tun, was *er* wollte. »Dem ist wohl so«, sagte er, »aber ich habe diesen Pfad nun einmal betreten und muss ihn jetzt weitergehen. Ich kann nicht mehr zurück.«

»Und das heißt?« Karan schaute mit ihren sanften grünen Augen zu ihm hinauf. Sie kannte die Antwort bereits.

»Ich werde dir folgen, wenn du mich denn haben willst«, antwortete er. »Und ich werde alles über den Spiegel lernen, was es zu lernen gibt. Wenn das geschehen ist, werde ich die Historien korrigieren und die *Geschichte des Spiegels* schreiben. Ich glaube zwar nicht, dass es die Große Geschichte werden wird, von der ich immer geträumt habe, aber sie wird es wert sein, dass man ihr zuhört. Und? Willst du mich?«

»Du hast einen harten Weg gewählt«, erwiderte Karan, »und wenn du sehen könntest, was auf dich zukommt, würdest du dich vielleicht anders entscheiden. So wirst du feststellen, dass ich als Weggefährtin genauso übel sein kann wie jeder andere auch.«

Nun war es an ihm, verschlagen zu lächeln. »Das habe ich im selben Augenblick gewusst, da ich dir begegnet bin«, sagte er, stand auf und stellte fest, dass das Wasser im Topf vollständig verkocht war. Er warf Holz aufs Feuer und ging raus, um neues Wasser zu holen.

Sie sieht so blass und müde aus, dachte Llian, als er mit einem Topf voll Schnee und Hagelkörner wieder zurückkehrte und ihn in eine Ecke des Feuers stellte. Karan hatte die Arme um die Knie geschlungen und den Kopf darauf gelegt. Ihre Augen folgten ihm, während er sich umherbewegte, doch er wusste, dass sie in Gedanken woanders war. Was für eine Kraft sie haben musste, was für einen eisernen Willen. Was das für eine Geschichte werden würde!

Llian ging seine Essenspakete durch: Gemüse, verhältnismäßig frisch, Zwiebel, außen ein wenig schimmelig, ein kleines, in Ölpapier gewickeltes Stück Fleisch und Gewürze in Papier, leicht feucht. Er nahm sich die Pfanne und schnitt die Zwiebeln hinein. Pfeifend ging er seinen einfachen Aufgaben nach, gab ein kleines Paket Gewürze hinzu und garte das Ganze sanft mit ein wenig Öl und dem Fleisch. Dann ging er zum Tunneleingang, sammelte Schnee und Hagelkörner in seinem Mantel, schüttete das Ganze zusammen mit dem Pfanneninhalt in den Topf und setzte diesen aufs Feuer. Als die Hagelkörner nur noch so groß wie Erbsen waren, schnitt er das Gemüse hinein, warf eine Hand voll trockenes Korn dazu und stellte den Topf zum Kochen ein wenig zur Seite.

Im Topf köchelte es fröhlich vor sich hin. Llian rührte noch ein paar Teekräuter darunter. »Fertig«, verkündete er. Keine Antwort. Er drehte sich zu Karan um. Sie saß noch immer so da wie zuvor, lächelnd, aber sie schlief tief und fest.

Zwischen dem Feuer und der gegenüberliegenden Wand war der Boden verhältnismäßig flach. Llian baute ein Bett aus ihren Schlafsäcken. Er rief Karans Namen, schüttelte sie sanft an der Schulter, doch sie rührte sich nicht. Vorsichtig hob er sie hoch – wobei seine Rippen mehr als nur ein wenig schmerzten – und trug sie zum Bett. Sorgfältig legte er ihr verletztes Handgelenk auf seinen Rucksack, damit sie es nicht unnötig belastete. Dann bereitete er ihr aus dem Mantel ein Kissen, zog ihr die Stiefel aus, stellte sie zum Trocknen neben das Feuer und zog ihr die Decken bis zum Kinn hoch. Zum ersten Mal, seit er ihr begegnet war, war Karan in Frieden mit sich selbst.

Die Nacht zog sich in die Länge. Draußen war der Sturm vorüber, doch der Schneefall hielt an. Llian schenkte sich einen weiteren Becher Tee ein und ging damit zum Tunneleingang. Der Wind hatte auf Südwest gedreht und eine Schneewehe vor dem Eingang aufgeschichtet, sodass man von drinnen nicht länger hinaussehen konnte. Llian kletterte auf die Felsen und spähte über die Schneewehe hinweg. Es gab nichts zu sehen außer Schneeflocken, die aus der Dunkelheit herabfielen.

Llian zitterte und zog den Mantel enger um die Schultern. Er nippte am letzten Rest seines Tees und sehnte sich danach zu schlafen. Den Kräutersatz warf er in den Schnee; dann kehrte er wieder zum Feuer zurück, das weit heruntergebrannt war. Das letzte Holz prasselte auf den Kohlen, und Funken stoben empor, die langsam durch den Tunnel trieben. Karan rührte sich und wimmerte leise im Schlaf, bevor sie sich auf die Seite drehte und wieder verstummte.

Llian ging hinaus, um mehr Holz zu holen. Hagel und Schnee hatten die Unebenheiten im Boden gefüllt, doch immer wieder brach Llian mit dem Fuß durch eine Eiskruste, während er das Holz zum Tunnel zurückschleppte. Einmal schürfte er sich sogar die Haut an einer scharfen Kante auf. Als er wieder in den Tunnel kroch, schlief Karan noch immer tief und fest. Er warf einen Ast ins Feuer. Die Zweige hingen voller toter Blätter, die nun mit lautem Knistern in den Flammen vergingen.

Der plötzliche Lärm schien irgendeinen Aspekt von Karans Traum zu verstärken, denn sie schrie gequält: »Nein!«

»Nein!«, schrie sie wieder und flog in die Höhe, die Arme vor sich gekrümmt, als wolle sie etwas abwehren. »Ich kann nicht. Ich werde nicht.« Ihr Gesicht war verzerrt, als würden riesige Finger es gepackt halten, und ihre Augen waren glasig.

Llian rief leise ihren Namen. »Karan«, sagte er dann lauter. »Ich bin es. Llian. Du bist in Sicherheit.«

»Weg! Nein! Weg!«, stöhnte sie. Ihre Augen zuckten hierhin und dorthin, als würde sie ein Gesicht in der Menge suchen. »Weg! Oh, hilf mir. Nicht ...«

Ihre Stimme verhallte, und sie erstarrte. Ihr Gesicht hatte die Farbe von Schiefer angenommen. Llian kniete sich eine Minute neben sie und hielt sie in ihrer verzweifelten Unentschlossenheit in den Armen. Dann erschlaffte sie plötzlich und wäre Llian fast aus den Armen gerutscht und auf den Stein geschlagen. Mit dem Kontakt blitzte kurz ein Bild in seinem Geist auf: das Gesicht einer Frau, im Profil und in einem Spiegel betrachtet. Llian rückte den Mantel unter Karans Kopf zurecht und zog die Decken wieder hoch. Karan atmete noch immer schwer, doch nun schlief sie. Llian nahm einen weiteren Stock und legte ihn vorsichtig aufs Feuer.

Das war mehr als nur ein böser Traum. Es war, als hätte sie irgendetwas Schreckliches aus ihrer Vergangenheit noch mal durchlebt … *oder als hätte irgendetwas versucht, sie im Traum zu erreichen.* Und wer war diese Frau? In jedem Fall war das kein gewöhnliches Gesicht gewesen. So wie sie aus dem Spiegel geschaut hatte, erinnerte sie Llian an ein Basrelief, das er einmal an der Wand der Großen Bibliothek gesehen hatte. War das *der Spiegel?*

Von dem Moment an, da Wistan erwähnt hatte, der Spiegel enthalte Erinnerungen aus uralter Zeit, hatte Llian darauf gebrannt, ihn zu sehen. Nun wurde er von dem Verlangen danach geradezu aufgefressen. Aber nicht um ihn zu besitzen – auch ihn zu sehen oder zu berühren war nur ein kleiner Teil seines Bedürfnisses. Seine Lust, die nun unerträglich wurde, war es, die Historien durch den Spiegel zu sehen, so wie sie tatsächlich geschehen waren. Die echte Vergangenheit zu erblicken war mehr, als jeder Chronist sich auch nur erträumen konnte. Wer hatte den Spiegel über die Jahrhunderte hinweg alles in Händen gehalten? Welche Aufzeichnungen enthielt er? Sie könnten endlos sein.

Und Karan schlief den Schlaf der vollkommenen Erschöpfung. Llian konnte ihn sich ansehen, und sie würde nie davon erfahren. Er beugte sich über sie. Sie öffnete die Augen, lächelte verträumt zu ihm hinauf, seufzte und kuschelte sich in ihre Decken, tief im Schlaf.

Nein! Llian war von ihrem Glauben an ihn gerührt. Er stellte den Topf für mehr Teewasser aufs Feuer und holte sein Tagebuch heraus, das er das letzte Mal angefasst hatte, als er noch nicht in Tullin gewesen war. Er zwang sich, alle

Gedanken an den Spiegel zu verdrängen, und vertiefte sich stattdessen ins Schreiben. Jede Einzelheit brachte er zu Papier.

Die lange Nacht neigte sich ihrem Ende zu. Schließlich, als Llian schon glaubte, es würde nie wieder dämmern, breitete sich ein blasses Licht am Himmel draußen vor der Höhle aus. Als er zum Eingang ging, um den Sonnenaufgang zu betrachten, fühlte er eine federweiche Präsenz hinter sich. Karan lag noch so da, wie er sie hatte liegen lassen: auf der Seite, die Decken bis zum Kinn hochgezogen und das rote Haar über der Wange. Ihre Augen waren offen, und sie schaute ihn mit einem gelassenen Gesichtsausdruck an, der sie alterslos und jung zugleich erscheinen ließ.

Llian fühlte sich ein wenig verunsichert. »Willst du etwas Tee?«, fragte er höflich.

»Bitte«, lächelte sie und richtete sich auf den Ellbogen auf. Ihre Augen folgten ihm, als er zum Eingang hinaufkletterte und Schnee in den Topf packte. »Ich war so müde, und du hast dich um mich gekümmert.« Ein flüchtiger Schatten huschte über ihr Gesicht. »Danke.«

»Ich habe uns gestern Abend etwas zu essen gemacht«, sagte Llian, während sie darauf warteten, dass das Wasser kochte. »Aber ich fürchte, jetzt ist nur noch ein Brei davon übrig.«

»Stell es wieder aufs Feuer. Ich bin inzwischen so einiges gewöhnt. Ich werde mich schon nicht beschweren.«

Llian, der sich noch lebhaft an das üble Zeug erinnerte, das sie in der ersten Nacht gegessen hatten, konnte ihr da nur zustimmen.

Kapitel achtzehn

Höhenkrankheit

Die Sonne war gerade erst aufgegangen, als sie sich für den Aufbruch vorbereiteten. Llian kletterte die Felsen vor dem Tunnel hinauf, schaute hinaus und erstarrte. »Da ist jemand«, zischte er Karan zu, die unten mit den Rucksäcken wartete. »Sie sind es … Idlis, glaube ich, und der Dicke.«

»Was tun sie?«, fragte Karan und sprang neben ihn.

»Sie stehen da drüben bei dem Baum – bei dem, den der Blitz getroffen hat.«

»Direkt neben dem, den du gefällt hast – der reinste Wegweiser.« Llian zuckte unwillkürlich zusammen, doch sie war nicht wütend. »Runter. Sie bemerken vielleicht nicht, dass hier ein Tunnel ist.«

Das ist eine schwache Hoffnung, dachte Llian, *wenn sie uns schon so weit haben verfolgen können.* »Ich verstehe nicht, wie sie uns in all dem Schnee haben finden können.«

»Wie haben sie mich überhaupt je gefunden? Es hat Zeiten gegeben, da habe ich sie eine ganze Woche lang nicht gesehen, und dann sind sie wie aus dem Nichts wieder aufgetaucht. Vergangene Nacht habe ich zum ersten Mal seit Tagen wieder geträumt, und plötzlich sind sie hier. Es ist, als würden sie hinausgreifen und mich in meinen Träumen berühren.«

Es war ihr Glück, dass der Wind den Rauch den Tunnel hinaufgetrieben hatte, wo er ungesehen durch unzählige Risse in der Decke hatte entweichen und sich auf der Bergflanke hatte verteilen können. Das würde sie allerdings nicht vor einer sorgfältigen Suche schützen. Karan schaufelte Schnee auf die Glut, nur um sicherzugehen.

Sie kauerten im Tunnel, weg vom Eingang, und bewegten sich fast den ganzen Tag kaum. Ohne Feuer war es hier alles andere als gemütlich, und Llian kroch in seinen Schlafsack und versuchte zu schlafen, während Karan Wache stand; doch der Gedanke an ihre Verfolger ließ ihn nicht zur Ruhe kommen. Schließlich gab er es auf und erhob sich wieder. Die Whelm tauchten auf und verschwanden wieder. Sie kämmten den Berghang durch. Dann, gegen Mittag, wandten sie sich unerklärlicherweise eilig ab, als hätten sie etwas gesehen, und bewegten sich diagonal von Karan und Llian den Hang hinauf.

»Das ist seltsam«, sagte Llian. »Sie gehen weg.«

Karan war sofort wieder neben ihm und stellte sich auf die Zehenspitzen, um besser sehen zu können. »Wo gehen sie nur hin?«

»Es sieht so aus, als würden sie jemandem folgen.«

Mehr erfuhren sie nicht über diese merkwürdigen Umstände. Später am Nachmittag erhaschten sie einen letzten Blick auf die Whelm. Zu diesem Zeitpunkt waren sie nur noch ein Fleck im Schnee, weit im Westen, und dann waren sie verschwunden.

Nachdem es dunkel geworden war, krochen Karan und Llian in die Kälte hinaus. Noch immer wehte ein eisiger Wind von Süden her, und Schnee wirbelte um sie herum. Zuerst waren sie dankbar dafür, doch schon bald wurde die Nacht zu einem Albtraum. Unablässig mussten sie durch Schneewehen waten, sich über Felsvorsprünge kämpfen, und dann wieder steckten sie plötzlich bis zum Hals in weichem, nassen Schnee. Nach nur einer Stunde waren sie vollkommen durchnässt und bis auf die Knochen durchgefroren. Im Laufe der Nacht wurde der Schneefall immer dichter, und gegen Mitternacht konnten sie nicht mehr weitergehen, selbst wenn sie gewusst hätten, wohin sie gingen. Sie fanden eine Art Unterschlupf unter einem überhängenden Fels, obwohl er sich auf der steilen Seite des südlichen Kamms befand und sie der vollen Kraft des Windes ausgesetzt waren. Doch dies war keiner jener flüchtigen Stürme, wie sie für den Herbst üblich waren. Dieser Wind wehte hart aus Süden. Er verwandelte Eis in Eisen. Das war der Wind eines langen, harten Winters. Und sie hatten sich in den Bergen verirrt.

Llian war schrecklich kalt, mehr noch als Karan. Er glaubte, dass sie in dieser Nacht sterben würden. Sie konnten keine Wärme erzeugen, um ihre Kleider zu trocknen. Ihre feuchten Finger und Zehen wurden immer kälter, sodass sie sie ständig reiben mussten, um den Blutfluss aufrechtzuerhalten. Schließlich bauten sie sich aus ihren Schlafsäcken und Mänteln einen Kokon und krochen hinein. Sie klammerten sich aneinander wie Liebende und erzeugten zwischen sich genug Wärme zum Überleben – jedenfalls bis zum Morgen.

»Nie mehr«, sagte Karan, als sie das Eis von ihren Decken brach. »Eher stelle ich mich den Whelm. Ich werde sie jagen, wie sie mich gejagt haben.«

Ihre runden Wangen waren eingefallen, sodass die Kiefermuskeln deutlich zu sehen waren. Ihre grünen Augen waren blutunterlaufen und zu schmalen Schlitzen zusammengekniffen, und solche Wut lag in ihnen, wie Llian sie noch nie gesehen hatte. Er legte ihr die Hand auf die Schulter, doch Karan schlug sie weg und damit auch die erzwungene Intimität der Nacht. Llian fühlte sich plötzlich allein, und er fürchtete sich vor Karan, aber er hatte auch Angst *um* sie – sie hatte Tiefen, die jenseits seines Verständnisses lagen.

Während der Nacht waren sie über einen steilen Hang geklettert, und nun schauten sie in ein langes, gerades, breites Tal hinab, das sich über mehrere Meilen gen Süden erstreckte. Ein gefrorener Fluss wand sich durch das Tal, das mit dichtem Wald bewachsen war. Von Bewohnern war keine Spur zu sehen, oder auch nur von Leben, abgesehen von den Vögeln, die über dem Fluss kreisten. Überall um sie herum erhoben sich hohe Berge. Der Wind wehte ihnen scharf ins Gesicht. Sie eilten den Hang hinunter in den Schutz des Waldes.

Es war wieder Nacht, die fünfte, seit sie die Ruinen verlassen hatten. Zusammengekauert, um sich gegenseitig Wärme zu spenden, hockten sie in einer kleinen Höhle, eigentlich nicht mehr als eine Nische am Fuß einer niedrigen Klippe. Sie hatten keine Spur mehr von den Whelm gesehen, obwohl sie nach wie vor von der Furcht umgetrieben wurden, sie könnten jeden Augenblick erscheinen. Es hatte sie den ganzen Tag und den Großteil des Abends gekostet, sich einen Weg durch Schnee und Wald zum Südende des Tals zu bahnen. Hinter ihnen war der Himmel klar, doch der Süden versprach neuen Schnee.

»Bist du *sicher*, dass du weißt, wo wir hingehen?«, fragte Llian nicht zum ersten Mal. »Wir haben fast schon die Hälfte unseres Proviants aufgebraucht.«

Karan schaute ihn düster an. Allmählich glaubte sie, dass sie sogar schon an Bannador vorbeigegangen waren.

»Warum mussten wir ausgerechnet hier entlanggehen?«, fuhr Llian verärgert fort.

»Ich habe *diesen* Weg ausgewählt«, antwortete Karan gereizt, »weil es keinen *anderen* gibt. Ich habe dich nicht gebeten, mit mir zu kommen, und was mich betrifft, so habe ich dich nur aus Mitleid mitgenommen.«

Sie stand auf und stapfte in die Nacht davon. Llian blieb in der Dunkelheit sitzen, kalt und elend. Die Kameradschaft von vor zwei Tagen schien für alle Zeiten verschwunden zu sein.

Stunden später kehrte Karan leise aus einer anderen Richtung wieder zurück. Llian war eingedöst und das Feuer nur noch ein Haufen Kohle. »Wach auf«, sagte Karan. Sie war deutlich fröhlicher und strich mit etwas Weichem und Feuchtem über Llians Gesicht. Träge erwachte Llian aus seinem unruhigen Schlaf. Das Etwas war der Schwanz eines kleinen, dicken Fisches, und vier weitere von seiner Sorte baumelten an einem Band.

»Wo hast du ...?«

»Ich habe über einem Teich gesessen, und der Skorpion hat so hell geschienen, dass ich einen Schatten unter dem Eis gesehen habe. Also habe ich es aufgebrochen, und da waren sie: allesamt fett für den Winter und so zahm, dass ich sie mit den Händen habe fangen können.«

Sie schürte das Feuer und machte sich daran, die Fische zu putzen. »Tut mir leid, dass ich so grob zu dir war. Ich habe mir Sorgen gemacht, aber ich glaube, ich weiß jetzt, wo wir sind. Als wir um die falsche Seite des Berges herumgegangen sind, sind wir viel zu weit nach Westen abgekommen. Jetzt müssen wir dem Kamm folgen und den Bergsattel überqueren, den wir früher am Tag gesehen haben.«

»Werden wir auf diese Art genug zu essen haben, um uns nach Bannador zu bringen?«

»Fast. Wenn das Wetter hält.«

Am Morgen des sechsten Tages machten sie sich auf den Weg, kaum dass die Sonne aufgegangen war. Der Pfad führte nun aus dem Tal und am Rand der östlichen Berge vorbei.

Die beiden Gefährten umrundeten die niedrigeren Hänge und stapften knirschend durch Heidekraut und trockenes Gras, die aus dem Schnee ragten. So gingen sie zwei Tage lang weiter. In dem tiefen Schnee kamen sie nur langsam voran. Dann führte der Pfad nach oben.

Drei Tage lang kletterten sie immer höher. Der Weg wand sich ins Hochgebirge hinein, aber stets in Richtung Süden; doch je höher sie kamen, desto höher wurden auch die Gipfel, sodass es immer schwieriger wurde, je weiter sie gingen. Und im Süden und Westen waren die Berge am höchsten und steilsten, und die steilen Nordhänge in ihren Schatten waren steinig und öd. Karan und Llian wateten nicht länger durch weichen Schnee, und das war ein Segen; doch je höher sie kamen, desto schwerer fiel ihnen das Gehen, bis jeder Schritt mit Mühen verbunden war und selbst ihre halb leeren Rucksäcke zu schwer zu sein schienen, um sie morgens auf den Rücken zu wuchten.

Wasser zu finden war ein weiteres Problem, denn jedes Rinnsal war gefroren, und nun gab es auch kaum noch Feuerholz. Sie mussten ihre Wasserflaschen mit Schnee füllen und sie unter ihren Mänteln tragen, sodass es wenigstens teilweise schmolz; doch so hatten sie nie wirklich genug zu trinken. Sie litten nun ständig Durst, und ihnen war immer kalt, selbst wenn sie sich nachts aneinanderschmiegten. Aber es gab einen Trost: Karan träumte nicht mehr, und von den Whelm war nichts zu sehen. Falls Llians Gegenwart irgendetwas damit zu tun haben sollte, so war sie dankbar dafür.

Llian war nun besonders langsam, sodass Karan ständig auf ihn warten musste und sich Sorgen um ihr Vorankommen machte. Bei dieser Geschwindigkeit würden sie schon lange vor Bannador keinen Proviant mehr haben, und dann blieb ihnen nur noch eine Alternative – eine, an die Karan gar nicht denken wollte.

Am elften Tag wachte Llian nach einer unruhigen Nacht erschöpft auf. Er hatte Kopfschmerzen, die im Laufe des Tages auch noch immer schlimmer wurden. Zweimal während des Marschs wurde ihm ohne Vorwarnung übel, und auch während der Pausen keuchte er wie ein Hund in der Wüstensonne.

Der Weg wurde zu einem Trampelpfad, der nicht mehr von Wildwechseln zu unterscheiden war. Karan hatte Schwierigkeiten, sich zu orientieren, und mehrmals kletterten sie auf einen zerklüfteten Hügel und schauten auf die weglose Bergwildnis hinab, nur um festzustellen, dass sie den ganzen Weg wieder hinuntermussten, weil sie sich verlaufen hatten. Der Boden war kahl und steinig, übersät mit Schieferplatten, die unter den Stiefeln brachen und die das Sonnenlicht silbern spiegelten. Der Pfad führte im Zickzack einen steilen Kamm hinauf, und wie es dort weiterging, war nicht zu sehen.

Plötzlich warf sich Llian auf einen Felsen. Sein Gesicht war rot und fleckig. »Ich … Ich habe Durst«, keuchte er. »Wie weit kann es denn noch sein?«

Karan gab ihm ihre Wasserflasche und deutete den Hang hinauf, ohne etwas zu sagen.

»Was heißt das?«, fragte er gereizt.

Karan funkelte ihn an. Auch sie war erschöpft, aber sie machte nicht solch ein Aufhebens darum. »Wenn wir diesen Kamm überquert haben, werden wir den Pass sehen können. Was ist eigentlich mit dir los?«

Llian antwortete nicht darauf. Kurz darauf erreichten sie die Spitze des Kamms. Vor ihnen erstreckten sich die Berge, steil und mit schneebedeckten Gipfeln, in einer ununterbrochenen Linie von Ost nach West. Entfernungen waren im Dunst nicht abzuschätzen.

»Schau! Da ist der Pass!«, sagte Karan und deutete auf die Mitte der Bergreihe.

Llian sah nichts, was auch nur im Entferntesten nach einem Übergang aussah, und das sagte er auch in mürrischem Tonfall.

Karan deutete erneut. »Dort. Ein kleines Stück nach Südosten. Das ist doch klar und deutlich zu erkennen.« Llian konnte es noch immer nicht sehen. »Vergiss es einfach«, sagte Karan verärgert. »Lauf mir einfach nur hinterher.«

Früh am nächsten Morgen wachten sie auf und aßen ein karges Frühstück aus einigermaßen gut erhaltenem Obst und schimmeligem Käse, während die Sonne aufging. Hunger und Kopfschmerzen machten Llian mürrisch, und Karan war noch immer wütend und besorgt.

Es war schon spät am Nachmittag, als sie schließlich den Pass erreichten. Seit sie den Kamm überquert hatten, hatten sie keinerlei Hinweis auf einen Pfad gefunden, und Llian, der inzwischen wie ein Betrunkener in Karans Fußstapfen wankte, während sie die steile Nordflanke des Bergs hinaufstapften, hatte längst alle Hoffnung aufgegeben, dass sie noch einen Weg hinüber finden würden. Nun blickten sie über ein Meer von weißen Gipfeln und bodenlosen, schattigen Abgründen. Llian war verzweifelt. Er ließ seinen Rucksack fallen und warf sich darüber, als wäre er tot, und das hätte er auch genauso gut sein können, wäre da nicht das rasselnde Atmen gewesen, das Karan noch in zehn Schritt Entfernung hören konnte.

»Was ist das für ein Ort?«, fragte er lustlos. »Ich dachte, wir würden Bannador von hier aus sehen.«

»Wenn das nur so wäre!«, sagte Karan und lachte freudlos. »Das ist das Land Chollaz.« Sie deutete auf die Berge vor ihnen. »Alles, was du in dem Ring aus Bergen siehst. Bannador ist noch immer mehr als eine Woche entfernt. Wir werden hier lagern. Schau! Da ist eine Wegstation.«

Llian schaute sich um. Rechts und links ragten die Berge über den Pass empor. Ihre Gipfel bildeten eine halbkreisförmige Kette, die Chollaz im Norden umgab. Die Berge innerhalb dieses Halbkreises waren ein wenig kleiner. Der Südteil des Landes war in Nebel verborgen, der rasch nach oben stieg. Innerhalb weniger Minuten waren die Sonnenstrahlen verschwunden, die durch die Lücken in der westlichen Bergkette fielen. Das Blau wich aus dem Himmel, und in der dünnen Bergluft froren die beiden Gefährten bis auf die Knochen.

Die Wegstation lag just unterhalb der Passkuppe, ein winziges, halbkugelförmiges Gebäude aus Stein mit rundem Dach und einem kleinen Eingang. Einst hatte es hier eine Schiebetür gegeben, eine Steinplatte, doch die lag nun zerschlagen auf dem Boden. Der Unterschlupf bot Schutz vor dem Wind, doch innen bekam Karan Platzangst, und so setzten sie sich zum Essen nach draußen. Der einzige Brennstoff, den sie fanden, stammte von ein paar Büschen. Daraus machte Karan ein Feuer vor der Tür, auch wenn es nicht lange brannte.

Llian fühlte sich so elend und war so deprimiert, dass Karan seine Gesellschaft nicht ertragen konnte. Deshalb zog sie nach dem Essen den Mantel um die Schultern und ging den Pfad hinunter. Sie ging jedoch nicht weit, nur außer Sichtweite des Feuers. Sie setzte sich auf einen kalten Felsen und starrte in den Nebel hinein. Die Nacht war sehr dunkel, und nur die hellsten Sterne waren zu sehen. Karan zog den dicken Mantel noch enger. Irgendwie schien sie ihr Ziel verloren zu haben, ihre Entschlossenheit, seit sie sich die Last mit Namen Llian aufgeladen hatte. Wie sollte sie da jetzt wieder rauskommen? Sie hörte ihn husten, und das Husten ging immer weiter und weiter …

Nach einer Weile wurde die Kälte entmutigend, und Karan ging zu dem heruntergebrannten Feuer zurück, wärmte sich die Hände an der Restglut und setzte sich neben Llian, der sich vornübergebeugt hatte, den Kopf in den Händen. Dann bekam er einen weiteren Hustenanfall, setzte sich plötzlich auf, und Karan sah entsetzt, dass Blut aus seinem Mund spritzte.

»Wie lange geht das schon so?«, rief sie und drückte seinen Kopf zurück, damit sie ihm in die Augen sehen konnte. Sie waren blutrot.

»Seit heute Nachmittag. Ich habe das Gefühl, als würde ich sterben. Was ist mit mir los?«

Karan hatte so etwas schon gesehen. »Das ist die Höhenkrankheit«, erklärte sie, und ein Schauder lief ihr über den Rücken.

»Wie schlimm ist es?«

»In dieser Höhe ist das nichts Ungewöhnliches. Du *könntest* tatsächlich daran sterben, auch wenn das eher selten ist. Aber die einzige Heilung besteht darin, wieder vom Berg hinunterzusteigen.«

Llian wäre fast in Tränen ausgebrochen. »Ich kann nicht!«

Karan glaubte, er würde vom Abstieg reden, doch er fuhr fort: »Ich kann nicht. Hier ist eine Geschichte, und ich muss sie niederschreiben. *Ich werde nicht sterben.*«

Sein Gesicht war so verzerrt von Leidenschaft, und seine Augen waren so rot, dass es aussah, als würde er Blut weinen.

»Und ich werde dich auch nicht sterben lassen«, erwiderte Karan und nahm seinen Kopf in die Arme. »Aber wir stecken in ernsthaften Schwierigkeiten, selbst wenn es dir gut gehen würde. Wir haben weder genug Proviant, um wieder umzukehren, noch um Gothryme zu erreichen. Die letzten paar Tage sind wir einfach zu langsam vorwärtsgekommen. Oh, wie sehr ich meine Heimat vermisse.«

»Es tut mir leid«, sagte er elend. »Wenn ich nicht wäre, wärst du schon längst da.« Wieder bekam er einen Hustenanfall, der ihn derart schwächte, dass er sich einfach auf den Boden legte.

Karan zog ihn wieder hoch und wischte ihm mit einer Hand voll Schnee rosa Schaum von den Lippen. »Wir können nur eins tun: weitergehen, sobald es wieder hell genug ist. Das ist der höchste Punkt des Pfades. Morgen gehen wir ein Stück runter. Dann sollte es dir schon besser gehen.« Jedenfalls hoffte Karan das, obwohl sie wusste, dass die Höhenkrankheit häufig nicht so leicht wieder verschwand.

»Wo können wir hin? Was ergibt das für einen Sinn, wenn wir ohnehin verhungern?«

Karan zögerte. Es war ihr verboten, von Shazmak zu sprechen, doch nun musste er es wissen. »Es gibt da eine Stadt. Einen verbotenen Ort, aber sie ist unsere einzige Hoffnung.« Sie hielt kurz inne, lauschte und hielt noch immer den Blick gesenkt. Ein einsames Heulen hallte durch die stille Luft. Llian wirkte nervös. »Das war weit weg«, sagte Karan und fuhr dann fort: »Eine Stadt der Aachim. Eine große Stadt, wenn auch nicht mehr so bevölkert, sollte ich sagen. Aber sie ist noch immer eine Feste. Nur wenige Menschen wissen von diesem Ort, denn die Aachim brauchen nur wenig von der Außenwelt. Sie gehen nur selten hinaus, und wenn, dann nur verkleidet und im Geheimen.«

»Ich weiß ein wenig über die Aachim«, sagte Llian, »aus den Historien; aber von solch einem Ort habe ich noch nie gehört.«

»Er heißt Shazmak.«

»Shazmak! Dann habe ich natürlich schon davon gehört. Natürlich! Aber Shazmak ist schon vor langer Zeit aufgegeben worden.«

»Nicht aufgegeben. Verborgen. Aus der Erinnerung der Welt entfernt. Nach dem Tod meiner Eltern habe ich sechs Jahre lang dort gelebt. Meine Freunde unter den Aachim werden mir helfen.«

»Und mir?«

Es folgte eine lange Pause.

»Aachim. Der Spiegel von Aachan«, sagte Llian und rätselte ob der Möglichkeiten, die sich in den Namen verbargen. »Ich kenne eine Geschichte über die Aachim, obwohl der Spiegel darin nicht erwähnt wird. Oh, wie sehr ich mir wünsche, ihn zu sehen!«

»Das kannst du nicht.« Karan stand auf, bevor er sie weiter bedrängen konnte, und ging wieder vom Feuer weg und außer Sicht den Hang hinunter. Sie kam an einen verwitterten, alten Baum, legte die Wange an die knorrige Rinde und schaute abermals in den Nebel hinab. Die Angelegenheit war noch nicht erledigt, und sie wusste es. Unmittelbar über ihrem Kopf hingen noch Zapfen an einem toten Ast. Sie riss sie ab, kehrte wieder zum Feuer zurück und warf sie in die Glut. Rot-blaue Flammen züngelten hoch.

»Hat der Spiegel den Aachim gehört?«

»Einst ja«, antwortete Karan. »Vor langer Zeit.«

»Dann bringst du ihn wieder zu ihnen zurück, ja?«

Sie zögerte merklich, bevor sie antwortete: »Das habe ich nicht gesagt.« Wieder ein Zögern. »Ich weiß es nicht. Ich weiß einfach nicht, was ich tun soll.«

»Aber die Aachim wollen ihn doch sicher wieder zurückhaben.«

Karan antwortete nicht darauf. Sie konnte an nichts anderes mehr denken als an Shazmak, nun da sie dorthin unterwegs waren. Es war der schönste Ort, wo sie je gewesen war, aber es war eine harte, kompromisslose Schönheit. Der größte Teil ihrer glücklichen Erinnerungen war mit dieser Stadt verbunden.

Llian starrte sie an. »Schenk mir dein Vertrauen!«, rief er leidenschaftlich. »Wenn du Vertrauen verlangst, musst du es auch geben.«

Ja, dachte sie und schaute in sein rotes, leidenschaftliches Gesicht, *das muss ich. Aber warum fällt es mir so schwer, dir zu vertrauen? Habe vielleicht auch* ich *Vorurteile gegen die Zain?*

Oder liegt es am Blick in deinen Augen, wenn du an den Spiegel denkst? Je mehr du über ihn erfährst, desto mehr begehrst du ihn.

»Ich werde dir das Wenige erzählen, was ich erzählen darf, und im Gegenzug wirst du mich beschützen«, sagte Karan. »Sag in Shazmak kein Wort von dem Spiegel, selbst wenn man dich danach fragt. Du weißt *nichts* davon.«

Ihre Gedanken kehrten nach Shazmak zurück. Vielleicht würde Rael ja auch dort sein. Rael, der sich so sehr von den anderen Aachim unterschied und einst ihr bester Freund gewesen war. So sanft, so geduldig, so traurig. Karan sah sein Gesicht so klar und deutlich vor sich wie an jenem Tag, da er nach Osten geschickt wurde … das lockige rote Haar, die grünen traurigen Augen. Selbst jetzt noch hörte sie die Musik, die er ihr so oft vorgespielt hatte, melancholisch trotz seiner Versuche, sie aufzuheitern.

Karan bemerkte, dass allein schon bei dem Gedanken an ein Wiedersehen mit ihm ihr Herz wild schlug. Sie vertraute Rael vollkommen. Ihm könnte sie den Spiegel geben, wohlwissend, dass er das Richtige tun würde. Lange Zeit hatte Karan nun absichtlich nicht mehr an den Spiegel gedacht, als würde das Problem einfach verschwinden, wenn sie es ignorierte. Doch jetzt konnte sie es nicht mehr ignorieren. Plötzlich traf sie die Entscheidung, mit der sie sich nun schon so lange gequält hatte. Sie *würde* den Spiegel den Aachim zurückgeben, Rael.

Llian hockte über der Glut, hustete und spie Blut. Die Historien flossen in seinen Geist, und die Gesichter der Großen wirbelten und drehten sich wie Flammen im Wind. Sie riefen nach ihm, flüsterten ihm ihre Geheimnisse mit Stimmen zu, die er nicht wirklich hören konnte; sie lachten ihn aus, verspotteten und beleidigten ihn. Ein Basrelief hoch oben an der Steinwand wurde zu dem Gesicht im Spiegel, das sich in andere Gesichter auflöste. Llian kroch zur Tür und steckte das Gesicht in den Schnee, um die Halluzinationen zu vertreiben. Verzweifelt versuchte er, vernünftig zu denken.

Die Aachim kamen in den ältesten Geschichten vor, selbst in der allerersten, der Geschichte von Shuthdar und der Flöte, die er für Rulke den Charon gefertigt hatte. Dann, nach der Zeit der Düsternis, waren die Aachim von sich aus stark gewesen, und in den endlosen Kriegen, die man heute den Kataklysmus nannte, hatten sie gegen die Charon gefochten.

»Aber die Aachim sind im Kataklysmus vernichtet worden«, sagte Llian und sprach seine Gedanken laut aus. »Die Historien berichten nicht mehr von ihnen.«

»Einige haben überlebt«, erwiderte Karan, die zurückgekommen war, ohne dass er sie gehört hätte, »aber sie haben sich aus der Welt zurückgezogen. Im Hochgebirge war es ähnlich wie auf Aachan, und dort sind sie dann hingegangen und haben ihre eisernen Städte gebaut. Nach Tirthrax sind sie gegangen, in den Großen Bergen; nach Stassor, zweitausend Meilen östlich von uns, und zu anderen kalten, abgelegenen Orten. Und hierhin. Shazmak war einst ihre Feste in Meldorin, doch im Laufe der Jahrhunderte haben sie es zu einem Außenposten verkommen lassen. Aber sie bewachen die Stadt noch und wehren jeden ab, der sich ihr nähert.« Sie zog Llian wieder ins Innere zurück und wischte ihm den Schnee vom Gesicht.

Llian schwieg. Die Erkenntnis hatte ihn erschüttert, dass

die Aachim noch existierten, obwohl in den Historien keine Rede mehr von ihnen war. Warum wurden diese Dinge nicht erwähnt? Waren die Historien korrumpiert? Er legte sich auf den Boden. Die Kälte brannte auf seiner Wange, doch er war zu krank, als dass er sich hätte bewegen können.

»Wie kannst *du* dann dorthin?«, krächzte er.

»Meine Familie ist seit langem mit den Aachim verbunden, und meine Großmutter war eine von ihnen.«

»Was ist mit mir? Die Zain haben sich mit Rulke verschworen, erinnerst du dich? Die Aachim waren ihre Feinde.«

Karan sagte nichts dazu. Das wusste sie auch, und es bereitete ihr genauso große Sorgen wie Llian.

Llian sank in ein Delirium voller Namen und Gesichter, die alle durcheinanderwirbelten, und dann versank er in einen unruhigen Schlaf, wo das Delirium zu einem Traum wurde, der nicht anders war.

Kapitel neunzehn

Geständnisse

Maigraith wehrte sich wild, doch ohne Erfolg. Vartila war unglaublich stark und hartnäckig. Nichts vermochte sie dazu zu bewegen loszulassen. Sie schleifte Maigraith zu einer Tür in der anderen Ecke des Raums, zu einem Ort, wo sie sie im Geheimen verhören konnte. Maigraith geriet in Panik. Sie öffnete den Mund, um zu schreien, und sofort legte sich ihr eine kalte Hand auf Mund und Nase. Maigraith wurde übel. Sie würgte. Sie schob den Fuß an Vartilas Schienbein hinunter und trat mit aller Kraft, die sie aufbringen konnte, auf deren Spann. Hätte sie Stiefel getragen, wäre sie vielleicht sogar imstande gewesen, Vartila den Fuß zu brechen.

Vartila schluckte einen Schrei herunter und stieß stattdessen nur ein schrilles Jaulen aus. Sie hüpfte kurz auf einem Bein, dann schnappte sie sich ein schweres Lineal vom Tisch und schlug Maigraith damit auf die Schläfe. Der Schlag kam unerwartet und war unglaublich schmerzhaft. Benommen sank Maigraith auf die Knie. Die Metallkante des Lineals hatte ihre Haut aufgeschlagen, und rotes Blut glitzerte in ihrem Haar.

Vartila hob das Lineal erneut. »Steh auf«, keuchte sie. »Geh in den Raum. Mach kein Geräusch mehr.«

Maigraith war vollkommen eingeschüchtert. Sie legte die Hand auf die Schläfe, hob sie dann vor die Augen und schaute auf das dunkle Blut. Unterwürfig senkte sie den Kopf, packte die Tischkante und zog sich mühsam in die

Höhe. Sie schwankte, trat einen Schritt in Richtung Tür und stieß dann scheinbar zufällig gegen ein Podest, auf dem eine große Porzellanurne stand. Obwohl Vartila sofort vorsprang, war sie nicht schnell genug, um zu verhindern, dass sie mit lautem Knall auf dem Boden zerbarst. Maigraith schwang die Arme, und andere Gefäße flogen durch die Luft und zerbrachen mit befriedigendem Krachen. Dann schlug Vartila sie nieder, legte die Hände um ihren Hals und spie ihre Fragen mit kaltem Zorn hervor.

»Du hast eine Minute, dann werde ich dich erwürgen«, knurrte sie. »Wer bist du? Wo kommst du her? Was ist …?«

Die Tür flog auf. Yggurs tief in den Höhlen liegende graue Augen erfassten die Szene sofort. Er drehte sich zu Vartila um, und seine Stimme klang gefährlich sanft, von Sprachfehler keine Spur.

»Was machst du da mit meiner Gefangenen? Ich habe dir nicht befohlen, sie anzufassen.«

Vartila blieb ungerührt. Es war offensichtlich, dass ihr dieser Konflikt gefiel; sie hatte damit gerechnet. Ihre Stimme war kalt und überheblich. »*Ihr* habt den Spiegel verloren, *Herr.* Unsere Pflicht ist es, ihn wieder zurückzuholen. Wir haben Euch vor dieser hier gewarnt, und doch spielt Ihr Spielchen mit ihr – Spielchen, die Euer Urteilsvermögen beeinträchtigen.«

Yggur starrte sie ungläubig an. »Was hat das zu bedeuten?«, schrie er mit dröhnender Stimme. »Die verachtenswerten Whelm proben den Aufstand? Die wertlosen Whelm klagen *mich* des Versagens an? Wo ist der Spiegel, Whelm? Ein kleiner Mensch, nur eine Frau – unausgebildet, unfähig, ohne Talent, das der Erwähnung wert wäre – hat die mächtigen Whelm gedemütigt. Gib deine Vollmacht zurück. Du bist es nicht wert, die Schweine zu füttern.«

Nach wie vor ungerührt drehte Vartila sich zu ihm um,

doch die Wut und die Demütigung waren ihr in den Augen anzusehen. »Wir sind Whelm – wir dienen! Aber der Herr hat auch eine Pflicht dem Diener gegenüber, *und Ihr habt diese Pflicht nicht erfüllt.* Ihr macht gute Miene zum bösen Spiel mit einer *Slukk.* Ihr hättet sie sofort brechen müssen. Wir hätten es machen können, wenn Ihr nicht dazu in der Lage seid. Ihr habt den Spiegel vor uns versteckt, und Ihr habt ihn verloren. Und jetzt enthaltet Ihr uns Informationen vor, die wir dringendst für die Jagd brauchen. Ihr seid unwürdig!«

Einen Moment lang glaubte Karan, Yggur hätte die Kontrolle verloren; er schien nicht zu wissen, was er tun sollte. Sie schaute vom einen zum anderen und hatte schreckliche Angst.

»Ihr seid da, um zu dienen, nicht, um Fragen zu stellen. Ihr ... werdet ... dienen«, sagte Yggur. Er musste sich die Worte förmlich zwischen den Zähnen hinauszwingen. Er und Vartila standen sich eine Minute lang ungerührt gegenüber; dann verneigte sich Vartila, doch ein wenig zu tief, und als sie lächelte, entblößte sie ihre spitzen Hundezähne.

Yggur schien sich zu entspannen. »Sie gehört mir. Bring sie in meine Kammer zurück«, befahl er und zog sich zurück.

Vartila hetzte Maigraith durch den Gang, hielt sie grausam mit eisernem Griff am Arm fest.

»Dein Herr ist nicht zufrieden mit euch«, krächzte Maigraith, als sie die Treppe hinaufstiegen.

»Er weiß nicht, was es heißt, der Herr zu sein«, erwiderte Vartila verächtlich.

»Und doch dient ihr ihm.«

»Nur, bis wir einen besseren Herrn finden.«

Nach Maigraith' Fluchtversuch hatte Yggur eine besondere Zelle für sie einrichten lassen. Sie lag in einer Ecke seines Arbeitszimmers mit Gitterstäben, die vom Boden bis unter die hohe Decke reichten. Warum er sie nicht in eine Zelle tief unter Fiz Gorgo warf, um sie dort verrotten zu lassen, vermochte sie nicht zu sagen. Vielleicht war es das Rätselhafte an ihr, das ihn noch immer zu verwirren schien, wann immer er sie anschaute. Aber wie auch immer ... nun saß sie hier und beobachtete ihn den ganzen Tag über durch die Gitterstäbe. Und er wiederum beobachtete sie. An der Hauptwand war ein winziger Bereich mit einem Vorhang abgetrennt, der ihr als Toilette diente; ansonsten konnte Yggur die ganze Zelle einsehen.

Die Tage zogen sich zu Wochen hin. Sein Tagesablauf änderte sich so gut wie nie. Jeden Morgen erschien er noch vor Sonnenaufgang, ging zu dem kleinen Tisch, der in rechtem Winkel zwischen zwei Bücherregalen stand, und setzte sich, um dort für eine Stunde zu lesen. Bei Sonnenaufgang kam dann ein Diener mit zwei Körben: Yggurs und Maigraith' Frühstück. Der Diener, ein alter Gefolgsmann, war ein ängstlicher Kerl. Er sah Maigraith niemals an, sondern stellte den Korb vor die Zelle und wartete, bis Yggur es bemerkte und ihn hineintrug. Zuerst öffnete Yggur schlicht die Tür, gab Maigraith den Korb und schloss die Tür wieder; doch im Laufe der Tage und Wochen gewann sie den Eindruck, dass er bewusst ihre Gesellschaft suchte – oder vielleicht war das auch nur eine neue Facette seines Plans. Ab einem gewissen Zeitpunkt brachte er den Korb vorsichtig in die Zelle und hielt ein Auge auf sie, während er die Tür wieder verschloss; dann setzte er sich auf sein Bett und schaute Maigraith beim Essen zu. Anfangs ärgerte sie das, doch nach einer Weile gewöhnte sie sich daran und freute sich trotz ihres Misstrauens sogar darauf. War das Frühstück vorbei, pflegte er eine weitere Stunde oder mehr mit den Karten und Papieren auf dem großen Tisch zu verbringen und in ein Tagebuch zu schreiben.

Anschließend kam ein kontinuierlicher Strom von Menschen. Boten oder Spione von allen Ländern ringsum. Yggur saß teilnahmslos da, während sie redeten oder Dokumente vorlasen. Als Nächstes kamen die Whelm, doch die Spannung zwischen ihnen und Maigraith war so groß, dass sie nach ein paar Tagen fernblieben. Yggur ging hinaus, wenn er mit ihnen sprechen wollte, und seine Soldaten wachten an seiner statt über Maigraith. Aber mehrere Male kamen die Whelm auch unerwartet, und Yggur stellte sich stets zwischen sie und Maigraith, obwohl sie in der Zelle eingesperrt war. Die Whelm starrten sie mit beunruhigender Intensität an, und bei diesen Gelegenheiten hatte Yggur sichtlich Mühe, sich zu beherrschen.

Er konnte seine Sorgen vor Maigraith' kaltem Blick nicht verbergen. Sie sah die Seltsamkeit, die Yggur vor anderen verbarg, und sie sah seinen Schmerz. Überraschend stellte sie fest, dass sie Mitgefühl mit ihm hatte. Normalerweise hegte sie überhaupt keine Gefühle für andere Menschen.

Hernach dachte sie oft über die Whelm nach. Was hatte sie an sich, das sie so nervös machte? In der ersten Befragung waren es der Spiegel und seine Wiederbeschaffung, die sie bewegt hatten; doch nach Maigraith' Fluchtversuch war *sie* es gewesen, worüber sie mehr erfahren wollten. Wer war sie? Wo war sie hergekommen? Sie verriet ihnen nichts, und sie behielten sie ständig im Auge.

Als Yggur von seinem täglichen Treffen mit den Whelm zurückkehrte, war der Morgen bereits vorbei. Zu Mittag nahmen sie gemeinsam ein karges Mahl zu sich: in angedickter

Milch servierte Nusspastete und gewürzter Lasee. Yggur aß nur selten Fleisch. Das Essen war kurz, und kaum waren die Reste abgeräumt, kamen Yggurs Generäle. Stundenlang diskutierten sie über die Berichte der Boten und Spione, die Aufstellung von Armeen, das Wetter, den Zustand von Straßen und Brücken oder die Qualität der Ernte und des Viehs im umliegenden Land. Große Karten wurden herausgeholt, alte Pläne auf Leder oder Zelttuch so groß und schwer, dass zwei Mann sie tragen mussten. Diese wurden dann auf dem Boden der Kammer ausgelegt, und Yggur kroch über sie wie ein Schuljunge, während er sie bis ins kleinste Detail studierte und seine Generäle ihm folgten wie Entlein der Mutter. Und oft wurde der Meisterkartenmacher gerufen, um neue Einträge vorzunehmen oder alte zu korrigieren.

Maigraith hörte voller Staunen und Unruhe zu. Yggur wusste mehr über die umliegenden Länder als jeder andere Herrscher; nun wusste Maigraith, warum die anderen ihn so sehr fürchteten. Es war nicht die furchtbare Macht, die ihm die Gerüchte zuschrieben, auch wenn er vermutlich tatsächlich darüber verfügte. Es war der kühle Geist, das strategische Genie und sein Auge für Details. Und ohne Zweifel auch der Spiegel, sein unermüdlicher Spion.

Danach war es Zeit für die Verwaltung seines eigenen Landes. Yggur sprach mit seinem Seneschall und seinen Bütteln, und manchmal wurden zwei Parteien vor ihn gebracht, die miteinander im Streit lagen. Er hörte sich ihre Probleme an und löste sie. Aber das war selten. Es war offensichtlich, dass sein Reich wohlgeordnet war und dass seine Stellvertreter seine Wünsche kannten und sie exakt seinem Willen gemäß ausführten.

Das Abendessen kam spät, lange nach Einbruch der Dunkelheit. Wieder war das Mahl karg, obwohl Yggur manchmal nach etwas Üppigerem verlangte. Dann brachte man Körbe voller Pasteten, gefüllt mit Fleisch oder Nüssen und mit kräftigen Gewürzen versehen, von süß bis scharf. Dazu gab es dann dunkles Fleisch, getrocknet, geräuchert oder in Kräutersud eingelegt und mit ungewöhnlichen Soßen garniert, in Salz oder Öl eingelegtes Gemüse und Fisch. Zu guter Letzt kamen dann wieder Pasteten, mit Zitronen- oder Rosenwasser aromatisiert und mit Obst gefüllt. Dann sprach Yggur mit ihr, oder er saß allein und las oder schrieb in seinem Tagebuch. Oft fragte er Maigraith nach Faelamor, Karan und dem Spiegel. Allerdings wurde ihm rasch klar, dass sie ihm nicht mehr erzählen würde, und so richtete er seine Untersuchungen mehr auf sie selbst.

Nach jener ersten Nacht hatte Maigraith die Kraft gefunden, sich ihm zu widersetzen. Wenn sie miteinander sprachen, hatte sie dennoch jedes Mal Angst, ihm unfreiwillig etwas zu verraten, und so beobachtete sie ihn misstrauisch. Um ihn abzulenken, fragte sie ihn nach sich – nach seiner Vergangenheit, seinem Volk, seinen Ängsten und Wünschen, und obwohl er lächelte – denn er wusste, was sie damit erreichen wollte –, antwortete er ihr bereitwillig.

»Wie bist du dazu gekommen, Yggur?«, fragte sie eines Tages.

»Das hast du doch sicherlich gehört.«

»Ich kenne die Geschichten, die andere erzählen, ja«, erwiderte sie.

»Was für Geschichten?« Seine rauchigen Augen verdunkelten sich.

»Dass du der jüngste und brillanteste Wirker gewesen bist, der je in den Rat geladen wurde. Dass du ein großes Projekt in Angriff genommen hast: die Verbannung der Charon von Santhenar. Dass du dich in deiner Bosheit und aus jugendlicher Torheit an der Zauberei der Geächteten Experimente versucht hast und dass du Rulke in die Falle gegangen bist, dem Führer der Charon. Selbst da hast du dann nicht um Hilfe gerufen, sondern allein weiter gekämpft, bis Rulke beinahe entkommen wäre. Es heißt, das hätte dich in den Wahnsinn getrieben.«

»Die Lügen des Rats ärgern mich noch nicht einmal mehr; sie ermüden mich nur«, sagte Yggur, obwohl deutlich der Zorn in seinen Augen funkelte. »Lügen, um ihre eigenen Missetaten zu verbergen, ihre eigene Torheit, und zwar keine jugendliche, sondern die Torheit jener, die dank ihrer uneingeschränkten Macht gierig und böse geworden sind. Der Rat hat lange danach gestrebt, die Charon zu verbannen – ein edles Ziel –, und sie haben sich nicht nur einmal an den Geächteten Experimenten versucht, sondern mehrmals, und jedes Mal sind sie gescheitert. Also haben sie mich *angefleht*, und meine Torheit lag darin zuzustimmen.

Ich hatte auch Erfolg, doch als Rulke angriff, hat ihr Mut sie verlassen, und sie haben mich im Stich gelassen. Kein Mann und keine Frau auf Santhenar hätte ihn alleine halten können, und ich konnte es auch nicht. Er hat meinen Geist übernommen, stand kurz davor, sich selbst zu befreien, und doch kämpfte ich noch immer, um ihn gefangen zu halten. Schließlich bekam der Rat Angst um seine eigene Sicherheit, und das aus gutem Grund, denn wäre Rulke ausgebrochen, hätte er sich als Erstes gegen sie gewandt. So schlossen sie sich zusammen und trieben ihn in die Schattenwelt, wo sie ihn noch immer gefangen halten, im Nachtland. Anschließend versiegelten sie das Tor wieder.

Aber haben sie mich dann beschützt und geheilt?« Yggurs Tonfall wurde giftig. »Nein, sie ließen mich zum Sterben zurück und erklärten, ich sei der Narr gewesen, der all das verursacht hatte, was in Wahrheit sie verschuldeten, und das war viel. Wieder einmal haben sie sich zu den Rettern von Santhenar ausgerufen. Aber ich bin nicht gestorben. Ich habe überlebt, meine Kraft zurückgewonnen, und schließlich kehrte auch mein Verstand wieder zurück. Jahrelang habe ich den Spott der Menschheit ertragen. Als Narren haben sie mich beschimpft und als Irren. Wundert es dich da, dass ich sie bedrohe, nun da ich stark bin und sie schwach sind?«

Er saß auf dem Bett hinter dem kleinen Tisch. Nun sprang er so unvermittelt auf, dass das Bett nach hinten rutschte und die Beine über den Stein schabten. »Sollte ich dir das sagen? Warum nicht? Das war vor langer Zeit, und sämtliche Ratsmitglieder sind tot, *mit Ausnahme von Mendark!* Aber er wird für die alten Verbrechen bezahlen genauso wie der neue Rat. Das ist jedoch nur meine kleinere Rache. Die größere ... aber das ist dir sicher klar. Ich werde beenden, was ich vor so langer Zeit begonnen habe. Ich werde Rulke für immer vernichten.«

Er wandte sich zum Gehen, doch Maigraith streckte die Hand aus und packte ihn am Handgelenk. »Da ist noch mehr. Sag es mir. Ich habe gesehen, wie du mit dir ringst.«

Yggur schaute zu ihr hinunter, dann auf die Hand um sein Handgelenk und schließlich wieder in ihr Gesicht. Zu ihrer Überraschung – und auch zu seiner eigenen – setzte er sich wieder.

»Es ist die Erinnerung an ... an Rulke«, sagte er auf seine abgehackte Art, und sein Mund zuckte. »Ich spüre noch immer, wie er sich in meinen Geist gekrallt hat.« Nur mit Mühe bekam er seine Sprache wieder unter Kontrolle. »Diese Erinnerung wird mich begleiten, solange ich lebe. Die Angst vor ihm verzehrt mich. Es ist, als säße ein großer Skorpion auf meinem Rücken und hätte seinen Stachel schon dicht an meinem Hals.« Ein Schauder lief durch seinen ganzen Körper, von seinem schwarzen Haar bis zu den grauen Stiefeln, und er schlug die Hände vors Gesicht.

»Aber ist er nicht sicher verwahrt?«

»Solange die Wacht besetzt ist, kann er nicht entkommen. Aber er kann befreit werden, wenn die Wache versagt – *oder freigelassen*, wenn jemand den Schlüssel findet. Und du hast solch einen Schlüssel, den Spiegel, hinausgeworfen, wo jeder ihn finden kann. Ich habe meine Zeit abgewartet, trainiert und mich in Disziplin geübt. Ich habe den Spiegel gefunden und ihn fast zerbrochen. Ja, ich stand kurz davor, seine Geheimnisse zu enthüllen.«

»Er hat auch nach mir gerufen«, sagte Maigraith und erinnerte sich daran, wie sehr er sie fasziniert hatte.

»Dann sei auf der Hut. Er ist ein verdrehtes, lügnerisches Ding, und er wird sein Bestes tun, dich zu verzaubern und in die Falle zu locken.«

»Oh!«, sagte sie nüchtern.

»Nun sind alle meine Pläne auf den Kopf gestellt. Der Spiegel ist weg und kann jedermann in die Hände fallen. Die Faelamor, die ich vor langer Zeit gekannt habe, war vorsichtig. Sie hätte nie etwas Törichtes getan; doch wer weiß, wie sie sich im Laufe der Jahrhunderte verändert hat? Aber was, wenn Mendark ihn bekommt? Oder schlimmer noch, sein Herausforderer Thyllan?

In den vergangenen Wochen«, fuhr Yggur nach einer kurzen Pause fort, »musste ich die Strategie für meinen Feldzug überdenken – ja, sie genaugenommen sogar vollkommen umkehren. Was ich mit dem Geheimnis des Spiegels einfach so hätte tun können, muss ich mir nun mit Armeen und Blutvergießen erkämpfen. Meine Armeen erwarten meinen Befehl, aber ich kann sie nicht ewig in Alarmbereitschaft lassen. Soll ich den Marschbefehl geben, oder soll ich warten und hoffen, dass der Spiegel wieder gefunden wird?«

Er gewann die Fassung zurück und funkelte Maigraith an. Sie nahm die Hand von seinem Arm. »Und was soll ich mit dir tun?«, sagte Yggur. »Die Whelm verfolgen Karan, doch sie entkommt ihnen immer und immer wieder.« Maigraith' Augen wurden größer. »Ah, wie ich sehe, überrascht das selbst dich. Offenbar hat sie mehr an sich, als ich zuerst gesehen habe. Sie ist inzwischen weit im Norden, in der Nähe von Hetchet, wie meine Spione mir zuletzt berichtet haben. Aber der Spiegel könnte überall sein. Vielleicht hat Faelamor ihn bereits, und Karan war nur ein Lockvogel. Die Whelm haben versagt, was sie betrifft.«

Nachdenklich ging er weg. *Ich muss mehr erfahren ... aber wie? Offenbar kennt Maigraith Faelamors Pläne nicht. Aber vielleicht kann mir ihr Unterbewusstsein einen Hinweis geben. Die Whelm haben ihre Möglichkeiten, aber kann ich sie ihnen anvertrauen? Denn die Whelm, von denen ich geglaubt habe, ich hätte sie gut ausgebildet, rebellieren plötzlich. Sie würden am liebsten* mir *Befehle erteilen. Meine sorgfältig aufgebaute Welt beginnt, in sich zusammenzufallen, und das zwingt mich zu einer schrecklichen Erkenntnis: dass ich den Stachel gepackt und ihn mir selbst an die Kehle gedrückt habe.*

Yggur drehte sich wieder zu Maigraith um. Er bewunderte sie für ihren Mut, und er hasste sich selbst. Schwerfällig machte er kehrt und ging hinaus. Nachdem er gegangen war, brach Maigraith' Selbstbewusstsein in sich zusammen. Sie war sicher, dass er sie an die Whelm übergeben würde. Doch das tat er nicht.

Nach diesem Gespräch sah Maigraith nur wenig von Yggur. Ihre Wache wurde verdoppelt, denn Yggur war andernorts mit der Ausbildung seiner Armeen beschäftigt, dem Entwurf neuer Strategien und Notfallpläne und der Überarbeitung von Taktiken. Maigraith war allein und hatte Angst, und da sie nichts zu tun hatte, zerbrach sie sich mehr und mehr den Kopf über die Whelm und darüber, was mit ihr geschehen würde, sollte sie ihnen in die Hände fallen.

Dann, eines Tages, nachdem sie Yggur eine Woche lang nicht mehr gesehen hatte, kam er zu ihr. Er hatte sich verändert; das sah sie sofort. Irgendetwas war anders. Unvermittelt fragte er: »Was wird Faelamor wegen dir unternehmen?«

Maigraith war überrascht, dass sie selbst während ihrer ganzen Gefangenschaft noch nicht an diese Frage gedacht hatte. Sie hatte keine Ahnung, was Faelamor tun würde. Vielleicht würde sie die ganze Sache – und auch sie – einfach abhaken und von Neuem beginnen.

Yggur beugte sich kurz über sie; dann setzte er sich ihr genau gegenüber. »Wie bist du dazu gekommen, ihr zu dienen?«

Faelamor? Maigraith dachte nach, fand aber keinen Grund dafür, warum sie diese Frage nicht beantworten sollte.

»Sowohl meine Mutter als auch mein Vater sind kurz nach meiner Geburt gestorben. Die ersten paar Jahre hat eine andere Familie sich um mich gekümmert, obwohl ich keine Ahnung habe, wie ich in ihre Fürsorge gekommen bin. Dann ist Faelamor aufgetaucht. Ich war noch sehr jung, vielleicht drei Jahre alt, als ich sie zum ersten Mal getroffen habe – oder zumindest ist das der früheste Zeitpunkt, an den ich mich erinnere. Ich weiß es noch sehr gut; sie hat mir Angst gemacht. Das tut sie immer noch. Sie ist immer wieder gekommen, hat mich manchmal für Wochen mitgenommen und mich unterwiesen. Ich habe sie als eine seltsame Art von Tante betrachtet, obwohl ich nicht glaube, dass ich irgendwie blutsverwandt mit ihr bin. In jedem Fall sind wir uns in keinster Weise ähnlich. Als ich fünf war, hat sie mich dann nach Mirrilladell mitgenommen, wo die Faellem leben. Dieser Ort liegt südlich der Großen Berge. Es ist ein kaltes Land voller Seen und Wälder. Aber natürlich weißt du das.«

Yggur nickte, schwieg aber. Er wollte Maigraith nicht in ihrem Redefluss unterbrechen.

»Ich habe mein ganzes Leben mit ihr verbracht, und das ist eine lange Zeit, denn ich bin weit älter, als ich aussehe. Ich hatte die besten Lehrer, und auch Faelamor selbst hat mich weiter unterrichtet. Ich arbeitete und studierte ohne Unterlass. Ihr Studienplan war seltsam, ihre Methoden bemerkenswert. Ich habe Dinge gelernt, von denen nur die Faellem etwas wissen. Wie du zuvor gefühlt hast«, fügte sie gedankenverloren hinzu und bezog sich damit auf ihren anfänglichen Kampf.

»Aber ich war nie Teil von ihnen, nie eine Faellem. Sie sind mir mit Kälte begegnet, obwohl sie generell eher ein freundliches Volk sind. Als ich noch ein Kind war, haben sie mich vollständig gemieden. Ich frage mich oft, was für eine schändliche Tat mein Vater und meine Mutter wohl begangen haben, dass sie noch über Generationen hinweg Wirkung zeigte. Dann, plötzlich, haben Faelamor und ich die Faellem verlassen und sind ins Exil gegangen. Selbst Faelamor war durch ihre Beziehung zu mir befleckt. Ich glaube, das Exil hat ihr sehr wehgetan.«

Nach einer Weile schaute sie zu Yggur und lächelte. Es war ein seltsam trauriges und nachdenkliches Lächeln, als würde sie gerade erst lernen, wie man lächelt. »Es ist schon komisch«, sagte sie noch immer lächelnd. »Du bist der erste Mensch, bei dem ich das Gefühl habe, dass er das versteht. Vielleicht sind wir uns ähnlich, denn wir sind beide Gefangene – du von Rulkes Qual, ich von Faelamors Willen.«

»Du hast Karan.«

»Ich sorge mich um sie, doch ich werde sie niemals richtig kennen.«

Maigraith schwieg, und ihre Gedanken kehrten zu ihrer Kindheit und Jugend zurück. Ihr langes haselnussbraunes Haar hing ihr übers Gesicht. Yggurs Blick ruhte auf ihren Zügen: Ihre Haut war so glatt wie Marmor und von der Farbe von Honig, und dann das ovale Gesicht, die lange, gerade Nase und die traurigen Augen, die viel dunkler waren denn zuvor und auf ihr Geheimnis hindeuteten.

Schließlich sprach er. »Sag mir, wo ich Faelamor finden kann und was sie mit dem Spiegel will, und ich werde dir sagen, wer deine Eltern waren, was mit ihnen geschehen ist und warum sie solche Schande über die Faellem gebracht haben.«

Maigraith hob unvermittelt den Blick, und auf ihrem Gesicht zeigte sich ein solch kindlicher Eifer, dass es selbst Yggur rührte. Zweimal sprach sie fast; dann legte sich eine Wolke über ihr Gesicht, und sie senkte den Kopf, damit er die Tränen in ihren Augen nicht sehen konnte.

»Ich kann nicht«, flüsterte sie.

Yggur kämpfte mit sich selbst. Maigraith sah, dass er hin und her gerissen war, und nun bekam sie wirklich Angst.

»Mein Volk hat vor Kurzem weit im Norden einen Botenvogel abgefangen. Mendark hat von dem Spiegel erfahren und setzt alles in Bewegung, um seiner habhaft zu werden. Ich werde *nicht* zulassen, dass er ihn bekommt«, sagte er, und seine Qual war ihm deutlich anzusehen. Er stand auf. »Ich muss ihn wieder zurückbekommen, selbst wenn das heißt, dass ich dich den Whelm übergebe. Ich muss das Risiko eingehen. Du hast bist zum Morgen Zeit.«

Er ging hinaus, und Maigraith sah ihn an diesem Tag nicht mehr. Den Rest des Nachmittags saß sie in ihrer Zelle und fürchtete sich vor der Nacht, mehr aber noch vor dem Morgen. Doch als sie sie holen kamen, war es gerade erst dunkel geworden, und sie war unvorbereitet. Zwei Whelm rissen sie grob vom Bett und brachten sie fort.

Glossar
der Namen, Orte und Begriffe

Aachan: eine der Drei Welten, die Welt der Aachim und, nach der Eroberung, der Charon.

Aachim: das menschliche Volk, das auf Aachan heimisch war und von den Charon erobert worden ist. Die Aachim sind ein kluges Volk, große Kunsthandwerker und Ingenieure; aber sie sind auch melancholisch und neigen zur Überheblichkeit. Nachdem sie nach Santhenar gebracht worden waren, blühten sie auf, wurden im Kataklysmus jedoch verraten und ruiniert, woraufhin sie sich aus der Welt und in ihre riesigen Bergfestungen zurückgezogen haben.

Alcifer: die letzte und größte Stadt Rulkes, entworfen von Pitlis, dem Aachim.

Almadin: ein trockenes Land jenseits des Meers von Thurkad.

Altmenschen: die ursprünglichen Menschen auf Santhenar und noch immer bei weitem die zahlreichsten.

Alyz: Llians kleine Schwester.

Ballade vom Silbersee: eine epische Romanze, welche die Geschichte der Eroberung des winzigen Staates Saludith erzählt.

Bannador: ein langes, schmales und hügeliges Land auf der Westseite von Iagador. Karans Heimatland.

Benbow: ein zerstörtes Dorf in den Bergen zwischen Chanthed und Tullin.

Bibliothek der Historien: berühmte Bibliothek im Kollegium der Historien in Chanthed.

Callam: Llians ältere Schwester.

Carstein: die Stadt, die Fiz Gorgo am nächsten liegt.

Chanthed: eine Stadt im nördlichen Meldorin, in den Ausläufern der Berge gelegen. Das Kollegium der Historien befindet sich hier.

Charon: eines der vier Menschenvölker, das Herrenvolk der Welt von Aachan. Sie flohen aus der Leere, um Aachan von den Aachim zu übernehmen. Ihren Namen haben sie von einem eisigen Mond in der äußersten Ecke der Leere übernommen. Sie haben seltsame Augen, indigoblau oder karmesinrot oder manchmal auch beides zusammen, je nach Licht.

Chronist: ein Historiker; ein Absolvent in der Kunst und der Wissenschaft des Aufzeichnens und Bewahrens von Historien.

Direktor von Chanthed: gegenwärtig Wistan. Der Direktor des Kollegiums der Historien ist zugleich das nominelle Oberhaupt von Chanthed.

Dolodha: ein Botenmädchen, eine von Yggurs Dienerinnen.

Drei Welten, die: Santhenar, Aachan und Tallallame.

Droik: Idlis' Hund.

Düsternis: siehe *Geschichte der Düsternis.*

Elienor: eine große Heldin der Aachim aus der Zeit, da die Charon auf Aachan einfielen.

Emmant: ein Halb-Aachim, Bibliothekar von Shazmak. Er ist auch als Flacq verkleidet gereist.

Erzähler: jemand, der das rituelle Erzählen der Geschichten beherrscht, die in ihrer Gesamtheit die Historien von Santhenar bilden.

Faelamor: Anführerin des Volkes der Faellem, die kurz nach Rulke nach Santhenar gekommen ist, um über die Charon zu wachen und das Gleichgewicht zwischen den Welten zu erhalten. Maigraith' Herrin.

Faellem: das Menschenvolk, das die ursprünglichen Bewohner der Welt von Tallallame darstellt. Sie sind ein kleines, düsteres Volk. Ihre Sitten verbieten den Faellem den Gebrauch von Maschinen, besonders den von magischen. Andererseits sind sie die Meister der Verkleidung und der Illusion. Faelamors Gruppe wurde von der Düsternis auf Santh gefangen und sucht seitdem ständig nach einem Weg nach Hause.

Faichand: der Name, den Faelamor angenommen hat, als sie sich vor der Welt verbarg.

Festival von Chanthed: ein jährliches Fest in Chanthed, auf dem die Historien von den Meistern und Studenten des Kollegiums erzählt werden.

Fiz Gorgo: eine Festungsstadt in Orist, in uralter Zeit überflutet und nun wieder aufgebaut. Yggurs Feste.

Flöte, auch **goldene Flöte, die:** ein in Aachan auf Rulkes Geheiß hin von dem genialen Schmied Shuthdar gefertigtes Gerät. Shuthdar stahl sie jedoch und brachte sie nach Santhenar. Wenn sie von einem Empfindsamen benutzt wird, kann man damit den Weg zwischen den Welten öffnen. Zur Zeit der Düsternis von Shuthdar zerstört.

Folc: ein flaches, trockenes Land nördlich von Chanthed.

Fyrn: der Familienname von Karan von Bannador, mütterlicherseits.

Galliad: Karans Vater, der halb Aachim war.

Garr: der größte Fluss in Meldorin. Er fließt von Shazmak bis zum Meer von Thurkad östlich von Sith.

Gellon: eine Frucht, die wie eine Mischung aus Mango und Pfirsich schmeckt.

Gabe von Rulke, auch **Fluch von Rulke:** das Wissen, das Rulke den Zain gegeben hat, um ihre Widerstandskraft gegen die den Geist zerstörenden Kräfte der Aachim zu stärken. Sie hinterließ ein Stigma, das die Zain als solche identifizierte.

Geächtete Experimente: magische Prozeduren, um einen Fehler in der Düsternis zu finden und Rulke für immer zu verbannen. Gefährlich, weil Rulke die Kontrolle über den Experimentierenden übernehmen kann.

Geheime Kunst: der Gebrauch magischer Fähigkeiten.

***Geschichte der Düsternis*:** die größte aller Großen Geschichten. Sie erzählt von der Zerstörung der goldenen Flöte durch Shuthdar. Die Düsternis schottete Santhenar von den anderen beiden Welten ab.

Gothryme: Karans verarmtes Gut nahe Tolryme in Bannador.

Große Berge: die größte und höchste Bergkette von Santhenar. Sie umschließen den südöstlichen Teil des Kontinents von Lauralin.

Große Bibliothek, die: gegründet in Zile von den Zain zur Zeit des Reiches von Zur. Die Bibliothek wurde niedergebrannt, als die Zain ins Exil gingen, später jedoch wiederaufgebaut.

Großer Fluss: siehe *Garr*

Große Geschichten: die größten Geschichten aus den Historien von Santhenar; traditionell auf dem Festival von Chanthed erzählt und überall bei wichtigen, zeremoniellen Ereignissen. Es gibt zweiundzwanzig davon.

Großes Projekt: ein Weg, den der Rat beschritten hat, um die Charon für immer aus Santh zu verbannen.

Hetchet, Tor von Hetchet: ein Ort im Westen von Chanthed, einst eine große Stadt.

Historien: die riesige Sammlung von Aufzeichnungen, die über mehr als viertausend Jahre niedergeschriebener Geschichte Santhenars berichten. Die Historien bestehen aus historischen Dokumenten, geschrieben von Chronisten, sowie aus den Geschichten, Liedern und Legenden der Völker von Santhenar und der eingedrungenen Völker der anderen Welten; erzählt von Erzählern. Die Kultur von Santhenar ist untrennbar mit den Historien verbunden, und die größte Sehnsucht eines jeden Menschen ist es, dort erwähnt zu werden.

Hochweg: eine Nord-Süd-Straße, die mitten durch Meldorin hindurchführt.

Iagador: das Land, das zwischen den Bergen und dem Meer von Thurkad liegt.

Idlis: der niederste der Whelm, lange Zeit Jäger von Karan. Auch ein Heiler.

Jark-un: der Anführer eines Trupps von Whelm.

Jepperand: eine Provinz auf der Westseite der Berge von Crandor. Heimat der Zain. Llians Geburtsort.

Karan, Karan von Bannador: eine Frau aus dem Haus von Fyrn, aber mit dem Blut der Aachim von der Seite ihres Vaters Galliad. Sie ist eine Empfindsame und lebt in Gothryme.

Kataklysmus: eine Reihe von Kriegen zwischen den Charon und den Aachim, die sich über mehr als tausend Jahre hingezogen haben und fast zur vollständigen Zerstörung von Santhenar geführt hätten.

Kollegium der Historien: das älteste der Kollegien für die Ausbildung jener, die Chronisten oder Erzähler der Historien werden wollen, oder auch nur niedere Barden oder Königssänger. Es wurde kurz nach der Zeit der Düsternis in Chanthed errichtet.

Lasee: blassgelbes Getränk, leicht berauschend und typisch für Orist, fermentiert aus dem süßen Harz von Sumpfbäumen.

Lauralin: der Kontinent östlich des Meeres von Thurkad.

Leuchtkugel: ein Gerät aus Kristall und Metall, das ein sanftes Licht abgibt, wenn man es berührt.

Llayis: Llians Vater, ein Schreiber.

Llian: ein Zain, Meisterchronist und Geschichtenerzähler. Ein hervorragender Student der Historien.

Magister: ein Wirker und Oberhaupt des Hohen Rates von Iagador. Mendark hat diese Position schon seit tausend Jahren inne.

Maigraith: eine Waise, großgezogen und ausgebildet von Faelamor für einen unbekannten Zweck. Eine Meisterin der Geheimen Kunst.

Mantille: eine Aachim; Karans Großmutter väterlicherseits.

Meer von Thurkad: der lange Meeresarm, der Meldorin von Lauralin trennt.

Meisterchronist: einer, der das Studium der Historien gemeistert und mit der höchsten Ehrung am Kollegium der Historien abgeschlossen hat.

Meldorin: die große Insel im Westen des Meers von Thurkad und des Kontinents Lauralin.

Mendark: Magister des Rats von Iagador. Ein Wirker von großer Macht und List, obwohl er in letzter Zeit zunehmend beunruhigt ist ob des Aufstiegs seines langjährigen Rivalen Yggur.

Nachtland: ein Ort fernab der Wirklichkeit, wo Rulke gefangen gehalten wird.

Narcies: tragische Heldin der *Ballade vom Silbersee.*

Neyd: siehe Neydsee.

Neydsee: ein See im Sumpfwald nahe Fiz Gorgo, wo sich die halbversunkenen Ruinen der Stadt Neyd befinden.

Orist: ein Land voller Sümpfe und Wälder im Südwesten von Meldorin; das Land von Yggur. Fiz Gorgo liegt dort.

Pellban: fünfter Direktor von Chanthed und Autor der *Ballade vom Silbersee.*

Pitlis: ein großer Aachim aus ferner Vergangenheit, durch dessen Torheit die große Stadt Tar Gaarn an Rulke verraten und die Macht der Aachim gebrochen wurde. Er war als Architekt für den Bau von Tar Gaarn und Alcifer verantwortlich. Erschlagen von Rulke.

Preddle: befestigte Stadt am Hochweg.

Qwelt: ein stark vernarbter Mann, der in einem Stall in Preddle gearbeitet hat.

Rael: ein Aachim, Halbvetter von Karan.

Rat, der, auch **Rat von Iagador, Rat von Santhenar, Großer Rat, Hoher Rat:** eine Allianz der Mächtigen. Gemeinsam mit den Aachim hat er das Nachtland erschaffen und Rulke dorthin verbannt. Anschließend diente er zweierlei Zwecken: der Fortsetzung dieses Projekts und der Bewachung von Rulke.

Rulke: ein Charon von Aachan. Er lockte Shuthdar nach Aachan, damit dieser dann dort die goldene Flöte anfertigen konnte, und so begannen alle Probleme. Nach dem Kataklysmus wurde er im Nachtland gefangen gesetzt, bis ein Weg gefunden werden würde, ihn nach Aachan zurück zu verbannen.

Santhenar, Santh: die geringste der Drei Welten, bewohnt von den Altmenschen.

Sendung, Senden: eine Botschaft, Gedanken oder Gefühle, die von einem Geist zum anderen geschickt werden.

Shand: ein alter Mann, der im Gasthof von Tullin arbeitet und mehr ist, als er zu sein scheint.

Shazmak: die vergessene Stadt der Aachim in den Bergen westlich von Bannador.

Shuthdar: ein Altmensch von Santhenar, Erschaffer der goldenen Flöte. Nachdem er die Flöte und sich selbst vernichtet hatte, kam die Düsternis und schloss den Weg zwischen den Welten.

Sith: eine freie Stadt und Handelsnation auf einer Insel im Fluss Garr im südlichen Iagador.

***Slukk*:** ein Schimpfname der Whelm (sehr beleidigend).

Spanne: die Entfernung zwischen den ausgestreckten Armen eines großen Mannes. Ungefähr sechs Fuß oder etwas weniger als zwei Meter.

Spiegel von Aachan: ein Gerät erschaffen von den Aachim in Aachan, um damit in die Ferne zu sehen. In Santhenar hat es sich verändert und die Wirklichkeit verzerrt; deshalb haben die Aachim es versteckt. Der Spiegel hat ein Gedächtnis entwickelt und bewahrt Abdrücke der Dinge auf, die er gesehen hat. Yalkara hat ihn gestohlen und benutzt, um eine Verzerrung in der Düsternis zu finden und so nach Aachan zurückzukehren.

Stassor: eine Stadt der Aachim im östlichen Lauralin.

Stimme, die: die Fähigkeit großer Erzähler, jedwedes Gefühl bei ihren Zuhörern zu wecken, das sie wollen, und das nur aufgrund der Kraft ihrer Worte.

Sundor: einst stolze Stadt im zentralen Meldorin, heute nur noch ein Dorf.

Tallallame: eine der Drei Welten, die Welt der Faellem. Eine schöne, gebirgige Welt, bedeckt von Wäldern.

Tallia: vertraute Kriegerin Mendarks. Sie ist eine Wirkerin und Meisterin der Kampfkünste mit und ohne Waffen.

Tensor: Anführer der Aachim. Er betrachtet es als sein Schicksal, die Größe der Aachim wiederherzustellen und schlussendlich Rache an Rulke zu nehmen, der sie verraten und in den Ruin getrieben hat. Er ist so stolz, dass es schon an Torheit grenzt.

Turlew: ein verbitterter, gescheiterter Chronist, jetzt Seneschall von Wistan.

Thurkad: die ›zeitlose Stadt‹, die älteste aller Städte in Santhenar – und die niederträchtigste. Eine äußerst bevölkerungsreiche Stadt am Fluss Saboth und dem Meer von Thurkad. Sitz des Rates von Iagador und seines Magisters.

Thyllan: Kriegsherr von Iagador und Mitglied des Rats.

Tiltilluin und Tintilluin: Zwillingsberge, die den Pass von Tullin nach Bannador bewachen.

Tintinnuin: ein Vulkangipfel südlich von Tullin.

Tiriel: Geliebter von Narcies, der tragischen Heldin in der *Ballade vom Silbersee.*

Tirthrax: Hauptstadt der Aachim in den Großen Bergen.

Tolryme: eine Stadt im nördlichen Bannador, nicht weit von Gothryme entfernt, Karans Familiensitz.

Trusco: Hauptmann der Kollegiumswache und Wistans einziger Freund.

Tullin: ein winziges Dorf in den Bergen südlich von Chanthed. Shand lebt dort.

Vartila: Anführerin eines Trupps von Whelm und Rivalin von Jark-un.

Verbindung, Verbinden, auch **Talent der Verbindung:** ein Zusammenschluss menschlicher Geister, durch den Empfindsame ihre Gefühle und Gedanken teilen oder Unterstützung bieten können. Bisweilen auch zur Beherrschung anderer missbraucht.

Vuula: Karans Mutter, die sich nach Galliads Tod selbst das Leben nahm.

Wahn Barre: die Krähenberge. Yalkara, die Herrin der Täuschung, hatte dort ihre Feste, Havissard. Ein Ort, der nichts Gutes verheißt.

Walf: ein Schmuggler, der Maigraith und Karan nach Fiz Gorgo geführt hat.

Weg zwischen den Welten: die geheimen, sich auf ewig verändernden, ätherischen Pfade, welche den schwierigen Übergang zwischen den Drei Welten ermöglichen. Durch die Düsternis verschlossen.

Whelm: gegenwärtig Diener von Yggur.

Wirker: ein Zauberer oder Hexer; jemand, der die Geheime Kunst gemeistert hat.

Wistan: der siebenundvierzigste Direktor des Kollegiums der Historien und von Chanthed.

Yalkara: die Dämonenkönigin, die Herrin der Täuschung. Die letzte der drei Charon, die nach Santhenar gekommen ist, um die Flöte zu finden und nach Aachan zurückzubringen. Sie nahm den Spiegel, um eine Verzerrung in der Düsternis zu finden; dann floh sie von Santh und ließ den Spiegel zurück.

Yggur: ein großer und mächtiger Wirker. Einst ein Mitglied des Rats, nun ein Ausgestoßener. Er lebt in Fiz Gorgo. Seine Armeen haben den größten Teil des südlichen Meldorin überrannt.

Zain: ein gelehrtes Volk, das einst in Zile gelebt und die Große Bibliothek erbaut hat. Sie schlossen einen Pakt mit Rulke, und nach seinem Untergang wurden sie niedergemetzelt. Die wenigen Überlebenden gingen ins Exil. Nun leben sie in Jepperand und gehen keinerlei Bündnisse mehr ein.

Zile: eine Insel im Nordwesten von Meldorin. Einst Hauptstadt des Reiches von Zur. Jetzt hauptsächlich für die Große Bibliothek berühmt.

Zophy: Llians Mutter, eine Buchmalerin.

Zureanisches Reich: ein uraltes Reich im Norden Meldorins. Zile war die Hauptstadt.

ENDE

Stellen Sie sich vor, man nimmt Ihnen das Einzige, was Sie haben: Ihre magische Kraft.

Barbara Hambly
SCHWESTERN DES RABEN
Roman
544 Seiten
ISBN 3-404-20565-3

Die Gelbe Stadt steckt in der Krise. Seit je hatten die Männer magische Fähigkeiten, mit denen sie die Zivilisation aufrecht erhielten. Doch nun vollzieht sich eine geheimnisvolle Wandlung: Seit Wochen bleibt der Regen aus, die Quellen versiegen, und die Sonnenmagier erweisen sich als unfähig, jene Magie zu wirken, die ihr Reich bislang erhielt. Stattdessen gehen die magischen Kräfte auf die Frauen über. Raeshaldis, das einzige Mädchen, das je auf der Schule der Sonnenmagier aufgenommen wurde, muss nun feststellen, dass ihre Lehrer ihr nichts mehr beibringen können. Doch das ist nicht die einzige Veränderung, die ihr Leben auf den Kopf stellt, denn während eine Hungersnot, Krawalle und Sklavenaufstände drohen, missbraucht und tötet ein Unbekannter die talentiertesten weiblichen Magier ...

Bastei Lübbe Taschenbuch